A MULHER ENJAULADA

JUSSI ADLER-OLSEN

A MULHER ENJAULADA

Tradução do alemão por
JOÃO VENTURA

2ª edição

EDITORA RECORD
RIO DE JANEIRO • SÃO PAULO
2025

CIP-BRASIL. CATALOGAÇÃO NA FONTE
SINDICATO NACIONAL DOS EDITORES DE LIVROS, RJ

O62m

Adler-Olsen, Jussi.
A mulher enjaulada / Jussi Adler-Olsen; tradução de João Ventura. – 2ª ed. – Rio de Janeiro: Record, 2025.

Tradução de: Kvinden I buret
ISBN 978-85-01-09695-1

1. Ficção dinamarquesa. I. Ventura, João. II. Título.

CDD: 839.813
CDU: 821.113.4

13-07532

Título original:
KVINDEN I BURET

Copyright © JP/Politikens Forlagshus København 2007

Texto revisado segundo o novo Acordo Ortográfico da Língua Portuguesa.

Todos os direitos reservados. Proibida a reprodução, no todo ou em parte, através de quaisquer meios. Os direitos morais do autor foram assegurados.

Direitos exclusivos de publicação em língua portuguesa somente para o Brasil adquiridos pela
EDITORA RECORD LTDA.
Rua Argentina, 171 – Rio de Janeiro, RJ – 20921-380 – Tel.: 2585-2000, que se reserva a propriedade literária desta tradução.

Impresso no Brasil

ISBN 978-85-01-09695-1

Seja um leitor preferencial Record.
Cadastre-se e receba informações sobre nossos lançamentos e nossas promoções.

Atendimento e venda direta ao leitor:
sac@record.com.br

Dedicado a Hanne Adler-Olsen.
Sem ela a fonte secaria.

Prólogo

Ela esfregou as pontas dos dedos nas paredes até sangrarem e bateu com os punhos nas vidraças espessas até deixar de sentir as mãos. Na escuridão completa, aproximou-se da porta de aço repetidas vezes, tateando, e enfiou as unhas na fresta, tentando abri-la. Mas a porta não se moveu um milímetro sequer, e a borda era cortante.

Quando finalmente suas unhas começaram a quebrar, ela caiu no chão gelado, ofegante. Seu coração batia com tanta força que parecia querer explodir dentro do peito. Com os olhos bem abertos, olhou a escuridão impenetrável. Foi então que soltou um grito. Gritou até que seus ouvidos zumbissem e a voz falhasse.

Ao inclinar a cabeça para trás, voltou a sentir o ar fresco que vinha do teto. Se tomasse impulso, talvez conseguisse saltar até lá em cima e agarrar-se a qualquer coisa. Talvez então acontecesse algo.

Sim, talvez aqueles malditos que estavam lá fora se vissem obrigados a entrar.

E se ela fosse suficientemente rápida e esticasse os dedos e os enfiasse nos olhos deles, talvez conseguisse colocá-los fora de combate. E assim, quem sabe, poderia escapar.

Enquanto pensava nisso, chupava o sangue dos dedos. Depois, apoiando as mãos no chão, obrigou-se a se levantar.

Às cegas, olhou para o teto. Não fazia a menor ideia de qual seria a altura. E também não sabia se haveria algo para agarrar. Mas tinha que tentar.

Tirou o casaco, dobrou cuidadosamente e colocou-o em um canto. Em seguida, com os braços esticados, preparou-se para saltar... e se deparou com o vazio. Repetiu a tentativa mais algumas vezes, até que por fim se recostou na parede e descansou durante alguns instantes.

Tomou impulso novamente e pulou para cima com toda a sua força, em direção à escuridão, mexendo os braços à procura de algo para segurar. Mas voltou a cair. Acabou escorregando e, quando seu ombro bateu no chão de concreto, ainda tentou reprimir um gemido. Porém, ao bater a cabeça violentamente, fazendo com que visse estrelas, não conseguiu evitar que um grito escapasse de sua garganta.

Durante muito tempo ficou ali deitada, em silêncio total. Tinha vontade de chorar. Mas, se os sentinelas que estavam lá fora conseguissem ouvi-la, certamente pensariam que ela queria desistir. No entanto, ela não desistiria. Pelo contrário.

Precisava se cuidar. Para eles, ela era a mulher enjaulada. Contudo, seria ela mesma a determinar a distância entre as barras daquela prisão. Continuaria pensando, e seus pensamentos se abririam para o mundo. Jamais lhes daria o prazer de vê-la enlouquecer. Eles não conseguiriam dominá-la, nunca! Ela tomou esta decisão, enquanto permanecia deitada no chão gelado, e já quase não sentia a dor no ombro nem o latejar por cima do olho direito, que havia muito se encontrava inchado.

Mais cedo ou mais tarde, ela conseguiria escapar.

1

2007

Carl deu um passo em direção ao espelho. Colocou o dedo indicador na têmpora, sobre o local onde a bala passara de raspão. A ferida havia sarado, mas a cicatriz estava claramente desenhada no couro cabeludo, caso alguém se desse o trabalho de olhar.

E quem diabos desejaria isso?, pensou, enquanto examinava seu rosto.

Ele havia mudado. As rugas ao redor da boca tinham se tornado mais profundas, as bolsas por baixo dos olhos já não passavam despercebidas. Olhos que exprimiam uma característica que nunca fizera parte da personalidade de Carl Mørck: indiferença. Não, ele já não era o mesmo, o experiente investigador criminal que tinha uma paixão ardente por seu trabalho. Também já não era mais o homem alto e elegante da Jutlândia, cujo aspecto físico provocava sobrancelhas erguidas e expressões boquiabertas. Mas que importância tinha isso agora?

Carl abotoou a camisa e vestiu o casaco. Jogou fora o restante do café e saiu de casa, batendo a porta com força como se avisasse aos vizinhos que estava na hora de saírem da cama. Ao fechar a porta, seu olhar se deparou com a placa de identificação pendurada nela. Era hora de trocá-la. Já fazia muito tempo que Vigga tinha saído de casa. Tudo estava acabado entre eles, ainda que o divórcio não tivesse sido consumado.

Começou a caminhar rumo a Hestestien. Se ele se apressasse ainda teria tempo de fazer uma visita de meia hora a Hardy no hospital, antes de apresentar-se na sede da polícia.

Olhou para a torre da igreja que, com sua cor vermelha, erguia-se sobre as árvores sem folhas, e tentou se convencer da sorte que tivera. Afinal de contas, ainda estava vivo. Apenas dois centímetros para a direita e Anker ainda estaria vivo. Um débil centímetro para a esquerda e ele próprio estaria morto. Um mísero centímetro que o poupara de um passeio pelos campos verdes que o conduziriam ao túmulo.

Carl Mørck tentara processar tudo racionalmente, mas era difícil. Ele não sabia muito sobre a morte. Sabia apenas que ela era tão imprevisível quanto um relâmpago. E infinitamente silenciosa quando chegava.

No entanto, sabia sobre a violência e a falta de sentido que muitas vezes acompanham a morte. Sobre isso ele sabia muito bem.

A primeira vítima de homicídio da carreira de Carl ficara gravada em suas retinas. Acontecera duas semanas após ele ter concluído a formação na academia de polícia. Diante dele estava uma mulher pequena e frágil, que havia sido estrangulada pelo próprio marido. Os olhos baços e a expressão no rosto dela haviam perseguido Carl durante semanas. Depois desse se seguiu um incontável número de casos. Todas as manhãs, ele se preparava interiormente e imaginava o que o esperaria: roupas ensanguentadas, rostos extraordinariamente pálidos, fotografias desagradáveis. Todos os dias ele ouvia as mentiras das pessoas e suas desculpas sem sentido. Todos os dias um novo crime, todos os dias novos métodos. Vinte e cinco anos na força policial e dez na divisão de homicídios haviam-no endurecido.

Até aquele dia. O dia em que se vira diante de um caso que quebrara sua couraça.

Ele, Anker e Hardy foram enviados a Amager. Através de um acidentado caminho de cascalho, chegaram a uma construção decrépita. Ali encontraram um cadáver que certamente teria uma história para contar.

Como tantas vezes acontecia, o fedor tinha chamado a atenção de um vizinho. A vítima era mais um daqueles indivíduos que viviam completamente sozinhos e que acabavam por dar o último suspiro de sua vida alcoolizada no meio do próprio lixo. Era nisso que eles acreditavam até descobrirem o prego, disparado por pistola de pregos de ar comprimido, e enfiado quase por inteiro em um crânio. Por isso a Divisão de Homicídios da polícia de Copenhague foi chamada.

Naquele dia, a missão coube à equipe de Carl. Nem ele nem seus dois assistentes fizeram qualquer objeção, ainda que Carl, como era habitual, tivesse se queixado da pressão do trabalho e da lentidão das outras equipes. Mas quem poderia adivinhar que esse caso terminaria de modo tão trágico? Que menos de cinco minutos depois de terem entrado naquele fedor cadavérico, Anker estaria caído numa poça de sangue no chão e Hardy teria dado seus últimos passos? E que o fogo interior de Carl, que era absolutamente indispensável para seu trabalho na delegacia de homicídios, teria se apagado?

2

2002

A imprensa a adorava. Adorava os discursos afiados de Merete Lynggaard no Parlamento e sua falta de respeito para com o primeiro-ministro e seus acólitos. Adorava a vice-presidente do Partido Democrático por sua feminilidade, por seu olhar petulante e pelas covinhas sedutoras de seu rosto. Adorava-a por sua juventude e seu sucesso. Mas, acima de tudo, adorava Merete Lynggaard porque ela dava material para especulações. Por que uma mulher tão talentosa e atraente nunca se mostrava em público acompanhada de um homem? Merete Lynggaard vendia jornais. Lésbica ou não, ela era sempre uma ótima matéria para a imprensa.

E Merete tinha plena consciência disso.

— Por que você não combina um encontro com Tage Baggesen? — perguntou sua assistente pela enésima vez, enquanto caminhavam com cuidado, a fim de evitar as poças de água, na direção do carro de Merete, um pequeno Audi azul estacionado na área reservada aos deputados. — Sim, eu sei que não é o único, mas ele é completamente louco por você. Quantas vezes ele já tentou convidá-la para sair? Alguma vez você se deu o trabalho de contar os bilhetes que ele deixa na sua mesa? Chegou a ver o que ele pôs hoje? Dê a Baggesen uma chance, Merete.

— Por que *você* não sai com ele? — Merete abriu a porta do carro e colocou os dossiês no banco traseiro. — O que espera que eu faça com o presidente do Comitê de Transportes e membro do Partido do Centro Radical, Marianne? Pode me dizer? O que sou eu? Uma espécie de rotatória de uma cidadezinha de interior qualquer?

Quando se endireitou novamente, ela reparou num homem que vestia um casaco claro, impermeável, parado diante do Museu do Arsenal Real, fotografando o edifício. Ou será que a fotografava? Ela meneou a cabeça. O sentimento de estar permanentemente sob observação começava a aborrecê-la. Só podia ser paranoia. Ela tinha que relaxar, e rapidamente.

— Tage Baggesen tem 35 anos e é um gato. Tudo bem, talvez ele pudesse perder alguns quilinhos. Mas, em compensação, é dono de uma propriedade em Vejby. E pelo que sei ainda tem outras duas na Jutlândia. O que mais você quer?

Merete fitou-a e balançou a cabeça.

— Certo. Ele tem 35 anos e vive com a mãe. Sabe de uma coisa, Marianne? Fique com ele. Eu o ofereço a você. Ele é todo seu!

Arrancou um monte de dossiês dos braços da assistente e colocou-os junto aos outros no banco traseiro. O relógio do painel do carro marcava 17h30. Já estava atrasada.

— Vão sentir falta da sua voz na votação desta noite, Merete.

— E daí? — Ela deu de ombros. Logo no início da sua carreira política, estabelecera um compromisso firme com o presidente dos democratas no parlamento. Depois das dezoito horas, ela deixaria de estar disponível, exceto quando os trabalhos da comissão ou votações importantes exigissem impreterivelmente sua presença. "Não há problema", dissera então o presidente, provavelmente consciente do número de votos que ela atraía. Por esse motivo, hoje também não deveria haver problema.

— Vamos, Merete. Conte-me sobre seus planos. — A assistente inclinou a cabeça para o lado e a fitou com curiosidade. — Como ele se chama?

Merete sorriu e fechou a porta do carro. Estava na hora de encontrar uma substituta para Marianne Koch.

3

2007

Marcus Jacobsen, o delegado da Divisão de Homicídios, era um indivíduo extremamente desorganizado, mas isso não o incomodava. A desordem era apenas aparente; em seu interior, ele se considerava uma pessoa bastante estruturada. Todos os casos estavam ordenadamente arquivados em sua mente. Nunca se esquecia de nenhum detalhe. Por menor que fosse, continuava bem presente em sua cabeça, mesmo que tivessem se passado dez anos.

Somente muito de vez em quando, a contemplação do caos em seu escritório causava-lhe um certo mal-estar. Como agora, abarrotado de colegas de olhar aguçado, acotovelando-se ao redor de sua mesa por entre montanhas de dossiês.

Marcus pegou a caneca do Sherlock Holmes e bebeu um grande gole de café frio. Pela décima quarta vez nessa manhã, ele pensou no maço de cigarros que tinha no bolso de seu casaco. Agora já não era permitido fazer uma pausa para fumar lá embaixo no pátio. Malditos regulamentos.

— Lars. — Olhou para o outro lado da sala, para seu adjunto, Lars Bjørn, que, a seu pedido, tinha permanecido ali após a coletiva. — Se não tivermos cuidado, o caso do ciclista assassinado no Parque Valby vai por água abaixo.

Lars Bjørn assentiu.

— É um azar que Mørck tenha voltado à ativa justamente agora e monopolizado logo quatro dos nossos melhores agentes. É típico dele. E sabe o que mais? Quase todos se queixam do cara. Agora adivinhe a quem estão se queixando?

Como se ele fosse o único a ter de ouvir bobagens desse tipo, pensou Jacobsen.

Mas Bjørn estava enredado em seu discurso.

— Ele chega sempre atrasado ao trabalho — prosseguiu. — Ele está infernizando a equipe, mete o nariz nos casos dos outros, não responde aos telefonemas e o seu escritório é um autêntico caos. E sabe o que mais? Agora, até o pessoal do laboratório da polícia científica se queixou dele. O pessoal do laboratório da polícia científica! Isso quer dizer alguma coisa. Não importa o que Carl tenha passado, temos que tomar uma atitude. De outra forma, eu não sei como conseguiremos manter o nosso departamento funcionando.

Marcus ergueu as sobrancelhas. Começou a pensar em Carl. Na verdade, até gostava dele, mas aquele olhar eternamente cético e as constantes observações cínicas... estava cada vez mais difícil aturá-lo.

— Sim, sim, sei o que quer dizer. Trabalhar ao lado dele, acho que só Anker e Hardy conseguiam. Mas os dois, cada um a sua maneira, também eram meio estranhos.

— As pessoas não dizem tão diretamente, mas Mørck é um pesadelo. E para dizer a verdade, sempre foi. Ele não é adequado para trabalhar aqui, nós dependemos muito uns dos outros. Como colega, o Carl é uma catástrofe, e é desde o primeiro dia. Aliás, por que você foi buscá-lo em Bellahøj?

Marcus olhou com firmeza para o seu adjunto.

— Porque o homem é um investigador fantástico. Foi por isso!

— Sim, sim, sim. Eu sei que não podemos simplesmente mandá-lo embora, muito menos depois do que aconteceu. No entanto, temos que pensar numa solução, Marcus.

— Ele só voltou ao serviço há cerca de uma semana. Temos de lhe dar uma oportunidade. Que tal poupá-lo um pouco nos próximos tempos?

— Muito engraçado. Nas últimas semanas, acumularam-se mais casos do que os que conseguiremos resolver até a nossa aposentadoria. E você sabe que entre eles há alguns de enorme importância. O incêndio na Amerikavej. Foi um incêndio criminoso ou não? O assalto ao banco na Tomsgårdsvej, que resultou em uma morte. A história do estupro em Tårnby, no qual a garota morreu de forma horrível. A briga com facas no Sydhavnen, onde um garoto bateu as botas. E ainda esse homicídio do ciclista no Parque Valby. Isso para não falar de todos os casos antigos. Na maior parte deles não temos o menor indício. E aí temos um chefe como Mørck: insuportável, preguiçoso, carrancudo, resmungão e que trata todo mundo mal, levando desunião à equipe. E você quer poupá-lo? Marcus, mande o Mørck arrumar as malas. Nós precisamos de sangue novo. Sei que pareço cruel. Mas essa é a minha opinião.

O delegado da Homicídios concordou. Ele tinha observado seu pessoal durante a coletiva. Todos, sem exceção, se mostravam taciturnos, exaustos e completamente tensos. Era óbvio que não queriam que Mørck os aborrecesse.

O adjunto aproximou-se da janela e olhou para os edifícios no outro lado da rua.

— Tenho uma sugestão — disse depois de um curto silêncio e virou-se. — Talvez arranjemos problemas com o sindicato, mas não acredito que isso possa acontecer.

— Só me faltava agora ter problemas também com o sindicato! Não estou podendo com isso. Se estiver pensando em rebaixá-lo, teremos os caras aqui em questão de segundos.

— Pelo contrário, vamos promovê-lo!

— Hum.

Era aqui que Marcus tinha de estar alerta. Ele sabia que seu adjunto era um investigador criminal extraordinário, com muita experiência e uma enorme quantidade de casos resolvidos no currículo. No entanto, ainda tinha muito a aprender para poder ocupar um cargo de chefia com responsabilidade de gerir pessoal. Ali não era possível rebaixar ou promover funcionários sem mais nem menos.

— Quer dizer que devíamos indicá-lo para uma promoção? Como pensa em fazer isso? E além disso, no lugar de quem?

— Eu sei que você esteve quase toda a noite na rua. E que passou a manhã ocupado com o maldito homicídio no Valby. Por isso, é provável que não tenha ouvido as notícias. Sabe o que aconteceu esta manhã no Parlamento?

Marcus meneou a cabeça. Bjørn tinha razão, ele estava muito ocupado com as recentes reviravoltas do caso no Parque Valby. Até a noite anterior, dispunham de uma testemunha boa e de confiança, que, claramente, ainda tinha mais para contar. Estavam convencidos de que se aproximavam da resolução do caso. Mas, de repente, a testemunha dera para trás. Calara-se completamente. Era muito provável que alguém próximo a ela tivesse recebido ameaças. Eles a tinham interrogado até a exaustão, falado com suas filhas e sua mãe, mas todas haviam mantido silêncio. Com certeza por medo. Não, ele não tinha dormido bem. E não conseguira fazer mais do que passar os olhos pelas manchetes dos jornais diários.

— Outra vez o Partido da Dinamarca?

— Exatamente. O porta-voz jurídico deles voltou a apresentar a sua proposta preferida, você sabe qual é, aquela relacionada com a reforma da polícia. Dessa vez vão conseguir obter a maioria. Marcus, a proposta será aprovada. Piv Vestergård vai conseguir o que quer.

— Você não está falando sério!

— Vinte minutos, foi esse o tempo que ela ficou na tribuna discursando. E os partidos do governo vão apoiá-la, não resta a menor dúvida. Mesmo que os conservadores protestem, como se espera.

— E...?

— Bem, o que você acha? Ela deu quatro exemplos de casos verdadeiramente terríveis que foram arquivados, salientando que não se pode exigir que o público tolere uma polícia que não é capaz de resolver crimes de tamanha gravidade. E ela ainda tinha mais exemplos na manga, posso assegurar isso.

— Droga! Será que ela pensa que a divisão de crimes arquiva esses casos por divertimento?

— Ela chegou a insinuar que é isso que parece acontecer com determinados tipos de casos...

— Que estupidez! Que tipo de casos?

— Por exemplo, casos nos quais as vítimas eram membros do Partido da Dinamarca ou do Partido Liberal.

— A vadia está ficando louca!

Lars Bjørn sacudiu a cabeça.

— Além disso, segundo ela, existem outras categorias de casos: aqueles em que há crianças desaparecidas ou em que organizações políticas estiveram sujeitas a ataques terroristas. Crimes particularmente brutais.

— É óbvio que ela anda caçando votos.

— Certamente. Mas ela conseguiu o que queria. Os representantes de todos os partidos reuniram-se no Ministério da Justiça para negociar

Dali os processos irão em breve para a Comissão de Finanças. Se quer saber, estou convencido de que haverá uma decisão dentro das próximas duas semanas.

— E quais serão as consequências dessa decisão?

— A criação de um novo departamento. O partido dela até já tem um nome: Departamento Q. Se é piada ou não, eu não tenho ideia. — Lars soltou uma gargalhada forçada.

— E qual seria efetivamente o objetivo desse departamento? Solucionar casos não resolvidos, talvez?

— Correto. O objetivo será reabrir "casos que requeiram atenção especial". Foi assim que formularam a coisa.

— Reabrir casos que requeiram atenção especial — repetiu o delegado da Divisão de Homicídios. — Sim, é uma expressão típica de Piv Vestergård. Soa muito bem. E quem irá decidir quais os casos que serão merecedores dessa designação? Ela também explicou?

O adjunto deu de ombros.

— Certo. Quer dizer que ela quer que façamos o que já fazemos? E aí...?

— Bem, o novo departamento será, na verdade, responsável por casos de todo o país. Mas parece que administrativamente ficará sob a alçada da Divisão de Homicídios da polícia de Copenhague...

Jacobsen olhou para o adjunto, boquiaberto.

— Não podem estar falando sério! Aliás, o que quer dizer com administrativamente?

— Nós disponibilizaremos o orçamento e seremos responsáveis pela contabilidade. Forneceremos igualmente o pessoal de escritório. E, claro, o espaço.

— Não estou entendendo. Agora o departamento da polícia de Copenhague também terá que resolver casos antigos de outras regiões do país? Os policiais dessas regiões nunca concordarão com isso. Vão exigir representantes aqui no departamento.

— Talvez não. Eles venderão a ideia como uma medida para aliviar o trabalho da polícia dessas regiões. E, com certeza, eles não se importarão muito de ficar sem esses casos velhos.

— Em outras palavras, significa que vamos ter aqui uma equipe móvel para casos impossíveis? Com minha equipe como apoio? Que droga, não! Isso não pode ser verdade!

— Marcus, ouça. Estamos falando de poucas pessoas da equipe e de poucas horas de trabalho, e somente muito de vez em quando. Não é nada.

— Parece ser algo mais que nada.

— Tudo bem. Então agora vou explicar a minha visão sobre esse assunto. Pode ser?

Jacobsen passou a mão pela testa.

— Há dinheiro envolvido. — Lars fez uma pausa no discurso e fitou seu chefe. — Não muito, mas o suficiente para empregar um homem nesse departamento e ao mesmo tempo injetar alguns milhões de coroas no nosso próprio departamento.

— Alguns milhões? São esses os valores envolvidos?

— Sim, não estamos falando de trocados. E nós vamos conseguir criar esse departamento num piscar de olhos, Marcus. Eles estão esperando que façamos oposição, mas nós não vamos fazer. Apresentaremos o nosso plano e nos responsabilizaremos pelo orçamento. Não precisamos especificar muito as nossas tarefas. E depois colocaremos Carl Mørck como diretor do novo departamento. Precisamos de alguém com bastante experiência. Mas não haverá muito para tomar conta, pois ele se encarregará sozinho do departamento. Em resumo, ele terá um cargo de grande responsabilidade, que poderá gerir com total independência. E assim o manteremos bem longe de todos nós.

— Carl Mørck como diretor do Departamento Q! — Jacobsen visualizou todo o filme em sua mente, rapidamente. Um departamento desse tipo podia perfeitamente viver com um orçamento de menos de um milhão de coroas por ano. Incluindo viagens, testes de laboratório e tudo mais. Se a polícia requisitasse cinco milhões por ano, ainda sobraria uma boa parte para a Divisão de Homicídios, que então poderia se dedicar a investigar casos mais antigos. Talvez não os do Departamento Q, mas algo do gênero. Transições suaves, era essa a chave do negócio. Genial. Simplesmente genial!

4

2007

Hardy Henningsen era o funcionário mais alto que já havia trabalhado na sede da polícia. Nos seus documentos de serviço militar constava dois metros e dez, mas não podia ser verdade. Sempre que havia uma detenção, era Hardy quem tinha a função de ler os direitos para os criminosos. Estes se viam quase obrigados a inclinar a cabeça para trás, o que causava impacto à maioria.

Naquele momento, porém, não havia qualquer vantagem na altura de Hardy. Tanto quanto Carl podia avaliar, ele não conseguia esticar completamente suas longas e paralisadas pernas. Carl tinha sugerido à enfermeira que desmontasse o fundo da cama, mas aparentemente isso ultrapassava a competência e a capacidade dela.

Hardy mantinha-se sempre em silêncio. A televisão ficava ligada dia e noite. Pessoas entravam e saíam do seu quarto, mas ele não mostrava qualquer reação. Limitava-se apenas a ficar ali, deitado, na Clínica de Lesão Medular, em Hornbæk, tentando sobreviver. Mastigava a comida que lhe davam. Por vezes encolhia ligeiramente os ombros, a única parte abaixo do pescoço que ainda conseguia controlar. De resto, ficava completamente imóvel, observando como as enfermeiras lutavam com seu corpo paralisado e difícil de manejar. Quando o lavavam, lentamente espetavam-lhe agulhas e trocavam o saco com os seus dejetos — ele apenas olhava fixamente para o teto. Não, Hardy já não falava muito.

— Voltei ao trabalho na sede da polícia — comentou Carl, endireitando o cobertor da cama de Hardy. — Estão trabalhando arduamente no caso, mas ainda não há pistas. Mas tenho certeza de que encontrarão quem nos atingiu.

As pesadas pálpebras de Hardy sequer se mexeram. Ele não se deu ao trabalho de olhar para Carl, ou para o excitado apresentador do noticiário do canal 2, que relatava os tumultos ocorridos durante a evacuação do Centro da Juventude. Tudo era indiferente para ele. Nem mesmo raiva lhe restava. Carl o compreendia melhor do que ninguém. Embora não mostrasse a Hardy, ele também não ligava para mais nada. Não lhe interessava nem um pouco saber quem os alvejara. O que isso mudaria? Se não fosse uma pessoa, então seria outra. O que não faltava nas ruas era escória desse tipo.

Com um leve aceno de cabeça, Carl cumprimentou a enfermeira que entrou no quarto com uma nova medicação intravenosa. Na última vez que estivera ali, ela havia pedido que ele aguardasse do lado de fora do quarto, enquanto cuidava de Hardy. O pedido não fora atendido e era fácil perceber que ela não tinha esquecido a situação.

— Ah, o senhor aqui? — murmurou ela de forma mordaz, e olhou para o relógio.

— Sim, para mim é melhor vir aqui antes do trabalho. Alguma coisa contra?

Ela voltou a olhar para o relógio, pegou no braço de Hardy e verificou a agulha para a medicação intravenosa que estava espetada nas costas da mão. Nesse instante, a porta voltou a abrir e o fisioterapeuta entrou no quarto.

Carl bateu de leve no cobertor, debaixo do qual se desenhava o braço direito de Hardy. Havia muito trabalho duro esperando por ele e seus colegas.

— Esses aí querem você só para eles, Hardy. Por isso vou fugir daqui, amigo. Amanhã virei um pouco mais cedo, para podermos conversar. Fique bem.

O forte cheiro de remédios pairava no corredor. Carl encostou-se na parede. A camisa colava nas costas e as manchas embaixo dos braços se espalhavam pelo tecido. Depois de Amager, não era preciso muito para fazê-lo suar...

Como era habitual, Hardy, Carl e Anker foram os primeiros a chegar ao local do crime. Já tinham vestido os macacões brancos, colocado as máscaras, calçado as luvas e enfiado a rede do cabelo. Tudo era rotina. Não havia passado mais de meia hora desde que o velho com um prego na cabeça fora encontrado. A viagem entre a sede da polícia e Amager decorrera rapidamente e sem problemas.

Ainda havia tempo suficiente antes de o cadáver ser examinado. Até onde eles sabiam, o delegado da Homicídios estava numa reunião sobre reformas estruturais com o comandante da polícia. Mas não havia dúvidas de que ele apareceria em breve, acompanhado do perito. Nada conseguia manter Marcus Jacobsen muito tempo afastado do local de um crime.

— No exterior da casa não há muito o que os peritos possam aproveitar — anunciou Anker, batendo com o pé no solo, que estava completamente enlameado depois da chuva noturna.

Carl olhou em volta. Com exceção das pegadas que tinham sido feitas pelos tamancos do vizinho, não se viam muitas outras ao redor da casa pré-fabricada que fora do Exército nos anos 1960. Naquela época, a construção tinha um aspecto sólido, mas hoje era pouco mais que uma ruína. As vigas do telhado haviam desabado, o forro estava cheio de fissuras e toda a fachada exibia os vestígios deixados pela umidade. Até a placa de identificação, na qual alguém havia escrito "Georg Madsen" com caneta Pilot preta, encontrava-se reduzida à metade do seu tamanho. E ainda havia o forte cheiro do homem morto que exalava através das rachaduras das paredes.

— Vou falar com o vizinho — avisou Anker, dirigindo-se ao homem que o esperava havia meia hora. O alpendre da sua minúscula casa não ficava a mais de cinco metros de distância. Quando o prédio fosse demolido, com certeza sua vista melhoraria significativamente.

Hardy era bom em tolerar o fedor de cadáver. Talvez porque, graças a sua altura, ele conseguisse estar bem acima dele, ou seu olfato fosse simplesmente pouco desenvolvido. Carl, por sua vez, não parava de se queixar.

— Porra, não dá para aguentar — resmungou, ofegante, quando entraram no corredor e calçaram as pantufas de plástico azul.

— Vou abrir uma janela — disse Hardy, dirigindo-se ao quarto ao lado do apertado corredor de entrada.

Carl parou junto à porta que dava para a sala de estar. A cortina estava abaixada, o que não permitia a entrada de muita luz naquele cômodo. Mas iluminava o suficiente para que vissem o morto sentado no canto da parede, com a pele verde-acinzentada e fissuras profundas entre as pústulas que cobriam a maior parte do seu rosto. Do nariz escorria um líquido fino e avermelhado, a camisa estava esticada como se fosse querer arrebentar por cima do tronco inchado. Os olhos pareciam feitos de cera.

— O prego foi incrustado no crânio com uma pistola de pregos de ar comprimido — observou Hardy por trás, enquanto colocava as luvas de algodão. — Está em cima da mesa, junto à chave de fenda elétrica, que aliás, ainda tem carga. Lembre-me de verificar quanto tempo ela aguenta até precisar ser recarregada novamente.

Fazia poucos minutos que estavam ali, examinando a cena do crime, quando Anker se juntou a eles.

— O vizinho está morando aqui desde o dia 16 de janeiro — disse. — Ou seja, há dez dias, e durante todo esse tempo ele não viu o homem fora de casa uma única vez. — Anker olhou ao redor da sala. — O vizinho do nosso amigo aqui estava sentado no alpendre apreciando o aquecimento global, segundo me contou. Foi então que percebeu o fedor. Está bastante abalado, o pobre coitado. Talvez o legista devesse dar uma olhada nele depois de examinar o cadáver.

O que aconteceu em seguida Carl só foi capaz de fazer uma vaga descrição muito mais tarde. A convicção geral era de que ele também não estivera plenamente consciente do ocorrido. Mas não era verdade. Ele se lembrava muito bem de tudo. Simplesmente não tinha nenhuma vontade de falar sobre o assunto.

Ele ouvira alguém entrando pela porta da cozinha, mas não reagira. Talvez devido ao fedor, ou então tivesse pensado que um dos técnicos chegara.

Segundos depois, havia notado pelo canto do olho que uma figura vestindo uma camisa vermelha quadriculada se precipitava para dentro da sala. Pensou rapidamente se deveria puxar a pistola, mas não o fez. Os seus reflexos falharam. Logo em seguida sentiu as ondas de choque provocadas pelo primeiro tiro, que atingiu Hardy nas costas, arrastando Carl na queda e encurralando-o debaixo de si. A enorme pressão do corpo de Hardy provocou a torção da coluna vertebral de Carl, que fraturou um joelho.

A seguir vieram os tiros que atingiram Anker no peito e Carl na têmpora. Ele lembrava-se claramente de tudo, de como Hardy jazia por cima dele e de como o sangue do amigo escorria pelo macacão descartável e se misturava ao seu no chão. Enquanto as pernas do criminoso passavam por eles, Carl pensava que deveria tentar alcançar a sua pistola.

Anker jazia no chão atrás dele, mas se esforçava para se virar. De repente, ouviram duas vozes estranhas, vindas do pequeno quarto do outro lado do corredor. Até então pensavam que se tratava apenas de um criminoso. Mas pelo visto... Naquele momento os dois entraram na sala. Carl ouviu Anker ordenar que parassem. Pouco depois, ele viu o companheiro puxar a pistola.

A resposta à ordem de Anker foi um novo tiro, que fez o chão tremer e o atingiu em cheio no coração.

Tudo isso não durou mais que alguns segundos. Os criminosos fugiram pela porta da cozinha, e Carl permaneceu deitado no chão, totalmente imóvel e silencioso. Nem quando o legista chegou ele deu sinais de vida. Mais tarde, tanto o médico quanto o delegado da Homicídios declararam ter acreditado que Carl estava morto.

Carl pareceu inconsciente durante muito tempo, mas sua cabeça estava cheia de pensamentos desesperados. Tomaram-lhe o pulso e levaram os três para fora dali. Foi somente no hospital que Carl voltou a abrir os olhos. Seu olhar parecia desprovido de vida, haviam dito.

Todos acreditavam que era resultado do choque. Mas, na verdade, era vergonha.

— Está tudo bem com você? — Um homem de jaleco, com cerca de 35 anos, aproximou-se dele.

Carl desencostou-se da parede.

— Acabei de visitar Hardy Henningsen.

— Hardy, sim. O senhor é parente dele?

— Não, colega de trabalho. Eu era o chefe de equipe do Hardy na Divisão de Homicídios.

— Entendo.

— Qual é o prognóstico? Ele voltará a andar?

O jovem médico deu um passo para trás e lançou um olhar subitamente frio ao investigador criminal. Na face estava claramente visível seu ponto de vista: o assunto não dizia respeito a Carl.

— Infelizmente só posso dar informações aos familiares mais próximos. O senhor me compreende.

Carl agarrou o braço do médico.

— Ouça, eu estava lá quando tudo aconteceu, entende? Um dos nossos colegas foi morto. Estávamos todos juntos, e o senhor me diz que não tenho direito de saber o que vai acontecer ao Hardy? Pergunto outra vez: ele voltará a andar?

— Lamento. — O médico afastou a mão de Carl de seu braço. — O seu departamento certamente lhe dará as informações necessárias sobre o estado de Hardy. Eu não posso fornecer nenhuma. Cada um de nós tem de fazer o seu trabalho, cada um no seu lugar.

O tom levemente arrogante, a pronúncia pretensiosa, as sobrancelhas ligeiramente erguidas do médico, tudo aquilo funcionava como gotas de gasolina no processo de combustão espontânea de Carl. Ele bem que gostaria de dar-lhe um murro no nariz, mas contentou-se em agarrá-lo pelo colarinho e trazê-lo para junto de seu rosto.

— Sim, nós fazemos o nosso trabalho. Quando sua filha não chega em casa às dez da noite, como devia, somos nós que vamos à procura dela. E quando sua mulher for estuprada, ou a merda do seu BMW não estiver no estacionamento, seremos nós que iremos socorrê-lo. Estamos sempre prontos quando você precisa de nós, por isso vou perguntar pela última vez: o meu colega Hardy voltará a andar?

O médico estava ofegante quando Carl soltou seu colarinho.

— Eu dirijo um Mercedes e não sou casado. — A sensação de triunfo estava estampada em seu rosto: ele havia abandonado o nível de discussão de Carl e eliminado a sua estratégia. Era um truque que provavelmente tinha aprendido em algum curso de psicologia que conseguira encaixar entre as aulas de anatomia. — Um pouco de humor desarma o inimigo. — Mas não funcionou com Carl.

— Dar uma de especialista em psicologia não basta. Ainda falta você ler o capítulo sobre arrogância, doutor — resmungou Carl, empurrando o médico para o lado.

O delegado da Homicídios e o adjunto estavam à espera de Carl em seu escritório.

Droga, será que a queixa do médico já chegou aqui?

Carl estudou os dois homens durante alguns instantes. Não. Parecia, pelo contrário, que alguma ideia gloriosa havia se apoderado daquelas mentes burocráticas. O olhar que eles trocaram... ou será que a situação cheirava mais a intervenção? Será que queriam novamente forçá-lo a falar com um psicólogo, para filosofar sobre suas "perturbações pós-traumáticas"? Ele aguentaria ficar outra vez à mercê de um especialista de olhar penetrante, cuja função era transpor os recantos mais obscuros de sua alma para extrair aquilo que tinha ficado por dizer? Não valia a pena perderem tempo, Carl tinha aprendido a lição. Não era com conversa que ele se libertaria do seu problema. Este já vinha de longo tempo e o incidente de Amager fora apenas o ápice de toda a história.

Eles que se danassem!

— Bem, Carl — disse o delegado, acenando com a cabeça para a cadeira vazia —, Lars e eu estivemos pensando. Você sabe que as coisas não podem continuar assim. Por isso, acreditamos que chegou a hora de romper com o passado.

A conversa soava a demissão. Carl começou a tamborilar na quina da mesa, enquanto olhava por cima da cabeça do seu chefe. Se quisessem realmente despedi-lo, ele não iria facilitar a vida deles.

Olhou pela janela, para além do parque Tivoli, onde as nuvens se aglomeravam de forma ameaçadora. Se o despedissem, ele teria que ir embora depressa, antes que começasse a chover. Nem se incomodaria em falar com um representante sindical. Dali iria direto ao escritório do sindicato, situado no H. C. Andersens Boulevard. Demitir um funcionário apenas uma semana depois de ele ter voltado de licença médica e dois meses após ter sido baleado e perdido dois bons companheiros? Eles não podiam fazer isso. Certamente o sindicato de polícia mais antigo do mundo se mostraria digno de sua existência.

— Carl, sei que isso é um pouco repentino, mas concluímos que você precisa mudar de ares, para aproveitarmos melhor as suas excelentes capacidades como investigador. Você vai assumir a chefia de um novo departamento. O Departamento Q. A decisão sobre a criação desse departamento acaba de ser tomada pelo mais alto escalão. O objetivo e o propósito são voltar a trabalhar em casos que foram arquivados por falta de provas, mas que são de particular interesse para o bem comum.

Diabos, pensou Carl, inclinando a cadeira para trás.

— Pois bem, você vai comandar esse departamento com total independência. Quem estaria mais apto a fazê-lo a não ser você?

26

— Qualquer um — respondeu Carl, olhando para a parede.

— Carl, os últimos tempos têm sido bastante difíceis. E esse trabalho é sob medida para você — disse Lars.

O que você sabe sobre isso, seu idiota?, pensou Carl.

— Você vai trabalhar com independência total. Vamos selecionar uma série de casos depois de consultarmos os comandantes da polícia de vários distritos, e você definirá as prioridades e as formas de atuação. Vai ter direito a uma verba para viagens, só pedimos que nos entregue um balanço mensal dos gastos — prosseguiu Jacobsen.

Carl franziu o cenho.

— Você disse os comandantes da polícia?

— Sim, o departamento vai trabalhar em nível nacional. É por isso que você não vai mais fazer parte da equipe dos seus antigos colegas. Instalamos um departamento inteiramente novo para você aqui na sede da polícia. O seu escritório está quase pronto.

Jogada inteligente, pensou Carl. Dessa forma, eles me tiram do caminho com grande estilo e podem fazer o que bem entenderem.

— Ah, um novo escritório! E onde fica esse novo escritório, se é que posso perguntar?

Nesse momento o sorriso do delegado congelou completamente.

— Onde fica? Bem, a princípio ficará no porão. Mas é apenas uma solução temporária. Primeiro temos de ver como as coisas avançam. Quem sabe o que poderá acontecer se a percentagem de casos resolvidos for razoável?

Carl voltou a olhar para o aglomerado de nuvens. No porão, ele dissera dito. Então aquele era o plano. Eles queriam mesmo colocá-lo fora de combate. Exílio forçado para colegas incômodos. Mas que diferença faria se tudo acontecesse ali ou no porão? Era indiferente. Ele faria o que bem entendesse, o que, na medida do possível, seria absolutamente nada.

— A propósito, como está Hardy? — perguntou Jacobsen, após uma pausa apropriada.

Carl o encarou. Era a primeira vez que ele lhe fazia aquela pergunta.

5

2002

À noite Merete Lynggaard podia ser ela mesma. A cada quilômetro percorrido de carro na volta para casa, ela ia deixando para trás tudo o que não se encaixasse com a vida por trás das árvores de Magleby. Assim que mudava de direção na vastidão de Stevns e atravessava a ponte sobre o rio Tryggevælde, ela se sentia transformada.

Como de costume, Uffe estava ali sentado, a caneca de chá gelado na beira da mesinha da sala, ele banhado pela luz da televisão, com o som no volume máximo. Depois de estacionar o carro na garagem e enquanto caminhava para a porta dos fundos, Merete o via claramente do pátio, através da grande janela. Sempre o mesmo Uffe. Silencioso e imóvel.

Ela tirou os sapatos de salto alto e os deixou na copa em seu devido lugar, colocou a pasta em cima do aquecedor, pendurou o casaco no armário do corredor e deixou os dossiês no escritório. Em seguida, despiu-se do conjunto Filippa K, colocou-o em cima da cadeira que estava junto da máquina de lavar, tirou o roupão do cabide e calçou as pantufas. Era exatamente assim que sempre fazia. Ela não era dessas pessoas que precisam lavar os acontecimentos do dia debaixo do chuveiro assim que entram pela porta.

Remexeu no saco de plástico; os bombons Hopjes estavam bem no fundo. Somente quando colocou o bombom sobre a língua e seu nível de açúcar no sangue subiu, foi que ela se sentiu preparada para voltar sua atenção à sala de estar.

Então gritou para o irmão:

— Olá, Uffe! Já cheguei! — Sempre o mesmo ritual. Ela sabia que Uffe já havia visto a luz dos faróis de seu carro, enquanto dirigia colina acima, mas ele esperava pacientemente por ela, até chegar o momento certo.

Merete ajoelhou-se diante dele e tentou estabelecer um contato visual.

— Olá, você aí, está sentado em frente à televisão vendo as notícias e admirando a Trine Sick?

Uffe cerrou os olhos de tal forma que as rugas de riso quase chegavam ao couro cabeludo, mas não desviou o olhar da tela.

— Sim, sim, você é um malandro. — Ela pegou na mão dele. — Mas prefere a Lotte Mejlhede, não é? Pensa que eu não sei? — Agora ela podia ver como os lábios dele se alargavam num sorriso. O contato estava estabelecido. Claro, bem no seu íntimo ele continuava a ser o Uffe. E Uffe sempre soubera bem o que queria na vida.

Merete virou-se para a televisão e assistiu com ele às duas últimas reportagens do noticiário. Uma relatava que o Conselho de Nutrição exigia a proibição de gorduras trans produzidas industrialmente, a outra noticiava uma campanha desesperada promovida pela Associação Dinamarquesa de Avicultores contra os subsídios estatais. Ela estava muito familiarizada com os problemas. Eles tinham resultado em duas longas noites de trabalho intenso.

Voltou-se então para Uffe e passou a mão pelo seu cabelo, tornando visível a longa cicatriz no couro cabeludo.

— Venha, seu preguiçoso, vamos ver se encontramos alguma coisa para o jantar. — Com a mão livre, pegou uma das almofadas do sofá e bateu na parte de trás da cabeça do irmão, até ele começar a gritar de prazer, agitando os braços e as pernas. Ela largou os cabelos dele e começou a saltar como uma cabra-montesa por cima do sofá e depois pela sala até chegar às escadas. Nunca falhava. Gritando e rejubilando de felicidade e cheio de energia, Uffe a acompanhava bem de perto. Como dois vagões de trem ligados entre si por molas de aço, eles correram ruidosamente escada acima, até ao primeiro andar, depois desceram, foram até a garagem, regressaram à sala de estar e terminaram, finalmente, na cozinha. Em poucos minutos estariam novamente em frente à televisão, comendo a refeição preparada pela empregada. No dia anterior tinham visto *Mr. Bean*. E, antes disso, um filme de Charlie Chaplin. Hoje veriam novamente *Mr. Bean*. A coleção de vídeos de Uffe e Merete era constituída exclusivamente por aquilo que Uffe gostava de ver. Normalmente ele aguentava meia hora, até adormecer. Ela então o cobria e o deixava dormir no sofá, até que, no meio da noite, ele acordasse e fosse sozinho para o quarto. Uffe pegava na mão dela e grunhia um pouco, para depois adormecer novamente ao seu lado, na cama de casal. Quando percebia que ele dormia profundamente, Merete acendia a luz e começava a se preparar para o dia seguinte.

Assim passavam os fins de tarde e as noites. Porque era assim que Uffe gostava. O seu adorado irmãozinho. O querido e silencioso Uffe.

6

2007

Era verdade que na porta estava pendurado um letreiro, presumivelmente de latão, onde se lia "Departamento Q", mas a porta estava fora das dobradiças, encostada nos tubos de aquecimento que se estendiam pelos intermináveis corredores do porão. Dez baldes meio cheios de tinta espalhavam um cheiro intenso pelo ar e ainda estavam na sala que deveria agora servir de escritório. No teto havia quatro lâmpadas fluorescentes penduradas, que em pouco tempo já provocavam dores de cabeça agudas em Carl. Pelo menos, as paredes estavam secas. Só era uma pena que a cor obrigasse uma inevitável comparação com os hospitais do Leste Europeu.

— Viva Marcus Jacobsen — resmungou Carl, tentando formar uma ideia geral da situação do lugar.

Nos últimos cem metros do corredor do porão, ele não havia cruzado com uma única alma. Ali, onde o escritório fora instalado, não existiam pessoas, nem luz natural, nem ar puro, tampouco existia algo que pudesse diferenciar aquele lugar do Arquipélago Gulag. Nada era mais natural do que comparar aquilo ao inferno.

Carl olhou para os dois computadores novinhos em folha e para o emaranhado de cabos elétricos atrás deles. Aparentemente haviam bifurcado os caminhos de transmissão de dados, de maneira que a intranet ficasse ligada ao primeiro computador e o resto do mundo ao outro. Ele deu um tapinha no segundo computador. Se quisesse, poderia ficar horas sentado ali, navegando na internet. Não existia qualquer instrução ou regra incômoda sobre navegação segura e proteção do servidor central, o que já era alguma coisa. Olhou em volta, procurando algo que pudesse utilizar como cinzeiro, e tirou um cigarro do seu maço de

Cecil. "Fumar é prejudicial para você e para os que estão à sua volta", estava escrito na embalagem. Ele olhou ao seu redor. Certamente os poucos cupins ali residentes aguentariam o fumo. Acendeu o cigarro e deu uma profunda tragada. Havia realmente algumas vantagens em ser o chefe do próprio departamento.

— Nós vamos selecionar uma série de casos — dissera Marcus Jacobsen. Até agora reinava o vazio total na mesa e nas estantes. Talvez pensassem que primeiro ele deveria se instalar no novo espaço. Mas nada disso incomodava Carl, não havia nada ali que ele tivesse de organizar antes de sentir disposição para tal.

Girou a cadeira, empurrou-a e sentou-se colocando os pés sobre o canto do tampo da mesa. Era assim que tinha estado na maior parte do tempo que passara em casa, durante as semanas que estivera de licença. Nas primeiras semanas, ele havia se limitado a olhar fixamente para o vazio. Fumava os seus cigarros e tentava não pensar no corpo pesado e paralisado de Hardy em cima do seu, e na agonia de Anker nos segundos antes de da morte. Depois começara a navegar na internet. Sem objetivo, sem plano, apenas para distrair a mente. Era algo que ele podia muito bem continuar a fazer agora. Olhou para o relógio. Precisava ficar ali mais cinco horas antes de poder voltar para casa.

Carl vivia em Allerød, o que havia sido uma escolha da sua esposa. Eles se mudaram para lá dois anos antes de ela tê-lo deixado para viver num pequeno chalé em Islev. Ela abrira um mapa da ilha da Zelândia em cima da mesa e calculara rapidamente que, se eles quisessem ter uma boa vida, precisariam ter muito dinheiro no banco. Ou então poderiam se mudar para Allerød. Uma pequena e simpática cidade à beira da linha do trem, cercada por campos, perto do bosque, com muitas lojas interessantes, cinema, teatro, vida social. Além disso, ainda existia o Parque Rønneholt. Sua esposa entusiasmara-se no mesmo instante. Por um preço razoável, eles poderiam comprar uma casa geminada feita de concreto sólido, que oferecia espaço suficiente para os dois, além do filho de Vigga. Teriam direito de utilizar as quadras de tênis, a piscina coberta e o centro comunitário, bem como os campos e o pântano situados nas proximidades. E, acima de tudo, poderiam contar com uma grande quantidade de vizinhos simpáticos, pois Vigga tinha lido que no

Parque Rønneholt as pessoas se preocupavam umas com as outras. Na época, aquilo não havia sido uma prioridade absoluta para Carl, mas ele mudara de opinião com o passar do tempo. Sem os amigos do parque, ele teria caído em desgraça. Literalmente. Primeiro viu-se abandonado pela esposa. Depois ela decidiu que não queria o divórcio, mas foi viver no chalé. E começou a cultivar o hábito de lhe telefonar para mantê-lo informado sobre seus inúmeros e habituais amantes, bem mais jovens que ele. Num certo momento, o filho recusou-se a continuar vivendo com ela, e se mudou novamente para a casa de Carl, na fase mais delicada da puberdade. Finalmente veio o incidente de Amager, que ameaçou fazer sua vida sair dos trilhos. De repente, tudo aquilo que o mantinha de pé desapareceu: um objetivo de vida sólido e alguns companheiros que não davam a mínima se ele estava num dia bom ou não. Não, sem o Parque Rønneholt e as pessoas que ali residiam, ele provavelmente nunca teria voltado a entrar nos eixos.

Quando chegou em casa, Carl guardou a bicicleta no alpendre que ficava junto à cozinha. Pelo barulho, era fácil perceber que os outros dois moradores estavam em casa. Como de costume, seu inquilino, Morten Holland, ouvia ópera no porão, no volume máximo, enquanto o som de heavy metal retumbava do quarto do enteado de Carl, no primeiro andar.

Carl entrou naquele inferno acústico, bateu algumas vezes com os pés no chão e o *Rigoletto* do porão baixou o volume imediatamente. Porém não ia ser tão simples assim com o garoto no primeiro andar. Ele subiu a escada em três passos e, chegando no andar de cima, nem sequer se deu o trabalho de bater à porta.

— Por Deus, Jesper! Esse som infernal quebrou duas janelas ali na Pinjevangen. E você pagará por elas! — gritou tão alto quanto pôde.

O garoto, que já ouvira aquela história antes, não moveu um músculo, e permaneceu debruçado sobre o teclado do computador.

— Ei! — gritou Carl novamente ao ouvido de Jesper. — Desligue isso ou eu cortarei a sua internet.

A ameaça imediatamente produziu efeito.

Lá embaixo, na cozinha, Morten Holland já havia posto a mesa. Alguém da vizinhança, certa vez, o apelidara de "dona de casa substituta do número 73", mas estava enganado. Morten não era nenhum substituto, era a melhor e mais autêntica dona de casa que já se aproximara de Carl. Ele ia às compras, lavava a roupa, cozinhava e fazia limpeza. Tudo isso enquanto entoava árias de ópera. E, além do mais, ainda pagava o aluguel sempre antecipadamente.

— Você foi à universidade hoje? — Carl já sabia a resposta. Morten tinha 33 anos, e nos treze anos anteriores havia estudado diligentemente todos os tipos de assuntos possíveis, menos aqueles correspondentes aos cursos em que estava matriculado. O resultado era um conhecimento impressionante sobre as mais variadas áreas, com exceção daquelas para as quais ele havia recebido uma bolsa de estudo, e que se supunha seria sua principal fonte de renda.

Morten virou as costas largas para Carl e olhou para a massa borbulhante na panela sobre o fogão.

— Eu decidi estudar Ciências Políticas.

Ele já havia mencionado aquilo antes. Era somente uma questão de tempo antes que começasse aquela carreira, também.

— Pelo amor de Deus, Morten, não acha que devia terminar a licenciatura em Economia primeiro? — Carl não conseguiu evitar a pergunta.

Morten jogou uma pitada de sal dentro da panela e começou a mexer.

— Quase todos os que estudam Economia votam nos partidos do governo. Não me identifico com isso.

— Como você sabe disso, Morten? Quando foi que apareceu nas aulas?

— Ontem, por exemplo. Contei aos meus colegas de curso uma piada sobre Karina Jensen.

— Uma piada sobre uma dirigente política que fez parte da extrema-esquerda e que agora foi parar no Partido Liberal? Não deve ser uma coisa muito difícil de fazer.

— Ela é um bom exemplo sobre como por detrás de uma fachada nobre pode-se esconder a mais pura imbecilidade. E acha que alguém riu?

Morten era diferente. Um ser virgem e andrógino, cujos contatos sociais se restringiam a conversas ocasionais com clientes no supermercado acerca do que estavam comprando. Como uma pequena conversa na seção de congelados sobre se o espinafre ficava melhor com ou sem molho.

— Que diferença faz se ninguém riu, Morten? Pode haver muitas razões para isso. Eu não ri, tampouco. E não voto no partido do governo, caso você queira saber.

Carl meneou a cabeça. Ele sabia que era inútil. Mas, enquanto Morten ganhasse um bom salário na locadora e pagasse o aluguel em dia, não importava o que ele estudasse ou deixasse de estudar.

— Ciências Políticas, você disse, né? Parece ser uma coisa muito chata.

Morten deu de ombros, cortou algumas cenouras em rodelas e despejou-as na panela. Calou-se por um momento, o que não era nada habitual. Carl pressentia o que estava por vir.

— Vigga telefonou. — Morten parecia um pouco preocupado e deu um passo para o lado. Nessas ocasiões era normal ele dizer em inglês: *Don't shoot me, I'm only the piano player.* Mas dessa vez ele não disse nada.

Carl manteve-se em silêncio. Se Vigga quisesse alguma coisa dele deveria ao menos esperar até que ele chegasse em casa.

— Eu acho que ela está congelando naquela e chalé — arriscou-se a dizer Morten, enquanto mexia a panela.

Carl olhou para ele. A comida exalava um aroma delicioso. O que Morten estava cozinhando? Fazia muito tempo que ele não tinha tanto apetite.

— Ah, coitadinha, ela está congelando! Talvez então devesse enfiar um dos seus amantes na lareira de vez em quando.

— Estão falando sobre o quê? — Ouviu-se da porta. Atrás de Jesper, o barulho infernal que voltara a ressoar do seu quarto fazia as paredes do corredor vibrarem.

Era um milagre eles poderem ouvir um ao outro.

Havia três dias que Carl ocupava o porão, olhando alternadamente para as paredes e para o Google, medindo a distância até o banheiro provisório e sentindo-se mais descansado do que nunca. Agora contava os quatrocentos e cinquenta e dois passos até a Divisão de Homicídios, no terceiro andar, onde estavam alojados seus antigos colegas. Ele estava indo até lá para exigir que o pessoal da manutenção colocasse a porta de seu escritório de volta nas dobradiças, para que ele pudesse ao menos batê-la quando sentisse vontade. E também ia lembrar sutilmente aos seus colegas que ele ainda não tinha recebido os casos importantes que haviam prometido. Não que estivesse com muita pressa, mas ele não tinha intenção de perder seu emprego antes mesmo de começar a trabalhar.

Ele esperava que os funcionários o fitassem com curiosidade, assim que entrasse no seu antigo departamento. Estava à espera de olhares piedosos e até mesmo sarcásticos. O que não esperava, porém, era que, ao vê-lo, todos eles desaparecessem ao mesmo tempo por trás de seus escritórios num bem-orquestrado fechar de portas.

— O que está havendo aqui? — perguntou para um homem que ele nunca tinha visto antes, e que desempacotava caixas de mudança no primeiro escritório.

O homem estendeu-lhe a mão.

— Peter Vestervig. Venho da delegacia central da cidade. Faço parte da equipe de Viggo.

— Da equipe de Viggo? Viggo Brink? — indagou Carl, surpreso. Viggo, chefe de equipe? Então ele deve ter sido nomeado no dia anterior.

— Sim. E você é...? — indagou Peter.

Carl apertou sua mão rapidamente e olhou ao redor da sala. Havia mais duas pessoas que ele não conhecia.

— Eles estão na equipe de Viggo também?

— Menos aquele que está junto da janela.

— Móveis novos, pelo que vejo.

— Sim, acabaram de trazer. Você não é Carl Mørck?

— Costumava ser — respondeu ele, e percorreu os últimos metros até o escritório de Marcus Jacobsen.

A porta estava aberta, mas se estivesse fechada também não o teria impedido de entrar.

— O seu departamento anda muito concorrido — observou ele, sem rodeios, interrompendo uma reunião.

O delegado da Homicídios olhou, embaraçado, para seu adjunto e depois para uma das moças do escritório.

— OK, parece que Carl Mørck emergiu das profundezas. Continuaremos dentro de meia hora — disse, juntando os papéis que estavam sobre a mesa.

Carl deu um sorriso mal-humorado para o adjunto de Jacobsen quando este saiu da sala. O sorriso que recebeu de volta nada ficou devendo ao seu. Lars Bjørn sempre soubera como manter aquecidos os frios sentimentos existentes entre ambos.

— Como vão as coisas lá embaixo, Carl? Já tem uma noção dos casos que merecem maior prioridade?

— Você mesmo pode me dizer isso. Pelo menos no que diz respeito aos que recebi até agora. — Apontou para trás. — O que está acontecendo lá fora?

— É uma boa pergunta. — Jacobsen ergueu as sobrancelhas e endireitou a Torre de Pisa, nome dado pelos subordinados ao monte de casos novos que se acumulavam sobre sua mesa. — A grande quantidade de casos tornou necessária a formação de duas novas equipes de investigação.

— Para substituir a minha? — Carl sorriu, desajeitadamente.

— Sim, e ainda vamos receber mais duas equipes.

Carl franziu o cenho.

— Quatro equipes? E como pretendem financiá-las?

— Um orçamento especial. Ajustado de acordo com a reforma criminal que você já conhece.

— Sério? Já conheço?

— Veio até aqui por algum motivo específico, Carl?

— Sim, mas acho que isso pode esperar. Primeiro tenho de confirmar uma coisa. Voltarei mais tarde.

Alarme começaram a soar na cabeça de Carl. Não era segredo para ninguém que muitos dos membros do Partido Conservador eram pessoas de negócios que socializavam e faziam o que as organizações de comércio lhes pediam para fazer. Mas o partido mais impecável da Dinamarca também sempre havia atraído os agentes da polícia e das forças armadas, só Deus sabia por quê. Carl tinha conhecimento de que atualmente existiam dois membros desse tipo no Parlamento, representando os conservadores. Um deles era um sujeito sórdido, que percorrera toda a hierarquia policial numa velocidade vertiginosa, para sair dela o mais depressa possível. O outro, porém, era um bom e velho vice-comissário da polícia, que Carl conhecia dos seus tempos em Randers. Ele não era uma pessoa particularmente conservadora, mas havia nascido naquele círculo eleitoral, e seu trabalho era, sem dúvida, muito bem-pago. Então Kurt Hansen, de Randers, tornou se membro do Parlamento, representando os conservadores, e membro da Comissão Jurídica. Ele era a melhor fonte de Carl para informações sobre as esferas políticas. Kurt não contava muitas coisas por iniciativa própria, mas era fácil despertar seu interesse quando o caso era suficientemente empolgante. Carl não tinha certeza se isso se aplicava à situação em questão.

— Senhor vice-comissário Kurt Hansen, presumo — disse Carl assim que o homem atendeu o telefone.

Hansen lançou sua costumeira gargalhada, calorosa e amigável.

— Bem, o que você sabe? Há quanto tempo, Carl. É bom ouvir a sua voz. Ouvi dizer que foi baleado.

— Não foi nada. Estou bem, Kurt.

— Mas a coisa acabou mal para dois dos seus colegas. Já fizeram algum progresso no caso?

— Estamos avançando.

— Fico feliz por saber. Realmente. Neste momento, estamos trabalhando num projeto de lei que prevê o aumento em cinquenta por cento da pena para ataques a oficiais em serviço. Nós temos que apoiar aqueles que estão na linha da frente, que são vocês.

— Ótimo, Kurt. E também apoiaram a Divisão de Homicídios de Copenhague com um orçamento especial, segundo estou sabendo.

— Não, não acho que tenhamos feito algo assim.

— Bem, talvez não tenha sido a Divisão de Homicídios. Talvez algo dentro da sede da polícia? Não é nenhum segredo, é?

— E temos algum segredo aqui quando se trata de apropriação de fundos? — Kurt gargalhou como só um homem que tem garantida uma polpuda pensão poderia fazer.

— Então, quem exatamente vocês decidiram beneficiar? Ou será que é um assunto para a Polícia Nacional?

— Sim. O novo departamento pertence formalmente à jurisdição da Polícia Nacional. Para impedir que as mesmas pessoas voltem a investigar os mesmos casos, decidiu-se criar um departamento independente que, no plano técnico-administrativo, estará subordinado à Divisão de Homicídios de Copenhague. Esse departamento deverá lidar com os chamados casos de "atenção especial", mas isso você já sabe, certamente.

— Está falando do Departamento Q?

— É assim que o chamam? Sem dúvida é um excelente nome.

— Qual foi o montante da verba concedida?

— Não sei dizer o valor exato, mas andava entre seis e oito milhões de coroas por ano para os próximos dez anos.

Carl olhou em volta, para as paredes verde-claras do seu escritório no porão. Agora ele compreendia por que Marcus Jacobsen e Lars Bjørn haviam feito tanta força para enviá-lo para esta terra de ninguém. Entre seis e oito milhões, ele dissera. Diretamente para os bolsos da Divisão de Homicídios.

Diabos, isso ia custar caro!

Marcus Jacobsen olhou novamente para Carl, antes de tirar os óculos de leitura. No rosto, tinha exatamente a mesma expressão que apresentava quando examinava o local de um crime e as pistas eram indecifráveis.

— Você está dizendo que quer ter seu próprio carro de serviço? Tenho que lembrá-lo de que ninguém aqui na polícia de Copenhague possui um carro próprio? Quando precisar de um terá que se dirigir ao nosso estacionamento de viaturas. Como todos os outros, Carl.

— Eu não trabalho na polícia de Copenhague. A polícia de Copenhague apenas administra meu departamento.

— Carl, sabe perfeitamente que o pessoal aqui de cima é contra qualquer forma de tratamento preferencial, não sabe? E você quer seis homens para seu departamento? Você enlouqueceu?

— Só estou tentando construir o Departamento Q de forma a torná-lo funcional, como planejado. Não era essa a minha missão? Ter toda a Dinamarca sob minha alçada é muita responsabilidade. Estou certo de que você entende. Está dizendo que não me dará seis homens?

— Não, de jeito nenhum.

— Quatro? Três...?

O delegado da Homicídios negou com a cabeça.

— Isso significa que terei que resolver todas as missões sozinho.

O delegado fez que sim.

— Mas isso não será possível se não tiver a minha própria viatura de serviço. Como espera que eu consiga me deslocar até Aalborg ou até Næstved? Sou um homem muito ocupado. Ainda não tenho ideia de quantos casos vão parar na minha mesa, sabia? — Carl sentou-se em frente ao chefe e encheu de café a xícara que Bjørn deixara ali. — Mas, não importa como, preciso de um assistente lá embaixo. Uma espécie de faz-tudo. Alguém que tenha carteira de habilitação, que possa tratar de assuntos por mim. Alguém que se ocupe de tudo, que envie fax e coisas do gênero. Que faça a limpeza. Vou ter muita coisa para fazer, Marcus. Nós temos que apresentar resultados, não é verdade? O Parlamento vai querer saber como aplicamos o seu dinheiro, não acha? Eram quantos, oito milhões? É realmente muito dinheiro.

7

2002

Nenhuma agenda era grande o bastante para conter todos os compromissos da vice-presidente parlamentar do Partido Democrático. No período entre sete da manhã e cinco da tarde, Merete Lynggaard tinha catorze reuniões previstas com representantes dos mais variados grupos de interesses. Pelo menos quarenta novas pessoas lhe seriam apresentadas na sua condição de porta-voz da Comissão de Saúde, e a maioria esperava que ela conhecesse as origens e o campo de atividade, as esperanças e a prática científica de cada uma. Se ela ainda contasse com o apoio da sua antiga assistente, Marianne, seria possível corresponder razoavelmente às expectativas. Mas a nova assistente, Søs Norup, não era tão perspicaz. Por outro lado, era uma pessoa discreta. Desde que começara a trabalhar no escritório de Merete, nem uma única vez abordara qualquer assunto de natureza pessoal. Era um robô, ainda que a sua memória RAM deixasse a desejar.

O grupo que agora se sentava diante de Merete estava fazendo a ronda em Christiansborg. Primeiro, se reunira com os partidos do governo e depois com o maior partido da oposição, o que significava que era a vez de Merete Lynggaard. Os representantes pareciam bastante desesperados, e tinham razão para isso, uma vez que só poucos no governo tinham outra preocupação além do escândalo em Farum e a crítica pungente do prefeito contra vários ministros.

A delegação informou Merete sobre temas como os possíveis danos para a saúde causados pelas nanopartículas, orientação magnética de transporte de partículas no corpo, defesas imunológicas, monitoramento de moléculas e pesquisas sobre placenta. Esta última, em particular, parecia ser o objetivo principal.

— Estamos plenamente conscientes das questões éticas — disse o porta-voz. — Sabemos também que especialmente os partidos do governo representam grupos da população que, de forma geral, se opõem à retirada de células da placenta. Mas é imperativo que nos debrucemos sobre o tema.

O porta-voz, um homem elegante que havia feito fortuna em sua área de atuação, era o fundador da renomada companhia farmacêutica BasicGen, que realizava pesquisa básica para outras e maiores empresas farmacêuticas. Sempre que tinha uma nova ideia, ele batia na porta dos escritórios de representantes das comissões de saúde dos vários partidos. Merete não conhecia o restante da delegação, mas reparou num homem jovem que estava de pé atrás do porta-voz, olhando fixamente para ela durante todo o tempo. Ocasionalmente, ele acrescentava informações às explicações do porta-voz, mas na maioria das vezes dava a impressão de estar ali meramente como observador.

— Ah, sim, este é Daniel Hale, o nosso melhor parceiro na frente laboratorial. Seu nome parece inglês, mas ele é dinamarquês dos pés à cabeça — apresentou o porta-voz, enquanto Merete cumprimentava pessoalmente cada membro do grupo.

Ela lhe estendeu a mão e sentiu imediatamente o calor do seu toque.

— Daniel Hale, certo? — perguntou.

Ele sorriu. Por um momento o olhar de Merete brilhou. Que embaraçoso!

Ela desviou o olhar para sua assistente. Se Marianne estivesse ali, certamente teria escondido o sorriso por trás dos papéis que sempre carregava consigo. A nova assistente, porém, não sorriu.

— O senhor trabalha num laboratório? — perguntou Merete.

Nesse instante, ela foi interrompida pelo porta-voz do grupo. Ele precisava fazer uso de seus poucos e preciosos segundos. A delegação seguinte já estava esperando na porta do escritório de Merete e ninguém tinha ideia de quando surgiria outra chance como aquela. Estava em jogo muito tempo e dinheiro investido.

— Daniel é dono do melhor, embora pequeno, laboratório da Escandinávia. Bem, na verdade, não é tão pequeno assim, desde que ele adquiriu novos edifícios — disse, virando-se para seu colega, que balançava a cabeça, sorridente. Era um sorriso cativante. — Pedimos autorização para entregar este relatório a você, na sua condição de presidente da comissão de políticas de saúde — prosseguiu o chefe da delegação, voltando-se para Merete. — Talvez consiga encontrar tempo para ler. É extremamente importante para as futuras gerações que levemos esse problema muito a sério.

Merete não esperava ver Daniel Hale lá embaixo, no restaurante do Parlamento. Era evidente que ele estava esperando por ela. No restante da semana, ela almoçava no escritório, mas havia um ano que se encontrava todas as sextas-feiras com as presidentes das comissões de saúde dos sociais-democratas e dos radicais do centro. Todas elas eram mulheres corajosas, capazes de fazer qualquer membro do Partido da Dinamarca perder a cabeça. O simples fato de se encontrarem para tomar café de forma tão aberta não agradava muitas pessoas.

Hale estava sozinho e meio escondido atrás de uma coluna, sentado na ponta da cadeira desenhada por Kasper Salto, com uma xícara de café a sua frente. Trocaram olhares assim que Merete entrou pela porta de vidro, e durante todo o tempo que permaneceu no restaurante ela não conseguiu pensar em mais nada.

Quando as mulheres se levantaram depois de terminarem sua conversa, ele veio falar com ela.

Merete percebeu como as pessoas olhavam para ela enquanto trocavam sussurros, mas sentia como se estivesse presa ao olhar de Hale.

8

2007

Carl estava mais ou menos satisfeito. Os operários estiveram ocupados durante toda a manhã no escritório do porão, enquanto ele permanecera no corredor, fazendo café e fumando um cigarro atrás do outro. Agora havia um tapete sobre o chão do Departamento Q, os baldes de tinta e todo o resto tinham desaparecido em sacos plásticos gigantes e a porta assentava-se novamente nas dobradiças. Uma TV de tela plana pendurada na parede partilhava o espaço com um quadro branco e outro de avisos. A estante estava repleta de velhos livros jurídicos, que antigos colegas haviam trazido no tempo em que atuava no cargo anterior, e ali os deixara. No bolso da calça estava a chave de um Peugeot 607 azul-escuro, que acabara de ser retirado de circulação pelo serviço de informações da polícia, porque eles não queriam que seus guarda-costas circulassem em automóveis com a pintura riscada atrás dos veículos oficiais da rainha. O carro marcava somente 45 mil quilômetros no velocímetro e era agora propriedade do Departamento Q. Ele ficaria muito bem no estacionamento do Magnolievangen, que ficava a apenas vinte metros da janela do seu quarto.

Dentro de poucos dias, Carl teria o assistente que haviam lhe prometido. Ele convencera o pessoal da manutenção a esvaziar uma pequena sala que ficava do outro lado do corredor. A sala servia para armazenar os capacetes e os escudos usados pela tropa de choque nos últimos tumultos provocados pelo fechamento do Centro da Juventude. Agora o espaço seria equipado com uma mesa, uma cadeira, um armário para material de limpeza e todas as lâmpadas fluorescentes que Carl havia tirado de seu novo escritório. Marcus Jacobsen cumprira a palavra e contratara um assistente para realizar todo o serviço, mas, em compensação, exigia que a pessoa também limpasse todas as outras salas do porão. Isso era algo que Carl pretendia mudar assim que houvesse oportunidade, e Jacobsen não tinha a menor dúvida de que ele faria. Aquilo tudo fazia parte de um jogo para decidir quem fazia o quê e, mais especificamente, quando isso seria feito. Contudo, era Carl quem estava sentado ali no porão, enquanto os outros, no terceiro andar, podiam desfrutar da vista para o Tivoli. Era preciso haver uma série de mudanças, a fim de estabelecer o equilíbrio.

Às 13h daquele mesmo dia, duas secretárias da administração finalmente apareceram com arquivos de casos. Elas disseram a Carl que se tratava apenas de documentos gerais, e que, se ele quisesse um material de apoio mais amplo, teria que fazer uma requisição formal. Pelo menos agora ele tinha duas pessoas de seu antigo departamento que ele poderia con-sultar. Ou ao menos uma das secretárias, Lis, uma mulher de cabelos claros, com os dentes da frente levemente sobrepostos, que lhe davam um ar encantador. Com ela, Carl gostaria de trocar muito mais do que mero material de trabalho.

Ele pediu que elas colocassem as pastas em uma das extremidades da mesa.

— Estou vendo por acaso um brilho em seus olhos, ou você sempre teve esse olhar tão fantástico, Lis?

O olhar que a morena lançou a sua colega teria feito o próprio Einstein sentir-se um idiota. Provavelmente já tinha passado muito tempo desde que ela mesma era alvo de comentários daquele tipo.

— Carl, meu querido — disse a loura Lis, como sempre fazia. — Este brilho é exclusivamente reservado ao meu marido e aos meus filhos. Quando você vai aceitar esse fato?

— Só aceitarei no dia em que a luz chegar ao fim e a eterna escuridão engolir-me junto com o restante do mundo — respondeu ele.

Antes mesmo de as duas secretárias chegarem à escada, a morena ex-pressava sua indignação, cochichando alguma coisa no ouvido da colega.

Nas primeiras horas, Carl sequer olhou para os dossiês. Ainda assim deu-se o trabalho de contar as pastas, o que não deixava de ser uma forma de trabalho, afinal de contas. Eram pelo menos quarenta, mas ele não abriu nenhuma. Haveria tempo de sobra para isso. Pelo menos vinte anos antes da aposentaria, ele pensou, enquanto jogava mais uma partida de Spider Solitaire. Caso ganhasse o jogo seguinte, ele consideraria a hipótese de dar uma olhada com mais atenção na pilha de pastas à sua direita.

Depois de ter jogado pelo menos mais vinte partidas, seu celular tocou. Ele não reconheceu o número que surgiu no visor: 3545 e alguma coisa mais. Era um número de Copenhague.

— Sim? — disse ele, esperando ouvir a voz exaltada de Vigga. Ela sempre conseguia encontrar uma alma caridosa que lhe emprestasse o telefone. "Tenha seu próprio telefone, mãe", Jesper lhe dizia constantemente. "É irritante ter que ligar para os vizinhos toda vez que preciso falar com você."

— Alô — respondeu alguém do outro lado, e não parecia nada com a voz de Vigga. — O meu nome é Birte Martinsen. Sou psicóloga na Clínica de Lesão Medular. Estou ligando para informar sobre Hardy Henningsen: ele está melhorando. Esta manhã, ele tentou sugar diretamente para os pulmões a água que uma enfermeira lhe deu. Parece estar bem, mas muito depressivo, e tem perguntado por você. Poderia vir visitá-lo? Acredito que isso pode ajudar.

Carl recebeu autorização para ficar sozinho com Hardy, embora a psicóloga, claramente, quisesse ficar ouvindo a conversa.

— Então se cansou de tudo, meu velho? — disse ele, pegando na mão de Hardy. Ainda havia uma esperança de vida nela, Carl notou. Nesse momento, Hardy mexeu as pontas dos dedos médio e indicador, como se quisesse chamá-lo mais para perto.

— Sim, Hardy? — Carl aproximou o ouvido da boca do amigo.

— Mate-me, Carl — balbuciou Hardy.

Carl endireitou-se e fitou o amigo diretamente nos olhos. Seu grande parceiro tinha os olhos mais azuis do mundo, e naquele momento, eles estavam repletos de tristeza, dúvida e um apelo urgente.

— Por Deus, Hardy — murmurou ele. — Não posso fazer isso. Você vai conseguir. Precisa se levantar e voltar a andar. Você tem um filho que quer ter o pai de volta! Não percebe isso, Hardy?

— Ele tem 20 anos, vai ficar bem — murmurou Hardy.

Era o mesmo Hardy de sempre. Estava completamente lúcido e sabia o que Carl estava falando.

— Não posso fazer isso, Hardy. Você tem que aguentar. Você vai melhorar.

— Carl, estou paralítico e é assim que vou ficar. Hoje me deram o prognóstico. Não há nenhuma esperança de recuperação.

— Imagino que Hardy Henningsen tenha pedido ajuda para dar fim à vida — disse a psicóloga, adotando um tom de voz familiar. O olhar profissional não exigia nenhuma resposta. Ela estava segura daquilo que fazia, e não era a primeira vez que passava por uma situação daquelas.

— Não. Ele não pediu.

— Oh, mesmo? Tinha certeza de que ele faria isso.

— Hardy? Não, não era isso que ele queria.

— Eu ficaria muito feliz se pudesse me contar o que ele disse.

— Poderia contar. — Carl comprimiu os lábios, e da janela olhou para a estrada. Nem uma alma à vista. Muito estranho.

— Mas não vai contar...?

— Você certamente ficaria corada se ouvisse o que ele me disse, doutora. Não posso repetir uma coisa dessas para uma dama.

— Poderia tentar.

— Não me parece uma boa ideia.

9

2002

Merete já ouvira falar muitas vezes do pequeno Café Bankeråt, na Nansensgade, com os estranhos animais empalhados. Mas, até aquela noite, ela jamais havia entrado lá.

No meio do emaranhado de vozes, ela foi recebida por um sorriso caloroso e por uma taça de vinho branco gelado. A noite estava começando de forma bastante promissora.

Ela tinha acabado de contar que no fim de semana seguinte viajaria com o irmão para Berlim. Que eles faziam aquela viagem uma vez por ano e que ficariam hospedados perto do jardim zoológico.

Foi então que seu celular tocou.

— Uffe não está se sentindo bem — disse a empregada.

Por um momento, Merete permaneceu imóvel, os olhos fechados, tentando processar o que acabara de ouvir. Ela raramente saía para um encontro. Por que ele tinha que estragar tudo?

Apesar das estradas escorregadias, ela chegou em casa em menos de uma hora.

Uffe havia passado quase toda a noite chorando e tremendo. Era algo que costumava acontecer se Merete não chegava em casa na hora habitual. O irmão não se comunicava bem verbalmente, então era difícil saber o que acontecia com ele. Algumas vezes parecia que não havia ninguém naquele corpo. Mas não era o caso. Uffe estava muito presente.

A empregada estava visivelmente perturbada. Merete sabia que não poderia contar com ela novamente.

Somente quando Merete o levou para o quarto de dormir e colocou o seu adorado boné de beisebol na cabeça, foi que Uffe parou de chorar.

Mas ele continuava zangado, era possível perceber isso em seus olhos. Para acalmá-lo, ela descreveu os inúmeros clientes do restaurante e as estranhas criaturas empalhadas. Contou, pacientemente, o que havia feito e pensado durante o dia, e notou como suas palavras o acalmavam. Era o que ela sempre fazia em situações parecidas, desde que ele tinha 10 ou 11 anos. Quando Uffe chorava, os soluços vinham das profundezas do seu subconsciente. Nesses momentos, o passado e o presente tornavam-se uma coisa só dentro dele. Era como se ele se lembrasse da sua vida antes do acidente, quando era um garoto perfeitamente normal. Não. Normal, não. Quando ele era um garoto muito especial, com uma mente brilhante e cheia de ideias fabulosas, e um futuro imensamente promissor. Ele havia sido um garoto incrível. E então aconteceu o acidente.

Nos dias seguintes, Merete esteve extremamente ocupada. E embora seus pensamentos tivessem a tendência de divagar na maior parte do tempo, não havia mais ninguém que pudesse fazer seu trabalho. Às seis horas da manhã, ela já estava no escritório e, depois de um dia cansativo, agora acelerava na estrada, para conseguir chegar em casa às seis da tarde. Não sobrava muito tempo para pôr calma e ordem em sua vida.

Por isso, não foi nada proveitoso para sua concentração quando ela se deparou com um enorme buquê de flores em cima da mesa. Sua assistente estava visivelmente irritada. Ela viera da Associação Dinamarquesa de Advogados e Economistas, onde as pessoas eram, evidentemente, muito melhores em diferenciar o trabalho da vida pessoal. Se Marianne ainda fosse sua assistente, ela teria desmaiado e pairado em torno das flores como se estas fossem joias da coroa.

Não, ela não poderia esperar muito apoio por parte da sua nova assistente no que se referia a assuntos pessoais. Mas talvez assim fosse melhor.

Três dias depois, Merete recebeu um cartão de São Valentim da TelegramsOnline. Era o primeiro cartão de dia dos namorados que recebia em sua vida, mas aquilo não lhe parecia correto, pois já se passara duas semanas desde o dia 14 de fevereiro. Na parte da frente do cartão havia um par de lábios e as palavras "Amor & Beijos para Merete". Sua assistente parecia indignada quando lhe entregou o cartão.

Dentro dele estava escrito: "Preciso falar com você."

Merete sentou-se por um momento e contemplou os lábios no cartão, meneando a cabeça.

Então seus pensamentos voltaram para a noite no Café Bankeråt. Mesmo que a memória lhe despertasse um sentimento maravilhoso, ela sabia que isso não levaria a nada. A única coisa a fazer era pôr um fim àquela situação, antes que ficasse mais séria.

Merete passou algum tempo pensando no que iria dizer, então discou o número dele e esperou que a chamada fosse parar na secretária eletrônica.

— Olá, aqui é Merete — disse amavelmente. — Pensei muito sobre o assunto e cheguei à conclusão de que não é uma boa ideia. O meu trabalho e meu irmão exigem muito de mim, e isso nunca vai mudar. Lamento muito, muito mesmo. Por favor, me perdoe.

Em seguida, pegou a agenda de telefones que estava sobre a mesa e riscou o número dele.

Nesse instante, a assistente entrou no escritório e parou abruptamente em frente à sua mesa.

Quando Merete ergueu a cabeça e a fitou, viu a mulher sorrindo de uma maneira que jamais tinha visto antes.

Ele estava do lado de fora, sem casaco, nas escadas do pátio do edifício do Parlamento. Estava muito frio, e a cor de seu rosto não parecia nada saudável. Apesar das alterações climáticas, o tempo em fevereiro não era muito apropriado para ficar muito tempo ao ar livre. Ele lançou um olhar suplicante para Merete, sem reparar no repórter fotográfico que acabara de entrar pelo portão, vindo da praça do palácio.

Ela tentou puxá-lo para a porta de entrada, mas ele era muito grande e estava desesperado demais.

— Merete — disse em voz baixa, colocando as mãos nos ombros dela. — Não faça isso. Estou completamente arrasado.

— Lamento — respondeu ela, balançando a cabeça. Percebeu que a expressão dele mudou de repente. Lá estava novamente aquele olhar profundo e insinuante que a deixava ansiosa.

Por trás dele o repórter levantara a câmera fotográfica. Droga! Se havia algo que ela não precisava naquele momento era de um paparazzo que fotografasse os dois juntos.

— Sinto muito. Infelizmente não posso ajudá-lo! — gritou ela, correndo para o carro. — Simplesmente não posso.

Uffe olhou para a irmã com perplexidade quando ela começou a chorar durante o jantar. Ele levava a colher à boca tão lentamente quanto de costume e sorria cada vez que engolia. Mantinha o olhar fixo nos lábios de Merete embora permanecesse distante.

— Droga! — Ela soluçou, batendo com o punho na mesa. Olhou para Uffe com amargura e frustração corroendo sua alma. Nos últimos tempos, aquele sentimento a assolava cada vez mais. Infelizmente.

Ela acordou com o sonho ainda gravado em sua consciência. Tão vívido, tão afetuoso, tão terrível...

Aquele dia havia começado com uma manhã maravilhosa. Estava frio, alguns graus negativos, e tinha um pouco de neve, o suficiente para acentuar ainda mais o ambiente festivo. Todos estavam tão cheios de vida. Merete tinha 16 anos e Uffe 13. Seus pais, desde o começo da manhã, vinham lançando sorrisos sonhadores um para o outro. E foi sorrindo que colocaram as bagagens no carro e assim continuaram, até que houve o acidente. Era a manhã da véspera de Natal, tão maravilhosa, tão promissora. Uffe tinha pedido um CD player, e esta foi a última vez na sua vida que ele expressou qualquer espécie de pedido.

Então eles partiram. Estavam felizes, e Merete e Uffe riam. Todos esperavam por eles em seu destino.

Uffe deu-lhe um empurrão no assento do banco traseiro. Ele era cerca de vinte quilos a menos que a irmã, mas era tão irrequieto quanto um cãozinho selvagem. Merete empurrou-o de volta, tirou seu boné e usou-o para bater na cabeça dele. Foi então que as coisas perderam o controle.

Assim que o carro passou por uma curva na floresta, Uffe bateu em Merete novamente, e ela o agarrou, forçando-o a voltar para seu assento. Rindo, ele chutava e gritava e Merete o empurrou com brusquidão. Quando o pai, sorrindo, lançou o braço para trás a fim de dar um tapinha em ambos, Merete e o irmão ergueram o olhar. Naquele momento, o carro estava no meio de uma ultrapassagem. O Ford Sierra vermelho ao lado deles tinha respingos cinzentos de sal e neve nas portas. Um homem e uma mulher, por volta dos 40 anos, estavam nos bancos da frente, o olhar de ambos concentrados no que se passava diante deles. No banco de trás havia um casal de filhos, tal como eles. Uffe e Merete sorriram para as crianças. O garoto parecia ser um pouco mais novo que Merete e tinha o cabelo muito curto. Ele captou seu olhar alegre quando ela empurrou o braço do pai para o lado e voltou a sorrir para ele, não percebendo que o pai havia perdido o controle do carro, até que a expressão do garoto mudou repentinamente na luz cintilante que penetrava por entre os abetos. Por uma fração de segundo, os apavorados olhos azuis do garoto estavam fixos nela, depois desapareceram.

O ruído de metal raspando em metal coincidiu com o estilhaçar das janelas laterais do outro carro. As crianças sentadas no banco de trás do outro automóvel caíram para o lado, enquanto Uffe foi parar em cima de Merete. Atrás dela, vidros quebravam, e à sua frente o para-brisa estava coberto de sombras escuras, batendo umas nas outras. Merete não conseguiu perceber se foi o carro de sua família ou o outro que batera nas árvores à beira da estrada, derrubando-as. Parte do tronco de uma delas atingiu o corpo de Uffe, e ele estava prestes a ser estrangulado pelo cinto de segurança. Seguiu-se um estrondo ensurdecedor, primeiro do outro carro, e então do carro deles. O sangue no estofamento e no para-brisa se misturava com a neve e a terra da floresta. Um galho perfurou a panturrilha de Merete. A parte de baixo do carro bateu em um tronco de árvore caído no chão e o veículo foi arremessado no ar por um instante. O barulho ensurdecedor da frente do veículo batendo no solo fundiu-se ao som estridente do Ford Sierra derrubando uma árvore. No segundo seguinte, o carro de Merete rodou na pista e capotou, antes de deslizar lateralmente até a mata espessa. Os braços de Uffe estavam esticados no ar, e suas pernas pressionadas contra o encosto do banco de sua mãe, que fora arrancado do assoalho do carro. Em nenhum momento Merete viu o pai ou a mãe. Ela via apenas Uffe.

Merete acordou com o coração batendo tão forte em seu peito que chegava a lhe causar dor. Estava encharcada de suor e sentia muito frio.

— Pare, Merete! — disse a si mesma em voz alta, respirando tão fundo quanto era possível. Levou a mão ao peito, tentando apagar aquelas imagens da memória. Somente nos sonhos ela conseguia ver todos os detalhes do acidente com uma clareza aterrorizante. Quando tudo aconteceu, ela não conseguiu absorver todos os pormenores. Na época, tudo do que conseguia se lembrar era a claridade, os gritos, o sangue, a escuridão, e por fim a luz novamente.

Voltou a respirar fundo e olhou para o lado. Deitado junto dela na cama estava Uffe, que liberava um leve som sibilante ao respirar. Seu semblante estava calmo e descontraído. Lá fora a chuva batia na calha.

Merete passou a mão pelo cabelo de Uffe, carinhosamente, e quando sentiu as lágrimas se aproximando, contraiu os lábios.

Graças a Deus fazia muito tempo que ela não tinha aquele sonho.

10

2007

—Olá, meu nome é Assad.
A mão peluda que ele estendeu a Carl parecia ter feito de tudo um pouco.

Carl não percebeu imediatamente onde estava nem quem falava com ele. Aquela não havia sido exatamente uma manhã gloriosa. Na verdade, ele literalmente caíra no sono, com os pés apoiados no canto da mesa, a revista de Sudoku sobre a perna e o queixo apoiado sobre o peito. Sua camisa estava completamente amarrotada. As pernas estavam dormentes e formigavam quando ele as tirou de cima da mesa. Carl olhou para o homem baixo e de pele escura de pé à sua frente. Não havia dúvida de que era mais velho que ele e que não havia sido recrutado na mesma comunidade camponesa de onde Carl era originário.

— Assad. OK — respondeu ele, preguiçosamente. Mas que diabos ele tinha a ver com isso?

— Você é Carl Mørck, como está escrito lá fora na porta? Disseram que eu estou aqui para ajudá-lo. É isso mesmo?

Carl semicerrou os olhos e refletiu sobre o que o homem havia acabado de falar. Ajudá-lo?

— Sim, com certeza, espero que sim — disse por fim.

A culpa era toda sua. Carl havia se tornado vítima de suas poucas e malpensadas exigências. Infelizmente, ele não tinha percebido até agora que ter alguém a mais no escritório, do outro lado do corredor, só lhe acarretaria obrigações. Por um lado, era necessário encontrar uma ocupação para Assad; por outro, ele também teria que ter algo para fazer, pelo menos a um grau razoável. Não, ele não tinha pensado bem no assunto.

Enquanto aquele sujeito estivesse sentado ali, olhando para ele, Carl não podia deixar que os dias se arrastassem, como vinha fazendo até então. Ele tinha pensado que a presença de um assistente lhe facilitaria bastante a vida. O sujeito teria tarefas suficientes para executar, e ele ficaria ali, contando as horas por trás das pálpebras fechadas. O chão tinha que ser limpo, era necessário fazer café, os escritórios precisavam de arrumação e os processos tinham que ser classificados e arquivados corretamente.

— Há muita coisa para fazer — dissera ele, poucas horas antes. Mas agora, menos de duas horas e meia depois, o sujeito já estava novamente sentado à sua frente, fitando-o com grandes olhos, e tudo estava limpo, feito e arrumado. Até a estante atrás de Carl havia sido organizada, com os livros postos em ordem alfabética. Todas as pastas com os processos tinham números nas lombadas e estavam prontas para ser utilizadas. No espaço de duas horas e meia, o homem havia executado todas as tarefas de que estava incumbido.

No que dizia respeito a Carl, ele já poderia perfeitamente ir para casa.

— Você tem carteira de habilitação? — perguntou a Assad. Lá no fundo nutria a esperança de que Marcus Jacobsen tivesse esquecido de levar esse fato em consideração, o que os conduziria a uma nova discussão sobre a ocupação daquele cargo.

— Dirijo táxis, carros de passeio e caminhões, tanques T-55, e também T-62, carros blindados e motocicletas, com e sem *sidecar*.

Isso levou Carl a sugerir que ele se sentasse tranquilamente na sua cadeira e lesse alguns dos livros que estavam na estante atrás dele. Carl puxou o livro que estava mais próximo: *Manual de criminalística*, do inspetor A. Haslund. E por que não?

— Preste atenção na construção das frases, enquanto estiver lendo, Assad. Você pode aprender bastante com isso. Já leu muita coisa em dinamarquês?

— Leio todos os jornais, estudei a Constituição e também todo o restante.

— Todo o restante? — repetiu Carl. Aquilo não seria nada fácil. — E de resolver Sudokus, você gosta? — perguntou, dando sua revista a Assad.

À tarde, Carl começou a sentir dores nas costas, por ter passado muito tempo sentado. O café de Assad era uma alarmante e potente experiência, que acabou com o sono de Carl, provocando a desagradável sensação de sangue correndo descontroladamente por suas veias. Foi isso que o levou a finalmente começar a folhear as pastas.

Alguns dos casos ele já conhecia à exaustão. Mas a maioria dos processos era proveniente de outros distritos policiais e alguns vinham do tempo em que ele ainda nem trabalhava no departamento de investigações criminais. O que todos eles tinham em comum era o fato de as investigações terem um grande número de agentes e reunido suscitado enorme atenção da mídia. Vários deles envolviam cidadãos que gozavam de grande notoriedade pública. Mas, em todos os casos, os fatos haviam sido apurados até o ponto onde as pistas acabavam.

Se ele os organizasse de forma grosseira, haveria três tipos de categorias.

O primeiro e maior grupo incluía os homicídios habituais. Neles haviam sido encontrados motivos plausíveis, mas não os criminosos.

O segundo tipo também envolvia homicídios, mas de natureza muito mais complexa. Em alguns casos era muito difícil encontrar um motivo. Poderia haver mais de uma vítima. Ocasionalmente, existiam condenações efetivas, mas não dos principais culpados, apenas dos chamados cúmplices. Havia certa arbitrariedade envolvida nesses casos e alguns dos atos criminosos tinham por base uma razão passional. Muitas vezes a investigação avançava devido a felizes coincidências para uma reunião favorável de acontecimentos. Testemunhas que passavam no local por acaso, carros utilizados em outro crime e outras situações do gênero, como denúncias. Eram casos que tinham sido difíceis para os investigadores, principalmente aqueles que não foram acompanhados de certa dose de sorte.

E, por último, havia a terceira categoria, uma confusão de homicídios, ou presumíveis homicídios, combinados com raptos, estupros, incêndios criminosos, latrocínios, certos tipos de crimes financeiros e um número considerável de casos com nuances políticas. Eram casos que a polícia não conseguira resolver, e, em alguns deles, o próprio conceito de justiça fora seriamente posto à prova. A criança que tinha desaparecido do carrinho de bebê. Um morador de asilo que fora estrangulado no seu quarto. O industrial assassinado num cemitério em Karup, ou o caso da esposa de um diplomata encontrada morta no jardim zoológico. Por mais que Carl odiasse admitir, a iniciativa de Piv Vestergård tinha um certo valor, mesmo se motivada pelo desejo de ganhar votos. Pois qualquer um desses casos inflamaria um verdadeiro investigador criminal.

Carl pegou outro cigarro e olhou para Assad sentado à sua frente. Um homem calmo, pensou. Se Assad se mantivesse sempre ocupado, como agora, talvez resultasse, no fim das contas, em uma excelente colaboração.

Ele pôs as três pilhas de casos em cima da mesa e olhou para o relógio. Mais meia hora de braços cruzados e olhos fechados. Então os dois poderiam ir para casa.

— Que tipos de casos são esses que você tem aí?

Carl ergueu os olhos para as sobrancelhas de Assad, através de uma pequena fresta entre as pálpebras, que se recusavam a abrir mais. O homem estava curvado sobre a mesa, segurando o *Manual de criminalística* em uma das mãos. Ele tinha posto o dedo num marcador, indicando que havia avançado consideravelmente na leitura. Ou talvez ele tivesse apenas olhado as fotografias, que era o que muitos faziam.

— Sabe de uma coisa, Assad? Você acabou de interromper minha linha de raciocínio. — Carl reprimiu um bocejo. — Bem, o que está feito está feito. Estes são os casos em que nós vamos trabalhar. São muito antigos, nos quais não se conseguiu avançar mais, e acabaram sendo arquivados. Entendido?

Assad ergueu as sobrancelhas.

— Mas isso é muito interessante — murmurou ele, pegando a pasta que estava no topo da pilha. — Ninguém sabe nada sobre quem cometeu o crime e coisas assim?

Carl esticou os músculos das costas e olhou novamente para o relógio. Ainda não eram nem três horas. Tirou a pasta da mão de Assad e a estudou.

— Não sei muito sobre este caso. Trata-se de algo relacionado com os trabalhos de escavação na ilha de Sprogø, na ocasião da construção da ponte Great Belt. Na época encontraram um cadáver, mas não conseguiram ir muito além disso. O caso foi parar na polícia de Slagelse. Um bando de preguiçosas.

— Preguiçosas? — perguntou. — E este caso vem primeiro para você?

Carl o fitou, sem compreender o que ele quis dizer.

— Você está me perguntando se este é o primeiro caso em que vamos trabalhar? É isso que está querendo dizer?

— Sim. É esse então?

Carl franziu o cenho.

— Preciso estudar todos os casos antes de decidir.

— Isso aqui é muito confidencial? — Assad voltou a colocar cuidadosamente a pasta no topo da pilha.

— Os casos que temos aqui? Sim, é bem possível que existam informações que não podem ser vistas por outros olhos.

Assad manteve-se calado por um momento. Ele parecia um garoto que queria muito um sorvete que lhe fora recusado, mas sabia que, se permanecesse lá tempo suficiente, ainda haveria a chance de consegui-lo. Olharam um para o outro em silêncio durante tanto tempo que Carl acabou sentindo-se confuso.

— O que foi? — perguntou. — Há alguma coisa específica que você queira?

— Já que estou aqui, e prometo manter minha boca fechada e nunca dizer nada sobre o que li, posso dar uma olhada nos processos?

— Esse não é o seu trabalho, Assad.

— Não. Mas qual é o meu trabalho neste momento? Cheguei até a página 45 do livro e agora a minha cabeça quer algo diferente.

— Estou vendo. — Carl olhou em volta, tentando descobrir novos desafios para a cabeça de Assad, ou pelo menos para seus bem-constituídos braços. Mas na verdade não havia mesmo muita coisa que ele pudesse fazer.

— Bem, se você prometer que não falará com mais ninguém, a não ser comigo, sobre o que lerá aqui, então tudo bem. — Empurrou a pilha de pastas alguns milímetros na direção de Assad. — Existem três pilhas que não podem se misturar. Perdi muito tempo desenvolvendo esse sistema genial. E lembre-se, não fale com ninguém além de mim sobre os casos. — Virou-se para o computador. — E mais uma coisa, Assad. Estes são os meus casos e eu estou muito ocupado. Você mesmo pode ver quantos são. Por isso, não espere que eu vá discuti-los com você. Você foi contratado para fazer limpeza, preparar café e para ser o meu motorista. Se não tiver nenhuma dessas coisas para preparar, eu não me importo que leia os casos. Mas isso não tem nada a ver com o seu trabalho. OK?

— Sim, OK. — Assad olhou durante um momento para a pilha do meio. — São casos especiais, compreendo isso muito bem. Vou levar as três pastas que estão em cima. Não vou misturar os casos. Vou mantê-los dentro das pastas ali na outra sala. Se precisar deles é só gritar, e eu os trarei de volta imediatamente.

Carl o observou sair de sua sala com as três pastas debaixo do braço e o *Manual de criminalística* para consulta. Aquilo o deixara realmente preocupado.

Não havia passado mais de uma hora e Assad já estava novamente à sua frente. Nesse meio-tempo, Carl tinha pensando em Hardy. Pobre Hardy, que havia lhe pedido que o matasse. Como ele poderia fazer uma coisa dessas? Aquele não era o tipo de pensamento que levaria a algo construtivo.

Assad colocou uma das pastas diante de Carl.

— Este é o único caso de que me lembro. Aconteceu exatamente quando eu estava frequentando as aulas de língua dinamarquesa, e nós lemos a notícia no jornal. Achei muito interessante, na época. E continuo achando.

Entregou a pasta a Carl, que deu uma olhada.

— Então você veio para a Dinamarca em 2002?

— Não, em 98. Mas foi em 2002 que comecei as aulas de dinamarquês. Você trabalhou neste caso?

— Não, este era um caso da Equipe de Intervenção Rápida, antes das reestruturações dentro das forças policiais.

— E a Equipe de Intervenção Rápida assumiu o caso porque tinha que ser resolvido imediatamente?

— Não, foi porque... — Carl observou o rosto atento de Assad, com sobrancelhas dançantes. — Sim, é isso mesmo — corrigiu-se. Por que iria sobrecarregar Assad, que não tinha absolutamente nenhum conhecimento a respeito, com todas as complexidades dos procedimentos policiais?

— Merete Lynggaard era uma bela mulher, na minha opinião. — Assad esboçou um sorriso para o chefe.

— Bela? — Carl olhou para a fotografia daquela mulher bonita e cheia de vida. — Sim, certamente era.

11

2002

Durante alguns dias, as mensagens pessoais dirigidas a ela não pararam de se acumular. A assistente de Merete esforçava-se para esconder sua irritação e fingia ser amável. Sempre que pensava não estar sendo observada pela chefe, punha-se a contemplá-la. Certo dia, perguntou se Merete gostaria de jogar *squash* com ela no fim de semana, mas Merete recusou o convite. Ela não tinha nenhum desejo de manter qualquer tipo de companheirismo com sua equipe de trabalho.

Depois disso, a assistente retomou seu costumeiro comportamento reservado e distante.

Na sexta-feira, Merete levou para casa as últimas mensagens que a assistente havia deixado sobre a mesa. Após tê-las lido várias vezes, jogou tudo no lixo. Então ela amarrou o saco, levou-o para a rua e jogou na lixeira. Precisava pôr um fim naquilo de uma vez por todas.

Sentiu-se miserável e culpada.

A empregada havia preparado um empadão e deixado sobre a mesa. Ainda estava morno quando Merete e Uffe terminaram a sua volta pela casa. Ao lado da fôrma refratária havia um bilhete em cima de um envelope.

Oh, não, ela está se demitindo, pensou Merete, começando a ler o bilhete: "Um homem esteve aqui e deixou este envelope. Suponho que tenha algo a ver com o ministério."

Merete rasgou o envelope.

"Tenha uma boa viagem para Berlim", era tudo o que estava escrito.

Uffe estava sentado ao lado dela, diante de um prato vazio, exibindo um sorriso de antecipação, conforme suas narinas sentiam o delicioso aroma da comida. Merete comprimiu os lábios e serviu um pouco do empadão ao irmão, enquanto se esforçava para não chorar.

O vento leste tinha se tornado mais forte, chicoteando as ondas, de modo que as espessas camadas de espuma batiam altas nas laterais do navio. Uffe adorava ficar no tombadilho ensolarado e observar como as ondas se desfaziam na embarcação, enquanto as gaivotas voavam por cima deles. E Merete amava ver Uffe feliz. Ela estava ansiosa pelo fim de semana. Havia sido muito bom eles decidirem viajar, apesar de tudo. Berlim era uma cidade verdadeiramente fantástica.

Na parte de trás do convés, um casal de meia-idade estava olhando na direção deles. Atrás do casal, havia uma família sentada numa das mesas próximas à chaminé, com garrafas térmicas e sanduíches que eles haviam trazido. As crianças já tinham acabado de comer, e Merete deu-lhes um sorriso. O pai olhou para o relógio e disse algo para a esposa. Em seguida, começaram a guardar o que havia sobrado do lanche.

Merete tinha boas lembranças daquele tipo de passeio com seus pais. Já havia passado muito tempo desde então. Ela olhou ao redor. Muitos dos passageiros já desciam para o convés, onde seus automóveis estavam estacionados. Em breve, eles chegariam ao porto de Puttgarden. Faltavam apenas dez minutos, mas nem todos estavam com pressa. Dois homens permaneciam de pé perto das enormes janelas na popa, com cachecóis enrolados confortavelmente em torno do pescoço, e olhavam calmamente para o mar. Um deles parecia frágil e abatido. Merete reparou que havia uma distância de dois metros entre um e outro, e concluiu que eles provavelmente não estavam juntos.

Em um impulso repentino, ela tirou a carta do bolso e leu novamente as seis palavras ali escritas. Voltou a guardá-la dentro do envelope e levantou-o no ar, deixando que este flutuasse ao vento por um momento. Depois ela o soltou. O envelope voou para cima, girou no ar e precipitou-se para baixo, desaparecendo numa abertura na parte lateral do navio. Por um instante, ela pensou que teriam de descer para apanhar o envelope de volta, mas então este apareceu novamente e começou a dançar sobre as ondas até desaparecer na espuma branca. Uffe riu. Ele tinha seguido o percurso do envelope durante todo o tempo. De repente, deu um grito, tirou o boné de beisebol e atirou-o na direção de onde o envelope estava.

— Não! — Foi tudo o que Merete conseguiu dizer antes de o boné desaparecer no mar.

O boné fora um presente de Natal; Uffe tinha verdadeira adoração por ele. No momento que este desapareceu, ele se arrependeu do que havia feito. Era evidente que Uffe estava considerando pular ao mar a fim de recuperar o boné.

— Não, Uffe! — gritou ela. — Você não pode fazer isso! Ele se foi!

Mas Uffe já tinha colocado um dos pés na grade metálica do navio. E ficou lá aos berros sobre a amurada de madeira, seu corpo balançando num ponto muito elevado.

— Pare com isso, Uffe! Não há nada que você possa fazer — Merete gritou novamente, mas seu irmão era muito mais forte que ela e estava fora de si. Sua consciência estava lá embaixo junto das ondas e do boné de beisebol que havia recebido de Natal. Uma relíquia em sua vida simples e descrente.

Foi então que Merete bateu com força no rosto de Uffe. Ela nunca havia feito isso antes. Apavorada, recolheu a mão e arrependeu-se imediatamente da ação impensada. Uffe não podia compreender o que estava acontecendo. Ele esqueceu momentaneamente o boné e levou a mão ao rosto. Estava em choque. Havia muitos anos que ele não sentia uma dor tão grande. Não conseguia entender por quê. Ele olhou para a irmã e devolveu-lhe o tapa. Bateu como nunca havia feito antes.

12

2007

O chefe da Homicídios, Marcus Jacobsen, havia passado outra noite sem dormir.

A testemunha do caso do ciclista assassinado no Parque Valby tentara se matar com uma overdose de pílulas para dormir. Jacobsen não conseguia entender que diabos a levara a fazer aquilo. Afinal de contas, ela tinha filhos e a mãe que a amavam. Quem poderia ter ameaçado uma mulher a ponto dela tomar uma medida tão extrema? A polícia havia lhe oferecido proteção e tudo o mais que era possível. Ela estava sob vigilância dia e noite. Onde teria conseguido aquelas pílulas para dormir?

— Você deveria ir para casa e tentar descansar um pouco — sugeriu Lars Bjørn, quando Jacobsen regressou da habitual reunião com o chefe de polícia que acontecia toda sexta-feira, na sala de reuniões.

Ele meneou a cabeça.

— Sim, talvez algumas poucas horas. Mas, nesse caso, você terá de ir com o Bak ao Hospital Nacional e ver o que consegue arrancar da mulher. E arranje uma maneira de levar a mãe e os filhos, para que ela possa vê-los. Temos de tentar trazê-la de volta à realidade.

— Sim. Ou afastá-la ainda mais — afirmou Lars, laconicamente.

Todas as chamadas telefônicas deveriam ser redirecionadas, mas mesmo assim o telefone tocou.

— Não passe chamadas que não sejam da rainha ou do príncipe Henrik — ordenou ele à secretária. Era muito provável que fosse sua esposa.

— É a comissária de polícia — murmurou Lars com a mão sobre o fone. Passou o telefone para Jacobsen e saiu discretamente da sala.

— Alô — disse Jacobsen, sentindo-se subitamente mais cansado do que nunca.

— Marcus — soou a inconfundível voz da comissária —, estou ligando para dizer que o ministro da Justiça e as comissões foram ágeis. A autorização adicional foi aprovada.

— São boas notícias — respondeu Jacobsen, tentando imaginar como poderia dividir o orçamento.

— Sim. Bem, você conhece a hierarquia do comando. Hoje, Piv Vestergård e a Comissão Jurídica do Partido da Dinamarca participaram de uma reunião no Ministério da Justiça. O processo agora será colocado em andamento. Você sabe bem como funcionam esses trâmites legais. O chefe de polícia solicitou que eu descobrisse se a criação do novo departamento está correndo como planejado.

— Sim, creio que sim — disse ele, franzindo o cenho ao imaginar o rosto cansado de Carl.

— Isso é muito bom. Vou transmitir essa informação. E qual é o primeiro caso que será investigado?

Aquela não era exatamente uma pergunta que Marcus achasse excitante.

Carl já estava se preparando para ir para casa. O relógio de parede marcava 16:36, mas seu relógio interno estava várias horas adiantado. Por isso, foi inegavelmente uma decepção quando Marcus Jacobsen telefonou dizendo que desceria para lhe fazer uma visita.

— Eu preciso saber no que você está trabalhando.

Carl olhou com resignação para o vazio desolador do quadro de avisos e para as inúmeras xícaras de café espalhadas por sua pequena mesa de reuniões.

— Preciso de vinte minutos, Marcus. Depois disso você será muito bem-vindo aqui. Estamos no meio de algo importante neste momento.

Ele desligou o telefone e inflou as bochechas. Então, muito lentamente, deixou o ar sair, enquanto se levantava e atravessava o corredor em direção à sala onde Assad estava instalado.

Em cima da sua mesa incrivelmente pequena estavam duas fotografias emolduradas, mostrando um grande grupo de pessoas. Na parede havia um cartaz com letras árabes e uma bonita fotografia de um edifício exótico, que Carl não conseguiu reconhecer. Na maçaneta da porta estava pendurado um jaleco marrom totalmente fora de moda, junto às meias térmicas. Assad tinha disposto organizadamente os seus instrumentos de trabalho numa fileira ao longo da parede no fundo da sala: balde, esfregão, aspirador e um sem-fim de garrafas com todos os tipos de detergentes. Na estante havia luvas de borracha e um pequeno rádio portátil com tocador de cassetes, do qual saíam sons muito abafados que remetiam instantaneamente ao bazar em Sousse. Ao lado do rádio havia um caderno, alguns papéis, um lápis, uma cópia do Corão e algumas revistas com textos em árabe. Na frente da estante, um colorido tapete de oração, que não parecia ser suficientemente grande para Assad se ajoelhar em cima dele. O conjunto formava uma cena bastante pitoresca.

— Assad — disse Carl. — Temos que nos apressar. O chefe da Divisão de Homicídios estará aqui em vinte minutos e até lá temos que ter alguma coisa pronta. Quando ele chegar eu gostaria que você estivesse na outra ponta do corredor limpando o chão. Isso significa que você terá que fazer hora extra. Espero que não tenha problema.

— Devo dizer que estou impressionado, Carl — disse Marcus Jacobsen, apontando em direção ao quadro de avisos, com ar cansado. — Você conseguiu realmente organizar este lugar. Já se sente totalmente recuperado?

— Recuperado? Bem, sim, faço o que posso. Mas você precisa compreender que ainda vai demorar algum tempo até eu conseguir trabalhar a todo o vapor.

— Carl, avise-me se algum dia precisar voltar a falar com o psicólogo. Não podemos subestimar a quantidade de traumas pelos quais você passou.

— Creio que isso não será necessário.

— Isso é bom, Carl. Mas não hesite em avisar, caso seja necessário. — Jacobsen virou-se a fim de olhar para a parede oposta. — Vejo que você já pendurou sua TV de tela plana — disse, olhando para a imagem do noticiário no canal 2 da TV de quarenta polegadas.

— Sim, temos que estar atentos ao que se passa no mundo. — Carl pensava, agradecido, em Assad. Seu assistente levara apenas cinco minutos para ligar e configurar todo o equipamento. Aparentemente, aquela era outra coisa que ele sabia fazer muito bem.

— A propósito, acabaram de noticiar que a testemunha do caso do ciclista assassinado tentou se suicidar — prosseguiu Carl.

— O quê? Mas que merda, mais um vazamento de informação! — exclamou Jacobsen, parecendo ainda mais exausto.

Carl deu de ombros. Após dez anos no comando da Divisão de Homicídios, o homem já deveria saber como as coisas funcionavam.

— Dividi os casos em três categorias — disse ele, apontando para as pilhas de pastas. — São todos, sem exceção, muito complicados. Passei dias lendo todo esse material. Isso vai demorar muito tempo, Marcus.

Jacobsen desviou o olhar da tela da TV, que continuou a exibir o noticiário.

— Demore o tempo que for necessário, Carl. O importante é apresentarmos resultados periodicamente. Avise se precisar de apoio lá de cima. — Ele tentou sorrir. — Então, em que caso você decidiu trabalhar primeiro?

— Bem, estou estudando vários, mas é provável que o caso de Merete Lynggaard seja o primeiro.

A expressão do delegado desanuviou-se visivelmente.

— Sim, foi uma história bem estranha. A maneira como aquela moça desapareceu do navio entre Rødby e Puttgarden. Num minuto ela estava lá, no seguinte tinha desaparecido. E sem uma única testemunha.

— Houve uma série de peculiaridades nesse caso — ponderou Carl, tentando lembrar-se ao menos de uma.

— O irmão dela foi acusado de tê-la empurrado para o mar por cima da amurada, eu me lembro. Mas a acusação acabou sendo retirada. Você pretende seguir essa pista?

— Talvez. Não sei onde ele está neste momento, por isso primeiro tenho que encontrá-lo. Mas há outros detalhes que também saltam aos olhos.

— Eu me lembro de que os documentos diziam que ele foi internado numa instituição no norte da Zelândia — observou Jacobsen.

— Sim, dizem. Mas é muito provável que ele já não esteja mais lá. — Carl tentou parecer pensativo. Volte logo para seu escritório, senhor chefe da divisão da Homicídios, pensou. Todas aquelas perguntas, e ele só tinha conseguido ler os processos durante cinco minutos.

— Ele está em algum lugar chamado Egely. Fica na cidade de Frederikssund. — A voz veio da porta onde Assad estava, apoiado na vassoura. Ele parecia alguém de outro planeta com aquele seu sorriso de marfim, luvas de borracha verdes e um jaleco que lhe chegava aos tornozelos.

Jacobsen olhou, desconcertado, para aquele ser exótico.

— Hafez el-Assad — apresentou-se ele, estendendo-lhe a mão coberta pela luva verde.

— Marcus Jacobsen — respondeu o chefe da Homicídios, apertando-lhe a mão. Então voltou-se para Carl com um olhar inquisitivo.

— Este é o nosso novo assistente no departamento. Assad tem ouvido falar sobre esse caso — explicou Carl, lançando um olhar zangado na direção de Assad, que preferiu ignorá-lo.

— Estou vendo — murmurou o delegado.

— Sim, o inspetor de polícia Mørck trabalhou duro. Eu ajudei um pouco aqui e ali, naquilo que podia. — Assad rasgou um sorriso. — Mas há uma coisa que não compreendo. Por que Merete Lynggaard nunca foi encontrada no mar? Na Síria, de onde venho, existem toneladas de tubarões na água, que comem os cadáveres. Mas, se aqui no mar em volta da Dinamarca não há tantos tubarões assim, o corpo já devia ter sido encontrado. Os cadáveres inflam como balões, pois apodrecem por dentro e o corpo se dilata.

O delegado esboçou um sorriso.

— Sim, é verdade. Mas o mar da Dinamarca é vasto e profundo. Não é assim tão raro não conseguirmos encontrar pessoas que se afogam. De fato, é muito comum as pessoas caírem de navios de passageiros e nunca mais serem encontradas.

— Assad. — Carl olhou para o relógio. — Pode ir para casa agora. Vejo você amanhã.

Assad assentiu com a cabeça e pegou o balde do chão. Depois de um som ruidoso do outro lado do corredor, ele voltou a surgir na porta para se despedir.

— É uma verdadeira figura este Hafez el-Assad — disse Marcus Jacobsen ao ouvir o som dos passos desaparecendo no corredor.

13

2007

Ao regressar do fim de semana, Carl encontrou em cima do seu computador um memorando de Lars Bjørn.

Informei a Bak que você está pensando em reabrir o caso de Merete Lynggaard. Ele esteve envolvido na fase final das investigações como membro da Equipe de Intervenção Rápida, por isso conhece bem os detalhes. No momento, ele está assoberbado com o caso do ciclista assassinado, mas está pronto para falar com você, de preferência o mais depressa possível.

Lars Bjørn

Carl bufou. "De preferência o mais depressa possível." Quem Bak pensava que era, aquele hipócrita filho da mãe? Um sujeito arrogante e carente de autoafirmação, e que se dava muita importância. Um burocrata e um funcionário-padrão, tudo em um só. Sua esposa provavelmente devia precisar preencher um formulário em três vias para solicitar que ele lhe fizesse qualquer tipo de carícias abaixo da cintura.

Então Bak tinha investigado um caso que *não* fora resolvido! Que interessante. Carl quase se sentia obrigado a assumir o caso.

Ele pegou a pasta com o processo que estava em cima da mesa e pediu a Assad que lhe fizesse uma xícara de café.

— Mas não tão forte como da última vez, por favor — disse, pensando na distância dali até o banheiro.

O processo Lynggaard era, sem dúvida, o mais organizado e abrangente arquivo que Carl já tinha visto. Nele estavam incluídos relatórios sobre o estado de saúde do irmão Uffe, transcrições de interrogatórios policiais, recortes de jornais, colunas de fofocas, registros em vídeo com entrevistas de Merete Lynggaard, depoimentos de colegas e de passageiros do navio que naquele dia tinham visto os irmãos no convés. Havia fotografias do tombadilho, da amurada e da altura que havia até a superfície da água, bem como impressões digitais recolhidas no local onde Merete tinha desaparecido. Havia uma lista com os endereços dos passageiros que fotografavam a bordo do navio da Scandline. Havia, inclusive, uma cópia do diário de bordo, que revelava como o capitão reagira à situação na época. No entanto, no meio de todo aquele material, não havia nada que pudesse dar a Carl uma boa pista.

Eu preciso ver esses vídeos, ele pensou após ler todo o material. Olhou com ar resignado para o aparelho de DVD.

— Assad, tenho uma tarefa para você — disse, quando o assistente voltou com uma fumegante caneca de café. — Vá até a Divisão de Homicídios, no terceiro andar, passe pela porta verde e atravesse o corredor vermelho até chegar num bojo, onde...

Assad entregou-lhe a caneca de café, que de longe já cheirava a sérios problemas de estômago.

— Bojo? — perguntou, franzindo o cenho.

— Sim, você sabe, onde o corredor se torna um pouco mais largo. Vá falar com a mulher loura. Ela se chama Lis. É uma boa garota. Diga a ela que você precisa de um aparelho de vídeo para Carl Mørck. Somos bons amigos, ela e eu. — Ele piscou para Assad, que retribuiu o gesto. — Mas se lá estiver apenas uma mulher de cabelo escuro, então esqueça tudo e volte aqui para baixo.

Assad assentiu com a cabeça.

— E não se esqueça de trazer um adaptador! — gritou ele para o assistente, enquanto Assad avançava vagarosamente pelo corredor iluminado pela luz fluorescente do porão.

— Lá em cima estava somente a moça de cabelos escuros — informou Assad ao retornar. — Ela me deu dois aparelhos de vídeo e disse que não precisamos devolvê-los. — Esboçou um sorriso. — Ela também é uma mulher bonita.

Carl ficou em dúvida. Certamente houvera mudança de pessoal.

O primeiro vídeo era a gravação de um noticiário da TV que fora ao ar no dia 21 de dezembro de 2001, no qual Merete Lynggaard comentava sobre questões sanitárias e climáticas numa conferência informal em Londres. A entrevista tinha como tema principal as suas discussões com um senador chamado Bruce Jansen sobre o posicionamento norte-americano em relação ao trabalho da OMS e ao Protocolo de Quioto, que, na opinião de Merete, era motivo de grande otimismo para o futuro. Carl perguntou-se se ela seria uma pessoa fácil de enganar. Mas, além de uma certa ingenuidade, que sem dúvida era atribuída à idade, Merete Lynggaard parecia ser uma pessoa objetiva e pragmática, expressava-se de maneira precisa e profissional. Ela ofuscava completamente o recém-nomeado ministro do Interior e da Saúde, que se encontrava ao lado dela e mais lembrava uma paródia de um professor de colégio num filme dos anos 1960.

— Uma mulher verdadeiramente bela e elegante — comentou Assad da porta.

O segundo vídeo era de 21 de fevereiro de 2002. Nele, Merete comentava, em nome do porta-voz da política ambiental do seu partido, sobre a nomeação de Bjarke Ørnfeldt, um cético ambiental, às Comissões Relativas à Fraudulência Científica.

Que nome para se dar a uma comissão, pensou Carl. Como era possível na Dinamarca uma designação soar tão kafkiana.

Dessa vez era uma Merete Lynggaard completamente diferente que se apresentava na tela. Mais serena e menos política.

— Ela estava realmente muito bonita aqui — opinou Assad.

Carl olhou para ele. Pelo visto, a aparência de uma mulher era um fator particularmente importante para seu assistente. Mas Carl tinha de concordar com ele. Naquela entrevista, Merete apresentava uma aura muito especial. Exibia de forma exuberante o apelo extraordinariamente forte que quase todas as mulheres são capazes de emanar quando as coisas estão indo bem para elas. Muito revelador, mas também muito embaraçoso.

— Será que ela estava grávida? — perguntou Assad. Julgando pelo número de membros da família que aparecia nas fotos, aquela era uma condição feminina que lhe parecia perfeitamente normal.

Carl pegou um cigarro e folheou o processo mais uma vez. Por razões óbvias não havia nenhum relatório de autópsia que pudesse ajudá-lo a achar respostas, pois o corpo nunca fora encontrado. E quando passou os olhos pelas colunas sociais, ele leu mais do que apenas insinuações de que ela não estava interessada em homens, ainda que isso, naturalmente, não excluísse por completo a possibilidade de uma gravidez. No entanto, ao olhar com mais atenção, ele percebeu que ela nunca fora vista em um contato mais próximo com quem quer que fosse, homem ou mulher.

— Provavelmente ela estava apenas apaixonada — concluiu Assad, afastando a fumaça do cigarro com a mão. Ele tinha se aproximado tanto da tela, que parecia querer entrar dentro dela. — As bochechas dela estão bem avermelhadas. Veja.

Carl concordou balançando a cabeça.

— Aposto que estava dois graus naquele dia. Entrevistas ao ar livre sempre dão um aspecto mais saudável aos políticos, Assad. Por que você acha que eles se submeteriam a elas se não fosse isso?

Mas Assad tinha razão. A diferença entre aquela entrevista e a anterior era evidente. Algo tinha acontecido com ela no intervalo entre uma e outra. A história com Bjarke Ørnfeldt, aquele estúpido lobista profissional especializado em dividir fatos sobre catástrofes naturais até transformá-los em átomos irreconhecíveis, não teria feito Merete Lynggaard resplandecer daquela maneira.

Carl fitou o vazio durante um instante. Em qualquer investigação havia sempre um momento em que o investigador desejava fervorosamente ter conhecido a vítima enquanto esta estivesse viva. Dessa vez, porém, estava acontecendo mais cedo do que o habitual.

— Assad. Ligue para aquela instituição, Egely, onde o irmão de Merete Lynggaard estava internado e agende uma reunião em nome do detetive-superintendente Mørck.

— Detetive-superintendente Mørck, quem é esse?

Carl bateu o dedo na têmpora. Será que o homem não regulava bem da cabeça?

— Quem você acha?

Assad balançou a cabeça.

— Bem, dentro da minha cabeça pensava que você era Superintendente da polícia. Não é assim que se chama agora, depois da nova reforma da polícia?

Carl respirou fundo. A droga da reforma da polícia. Ele não dava a mínima para aquilo.

Passados dez minutos, o diretor da instituição Egely ligou de volta, e nem sequer tentou disfarçar sua curiosidade em relação ao motivo do telefonema inicial. Era evidente que Assad havia improvisado um pouco na execução da tarefa. Mas que diabos Carl poderia esperar de um assistente com doutorado em luvas de borracha e baldes de plástico? Afinal, todos tinham que rastejar antes que pudessem começar a caminhar.

Ele ergueu os olhos na direção do assistente e lhe fez um gesto encorajador quando este levantou os olhos de seu Sudoku.

Levou apenas trinta segundos para Carl informar o diretor sobre o estado das coisas e a resposta deste foi igualmente curta e sucinta. Uffe Lynggaard nunca dissera uma palavra, por isso o detetive-superintendente não obteria nenhum sucesso ao tentar falar com ele. Além disso, apesar de Uffe Lynggaard ser mudo e ter dificuldade de se expressar, ele não tinha sido colocado sob nenhuma tutela legal. E como Uffe não podia dar consentimento aos funcionários da instituição para falarem em seu nome, Carl também não conseguiria descobrir nada através deles.

— Eu conheço os regulamentos. É claro que eu não tentaria levar alguém a quebrar o seu dever de sigilo profissional. Mas estou investigando o desaparecimento da irmã dele, e por isso acredito que Uffe ficaria contente em falar comigo.

— Ele não fala. Eu já disse isso.

— Na verdade, muitas das pessoas que interrogamos não falam, mas nós lidamos bem com isso. Somos bons em decifrar sinais não verbais aqui no Departamento Q.

— Departamento Q?

— Sim, somos uma equipe de elite de investigação aqui na sede da polícia. Quando posso passar aí para vê-lo?

Carl ouviu o suspiro ruidoso do homem. Era suficientemente esperto para conseguir reconhecer um buldogue quando cruzava com um.

— Deixe-me ver o que posso fazer. Vou mantê-lo informado — disse então.

— O que exatamente você disse ao homem quando telefonou para ele, Assad? — indagou Carl ao pousar o telefone no gancho.

— Aquele homem? Eu disse a ele que você falaria somente com o chefe, não com um diretor.

— O diretor *é* o chefe, Assad.

Carl respirou fundo, levantou-se, caminhou até o assistente e o fitou nos olhos.

— Você não conhece a palavra "diretor"? Um diretor é uma espécie de chefe. — Um assentiu com a cabeça para o outro, dando a questão por esclarecida. — Assad, amanhã quero que você vá me buscar em Allerød, onde eu moro. Vamos fazer um pequeno passeio, OK?

Assad deu de ombros.

— E não haverá nenhum problema com isso, quando andarmos por aí, não é? — Carl apontou para o tapete de oração.

— Eu posso enrolá-lo.

— Tudo bem. Mas como você sabe se ele está voltado para Meca?

Assad apontou para a cabeça, como se nos lobos temporais de seu cérebro estivesse implantado um sistema GPS.

— E se ainda me sentir um pouco inseguro, tenho sempre isto comigo. — Ele levantou uma das revistas que estava na estante, revelando uma bússola por baixo.

— Excelente. — Carl olhou para os grossos tubos de metal que percorriam o teto. — Mas uma bússola não funciona aqui embaixo.

Assad tornou a apontar para a cabeça.

— Então suponho que você tenha um senso de onde Meca fica. Mas a direção não precisa ser determinada de forma exata, é isso?

— Alá é grande e tem ombros largos.

Carl comprimiu os lábios. Claro que Alá tinha ombros largos.

Quando Carl entrou no escritório do chefe de equipe, Bak, quatro pares de olhos voltaram-se na sua direção. As sombras profundas sob os olhos daqueles homens não deixavam qualquer dúvida de que a equipe estava sob uma enorme pressão. Na parede, um grande mapa do Parque Valby, no qual haviam sido registrados os pontos fundamentais do caso que estava na ordem do dia: o local do homicídio, o lugar da descoberta da arma do crime — uma velha navalha de barbear —, onde a testemunha tinha visto a vítima e o provável assassino juntos e ainda a rota percorrida pela testemunha através do parque. Tudo havia sido precisamente pesquisado e analisado, e nada se encaixava.

— Nossa conversa terá de esperar até mais tarde, Carl — avisou Bak, puxando a manga do casaco de couro preto, que ele tinha herdado do antigo delegado da Homicídios. Aquele casaco era o tesouro mais precioso de Bak, a prova de que ele era um agente fabuloso. Era muito raro vê-lo sem o casaco. Os aquecedores estavam ligados e a temperatura ambiente era de pelo menos quarenta graus, mas não importava. Ele certamente estava pensando em sair pela porta a qualquer momento.

Carl observou as fotografias afixadas no quadro por trás dele. Era uma visão pouco encorajadora. Aparentemente, o corpo da vítima fora mutilado após a morte. Havia cortes profundos no peito e metade de uma orelha cortada. Na camisa branca, uma cruz fora desenhada com o sangue da própria vítima. Carl presumia que o pedaço da orelha servira para escrever. A grama coberta pela geada ao redor da bicicleta estava pisoteada e a bicicleta tinha sido esmagada, os raios da roda da frente estavam completamente triturados. A mochila da vítima estava aberta, e os livros e documentos da Escola Superior de Comércio encontravam-se espalhados pelo chão.

— Nossa conversa terá de esperar, você disse? Tudo bem. Mas antes disso você poderia ignorar sua morte cerebral por um momento e me dizer o que sua testemunha principal disse sobre a pessoa que ela viu falando com a vítima pouco antes do assassinato?

Os quatro homens olharam para Carl como se ele tivesse profanado um túmulo.

Bak encarou-o com olhos inexpressivos.

— Carl, este caso não é seu. Falaremos mais tarde. Acredite ou não, estamos muito ocupados aqui.

Carl assentiu com a cabeça.

— Ah, com certeza. Posso ver isso nos seus rostos. Claro que estão muito ocupados. Imagino que você já tenha enviado alguém para examinar a casa da testemunha depois de ela ter sido hospitalizada.

Os homens olharam uns para os outros. Irritados, mas com olhos questionadores. Então eles não tinham examinado? Excelente!

Marcus Jacobsen tinha acabado de se sentar em seu escritório quando do Carl entrou. Como sempre, o chefe da Homicídios estava muito bem-vestido. A divisão do seu cabelo parecia feita a régua, o olhar mostrava-se atento e alerta.

— Marcus, vocês examinaram a casa da testemunha após a tentativa de suicídio? — perguntou Carl, sem rodeios, apontando para o processo que estava na mesa, diante do chefe.

— O que você quer dizer?

— Vocês ainda não encontraram a metade da orelha da vítima, encontraram?

— Não, ainda não. Está sugerindo que ela poderia estar na casa da testemunha?

— Se eu estivesse no seu lugar, iria procurar lá, chefe.

— Se o pedaço da orelha tiver sido enviado para a testemunha, com certeza ela se livrou dele.

— Então procurem nas latas de lixo que estão no pátio. E verifiquem bem o vaso sanitário.

— Se esse fosse o caso, já teria sido levado pela água há muito tempo, Carl.

— Você já ouviu falar sobre a história da merda que continua sempre a aparecer não importa o número de vezes que damos descarga?

— OK, Carl. Vou ouvir o seu conselho.

— O orgulho do departamento, Sr. Bak, o funcionário-padrão, não quis falar comigo.

— Então só resta esperar, Carl. Até porque não há perigo dos seus casos fugirem.

— Só queria que você soubesse. Naturalmente isso vai atrasar o meu trabalho.

— Sendo assim, sugiro que se ocupe com um dos outros casos nesse meio-tempo. — Jacobsen pegou a caneta e começou a batê-la compassadamente no canto da mesa. — Sobre aquele sujeito estranho que está trabalhando com você lá embaixo... Você não o está envolvendo nas investigações, está?

— Bem, considerando o tamanho do departamento do qual sou responsável... não há muita chance de que ele não ouça sobre o que acontece.

Jacobsen atirou a caneta em cima de uma das pilhas de processos que estavam sobre sua mesa.

— Carl, você fez um juramento de sigilo, e o homem não é um policial. Tenha isso em mente.

Carl anuiu. Ele seria o único a decidir o que era discutido e onde.

— A propósito, onde você encontrou Assad? Foi por meio de uma agência de emprego?

— Não faço ideia. Pergunte ao Lars. Ou pergunte diretamente a Assad. — Carl levantou um dedo, como se quisesse conferir a direção do vento.

— Por falar nisso, preciso de uma planta do porão, com suas medidas, onde estejam indicados também os pontos cardeais.

Jacobsen parecia estar cansado novamente. Não havia muitas pessoas que se atrevessem a lhe fazer pedidos tão estranhos como aquele.

— Você pode imprimir uma planta geral na intranet, Carl. É fácil!

— Aqui — disse Carl, apontando para a planta que tinha colocado diante de Assad. — Aqui você pode ver aquela parede, e aqui está o seu tapete de oração. E aqui a seta apontando para o norte. Agora você tem como posicionar corretamente o seu tapete.

Os olhos de Assad espelhavam admiração e respeito. Carl e ele formariam uma boa equipe.

— Duas pessoas ligaram para você. Eu disse a ambas que você ligaria de volta.

— E quem eram?

— Uma foi aquele diretor de Frederikssund, e a outra, uma senhora que fala como uma máquina de cortar metal.

Carl suspirou, pesadamente.

— Vigga, a minha esposa. — Ela já havia descoberto o número de seu telefone direto. Qualquer chance de paz e sossego se fora.

— Esposa? Você tem uma esposa?

— É muito complicado explicar isso agora, Assad. Ainda vamos nos conhecer melhor.

Assad comprimiu os lábios e concordou. Um traço de solidariedade passou pelo seu rosto solene.

— Assad, como exatamente você conseguiu esse emprego?

— Eu conheço Lars Bjørn.

— Você o conhece?

Assad sorriu.

— Sim. Eu fui todos os dias ao seu escritório durante um mês inteiro à procura de emprego.

— Amolou Lars Bjørn até que ele desse um emprego a você?

— Sim. Adoro a polícia.

Carl não ligou de volta para Vigga até que estivesse em sua sala de estar em Rønneholt, sentindo o aroma do picadinho que Morten estava cozinhando, enquanto ouvia suas emocionantes árias de ópera. Ele também havia acrescentado ao cozido os restos do que fora um genuíno presunto de Parma.

Vigga não era má pessoa, desde que se soubesse como dosá-la. Tinha sido difícil conviver com ela ao longo dos anos, mas agora que ela o deixara, certas regras do jogo entravam em vigor.

— Porra, Vigga, não gosto que você ligue para o meu trabalho. Você sabe perfeitamente que estamos sempre muito ocupados.

— Carl, querido, Morten não contou a você que estou congelando aqui?

— Isso não me surpreende. Afinal de contas, isso é uma casa pré-fabricada, feita às pressas, com material de quinta. Tábuas e grades velhas que sobraram de 1945 e que já não serviam mais para nada. Você pode se mudar para outro lugar qualquer.

— Eu não vou voltar a viver com você, Carl.

Ele deu um longo suspiro.

— Espero mesmo que não. Seria difícil enfiar você e seus amantes que mal saíram das fraldas no andar de baixo junto com Morten. Mas existem muitas outras casas e apartamentos com aquecimento central.

— Eu tenho uma solução muito boa para resolver esse problema.

Não importava o que ela tivesse em mente, já soava caro.

— Uma solução muito boa chama-se divórcio, Vigga. — Era algo que teria de acontecer, mais cedo ou mais tarde. Vigga teria direito à metade da casa, que durante os últimos anos havia aumentado consideravelmente de preço, devido à insana valorização imobiliária da região, apesar de flutuações. Ele deveria ter exigido o divórcio logo na época, quando as casas ainda custavam a metade do preço. Agora, porém, era tarde demais, e ele estaria em apuros se tivesse que se mudar.

Carl dirigiu o olhar para o teto, que vibrava por baixo do quarto de Jesper.

Se eu fizesse um empréstimo quando nos divorciássemos, minhas despesas não poderiam ser maiores do que são hoje, pensou ele.

Nesse caso, Vigga teria de se responsabilizar novamente pelo seu filho. Eles tinham a maior conta de luz de toda a cidade. Não havia a menor dúvida quanto a isso. Jesper era o consumidor número um da companhia elétrica.

— Divórcio? Não, eu não quero o divórcio, Carl. Experimentei uma vez e não foi uma boa ideia, como você sabe.

Ele abanou a cabeça. Então que raio de nome ela daria para a situação que eles estavam vivendo havia anos?

— Quero ter uma galeria, Carl. A minha própria galeria.

Em sua mente, Carl imaginou as pinturas de Vigga, que nada mais eram do que imensas e perturbadoras manchas cor-de-rosa e bronze dourado. Uma galeria? Era uma boa ideia, se ela quisesse ter mais espaço do que no chalé.

— Você disse uma galeria? Com uma lareira enorme, imagino. Assim você poderá sentar-se ali o dia todo, aquecendo-se, enquanto conta os milhões que ganhará com a venda de seus quadros. — Sim, ele conseguia imaginar toda a armação.

— Você continua o mesmo velho sarcástico de sempre. Seu idiota. Você sempre foi assim. — Vigga deu uma gostosa gargalhada. Era aquela gargalhada que o convencia todas as vezes. Aquela maldita e sedutora gargalhada. — Mas é realmente uma ideia fantástica, Carl. Haveria tantas possibilidades se eu tivesse a minha própria galeria, não percebe? E talvez um dia Jesper tivesse uma mãe famosa. Não seria divertido?

Infame, Vigga. Essa é a palavra adequada, pensou ele. Mas disse apenas:

— Algo me diz que você já encontrou o local ideal.

— Oh, Carl, é tão encantador. E Hugin já falou com o proprietário.

— Hugin?

— Sim, Hugin. Ele é um pintor muito talentoso.

— Mais talentoso entre os lençóis do que na tela, imagino.

— Ora, Carl. — Ela riu novamente. — Isso não foi muito simpático da sua parte.

14

2002

Merete estava esperando no deque do restaurante. Ela avisara para Uffe se apressar antes de a porta do banheiro masculino se fechar atrás dele. Apenas os garçons ainda estavam na cafeteria situada na outra ponta do navio; todos os passageiros já tinham descido para pegar seus carros. Uffe tem que se apressar, pensou, mesmo que seu carro estivesse no fim da fila.

E aquele foi o último pensamento que ela conseguiu formular em sua antiga vida.

O ataque veio por trás e foi tão de surpresa que ela nem sequer teve tempo de gritar. Mas sentiu a mão pressionar um lenço contra sua boca e nariz, e depois, muito vagamente, ela percebeu alguém apertar o botão preto que abria a porta que dava para as escadas do convés, onde os carros estavam estacionados. Por fim, teve consciência apenas de ruídos distantes e da visão das paredes de metal das escadas girando à sua volta. Depois tudo caiu na imensa escuridão.

O chão de cimento debaixo dela, quando acordou, estava frio. Muito frio. Merete levantou a cabeça e sentiu um latejar insuportável em suas têmporas. As pernas estavam pesadas, e ela mal conseguia levantar os ombros do chão. Obrigou-se a se sentar e procurou orientar-se naquela escuridão. Tinha vontade de gritar, mas não se atreveu, limitando-se apenas a respirar profunda e silenciosamente. Depois esticou devagar as mãos para verificar se havia alguma coisa por perto. Mas não havia nada.

Por alguns instantes, ela ficou sentada ali antes de aventurar-se a se levantar, lentamente, todos os nervos em alerta. Se ouvisse algum ruído, por menor que fosse, ela não hesitaria em bater e chutar com toda a força que tinha. Bater e chutar. Ela tinha a sensação de estar sozinha, mas poderia estar enganada.

Depois de algum tempo, começou a se sentir lúcida, e então o medo apoderou-se dela como uma infecção. Sua pele tornou-se quente, o coração começou a bater descompassadamente. Os olhos, cegos pela escuridão, piscavam nervosos. Ela tinha lido e visto tantas coisas horríveis..

Sobre mulheres que desapareciam.

Hesitante, deu um passo, estendendo as mãos na ânsia de tatear algo. Podia haver um buraco no chão, um abismo apenas esperando o momento certo para engoli-la. Podia haver objetos afiados ou vidro. Mas seu pé encontrou somente o chão, e não tinha nada à sua frente. De repente, ela parou e permaneceu completamente imóvel.

Uffe, pensou, sentindo o queixo começar a tremer. Ele estava a bordo do navio quando tudo aconteceu.

Levou algumas horas para que Merete conseguisse traçar um esboço do lugar em sua mente. O espaço parecia ser retangular. Talvez com sete ou oito metros de comprimento e pelo menos cinco metros de largura. Ela havia percorrido os dedos nas frias paredes e numa delas, à altura de seus olhos, encontrara duas vidraças, que, ao toque, davam a sensação de ser duas enormes vigias. Bateu com o sapato nelas, recuando a cada golpe, mas o vidro se manteve intacto. Então ela tocou em algo que parecia ser uma porta arqueada embutida na parede, embora talvez não fosse, já que não havia nenhuma maçaneta. Por fim, deslizou ao redor de toda a parede, na esperança de encontrar um puxador ou talvez um interruptor de luz. Mas as paredes eram apenas lisas e frias.

Em seguida, explorou sistematicamente todo o recinto. Com cautela, caminhou de um lado para o outro, virou-se, deu um passo para o lado e fez o caminho de volta. Ao chegar a uma parede, ela repetia a ação até abranger o quarto inteiro. Quando terminou, podia pelo menos ter a certeza de que além dela não havia mais ninguém naquele cômodo.

Tenho que ficar esperando naquele lugar que parece uma porta, pensou. Ela ficaria ali no chão, sentada, de modo que ninguém conseguisse vê-la pela vidraça. Se alguém entrasse, ela lhe agarraria as pernas com toda a força que tinha e o faria cair. E depois lhe daria pontapés na cabeça até não aguentar mais.

Seus músculos se contraíram e a pele ficou úmida. Ela teria apenas uma chance de escapar dali.

Após ter ficado sentada naquele lugar por tanto tempo, seu corpo ficou rígido e seus sentidos entorpecidos. Ela se levantou e caminhou até o canto oposto onde se agachou para urinar. Precisava se lembrar que canto havia usado. Este serviria de banheiro. O canto junto à porta seria o local onde ela se sentaria e esperaria. E o outro seria onde ela dormiria. O cheiro de urina era forte dentro daquela jaula desolada. Ela não tinha bebido nada desde que estivera sentada na cafeteria do navio, o que poderia ter acontecido muitas horas antes. Era perfeitamente possível que tivesse ficado inconsciente durante algumas horas, mas também poderia ter sido um dia ou mais. Ela não tinha ideia. A única coisa que sabia era que não tinha fome, apenas sede.

Merete levantou-se, puxou as calças para cima e tentou se lembrar.

Ela e Uffe tinham sido os últimos passageiros que estavam lá em cima, próximos aos banheiros. E também eram os últimos no tombadilho. De qualquer maneira, os dois homens que estavam junto à janela panorâmica haviam saído quando ela e Uffe tinham passado por ali. Merete cumprimentara uma garçonete que vinha da cafeteria e vira duas crianças batendo na maçaneta da porta, antes de desaparecerem rumo ao piso inferior. Nada mais. Não havia percebido ninguém vindo em sua direção. Seus únicos pensamentos tinham sido que Uffe precisava se apressar e sair do banheiro.

Oh, céus, Uffe! O que teria acontecido com seu irmão? Ele estava tão triste após ela ter batido nele. Ele ficara tão consternado quando o seu boné de beisebol caíra no mar. Ainda havia manchas vermelhas em suas faces quando ele entrara no banheiro. Onde ele estaria agora? Como estaria?

Ouviu um clique acima de si que a deixou sobressaltada. Rapidamente, tateou a parede até chegar ao canto perto da porta arqueada. Tinha que estar preparada caso alguém entrasse. Houve um novo clique, e seu coração bateu com tanta força que parecia querer saltar do peito. Somente quando o ventilador do teto começou a funcionar, ela percebeu que podia relaxar um pouco. O clique certamente tinha vindo de um interruptor, ou de algo assim.

Merete esticou-se na direção do ar morno e animador. A que mais ela poderia se agarrar?

E assim ficou ali até que o ventilador parou de funcionar, deixando-a com a sensação de que aquela corrente de ar poderia ser a sua única ligação com o mundo exterior. Merete fechou os olhos com força e tentou se concentrar em reprimir as lágrimas.

O pensamento era terrível. Mas talvez fosse verdadeiro. Talvez ela tivesse sido deixada ali escondida para que morresse. E ninguém sabia onde ela estava. Nem ela mesma sabia. Podia estar em qualquer lugar, muito distante do porto. Na Dinamarca ou na Alemanha, em qualquer parte.

E com a morte emergindo lentamente como desfecho mais provável para aquele cenário, ela imaginou as armas que a sede e a fome lhe apontariam. Uma morte lenta, na qual o corpo sucumbiria pouco a pouco em um curto-circuito depois do instinto de sobrevivência cessar suas funções. E por fim o sono apático e derradeiro que a libertaria.

Não há muitas pessoas que sentirão a minha falta, pensou. Uffe, claro. Ele sentiria falta dela. Pobre Uffe. Mas, com exceção do irmão, não permitira que muita gente se aproximasse. Ela se distanciava das pessoas de sua vida, fechando-se em si mesma.

Tentou arduamente conter as lágrimas, sem sucesso. Era isso que a vida tinha lhe reservado? Tudo acabaria daquela maneira? Sem filhos, sem felicidade, sem ter realizado a maior parte do que sonhara durante todos os anos em que estivera sozinha com Uffe? Sem ter sido capaz de cumprir a obrigação que assumira desde a morte dos pais?

Era um pensamento amargo e triste, e quando se ouviu soluçando, ela não sentiu nada mais do que solidão.

De repente, foi tomada pela consciência esmagadora de que Uffe estaria completamente sozinho no mundo. E esta era provavelmente a coisa mais horrível que poderia lhe ocorrer. Por um longo tempo esse pensamento permaneceu em sua mente. Ela iria morrer sozinha, como um animal, ignorada, enquanto Uffe e todos os outros viveriam sem saber o que tinha lhe acontecido. E quando já tinha esgotado todas as suas lágrimas, veio o pensamento de que talvez isso ainda não tivesse terminado. As coisas podiam tornar-se piores. Ela podia ter uma morte cruel. Podia estar relegada a um destino tão terrível que a morte viria como uma bênção. Mas, primeiro, teria de suportar a dor e a bestialidade. Já tinha ouvido tantas histórias parecidas. Estupro, terror psicológico, tortura. Talvez estivesse sendo observada naquele exato momento. Câmeras com sensores infravermelhos, observando-a através do vidro. Olhos que viam tudo, ouvidos que tudo escutavam.

Merete olhou para cima, para o que julgara serem vidraças ou vigias, e tentou parecer calma.

— Por favor, tenham misericórdia — murmurou num fio de voz para a escuridão.

15

2007

O Peugeot 607 era considerado um dos automóveis menos barulhentos em circulação nas estradas. Mas não foi o caso durante as manobras frenéticas de Assad, estacionando debaixo da janela de Carl.

— Impressionante — murmurou Jesper ao olhar pela janela. Carl não conseguia se lembrar da última vez que o seu enteado dissera uma palavra de manhã tão cedo.

— Deixei anotado um recado de Vigga para você — disse Morten, após Carl sair pela porta. Mas ele não queria ler um recado de Vigga logo de manhã. A perspectiva de receber um convite para visitar a galeria na companhia de um pseudoartista de quadris estreitos chamado Hugin, que certamente pintava grandes borrões em uma tela, não estava exatamente no topo da sua lista de prioridades nesse momento.

— Olá — saudou Assad, descontraidamente encostado na porta do motorista. Usava um boné exótico de lã de camelo. Ele parecia qualquer coisa menos um motorista particular da polícia judiciária dinamarquesa. Carl olhou para o céu. Estava limpo e azul-claro, e a temperatura era absolutamente tolerável. — Eu sei exatamente onde fica Egely. — Assad apontou para o GPS. Carl tinha acabado de sentar no banco do passageiro e lançou um olhar exausto ao visor. A setinha indicara uma estrada que estava a uma distância confortável das águas do golfo Roskilde. Longe o bastante para impedir que os moradores da casa de repouso não caíssem nas águas, mas perto o suficiente para que o diretor pudesse apreciar a magnífica paisagem ao norte da Zelândia, se ele se desse o trabalho de olhar pela janela. Era em locais como aquele que ficava a maioria das instituições para pacientes com deficiência mental. Só Deus sabia o porquê.

Assad ligou o motor, pôs marcha a ré e acelerou, cantando os pneus ao longo da Magnolievangen, parando apenas quando metade da traseira do carro já se projetava sobre a grama do outro lado da estrada do Parque Rønneholt. Antes que Carl pudesse esboçar reação, Assad já tinha trocado a marcha e conduzia o carro a noventa quilômetros por hora, numa pista onde o limite de velocidade era de cinquenta.

— Pare, droga! — gritou Carl, quando se dirigiam para a rotatória situada no fim da rua. Mas Assad apenas o olhou de esguelha, como se fosse um taxista de Beirute, e virou bruscamente o volante para a direita. Um segundo depois, eles já estavam indo em direção à autoestrada.

— Carro bom, hein? — gritou Assad, pisando no acelerador quando entraram na via de acesso.

Talvez Assad freasse um pouco se Carl lhe cobrisse o rosto extasiado com o boné.

Egely era um edifício pintado de branco que proclamava, de forma exemplar, a sua finalidade. Ninguém entrava ali voluntariamente, tampouco alguém conseguia sair dali tão facilmente. Era óbvio que não se tratava de um local para aprender a pintar ou ter aulas de violão. Aquela era uma instituição onde as pessoas com dinheiro e status colocavam os membros mentalmente debilitados de sua família.

Cuidados privados, exatamente o pensamento defendido pelo governo.

O escritório do diretor correspondia à primeira impressão geral, e o próprio diretor, um homem ossudo e com feições pálidas, que nenhum sorriso amenizava, inseria-se perfeitamente naquele ambiente.

— Os custos do alojamento de Uffe Lynggaard são cobertos pelos rendimentos do fundo de reserva dos Lynggaard — respondeu o diretor à pergunta de Carl.

Carl olhou para a estante, onde havia inúmeros arquivos de casos, muitos deles marcados com as palavras "fundo de reserva".

— Estou vendo. E como esse fundo de reserva foi criado?

— Foi uma herança deixada pelos pais, ambos falecidos no acidente de carro que também provocou a invalidez de Uffe. E, naturalmente, juntou-se também à herança deixada pela irmã.

— Ela era membro do Parlamento, então imagino que não estejamos falando de grandes quantias de dinheiro.

— Não. Mas a venda da casa onde eles viviam rendeu dois milhões de coroas, quando ela foi finalmente declarada como morta, não faz muito tempo. Atualmente, o fundo totaliza cerca de 22 milhões, mas tenho certeza de que o senhor já sabe disso.

Carl assobiou baixinho. Ele de fato não sabia daquilo.

— Vinte e dois milhões, a cinco por cento de juros. Eu suponho que esse valor seria suficiente para pagar a despesas de Uffe, não é mesmo?

— Bem, sim. Depois de deduzidos os impostos, isso cobre mais ou menos os custos.

Carl fitou-o com ironia.

— E desde que Uffe chegou aqui, ele não disse nada sobre o desaparecimento da irmã?

— Não. Ele não pronuncia uma palavra desde o acidente de carro, até onde eu sei.

— E vocês têm feito alguma coisa para ajudá-lo nesse sentido?

Nesse momento, o diretor tirou os óculos e encarou Carl com as sobrancelhas erguidas. Ele era o epítome da seriedade.

— Uffe Lynggaard tem sido examinado exaustivamente. Depois de uma hemorragia cerebral é comum encontrar tecido cicatrizado na região do cérebro responsável pela fala, o que explica sua mudez. Além disso, o acidente provocou um trauma profundo. A morte dos pais, as lesões que eles sofreram. Como o senhor deve saber, ele estava gravemente ferido.

— Sim, eu li o relatório. — Ele não lera, na verdade. Mas Assad, sim, e tinha tagarelado sobre o assunto durante todo o trajeto rumo ao norte da Zelândia. — Ele passou cinco meses na clínica, com lesões muito graves, hemorragias internas no fígado, no baço e no pulmão. Além disso, teve também problemas na visão.

O diretor assentiu levemente com a cabeça.

— Está correto. É o que está escrito na sua ficha médica. Uffe Lynggaard passou várias semanas sem conseguir enxergar. As hemorragias na retina eram intensas.

— E agora? Ele está restabelecido, pelo menos do ponto de vista fisiológico?

— Tudo aponta nesse sentido. Ele é um jovem forte.

— Ele está com 34 anos. Então tem estado nessa condição há mais de vinte.

O homem pálido anuiu novamente com a cabeça.

— Talvez agora o senhor compreenda que não chegará a lugar algum com Uffe.

— E o senhor naturalmente não vai me deixar falar com ele?

— Não vejo que vantagens isso poderia trazer.

— Ele foi a última pessoa que viu Merete Lynggaard viva. E eu gostaria muito de poder vê-lo.

O diretor levantou-se. Olhou para o golfo, exatamente como Carl imaginara que ele faria.

— Eu acho que não vou permitir.

Idiotas pomposos como ele mereciam ser apunhalados com uma faca cega.

— O senhor não acredita que eu seja capaz de me comportar, mas acho que o senhor deveria.

— E por quê?

— O senhor conhece a polícia?

O diretor voltou a encarar Carl. Sua face estava ainda mais pálida e o cenho franzido. Os anos atrás de uma mesa o deixaram enfraquecido, mas não havia nada de errado com sua mente. Ele não tinha ideia do que Carl queria dizer com aquela pergunta, mas pressentia que ficar calado não seria bom para ele.

— Onde pretende chegar com essa pergunta?

— Nós, policiais, somos curiosos. Algumas vezes, uma pergunta fica martelando em nosso cérebro e precisamos encontrar uma resposta. Isso é evidente.

— E a pergunta seria?

— O que os seus pacientes recebem em troca do seu dinheiro? Cinco por cento de 22 milhões, descontando naturalmente os impostos, é uma verdadeira fortuna. Será que os pacientes recebem um tratamento de valor equivalente ao dinheiro que têm, ou será que pagam demais, tendo em conta que somado a isso ainda há o subsídio estatal? Ou será que o preço é igual para todos? — Carl meneou a cabeça, perdido em pensamentos, e apreciou a luz que banhava o golfo. — E surgem constantemente novas perguntas, quando não recebemos nenhuma resposta às primeiras. Assim são os policiais. Não conseguimos evitar. Talvez seja uma doença, mas quem deveríamos consultar para encontrar uma cura?

O rosto do diretor pareceu ganhar cor.

— Acho que não vamos chegar a nenhum consenso.

— Então por que não me deixa ver Uffe Lynggaard? Sinceramente, que mal poderia haver? O senhor não o trancafiou numa maldita cela, não é mesmo?

As fotografias do processo de Merete Lynggaard não faziam justiça a Uffe. Os retratos policiais, os esboços do exame preliminar e um par de fotos da imprensa tinham mostrado um jovem curvado. Um sujeito que aparentemente parecia ser uma pessoa mentalmente retardada, passiva e de raciocínio lento. Mas a realidade mostrou algo muito diferente.

Uffe estava sentado num quarto muito agradável, com uma vista que era no mínimo tão boa quanto a do diretor. Havia imagens penduradas na parede, a cama havia sido feita recentemente, os sapatos brilhavam e sua roupa estava limpa e arrumada. Nada naquele quarto transmitia a mesma aura do restante da instituição. Ele tinha braços fortes, longos cabelos louros, ombros largos e parecia ser bastante alto. Muitos diriam que ele era um homem atraente. E não havia nada de patético ou lastimável em Uffe Lynggaard.

O diretor e a enfermeira-chefe observavam da porta como Carl andava pelo quarto, porém eles não tinham nenhuma razão para criticar seu comportamento. Ele voltaria em breve, mesmo que na verdade não tivesse energia para isso. Da próxima vez, estaria mais preparado, e então falaria com Uffe. Por enquanto, havia outras coisas no quarto de Uffe que despertavam a sua curiosidade. A fotografia da irmã, que sorria. Os pais, abraçados e sorrindo para o fotógrafo. Os desenhos na parede, que nem remotamente lembravam os desenhos que normalmente se viam naquele tipo de espaço. Eram desenhos alegres, que nada revelavam sobre o terrível acidente que havia lhe roubado a fala.

— Existem mais desses desenhos? Há mais deles na gaveta? — perguntou Carl, apontando para a cômoda e para o armário.

— Não — respondeu a enfermeira-chefe. — Não. Uffe não voltou a desenhar desde que foi internado aqui. Estes desenhos foram trazidos de sua casa.

— Então como vocês mantêm Uffe ocupado durante o dia?

Ela sorriu.

— Com muitas coisas. Ele passeia com os funcionários, corre lá fora no parque. Assiste à televisão. Ele adora ver TV. — A enfermeira-chefe parecia simpática e bondosa. Carl a procuraria da próxima vez.

— E o que ele costuma ver?

— O que estiver passando.

— Ele reage aos programas?

— Às vezes. Ele gosta de rir. — Ela meneou a cabeça com satisfação, sorrindo ainda mais amplamente.

— Ele ri?

— Sim. Uffe ri como um bebê. Nada consciente, porém.

Carl olhou para o diretor, que permanecia ali como um bloco de gelo, e depois para Uffe. O olhar do irmão de Merete estava fixado nos seus desde que ele entrara no quarto. Carl havia notado isso. Uffe o observava, mas se alguém olhasse mais atentamente, perceberia que seu olhar de fato era inconsciente. O olhar não era inanimado, mas para onde quer que Uffe olhasse, aparentemente, não havia profundidade. Carl teve vontade de assustá-lo, apenas para ver como ele reagiria. No entanto, aquilo podia esperar.

Ele se posicionou junto da janela e tentou atrair o olhar de Uffe. Seus olhos claramente captavam as coisas, mas ele não compreendia o que via. Havia alguma coisa ali, mas ao mesmo tempo não existia nada.

— Passe para o outro assento, Assad — disse Carl ao seu assistente, que o esperara sentado atrás do volante.

— Para o outro banco? Não quer que eu dirija? — perguntou ele.

— Eu gostaria de continuar dispondo deste carro durante algum tempo. Ele tem freios ABS e direção hidráulica, e deve continuar assim.

— E o que isso quer dizer?

— Quer dizer que você deve se sentar no outro banco e prestar atenção em como eu gostaria que você dirigisse. Isso se eu deixar você dirigir outra vez.

Carl digitou o destino seguinte no GPS, ignorando a enxurrada de palavras árabes que saíam da boca de Assad, enquanto ele mudava de lugar.

— Você já tinha dirigido algum automóvel aqui na Dinamarca? — Carl perguntou, ao se encaminharem para Stevns.

O silêncio de Assad respondeu sua pergunta.

Eles encontraram a casa em Magleby, numa estrada secundária nos limites da região. Não era uma pequena residência, nem uma casa de fazenda, como muitas naquela localidade, mas uma genuína construção de alvenaria, originária de uma época em que a fachada ainda espelhava a alma da casa. Havia um denso bosque de teixos, mas a casa ainda se sobressaía a eles. Se aquela propriedade realmente tinha sido vendida por dois milhões, então alguém havia feito um negócio muito bom. E alguém fora enganado.

Na placa de latão estava escrito: *Negociantes de Antiguidades* e *Peter & Erling Møller-Hansen*. Mas o homem que abriu a porta parecia mais um aristocrata. Pele delicada, olhos de um azul profundo e cheiro de uma loção de boa qualidade.

O homem era bastante prestativo e respondia de forma sincera a todas as perguntas. Pegou educadamente o gorro de Assad e os convidou para entrar. O hall estava decorado com graciosos móveis do tempo do império e muitos bibelôs.

Não, eles não tinham conhecido Merete Lynggaard ou seu irmão Uffe. Pelo menos não pessoalmente, embora a maior parte de seus pertences tivessem permanecido na casa depois da venda. No entanto, eram todas coisas sem valor.

O homem ofereceu chá verde em finíssimas xícaras de porcelana. Com os joelhos muito juntos e as pernas ligeiramente inclinadas, ele sentou-se na beira do sofá, pronto para ajudar seus visitantes tanto quanto lhe fosse possível.

— Foi terrível ela ter se afogado daquela maneira. Deve ter sido uma morte horrorosa. Uma vez o meu marido quase se afogou numa cachoeira na Iugoslávia. Foi assustador, acreditem.

Carl reparou na perturbação de Assad quando o homem disse "o meu marido". Mas um olhar rápido bastou para limpar a expressão confusa da sua face. Era evidente que Assad ainda tinha muito o que aprender sobre a diversidade de modos de vida na Dinamarca.

— Na ocasião, a polícia recolheu todos os documentos dos irmãos Lynggaard que conseguiu encontrar — disse Carl. — Mas desde então o senhor encontrou mais alguma coisa, como diários, cartas, faxes ou talvez simples mensagens telefônicas? Alguma coisa que possa trazer uma nova luz sobre o caso?

O homem balançou a cabeça.

— Não. Tudo se foi. — Ele fez um gesto com o braço, abrangendo toda a sala de estar. — Havia mobiliário, mas nada de especial. E também não existia muita coisa nas gavetas, apenas artigos de escritório e algumas, poucas, recordações. Álbuns com dedicatórias, fotografias e coisas do gênero. Penso que ambos eram pessoas perfeitamente normais.

— E os vizinhos, alguns deles conheciam os Lynggaard?

— Oh, bem, nós não temos muito contato com os vizinhos. Mas eles também não vivem aqui há muito tempo. Eles disseram algo sobre terem morado fora do país e só regressaram recentemente. Mas também não creio que os Lynggaard tivessem contato com as outras pessoas aqui da região. Muitas nem sequer sabiam que Merete tinha um irmão.

— Quer dizer que o senhor nunca encontrou ninguém aqui da região que conhecesse os irmãos?

— Encontrei, sim. Helle Andersen. Era ela que tomava conta do irmão.

— Era a empregada — lembrou-se Assad, de repente. — A polícia a interrogou, mas ela não sabia de nada. Exceto que tinha chegado uma carta para Merete, um dia antes de ela se afogar. Foi a empregada quem recebeu a carta.

Carl ergueu as sobrancelhas, surpreso. Precisava mesmo ler cuidadosamente aquele maldito processo. E de preferência o mais depressa possível.

— A polícia encontrou a carta, Assad?

Ele negou.

Carl voltou-se novamente para o dono da casa.

— Esta Helle Andersen vive aqui por perto?

— Não, ela vive em Holtug, no outro lado de Gjorslev. Mas estará aqui em dez minutos.

— Aqui?

— Sim. O meu marido está doente. — Ele baixou o olhar para o chão. — Muito doente. Por isso ela tem vindo nos ajudar.

A sorte sorri para os ignorantes, pensou Carl, então perguntou se eles poderiam ver os vários cômodos da casa.

Passaram por entre móveis peculiares e pinturas enquadradas em pesadas molduras douradas. A bagunça natural após uma vida passada em casas de leilões. Mas a cozinha fora completamente remodelada, todas as paredes haviam sido pintadas e o chão ganhara um novo acabamento. Se alguma coisa tivesse sobrado do tempo que Merete Lynggaard vivia naquela casa, só podiam ser os peixinhos dourados deslizando pelo chão escuro do banheiro.

— Oh, Uffe. Ele era tão querido! — Helle Andersen tinha um rosto gordo, com olheiras profundas sob os olhos e bochechas rosadas e rechonchudas. O restante do corpo estava coberto por uma túnica azul-clara, com um tamanho que certamente não seria possível encontrar nas lojas tradicionais. — É uma verdadeira loucura acreditar que ele pudesse fazer alguma coisa para ferir a irmã, foi isso que eu disse aos policiais. Que eles não poderiam estar mais errados.

— Mas houve testemunhas que viram ele bater na irmã — Carl contrapôs.

— Às vezes ele podia se enfurecer um pouco. Mas isso não significava nada.

— Ele é um homem grande e forte. Talvez ele a tivesse empurrado para a água por acidente.

Helle Andersen revirou os olhos.

— Impossível! O Uffe era a gentileza em pessoa. De vez em quando, ele se aborrecia com alguma coisa que me deixava aborrecida também, mas não era algo que acontecia muitas vezes.

— A senhora cozinhava para ele?

— Eu fazia todo o tipo de coisas, para que estivesse tudo pronto e em ordem quando Merete chegasse em casa.

— A senhora não a via com muita frequência?

— De vez em quando.

— Mas não nos dias que antecederam a sua morte?

— Oh, sim. Houve uma noite, um pouco antes do acidente, que eu fiquei tomando conta do Uffe. Mas ele ficou tão enfurecido, como já falei, que telefonei para Merete dizendo que ela devia vir para casa. E ela veio. Ele não estava nada bem aquele dia.

— Alguma coisa fora do comum aconteceu naquela noite?

— Apenas o fato de Merete não ter chegado em casa às seis horas, como era habitual. O Uffe não gostou. Ele não conseguiu entender que ela tinha um compromisso.

— Ela era membro do Parlamento. Com certeza chegava tarde em casa com frequência, não?

— Não. Somente uma vez ou outra, quando tinha que viajar. E quando isso acontecia era apenas por uma noite ou duas.

— Então ela estava viajando naquela noite?

Nesse momento, Assad balançou a cabeça. Era irritante o quanto ele sabia sobre o caso.

— Não, ela tinha saído para jantar — respondeu Helle.

— Hum. E a senhora sabe com quem ela foi jantar? — perguntou Carl.

— Não, eu não sei com quem.

— Isso está no relatório, Assad?

Assad assentiu.

— Søs Norup, a assistente, viu Merete escrever o nome do restaurante na sua agenda. E alguém dentro do restaurante lembrou-se de tê-la visto lá. Só não se lembrava com quem.

Estava claro que no relatório havia uma série de detalhes que Carl precisava estudar o mais depressa possível.

— Assad, como se chamava o restaurante?

— Bankeråt, acho que se chamava Café Bankeråt. É possível que seja isso?

Carl virou-se para Helle Andersen.

— A senhora sabe se ela tinha um encontro? Um namorado?

A empregada sorriu pela primeira vez, revelando uma covinha profunda na bochecha.

— Podia ser que tivesse. Mas ela nunca me disse nada sobre isso.

— E também não disse nada quando chegou em casa? Isto é, depois de a senhora ter telefonado para ela?

— Não, eu fui embora. Uffe estava completamente desorientado.

Eles ouviram um pequeno tilintar, e o novo dono da casa entrou na sala com grande teatralidade. Com os braços esticados e as mãos espalmadas, ele tentava equilibrar uma bandeja cheia de xícaras de chá, como se nela transportasse também todos os segredos da gastronomia.

— Feito em casa — disse ele, enquanto servia uma espécie de pudim em pequenos pratos de prata à frente deles.

Este cenário despertou em Carl recordações de uma infância desaparecida. Não exatamente agradáveis, mas ainda assim recordações.

O anfitrião distribuiu os pudins, e Assad demonstrou imediatamente seu apreço pela oferenda.

— Helle, está escrito no relatório que a senhora recebeu uma carta na véspera do desaparecimento de Merete Lynggaard. Poderia contar mais uma vez como tudo aconteceu? — Não havia dúvidas de que o depoimento dela estava nos autos do inquérito, mas não lhe faria mal nenhum repetir.

— O envelope era amarelo, lembrava um pergaminho.

— De que tamanho era?

Ela mostrou o tamanho com as mãos. Aparentemente era A5.

— Havia algo escrito no envelope? Um nome? Tinha algum selo ou carimbo?

— Não, nada.

— E quem o trouxe? A senhora conhecia a pessoa?

— Não, nunca o tinha visto. A campainha tocou e lá fora estava um homem que me deu o envelope.

— Um pouco estranho, não acha? Normalmente é o carteiro quem traz as cartas.

Ela lhe deu uma pequena cotovelada no braço, fazendo uma confidência.

— Sim, nós temos um carteiro. Mas aquele homem veio mais tarde. Ele chegou no meio do noticiário da rádio.

— O do meio-dia?

Ela fez que sim com a cabeça.

— Ele me entregou o envelope e depois foi embora.

— Ele disse alguma coisa?

— Sim, disse que era para Merete. Mais nada.

— E por que ele não colocou o envelope na caixa do correio?

— Eu acho que era urgente. Talvez ele quisesse ter certeza de que ela o veria assim que chegasse em casa.

— Mas com toda certeza Merete sabia quem tinha lhe trazido a carta. Ela não disse nada sobre isso?

— Não sei. Eu saí um pouco antes de ela chegar.

Assad voltou a balançar a cabeça. Então aquilo também estava no relatório.

Carl lançou ao assistente um olhar profissional que dizia: Faz parte do trabalho perguntar a mesma coisa várias vezes. E era isso que Assad tinha que aprender.

— Eu acho que Uffe não podia ficar sozinho em casa. — Ele então intrometeu-se na conversa.

— Oh, sim, ele podia — respondeu ela, os olhos brilhando. — Desde que não fosse tarde da noite.

Naquele momento, Carl desejou poder voltar para sua mesa no porão. Durante muitos anos tivera que arrancar à força todo o tipo de informações das pessoas, mas agora se sentia cansado. Mais duas perguntas, e então eles perceberiam se estavam ou não avançando. O caso Merete Lynggaard era obviamente um caso perdido. Ela tinha caído no mar. Coisas assim aconteciam.

— E podia ter sido tarde demais, se eu não tivesse deixado o envelope onde ela poderia encontrá-lo — prosseguiu a mulher.

Carl percebeu como os olhos dela se desviaram por um momento. E não na direção dos pequenos pudins.

— O que quer dizer com isso?

— Bem, ela morreu no dia seguinte, não foi?

— Mas não era isso o que a senhora estava pensando, não é?

— Ora, claro que era!

Sentado ao lado de Carl, Assad pousou seu prato de pudim sobre a mesa. Curiosamente, ele também tinha notado a tentativa da mulher de desviar a atenção do assunto.

— A senhora estava pensando em outra coisa, é fácil perceber por sua expressão. O que queria dizer com "podia ter sido tarde demais"?

— Apenas aquilo que falei. Que ela morreu no dia seguinte.

Carl olhou para o anfitrião, que ainda ostentava um ar orgulhoso pelos pudins que havia feito.

— O senhor se importaria se falássemos com Helle Andersen em particular durante alguns instantes?

O homem não pareceu satisfeito, e Helle Andersen também não. Ela alisou a túnica com as mãos, o que, naturalmente, não mudava nada.

— Agora me diga, Helle — começou Carl, inclinando-se sobre ela, depois de o antiquário ter saído da sala. — Se houver algo que tenha guardado até agora, chegou a hora de contar. Compreende?

— Não houve mais nada.

— A senhora tem filhos?

Helle comprimiu os lábios. O que aquilo tinha a ver com o caso?

— OK, Helle. — O tom de voz de Carl era agora bem menos amigável. — A senhora abriu o envelope, não foi?

Ela virou a cabeça para trás em sinal de alerta.

— Claro que não!

— Pois bem, Helle Andersen, a senhora sabe o que significa perjúrio?

Para uma menina do campo, ela reagiu com uma rapidez admirável. Levou as mãos até a boca, enfiou os pés debaixo do sofá, encolheu o abdômen como se quisesse estabelecer uma distância segura entre ela e aquele policial.

— Eu não o abri! — As palavras voaram de sua boca. — Só o... segurei diante da luz.

— E o que estava escrito na carta?

Ela contraiu as sobrancelhas com tanta força, que estas praticamente se encontraram.

— Tudo que estava escrito era: "Tenha uma boa viagem para Berlim."

— Sabe o que ela pretendia fazer em Berlim?

— Era apenas uma viagem de lazer com Uffe. Eles tinham feito isso algumas vezes antes.

— Por que era tão importante alguém lhe desejar uma boa viagem?

— Não sei.

— Quem mais tinha conhecimento dessa viagem, Helle? Merete levava uma vida muito reservada com Uffe, se entendi bem.

Ela encolheu os ombros.

— Talvez algum dos colegas do Parlamento. Eu não sei.

— Nesse caso não seria mais fácil eles lhe enviarem um e-mail?

— Eu realmente não sei. — Era visível que ela se sentia pressionada. Talvez estivesse mentindo. Ou talvez fosse apenas uma pessoa muito sensível à pressão. — Pode ter sido alguém da comunidade — sugeriu.

Era outro impasse.

— "Tenha uma boa viagem para Berlim" era o que estava escrito lá. Mais alguma coisa?

— Mais nada. Somente isso. De verdade.

— Nenhuma assinatura?

— Não, só o que já contei ao senhor.

95

— E o mensageiro, como ele era?

Ela escondeu o rosto com as mãos por um momento.

— Tudo o que notei era que ele estava usando um casaco muito elegante — disse ela num fio de voz.

— Não conseguiu ver mais nada? Não pode ser.

— É verdade. Ele era mais alto do que eu, apesar de estar um degrau abaixo de mim. E usava um cachecol verde que cobria a parte inferior de seu rosto. Estava chovendo, talvez por isso ele tivesse coberto o rosto daquela maneira. E também estava um pouco resfriado, pelo menos soava como se estivesse.

— Ele espirrou?

— Não, ele parecia um tanto fanho. E também fungava um pouco.

— E quantos aos olhos? Eram castanhos ou azuis?

— Pelo que me lembro, eram azuis. Quer dizer, acho que sim. Talvez fossem acinzentados. Eu os reconheceria, se os visse de novo.

— Que idade ele tinha?

— Era mais ou menos da minha idade, eu acho.

Como se aquela informação ajudasse. Carl suspirou profundamente.

— E qual é a idade da senhora?

Ela o encarou, indignada.

— Quase 35 — respondeu, olhando para o chão.

— E que tipo de carro ele dirigia?

— Nenhum, pelo que sei. Pelo menos não havia nenhum carro estacionado na frente da casa.

— A senhora não acredita que ele tenha feito o caminho todo *a pé* até aqui, não é?

— Não, provavelmente não.

— Mas não o observou quando ele foi embora?

— Não. Tinha que dar almoço ao Uffe. Ele sempre almoçava enquanto eu ouvia o noticiário na rádio.

Eles falaram sobre a carta, enquanto Carl dirigia de volta. Surpreendentemente, Assad também não sabia mais nada sobre ela. Naquele ponto, as investigações policiais haviam chegado a um impasse.

— Por que era importante entregar pessoalmente uma mensagem tão insignificante? O que de fato significava? Seria possível compreender se tivesse sido enviada por uma amiga, num envelope perfumado e cheio de florzinhas. Mas aquele era um envelope completamente neutro e ainda por cima sem assinatura.

— Acredito que Helle Andersen não saiba mais nada — opinou Assad, ao virarem na direção de Bjælkerupvej. Era ali que ficava situado o departamento de Serviço Social da administração municipal de Stevns.

Carl olhou para o complexo de edifícios. Seria bom ter uma ordem judicial no bolso antes de entrar.

— Espere aqui — recomendou a Assad, cujo rosto não irradiou alegria ao ouvir aquela ordem.

Carl localizou o escritório da direção após ter feito um série de indagações.

— Sim, é verdade. As visitas a Uffe Lynggaard foram realizadas pelo Serviço de Enfermagem em Domicílio — explicou a mulher que o atendeu, enquanto ele guardava o distintivo policial no bolso. — Mas neste momento estamos bastante atrasados no que diz respeito ao arquivamento dos casos antigos. Sabe como é, as reformas municipais.

A mulher diante de Carl estava muito pouco familiarizada com o caso. Mas alguém ali devia conhecer Uffe Lynggaard e sua irmã. Qualquer informação, por menor que fosse, seria muito valiosa. Talvez alguém tivesse realizado algumas visitas em domicílio e presenciado uma ou outra situação, algo que pudesse ajudá-lo na investigação.

— Seria possível falar com a pessoa que na época era responsável pelas visitas?

— Lamento, mas ela já está aposentada.

— Poderia me dizer o nome dela?

— Infelizmente não. Somente aqueles que estão trabalhando atualmente podem dar informações sobre casos antigos.

— Mas nenhum dos funcionários atuais sabe algo sobre Uffe Lynggaard, correto?

— Oh, com certeza alguém sabe. Mas, como eu disse antes, não estamos em condições de discutir o caso.

— Eu sei que é uma questão de confidencialidade, e sei também que Uffe Lynggaard não se encontra sob tutela legal. Mas não dirigi até aqui para voltar para casa de mãos vazias. Por favor, deixe-me consultar o processo.

— O senhor sabe perfeitamente que não posso deixá-lo fazer isso. Se quiser, poderá falar com o nosso advogado. De qualquer maneira, os processos não estão disponíveis no momento. E Uffe Lynggaard não vive neste distrito.

— Quer dizer que os processos foram transferidos para Frederikssund?

— Não estou autorizada a falar sobre isso.

Que mulherzinha arrogante!

Carl saiu do escritório dela e parou no corredor por um momento, olhando em volta.

— Desculpe-me — disse ele a uma mulher que veio andando em sua direção, parecendo cansada demais para oferecer resistência. Ele lhe mostrou o distintivo policial e se apresentou. — A senhora poderia me ajudar a descobrir o nome da pessoa encarregada das visitas em domicílio em Magleby dez anos atrás?

— Pergunte ali dentro — respondeu a mulher, apontando para o escritório de onde ele tinha acabado de sair.

Então haveria ordem judicial, papelada, telefonemas, tempo de espera e mais telefonemas. Como ele odiava tudo aquilo!

— Vou me lembrar disso quando a senhora precisar de minha ajuda — disse para a mulher, fazendo uma breve reverência.

A última parada do dia seria a Clínica de Lesão Medular, em Hornbæk.

— Eu mesmo dirijo até lá, Assad. Você pode pegar um trem para casa? Posso deixá-lo em Køge. Há um trem expresso para a estação central. — Assad anuiu, mas sem grande entusiasmo. Carl não tinha ideia de onde ele vivia. Um dia teria que lhe perguntar.

Olhou para o seu peculiar parceiro.

— Nós começaremos a trabalhar num caso diferente amanhã, Assad. Este não nos levará a lugar algum. — Nem mesmo essa informação provocou qualquer contentamento na expressão de Assad.

Na clínica, Hardy fora transferido para outro quarto, mas ele não parecia bem. No rosto até havia alguma cor, porém a escuridão espreitava seus olhos azuis.

Carl pousou a mão no ombro do amigo.

— Estive pensando sobre o que você me disse da última vez, Hardy. Mas não posso fazer isso, lamento muito. Simplesmente não consigo. Você entende?

Hardy não disse uma palavra sequer. Claro que ele entendia. E ao mesmo tempo era óbvio que não entendia.

— E que tal se você me ajudar em vez disso? Eu lhe dou todos os fatos e você gasta seu tempo pensando no assunto. Preciso urgentemente de uma injeção de energia, Hardy. Eu não dou a mínima para nada disso, mas, se você me ajudar, então pelo menos vamos ter algo para rir juntos.

— Quer que eu ria, Carl? — perguntou Hardy, virando a cabeça para o outro lado.

Em geral, tinha sido realmente um dia de merda.

16

2002

A noção do tempo desapareceu na escuridão, e com ela toda a harmonia de seu corpo. O dia e a noite se misturavam como gêmeos siameses. Havia apenas um ponto fixo no dia de Merete, era o clique da suposta porta arqueada na parede.

A primeira vez que ouviu a voz distorcida no alto-falante, o choque foi tão explosivo que ela ainda tremia quando se deitou para dormir, horas mais tarde.

Mas se ela não tivesse ouvido a voz, tinha certeza de que teria morrido de sede e de fome. A questão era se esse destino não teria sido bem melhor.

Merete sentira a sede e a sensação de secura na boca desaparecer. Ela notara o cansaço atenuar a fome, o medo ser substituído pela tristeza, e a tristeza reconhecimento de que a morte estava próxima. E foi por isso que ela se deitou calmamente, esperando que seu corpo por fim desistisse, quando uma voz áspera revelou que ela não estava sozinha, e que finalmente teria de se submeter à vontade de outra pessoa.

— Merete — disse a voz feminina sem qualquer aviso. — Estamos enviando um recipiente de plástico. Daqui a pouco você ouvirá um clique e uma portinhola será aberta no canto da parede. Nós sabemos que você já a encontrou.

Talvez ela tivesse imaginado que uma luz tivesse sido acesa, pois cerrou os olhos na tentativa de retomar controle sobre as ondas de choque que atingiam suas terminações nervosas. Mas não havia nenhuma luz ali.

— Você pode me ouvir? — gritou a voz.

Ela assentiu com a cabeça e expirou profundamente. Agora percebia como estava gelada. Como a falta de alimento sugara as suas reservas de gordura até o fim. Como estava vulnerável.

— Responda!

— Sim. Sim, estou ouvindo. Quem é você? — Tentava olhar para alguma coisa dentro daquela escuridão.

— Quando ouvir o clique, vá imediatamente até a portinhola. Não tente entrar lá dentro. Você não vai conseguir. Depois de recolher o primeiro recipiente, enviaremos outro. Um deles é um balde que você poderá usar como vaso sanitário para fazer suas necessidades. No outro você encontrará água e comida. Todos os dias abriremos a portinhola e trocaremos os recipientes antigos por dois novos. Você está entendendo?

— Qual é o motivo para tudo isso? — Ela ouviu o eco da própria voz. — Fui sequestrada? É dinheiro o que querem?

— Aí vai o primeiro.

Houve um atrito no canto e um leve som sibilante. Merete moveu-se na direção do som e percebeu que a parte inferior da porta arqueada na parede se abriu e liberou um recipiente sólido do tamanho de um cesto de papéis. Quando ela o puxou para si e o colocou no chão, a portinhola fechou, voltando a abrir dez segundos depois. Dessa vez, o balde era um pouco mais alto, supostamente serviria como banheiro improvisado.

O coração de Merete estava acelerado. Se os baldes podiam ser intro-duzidos tão rapidamente, um depois do outro, significava que alguém tinha que estar do outro lado da portinhola. Um outro ser humano, ali tão perto.

— Por favor, diga-me onde estou. — Ela engatinhou até o local onde julgava estar o alto-falante. — Há quanto tempo estou aqui? — falou um pouco mais alto. — O que pretendem fazer comigo?

— Há papel higiênico no recipiente da comida. Daqui a uma semana você receberá um novo rolo. Se precisar se lavar, use a água do galão que está dentro do balde que servirá de banheiro. Não se esqueça de tirá-lo antes de usar. Não existe escoamento no quarto, por isso assegure-se de que está se lavando sobre o balde.

Os tendões no pescoço de Merete retesaram-se. Uma ponta de raiva lutava contra as lágrimas, os lábios tremiam. Do seu nariz escorria um fluido.

— Quer dizer que tenho de ficar aqui sentada na escuridão... o tempo todo? — balbuciou. — Não podem acender a luz? Só por um momento. Por favor!

Ouviram-se novamente um clique e um som sibilante. Em seguida a portinhola foi fechada.

Depois disso, passaram-se inúmeros dias e noites, nos quais Merete ouviu somente o ventilador, ligado semanalmente para renovar o ar, e o ruído diário da portinhola. Algumas vezes os intervalos pareciam intermináveis; em outros momentos, parecia que ela tinha acabado de se deitar após uma refeição, quando surgiam os dois baldes seguintes. A comida era a única ponta de esperança, ainda que fosse sempre a mesma e quase não tivesse sabor. Batatas, legumes muito cozidos e um naco de carne. Todos os dias a mesma coisa. Era como se houvesse uma panela inesgotável daquela mistura, cozinhando lá fora, à luz do dia, do outro lado daquela parede impenetrável.

Merete havia pensado que, em certo momento, ela estaria tão habituada à escuridão que os detalhes do quarto se tornariam mais definidos. Mas isso não aconteceu. A escuridão era total, como se ela fosse cega. Apenas os pensamentos podiam trazer alguma luz à sua existência, e aquilo não era fácil.

Durante muito tempo ela temeu enlouquecer. Temia o dia em que o controle lhe fugisse. Para evitá-lo, criou imagens do mundo, da luz e da vida lá fora. Refugiou-se nos recônditos mais longínquos do seu cérebro, que normalmente se encontravam banhados pelas ambições e trivialidades da vida diária. E lentamente as recordações do passado começaram a voltar. Curtos instantes que sentia como se mãos a segurassem. Como se palavras acariciassem e confortassem. Mas também recordações de solidão, saudade, perda e de esforço incansável.

E assim ela caiu num ritmo que consistia em longos períodos de sono, comer, meditar e correr sem sair do lugar. Corria até que o bater das solas no chão começasse a doer em seus ouvidos, ou até cair para o lado de cansaço.

De cinco em cinco dias, ela recebia roupa íntima nova e atirava a usada para dentro do balde higiênico. A ideia de haver estranhos tocando em sua roupa íntima causava-lhe repulsa. Mas o restante da roupa que ela vestia nunca era substituída, por isso cuidava bem dela. Tinha cuidado quando se sentava no balde. Estendia-a cuidadosamente no chão quando ia dormir. Quando trocava a roupa de baixo, alisava tudo com as mãos e lavava com água as partes que sentia estarem muito sujas. Dava-se por feliz por estar vestindo uma boa roupa no dia em que fora sequestrada. Um casaco acolchoado, cachecol, blusa, camisa, calças e meias grossas. Mas com o tempo as calças estavam cada vez mais folgadas ao redor da cintura, e as solas dos sapatos iam ficando gradualmente mais finas.

Tenho que começar a correr descalça, pensou, gritando depois para a escuridão:

— Podem aumentar um pouco a temperatura, por favor? — Mas já havia muito tempo que o ventilador do teto não produzia um único som.

Quando os baldes tinham acabado de ser trocados pela 119ª vez, a luz acendeu. Uma cascata de sóis brancos explodiu por cima dela, fazendo-a tombar para trás com os olhos bem cerrados e as lágrimas escorrendo pelos cantos. Era como se a luz bombardeasse suas retinas, levando impulsos de dor para o seu cérebro. Tudo o que podia fazer era cair de joelhos e manter as mãos sobre os olhos.

Com o passar das horas, ela começou a tirar lentamente as mãos da face e abriu um pouco os olhos. A luz continuava avassaladora. O medo de já ter perdido a visão, ou de perdê-la agora, caso se movesse muito depressa, fez com que ela se segurasse. E assim se manteve sentada no chão, até que o alto-falante com a voz da mulher martelou em seu cérebro pela segunda vez. Ela reagiu ao som como um instrumento de medição que oscila com muita força. Cada palavra era como uma punhalada que a atravessava. E as palavras eram aterrorizantes.

— Feliz aniversário, Merete. Meus parabéns pelos seus 32 anos. Sim, hoje estamos no dia 6 de julho. Você está aqui há 126 dias e nosso presente de aniversário será deixar a luz acesa durante um ano.

— Meu Deus, não! Não podem fazer isso comigo — gemeu ela. — Por que estão fazendo isso? — Levantou-se, mantendo as mãos à frente dos olhos. — Se querem me matar, então matem agora! — gritou.

A voz da mulher era fria e talvez um pouco mais grave do que da última vez.

— Tenha calma, Merete. Não queremos matá-la. Pelo contrário, queremos dar a você a oportunidade de evitar que as coisas se tornem cada vez piores. Tudo que você tem de fazer é responder sua própria pergunta: por que a mantemos presa aqui, como um animal enjaulado? Você mesma tem que encontrar a resposta, Merete.

Ela inclinou a cabeça para trás. Aquilo era terrível. Talvez devesse manter a calma, sentar-se num canto e deixá-los dizer o que quisessem.

— Responda a pergunta, Merete, ou você vai piorar as coisas para si mesma.

— Não sei o que vocês querem que eu diga! Tem a ver com política? Trata-se de dinheiro? Eu não sei! Por favor, me digam!

A voz por trás do som áspero tornou-se ainda mais fria.

— Esta não é a resposta correta, Merete. Então agora você vai ter seu castigo. Não é assim tão duro, conseguirá superar com facilidade.

— Oh, meu Deus, isso não pode estar acontecendo — balbuciou Merete, caindo de joelhos.

Foi então que ouviu o familiar ruído da portinhola se transformando num som sibilante. Ela sentiu imediatamente o ar do exterior soprar forte sobre si. Tinha cheiro de cereais, de terra cultivada e relva verde. Aquele era o seu castigo?

— Vamos aumentar a pressão do ar na sua câmara para dois bars. Então daqui a um ano veremos se você já tem a resposta. Não sabemos exatamente qual é o máximo de pressão atmosférica que o organismo humano aguenta, mas com o tempo descobriremos isso juntos.

— Meu Deus — murmurou Merete ao sentir a pressão em seus ouvidos. — Não deixe isso acontecer. Por favor, não deixe isso acontecer.

17

2007

O som de vozes barulhentas e garrafas tinindo podia ser ouvido claramente do estacionamento, dando a Carl um aviso prévio. Algo estava acontecendo em sua casa.

A gangue do churrasco era um pequeno grupo de adeptos fanáticos por carne chamuscada que vivia na vizinhança. Entre eles era unânime a opinião de que a carne de boi era mais saborosa depois de ficar muito tempo em cima de uma grelha, carbonizada, até não ter mais gosto nem de boi, nem de carne. Sempre que havia oportunidade, eles se reuniam, não importava a época do ano, e de preferência no terraço de Carl. Ele gostava do pessoal. Eram pessoas descontraídas, simpáticas e civilizadas, que sempre recolhiam as garrafas vazias.

Kenn, eleito o responsável pela churrasqueira, recebeu Carl com um abraço caloroso. Outro membro do grupo pôs uma lata de cerveja bem gelada em sua mão, um terceiro fez um prato com pedaços esturricados de carne. Enquanto entrava em casa, Carl sentiu os olhares bem-intencionados pelas costas. Quando ficava calado voluntariamente, ninguém lhe fazia perguntas, e esta era uma das qualidades que ele apreciava nos vizinhos. Se houvesse algum caso remoendo sua mente, seria mais fácil encontrar um político local competente do que entrar em contato com Carl, todos sabiam isso. Dessa vez, entretanto, não era um caso que mantinha o seu cérebro ocupado. A única coisa que remoía seus pensamentos era Hardy.

Porque Carl sentia-se genuinamente dividido.

Talvez ele devesse reconsiderar a situação. Certamente encontraria uma maneira de pôr fim à vida de Hardy sem levantar suspeitas. Uma bolha de ar no cateter, a mão firme sobre a sua boca. Seria uma tarefa rápida, pois Hardy não ofereceria resistência.

Mas ele teria coragem de fazer isso? Queria fazer isso? Que droga de dilema! Ajudar o amigo ou não? E qual seria realmente a maneira correta de ajudá-lo? Talvez mais ajudasse Hardy se ele fosse falar com Marcus e exigisse seus antigos casos de volta. Era completamente indiferente saber com quem trabalharia, e não dava a mínima para o que *eles* diriam sobre isso. Se colocar atrás das grades os malditos que tinham atirado neles em Amager ajudasse Hardy, então ele seria o homem a fazer isso. Pessoalmente, estava farto daquele caso. Se encontrasse aqueles idiotas, acabaria com eles, mas quem se beneficiaria disso? Ele certamente não. E Hardy muito menos.

— Carl, você poderia me emprestar cem pratas? — Quem mais além de Jesper conseguiria forçar a entrada nos seus pensamentos num momento daqueles? Era evidente que ele já estava com um pé para fora da porta. Os seus amigos de Lyngby sabiam perfeitamente que, se convidassem Jesper, haveria uma grande chance de ele levar algumas cervejas. O garoto tinha amigos na vizinhança que vendiam cerveja a jovens com menos de 16 anos. Era verdade que custaria alguns trocados a mais, mas o que importava se ele convencesse o padrasto a financiar a festa?

— Não seria a terceira vez esta semana? — perguntou Carl, tirando uma nota da carteira. — E aconteça o que acontecer, amanhã você irá à escola, entendeu?

— Entendi.

— Fez os deveres de casa?

— Sim, sim.

Era óbvio que não tinha feito. Carl franziu o cenho.

— Relaxa, Carl. Eu não tenho vontade de fazer meu décimo ano em Engholm. Vou pedir transferência para Allerød.

Era um pequeno consolo. Ele teria que ficar de olho em Jesper para ter certeza de que o garoto estava indo bem na escola.

— Sorria — gritou Jesper a caminho do alpendre onde a bicicleta estava guardada.

Era mais fácil falar do que fazer.

— É o caso Lynggaard que o está deixando preocupado, Carl? — perguntou Morten, enquanto recolhia as últimas garrafas vazias. Ele nunca descia antes de deixar a cozinha brilhando. Conhecia suas obrigações e os próprios limites. Na manhã seguinte, sua cabeça estaria tão grande e sensível quanto o ego do primeiro-ministro. Se algo tinha de ser limpo, era melhor fazer agora.

— Estou pensando no Hardy. O caso Lynggaard não me preocupa tanto assim. As pistas esfriaram e ninguém está dando a mínima para isso. Inclusive eu.

— Mas o caso ficou resolvido, não ficou? — murmurou Morten, espirrando. — Ela não se afogou? O que há mais para descobrir?

— Hum, é isso que você acha? Mas por que ela se afogou? Esta é a questão. Eu me pergunto isso o tempo todo. Naquele dia não houve nenhum temporal nem ondas altas, e, aparentemente, Merete era uma pessoa saudável. A sua situação econômica era boa, ela era atraente. Tudo indicava que teria uma brilhante carreira pela frente. Talvez fosse um pouco solitária, mas com certeza isso se resolveria mais cedo ou mais tarde.

Carl balançou a cabeça. A quem ele queria enganar? A si mesmo? Claro que o caso lhe interessava! Todos os casos em que as perguntas se empilhavam daquela maneira lhe interessavam.

Ele acendeu um cigarro e pegou uma latinha de cerveja que um convidado tinha aberto e não bebera. A cerveja estava morna e já apresentava um sabor ligeiramente azedo.

— O que mais me incomoda é que Merete era muito inteligente. É sempre complicado quando as vítimas são inteligentes como ela. Pelo que vejo, ela não tinha qualquer razão para se suicidar. Não tinha inimigos declarados. O irmão a amava. Então por que desapareceu? Se esse fosse o seu caso, Morten, você se atiraria ao mar?

Morten fitou Carl, com os olhos já vermelhos.

— Foi um acidente, Carl. Você nunca ficou tonto quando encostado à amurada de um navio, olhando para as águas? Mas se realmente foi crime, só pode ter sido o irmão. Ou então alguém com motivações políticas. Essa é a minha opinião. Por que uma potencial líder dos democratas, especialmente alguém que parecia tão impressionante, teria inimigos? — Meneou a cabeça lentamente, tendo dificuldades para levantá-la outra vez. — Todos a odiavam, não percebe? Todas as pessoas que ela superou dentro do partido. O mesmo se pode dizer de todos os membros dos partidos do governo. Você acha que o primeiro-ministro e os seus companheiros gostavam de ver como aquela mulher enérgica brilhava na televisão? A forma como fazia todos parecerem ridículos? Você mesmo diz que ela era uma mulher extremamente inteligente. — Torceu o pano de prato e pendurou-o sobre a torneira. — Todo mundo sabia que ela tinha grandes chances de ganhar nas eleições seguintes. Ela atraía os eleitores e concentrava muitos votos. — Ele cuspiu dentro da pia. — Da próxima vez não bebo mais esse tipo de vinho. Onde diabos compraram essa porcaria? Deixou a minha garganta completamente seca.

No pátio interno, Carl cruzou com alguns colegas que já estavam a caminho de casa. Próximo à parede, atrás das colunas, Bak estava sério enquanto conversava com um de seus homens. Ambos lançaram um olhar para Carl, como se ele tivesse cuspido neles e os ofendido.

— Uma coletiva de idiotas? — disparou ele, as palavras ecoando por entre as colunas, quando se viraram.

A explicação veio de Bente Hansen, que tinha sido membro de sua antiga equipe. Carl a encontrara na entrada.

— Você estava certo, Carl. Eles encontraram a metade da orelha da vítima no apartamento da testemunha. Parabéns, meu amigo.

Fantástico! Pelo menos algo estava progredindo no caso do ciclista assassinado.

— Bak e seus homens acabaram de voltar do Hospital Nacional. Esperavam que a testemunha contasse toda a história — prosseguiu ela. — Mas não conseguiram arrancar nada. Ela está apavorada.

— Talvez não seja com ela que eles devem falar.

— Provavelmente não. Mas então com quem?

— Quando você estaria mais propensa a cometer suicídio? Se estivesse debaixo de uma pressão terrível ou se essa fosse a única solução para salvar seus filhos? Eu diria que tem algo a ver com os filhos dela.

— Mas as crianças não sabem de nada.

— Não. Tenho certeza de que não sabem. Mas talvez a mãe saiba.

Ele olhou para cima e observou o lustre de bronze no teto. Talvez devesse pedir autorização para trocar de caso com Bak. Isso certamente provocaria alguns abalos naquele imponente edifício.

— Bem, Carl. Tenho pensado nisso o tempo todo. Acho que devíamos continuar com o caso. — Assad já tinha colocado uma fumegante caneca de café diante do chefe. Ao lado das pastas de processos, havia alguns docinhos em cima do papel em que tinham sido embrulhados. Era evidente que ele estava usando seu charme. Em todo caso, Assad tinha arrumado e limpado a sala de Carl. Várias pastas com processos estavam alinhadas em cima da mesa, quase como se devessem ser lidas em uma ordem determinada. Assad já devia estar ali desde as seis horas da manhã.

— Que papéis são estes que você deixou aqui?

— Bem, são extratos bancários. Eles nos mostram as despesas que Merete Lynggaard fez nas suas últimas semanas. Mas não há nada aí relacionado com uma conta de restaurante.

— Talvez alguém tenha pagado o jantar, Assad. Normalmente mulheres bonitas saem dessas situações sem gastarem um tostão.

— Sim, exatamente, Carl. Muito inteligente. Alguém pagou a parte dela. Acho que foi um político. Ou talvez um amante.

— Sem dúvida. Mas não será fácil encontrá-lo.

— Eu sei disso, Carl. Isso foi há cinco anos. — Apontou para outra folha de papel. — Aqui está uma lista das coisas que a polícia levou da casa de Merete. Não vi nenhuma agenda, como a assistente dela falou. Não. Mas talvez haja uma agenda em Christiansborg, na qual possamos ver com quem ela se encontrou no restaurante.

— Assad, certamente ela andava com a agenda na bolsa. E esta desapareceu com ela, não acha?

Ele pareceu um pouco decepcionado.

— Sim, é verdade. Então talvez possamos perguntar à assistente. Está aqui um transcrito do depoimento que ela prestou. Na época, ela não mencionou que Merete tinha um jantar marcado. Por isso creio que é melhor perguntarmos outra vez.

— Isso se chama transcrição, e não transcrito, Assad. Mas tudo isso aconteceu há cinco anos. Se ela não foi capaz de se lembrar naquela ocasião, certamente não se lembrará agora.

— Tudo bem. Mas aqui diz que ela se lembrava de um telegrama que Merete Lynggaard recebeu por ocasião do dia dos namorados. É uma boa pista para seguir, não é?

— O telegrama já não existe mais, e também não temos a data exata. Seria difícil rastrear, uma vez que nem sequer sabemos o nome da empresa que o entregou.

— Foi a TelegramsOnline.

Carl o fitou. Seria aquele sujeito um diamante bruto? Era algo difícil de imaginar, sobretudo quando ele usava aquelas luvas verdes de borracha.

— Como você sabe disso, Assad?

— Veja. — Ele apontou para a transcrição do depoimento. — A assistente se lembrava de que estava escrito "Amor & Beijos para Merete" no telegrama, e também havia dois lábios impressos. Dois lábios vermelhos.

— E...?

— Bem, isso quer dizer que é um telegrama da TelegramsOnline. Eles imprimem o nome no telegrama. E têm sempre dois lábios vermelhos.

— Quero ver isso.

Assad pressionou a tecla de espaço do computador de Carl. O protetor de tela desapareceu imediatamente, surgindo no monitor a página de entrada da TelegramsOnline. E lá estava o logotipo, exatamente como Assad havia dito.

— OK. E você tem certeza de que esta é a única empresa que faz telegramas desse tipo?

— Certeza absoluta.

— Mas continua faltando a data. Foi antes ou depois do dia dos namorados? E quem o encomendou?

— Podemos perguntar à empresa se há registro de quando foi enviado um telegrama para o Palácio de Christiansborg.

— Mas tudo isso foi feito no decorrer da investigação inicial, não foi?

— Não há nada sobre isso no processo. Mas talvez você tenha lido alguma coisa diferente? — Assad esboçou um sorriso ácido.

— Certo, Assad. Pode checar isso com a empresa. É uma tarefa perfeita para você. Tenho muito o que fazer nesse momento, então por que não usa o telefone da sua sala?

Carl deu-lhe um tapinha no ombro e o conduziu para fora de seu escritório. Fechou imediatamente a porta, acendeu um cigarro, pegou a pasta com o arquivo Lynggaard e sentou na cadeira, pondo os pés em cima da mesa.

Mergulharia inteiramente no caso.

Era um caso estúpido, sem qualquer espécie de consistência. Estavam à procura de algo e não havia nenhuma linha real de investigação. Em suma, eles não tinham teorias plausíveis. Nenhum motivo claro. Se fora suicídio, qual havia sido a razão? A única coisa que se sabia era que o carro de Merete Lynggaard fora o último a permanecer no convés de estacionamento e que ela tinha desaparecido.

Foi então que os investigadores se lembraram de que Merete não estava sozinha. Os depoimentos das testemunhas revelaram que ela havia discutido com um homem jovem no tombadilho. Essa cena estava documentada numa fotografia tirada casualmente por um casal de idosos que seguia para uma viagem de compras em Heiligenhafen. E quando a foto fora publicada, um funcionário da administração municipal de Store Heddinge dissera à polícia que aquele homem no retrato era Uffe Lynggaard, o irmão de Merete.

Carl ainda se lembrava bem da história. Reprimendas foram dadas aos policiais que tinham ignorado a existência do irmão.

E depois disso novas questões surgiram. Se o irmão a matara, por que fizera isso? E onde estava ele agora?

Inicialmente, a polícia acreditara que Uffe também tinha caído ao mar. Mas ele foi encontrado em poucos dias, exausto e confuso, a uma boa distância, nas planícies de Fehmarn. Um atento policial alemão de Oldenburg identificou-o. Nunca ficou esclarecido como Uffe Lynggaard conseguira chegar tão longe. E o próprio Uffe não tinha nenhuma contribuição a dar para o esclarecimento do caso. Se ele soubesse alguma coisa, guardava-a para si.

O fato de Uffe ter sido tratado de forma excessivamente rude era acima de tudo uma demonstração da enorme pressão que recaíra sobre os colegas de Carl.

Ele ouviu as gravações de algumas fitas cassetes do interrogatório da polícia e concluiu que Uffe se mantivera tão silencioso quanto um túmulo. Eles haviam tentado todas as formas possíveis. Tinham desempenhado o papel do "policial bom", depois representado o "policial mau", mas nada havia funcionado. Dois psiquiatras foram chamados, em seguida recorreram a um psicólogo de Farum, especializado naquele tipo de deficiência. Até Karen Mortensen, uma assistente social do município de Stevns, fora convocada para interrogá-lo.

Sem nenhum sucesso.

As autoridades dinamarquesas e alemãs haviam dragado as águas. Os mergulhadores da polícia tinham procurado por toda a área. Um corpo encontrado no mar foi colocado no gelo e depois autopsiado. Nada. Os pescadores foram incumbidos de prestar especial atenção a quaisquer objetos vistos boiando na água. Peças de roupa, carteiras, tudo. Mas ninguém encontrou nada que pudesse estar associado a Merete Lynggaard.

Na época, os meios de comunicação se envolveram totalmente na história. O desaparecimento de Merete forneceu material de primeira página durante quase um mês. Fotografias antigas de uma excursão escolar, na qual ela posava vestindo um traje de banho bem justo, foram encontradas e publicadas; as excelentes notas alcançadas por ela na universidade foram reproduzidas e analisadas pelos chamados especialistas de *lifestyle*. Até alguns jornalistas tidos como sérios começaram, num dado momento, a dedicar-se às especulações sobre a sua orientação sexual. E, sobretudo, foi a existência de Uffe que proporcionou um grande banquete de especulações aos jornalistas medíocres dos tabloides.

Não eram poucos os colegas de Merete que intervinham nessas especulações e ajudavam a alimentar os boatos. Dizia-se que havia algo na sua vida privada que ela queria esconder. Naturalmente, ninguém podia adivinhar que se tratava de um irmão especial. Mesmo quando o interesse na história já começava a diminuir, os jornais continuavam a publicar na primeira página fotografias antigas do acidente em que os pais de Merete haviam morrido e Uffe se machucara. Nada estava fora dos limites. Se Merete Lynggaard era uma matéria interessante quando viva, continuava a ser depois de morta. Os apresentadores dos programas de televisão matinais faziam um enorme esforço para esconder o seu entusiasmo. A Guerra da Bósnia, um príncipe consorte exaltado ou o consumo exagerado de vinho tinto por parte de um prefeito do subúrbio, o afogamento de um membro do Parlamento. Tudo era igual. Só importava se havia boas fotografias.

Foram inclusive publicadas fotografias da cama de casal existente na casa de Merete. Nunca se soube por quem foram tiradas, mas as manchetes eram implacáveis. Haveria alguma conotação sexual entre os dois irmãos? Por que razão existia apenas uma cama naquela casa tão grande? Fora essa a razão da sua morte? Qualquer pessoa no país inteiro devia achar aquilo muito estranho.

Quando não havia mais nada para explorar naquela história, começaram as especulações sobre a libertação de Uffe Lynggaard. Teria a polícia agido de forma muito dura e impiedosa? Havia sido um erro judicial? Era uma questão de inabilidade ou condenação inadequada do caso? Mais tarde a imprensa ainda especulou sobre a internação de Uffe em Egely. Até que um dia a história deixou de despertar interesse. Na época de poucas notícias no verão de 2002, finalmente, voltou a se falar sobre o clima, o nascimento de um príncipe e a Copa do Mundo.

Sim, sem dúvida, a imprensa dinamarquesa sabia o que interessava aos leitores. Merete Lynggaard era águas passadas.

Seis meses depois as investigações policiais também foram, enfim, suspensas. Havia muitos outros casos.

Carl pegou duas folhas de papel e com uma caneta esferográfica escreveu em uma delas:

SUSPEITOS:
1) Uffe.
2) Carteiro desconhecido. Carta sobre Berlim.
3) Homem/mulher do Café Bankeråt.
4) "Colegas" em Christiansborg.
5) Homicídio decorrente de assalto. Quanto dinheiro havia na carteira?
6) Crime sexual.

Na segunda folha, ele escreveu:

VERIFICAR:

A assistente social responsável por Uffe no município de Stevns.
O telegrama.
As assistentes em Christiansborg.
As testemunhas do navio *Schleswig-Holstein*

Depois de ter observado o que havia escrito durante alguns instantes, ele acrescentou no fim da segunda folha:

Família adotiva depois do acidente/antigos colegas de faculdade. Ela tinha tendência à depressão? Estava grávida? Apaixonada?

Enquanto fechava a pasta com o arquivo do caso, ele recebeu um telefonema dizendo que Marcus Jacobsen queria vê-lo na sala de reuniões.

Ao passar pela minúscula sala de Assad, Carl acenou na direção do seu assistente, que estava pendurado ao telefone. Ele tinha um ar concentrado e muito sério, bem diferente do habitual, quando aparecia na porta de seu escritório com as luvas de borracha verdes. Quase parecia outra pessoa.

Todos os que estavam envolvidos na investigação do homicídio do ciclista estavam ali reunidos. Marcus Jacobsen apontou para o assento que Carl deveria ocupar à mesa de reuniões, e então Bak deu início ao seu relato.

— A nossa testemunha, Annelise Kvist, pediu finalmente que a colocássemos no programa de proteção a testemunhas. Entretanto, tivemos conhecimento de que ela recebeu ameaças. Os seus filhos seriam esfolados vivos caso ela falasse alguma coisa. Ela reteve informações durante todo o tempo, mas depois acabou cooperando, à sua maneira. Repetidas vezes ela nos deu indicações a partir das quais pudemos avançar nas investigações. No entanto, ocultou informações decisivas. E desde que começou a receber as ameaças, ela se fechou completamente.

Bak fez uma pausa, e olhou atentamente para todos os participantes.

— Deixe-me resumir a história. A garganta da vítima foi cortada por volta das dez da noite no Parque Valby. Estava escuro e frio e o lugar encontrava-se deserto. Apesar disso, Annelise Kvist viu o criminoso falando com a futura vítima poucos minutos antes do homicídio. Por isso, acreditamos que se trata de um crime não premeditado. Se o homicídio tivesse sido planejado friamente, é mais do que provável que a chegada de Annelise Kvist ao local tivesse frustrado o ato.

— Mas por que Annelise estava andando pelo parque? Ela não estava de bicicleta? De onde ela vinha? — perguntou um dos novos membros da equipe. Ele ainda não sabia que somente era permitido colocar questões depois que Bak terminasse de falar.

Bak respondeu com um olhar irritado:

— Ela tinha ido visitar uma amiga, e a bicicleta estava com um pneu furado. Sabemos que a pessoa que ela viu só pode ser o criminoso, pois no local do crime havia apenas dois tipos diferentes de pegadas. Investigamos Annelise com extrema minúcia, buscando descobrir eventuais pontos fracos na sua vida. Algo que explicasse o comportamento dela quando começamos a interrogá-la. Agora sabemos que durante algum tempo ela frequentou o mundo dos motociclistas, mas também temos relativa certeza de que não encontraremos o criminoso nesse meio.

Ele tornou a olhar para os que o ouviam atentamente.

— O irmão da vítima é Carlo Brandt, um dos motociclistas mais ativos da zona de Valby. A vítima não tinha antecedentes criminais, embora aqui e ali negociasse drogas por conta própria. Ao entrevistar Carlo Brandt, também soubemos que a vítima era conhecida de Annelise Kvist, e que, num determinado período, eles tiveram um relacionamento íntimo. Estamos investigando isso. Seja como for, chegamos à conclusão de que ela conhecia ambos, a vítima e o criminoso.

— A mãe de Annelise admitiu que no passado a filha já havia sido vítima de violência física; aparentemente ela sofreu surras e ameaças. No entanto, a mãe acredita que Annelise seja a culpada de tudo, porque ela passa a vida vagando pelos bares e não presta muita atenção ao tipo de gente que leva para casa. Mas, ainda segundo a mãe, hoje em dia as mulheres jovens são todas assim.

— A descoberta da orelha da vítima no banheiro de Annelise nos leva a crer que o assassino a conhece e sabe onde ela mora. Mas, como mencionei antes, ainda não conseguimos fazer com que ela diga o nome dele.

— As crianças estão hospedadas na casa de uma família que vive ao sul de Copenhague, e desde então Annelise está um pouco mais calma. Já não restam mais dúvidas de que, no momento em que tentou se suicidar, ela estava sob a influência de drogas. De acordo com as análises realizadas, o estômago dela estava cheio de substâncias que causam euforia e foram ingeridas sob a forma de comprimidos.

Carl havia escutado a maior parte do relato com os olhos fechados. A mera visão de Bak, debatendo o caso daquela maneira rotunda e tediosa, era suficiente para fazer seu sangue ferver. Ele simplesmente não tinha vontade de olhar para aquele sujeito. E por que teria de fazê-lo? Nada daquilo tinha a ver com ele. O seu lugar era lá embaixo, no porão. Era o que ele tinha que ter em mente. O delegado da Homicídios o chamara ali somente para lhe dar uns tapinhas nas costas, porque ele dera sua contribuição para que aquele caso avançasse mais um passo. Mais nada. Ele iria poupá-los de todas as opiniões que tivesse no futuro.

— Não encontramos nenhum frasco de comprimidos. Por isso, é provável que o criminoso tenha levado os comprimidos e obrigado Annelise a engoli-los — prosseguiu Bak.

Ah, pelo menos até ali eles já tinham chegado!

— Tudo indica que estamos diante de uma tentativa de homicídio frustrada. E a ameaça de matar seus filhos foi suficiente para fazê-la se calar.

Naquele momento, Marcus Jacobsen interrompeu Bak. Ele havia percebido como os novos membros da equipe tinham urgência em colocar questões e seria melhor ir respondendo à medida que se avançava.

— Annelise Kvist, a mãe e os filhos receberão a proteção de testemunhas necessária — explicou. — Em primeiro lugar, todos serão levados para outro local, e então certamente ela falará. Enquanto isso, temos de garantir a colaboração da equipe de narcóticos. As análises revelaram a presença de THC sintético no organismo de Annelise, provavelmente marinol, ou seja, um tipo comum de haxixe sob a forma de comprimidos. É muito raro encontrá-los no circuito dos traficantes, por isso temos de descobrir como se consegue arranjá-los aqui na região. Além disso, segundo sei, também foram encontrados vestígios de metanfetamina e de metilfenidato. Um coquetel extremamente atípico.

Carl balançou a cabeça. O criminoso era bastante versátil. Cortara a garganta de uma vítima no parque e gentilmente administrara comprimidos a outra. Por que seus colegas não podiam simplesmente esperar que a mulher desembuchasse tudo? Abriu os olhos e fitou os de Marcus Jacobsen.

— Você está balançando a cabeça, Carl — disse o delegado. — Tem uma sugestão melhor? Ou talvez uma nova ideia criativa que nos ajude a avançar? — Ele sorriu, e foi o único na sala a fazê-lo.

— Tudo o que sei é que, se engolirmos muitas coisas estranhas depois de ingerirmos THC, acabamos vomitando. Isso quer dizer que o sujeito que a obrigou a engolir os comprimidos sabia muito bem o que estava fazendo, certo? Por que vocês não esperam até que a própria Annelise conte a vocês o que viu? Alguns dias a mais ou a menos não vão fazer a menor diferença. Temos muitos outros casos para resolver. — Olhou em volta. — Pelo menos eu tenho.

As secretárias estavam ocupadas, como sempre. Lis estava sentada atrás de seu computador com fones de ouvido, batendo nas teclas como se fosse a baterista de uma banda de rock. Carl procurou uma secretária nova, morena, mas nenhuma se encaixava na descrição de Assad. Somente a colega de Lis, a Sra. Sørensen — a "mulher loba", como era chamada por seus colegas de trabalho — podia ser razoavelmente considerada morena.

— Lis, precisamos de uma fotocopiadora decente lá em baixo — disse Carl, quando ela interrompeu o batuque no teclado e deu-lhe um grande sorriso. — Será que você poderia tratar do assunto esta tarde? Eu sei que no Centro Nacional de Investigação eles têm uma extra. E pelo que ouvi, nem sequer foi tirada da caixa.

— Vou ver o que posso fazer, Carl — respondeu ela. E ele sabia que Lis cuidaria disso.

Nesse instante, uma voz rouca soou por trás dele:

— Tenho uma reunião marcada com Marcus Jacobsen.

Carl virou-se e ficou frente a frente com uma mulher que ele nunca vira antes. Ela tinha olhos castanhos. Os mais fantásticos olhos castanhos que ele já tinha visto. Carl sentiu um aperto no estômago. Então a mulher voltou-se para as secretárias.

— A senhora é Mona Ibsen? — perguntou Sørensen.

— Sim.

— Nós a estávamos esperando.

As duas mulheres sorriram uma para a outra. Mona Ibsen deu um passo para trás quando a Sra. Sørensen se levantou para mostrar o caminho. Carl comprimiu os lábios, enquanto a via desaparecer no corredor. Ela usava um casaco de pele tão curto que ele pôde vislumbrar as curvas da parte inferior de suas nádegas. Promissor, mas já não era uma mulher muito jovem, a julgar por suas curvas. Por que diabos ele não tinha reparado em mais nada no rosto dela a não ser nos olhos?

— Mona Ibsen? Quem é? — perguntou a Lis, tentando parecer casual.

— Tem alguma coisa a ver com o homicídio do ciclista?

— Não. Ela é a nossa nova psicóloga, especializada em intervenção de crise. A partir de agora ela vai trabalhar para todos os departamentos aqui na sede da polícia.

— É mesmo? — Ele próprio percebeu o quão idiotas soaram suas palavras.

Carl tentou ignorar o aperto no estômago, dirigiu-se à sala de Jacobsen e entrou sem bater. Se tivesse de levar uma bronca, então que fosse por um bom motivo.

— Desculpe, Marcus — disse. — Não sabia que tinha visita.

Ela estava sentada de tal maneira que ele podia vê-la de perfil. A sua pele era suave e havia leves linhas no canto da boca, insinuando mais um sorriso do que propriamente aborrecimento.

— Posso voltar mais tarde. Desculpe interrompê-los.

Diante de tanta educação, ela se virou e olhou para ele. Era óbvio que ela tinha mais de 50 anos. Sua boca era marcante, com lábios carnudos que sorriam ligeiramente. E, de repente, ele sentiu a droga dos joelhos tremerem.

— O que deseja, Carl? — perguntou Jacobsen.

— Só queria dizer que acho que vocês deviam perguntar a Annelise Kvist se ela também tinha alguma relação com o assassino.

— Nós perguntamos, Carl. Ela não tinha.

— Não? Bem, nesse caso, acho que deviam lhe perguntar o que o assassino faz. Não quem ele é, mas sim o que ele faz.

— Naturalmente já fizemos isso também, mas ela se recusa a nos dizer qualquer coisa. Você acha que eles trabalharam juntos?

— Talvez sim, talvez não. De qualquer modo, ela é dependente desse homem por causa do trabalho dele.

Jacobsen anuiu. Nada mais ia acontecer até que eles tivessem levado a testemunha e sua família para um local seguro. Mas, pelo menos, Carl tinha conseguido ver o rosto da tal Mona Ibsen. Uma mulher fabulosa, sobretudo tratando-se de uma psicóloga.

— Bem, era isso — disse ele, lançando um sorriso descontraído e viril como nenhum outro que dera antes, mas não foi retribuído.

Ele levou a mão ao peito, sentindo uma dor repentina abaixo do esterno. Uma sensação desagradável como o diabo. Quase como se tivesse engolido ar.

— Você está bem, Carl? — perguntou Jacobsen.

— Sim, está tudo bem. Os últimos sintomas pós-traumáticos, sabe como é. Estou bem. — Mas não era completamente verdade. A sensação no tórax era tudo menos boa.

— Ah, me desculpe, Mona. Deixe-me apresentá-la a Carl Mørck. Há alguns meses ele esteve envolvido naquele tiroteio em que perdemos um dos nossos colegas.

Ela fez que sim balançando a cabeça para Carl, enquanto este fazia um esforço tremendo para se controlar. O interesse dela era meramente profissional. Mas era melhor do que nada.

— Carl, esta é Mona Ibsen. Ela é a nossa nova psicóloga, especialista em situações de crise. Talvez vocês venham a se conhecer melhor. Ficaríamos muito felizes se pudéssemos ter um dos nossos melhores homens completamente restabelecido em breve.

Carl deu um passo na direção dela e apertou-lhe a mão. Conhecerem-se melhor. Não havia quaisquer dúvidas de que isso ia acontecer.

Ele ainda estava encantado quando esbarrou em Assad em seu caminho de volta ao porão.

— Eu finalmente consegui, Carl — disse ele.

Carl estava fazendo tudo para tirar a imagem de Mona Ibsen de sua mente. O que não era nada fácil.

— Conseguiu o quê? — perguntou.

— Telefonei pelo menos dez vezes para a TelegramsOnline e só consegui falar com alguém há quinze minutos — respondeu Assad, enquanto Carl tentava organizar suas ideias. — Talvez eles consigam nos dizer em breve o nome da pessoa que enviou o telegrama para Merete Lynggaard. Pelo menos estão fazendo tudo para descobri-lo.

18

2003

Não demorou muito tempo para que Merete se acostumasse com a pressão. Durante alguns dias ela sentiu um leve zumbido nos ouvidos, mas logo desapareceu. Porém o pior não era a pressão.

Era a luz em cima dela.

A luz acesa o tempo todo era cem vezes pior que a escuridão eterna. Ela revelava o estado lastimável em que sua vida se encontrava. Um quarto gelado. Paredes acinzentadas, cantos acentuados. Os baldes cinzentos, a comida incolor. A luz denunciava o horror e a frieza. E trazia consigo a percepção de que Merete jamais conseguiria escapar daquela caixa blindada. Que a porta retrátil não poderia ser utilizada como meio de escape. Que aquele inferno de concreto era o seu caixão e o seu túmulo. Agora ela já não podia simplesmente fechar os olhos e fugir sempre que lhe convinha. A luz forçava seu caminho, mesmo que ela estivesse de olhos fechados. Somente quando a exaustão a vencia completamente era que ela conseguia adormecer.

E o tempo tornava-se infinito.

Todos os dias, quando terminava de comer e de lamber os dedos para limpá-los, Merete olhava para o vazio e recapitulava o dia.

— Hoje estamos no dia 27 de julho de 2002. Tenho 32 anos e vinte e um dias de idade. Estou aqui há 147 dias. O meu nome é Merete Lynggaard e estou bem. O meu irmão chama-se Uffe e nasceu no dia 10 de maio de 1973. — Era sempre assim que ela começava. Às vezes, também pronunciava o nome de outras pessoas e de seus pais. Não havia um só dia em que ela não pensasse neles. Neles e em muitas outras coisas. Ela pensava no céu azul, no cheiro de outras pessoas, no som de um cão latindo. Esses pensamentos a conduziam para outros, que a levavam para longe daquele quarto frio.

Ela sabia que um dia acabaria enlouquecendo. E essa seria a maneira de se libertar dos pensamentos sombrios que povoavam sua cabeça e contra os quais travava uma dura batalha. No entanto, ainda não se sentia preparada para essa realidade inevitável.

Por essa razão, Merete se manteve afastada das vigias elevadas que havia descoberto no escuro, percorrendo as paredes com as mãos. Estavam localizadas à altura dos olhos e nada do outro lado era visível através do vidro espelhado. Depois de alguns dias, quando sua visão já havia se habituado à luz, ela ergueu os olhos de forma lenta e cautelosa, com medo de se assustar com o seu próprio reflexo. Pouco a pouco, porém, deixou o olhar vagar para cima até finalmente ver-se frente a frente com seu próprio rosto. A visão atingiu-lhe profundamente a alma, provocando arrepios em seu corpo. O que viu causou uma impressão tão violenta que ela foi obrigada a fechar os olhos por um momento. Não porque estivesse terrível, como temia. Não, não era por isso. Sim, o cabelo estava oleoso e desgrenhado e a pele pálida. Mas não era por isso, tampouco.

O fato era que ela estava diante de uma pessoa perdida. Uma pessoa que tinha sido condenada à morte. Uma estranha — completamente sozinha no mundo.

— Você é Merete — disse em voz alta, observando-se enquanto pronunciava as palavras. — Sou eu que estou ali — murmurou, desejando que aquilo não fosse verdade. Ela se sentiu separada do seu corpo; entretanto, era ela que estava ali. Aquilo era suficiente para uma pessoa enlouquecer.

Ela se afastou das vigias e agachou-se. Tentou cantar um pouco, mas a voz que ouviu parecia vir de uma pessoa diferente. Enrolou-se no chão e começou a rezar. E quando terminou, rezou outra vez. Rezou até que sua alma se libertasse daquele corpo e entrasse numa espécie de transe. E ela procurou refúgio em sonhos e recordações, prometendo a si mesma que jamais se colocaria em frente àquele espelho novamente.

Com o passar do tempo, Merete aprendeu a interpretar os sinais do seu corpo. Começou a perceber quando a comida atrasava, quando a pressão variava ligeiramente e quando conseguia dormir melhor.

Os baldes eram trocados em intervalos bastante regulares. Ela tentara contar os segundos a partir do momento em que o estômago lhe dizia que estava na hora de os baldes chegarem. O atraso nunca ultrapassava mais que meia hora, então ela poderia ter a certeza de que continuaria a receber comida uma vez por dia.

Saber disso era ao mesmo tempo um consolo e uma maldição. Um consolo porque lhe permitia associar os hábitos e os ritmos do mundo exterior e assim permanecer, de certa forma, em contato com ele. E uma maldição pela mesma exata razão. Lá fora havia verão, outono, inverno. Ali dentro não havia nada. Ela imaginava a chuva tépida de verão, lavando a degradação e o mau cheiro de seu corpo. Ela via o brilho das fogueiras nas noites de verão e a árvore de Natal com todo o seu esplendor. Não havia um dia que não tivesse seu próprio ritmo. Ela sabia as datas e recordava-se do significado de cada uma.

E assim, ela se sentava sozinha no chão, concentrando o pensamento na vida que decorria lá fora. Não era fácil. Com frequência, os pensamentos ameaçavam escapar, mas ela permanecia determinada. Cada dia tinha o seu próprio sentido.

No dia em que Uffe fazia 29 anos e meio de vida, ela encostou-se à parede fria e imaginou-se afagando os cabelos dele, enquanto o parabenizava. Em sua mente, decidiu fazer um bolo e enviá-lo ao irmão. Primeiro teria de comprar todos os ingredientes. Ela vestiria o sobretudo e desafiaria a tempestade de outono. E faria as compras onde quisesse. Na seção de culinária no piso inferior da loja de departamentos Magasin. Ela compraria tudo o que lhe agradasse. Naquele dia especial, Uffe teria o melhor do melhor.

Merete contava os dias, ao especular sobre as possíveis intenções dos seus sequestradores e quem eles poderiam ser. Algumas vezes uma sombra fraca parecia deslizar numa das vidraças espelhadas, fazendo-a estremecer. Ela cobria o corpo quando se lavava. Colocava-se de costas sempre que se desnudava completamente. Puxava o balde higiênico para o espaço entre as duas vidraças para que ninguém pudesse vê-la sentada nele.

Porque sabia que eles estavam ali. Não faria qualquer sentido se não estivessem. Ela havia falado com eles algumas vezes, mas agora não com tanta frequência. De qualquer maneira, ninguém lhe respondia.

Ela tinha lhes pedido absorventes, mas nunca recebeu nenhum. Quando o fluxo menstrual era mais intenso, o papel higiênico não era suficiente, e tinha que se contentar com o que tivesse.

Ela também havia pedido uma escova de dente, mas eles tampouco lhe deram. E isso a aborreceu. Massageava as gengivas com o dedo indicador e tentava limpar os espaços entre os dentes, forçando a passagem do ar através deles, mas não era satisfatório. Quando soprava na palma da mão, ela podia sentir que seu hálito estava se tornando cada vez pior.

Um dia, ela puxou um fio de náilon do capuz de seu casaco acolchoado. Era suficientemente rígido, mas muito grosso para servir de fio dental. Então, ela decidiu roer um pedaço do fio com os incisivos e, quando conseguiu, começou a limpar os dentes. Tenha cuidado para não deixar nenhum pedacinho de náilon preso entre os dentes, ou não conseguirá tirá-lo mais, alertou a si mesma.

Quando conseguiu limpar os espaços entre os dentes pela primeira vez em um ano, Merete foi tomada por um grande alívio. De repente, aquele pedaço de fio de nylon se tornara o seu bem mais valioso. Precisava cuidar dele, assim como do restante do fio que sobrara.

A voz falou com Merete um pouco antes do que ela esperava. No dia do seu 33º aniversário, ela acordou com a sensação de que ainda poderia ser noite. Sentou-se no chão e olhou para as vidraças espelhadas pelo que lhe pareceu horas, tentando imaginar o que aconteceria seguida. Havia pensado em inúmeras perguntas e respostas. Muitos nomes, situações e motivos passaram por sua mente, porém ela continuava tão perdida quanto no ano anterior. Talvez tivesse algo a ver com dinheiro ou com a internet. Ou, ainda, que se tratasse de uma experiência. Uma pessoa insana, tentando mostrar o quanto o organismo e a psique humana eram capazes de aguentar.

Mas ela não tinha qualquer intenção de sucumbir a nenhuma experiência.

Quando a voz começou a falar, ela não estava preparada. Seu estômago ainda não havia dado sinais de fome. A voz a assustou, mas dessa vez foi mais por tensão do que pelo choque, quando o silêncio subitamente foi quebrado.

— Parabéns, Merete — soou a voz de uma mulher. — Parabéns por seus 33 anos. Podemos ver que você está bem. Você se comportou como uma boa garota este ano. O sol está brilhando.

O sol! Oh, Deus, essa era uma informação de que ela não precisava.

— Você pensou sobre a questão? Por que estamos mantendo você presa como um animal numa jaula? Por que você tem de suportar tudo isso? Chegou a alguma solução, Merete, ou teremos de continuar a puni-la? O que vai ser? Um presente de aniversário ou uma punição?

— Preciso de um pista! — gritou ela.

— Você ainda não entendeu o jogo, Merete. Terá de descobrir sozinha. Vamos enviar os baldes, enquanto isso você pode pensar no motivo de estar aqui. Por falar nisso, num dos baldes colocamos um pequeno presente para você, esperamos que possa ser útil. Não haverá muito tempo para você responder.

Pela primeira vez, Merete ouvia claramente a pessoa por trás da voz. Estava claro que não se tratava de uma mulher jovem. O sotaque indicava uma boa educação escolar obtida havia muito tempo.

— Isso não é um jogo! — protestou ela. — Vocês me raptaram e me aprisionaram. O que querem? Dinheiro? Não sei como posso tirar dinheiro do fundo de reserva estando presa aqui. Não conseguem compreender isso?

— Sabe o que é, minha querida? — disse a mulher. — Se o que estivesse em jogo fosse dinheiro, toda a situação seria tratada de maneira bem diferente, não acha?

Nesse momento, ouviu-se o som sibilante da portinhola, e o primeiro balde apareceu. Merete o puxou para perto, torturando sua mente sobre o que dizer para que pudesse ganhar mais algum tempo.

— Eu nunca fiz nada de ruim em minha vida. Não mereço isto. Vocês entendem?

Outro som sibilante, e o segundo balde apareceu na portinhola.

— Já está se aproximando do cerne da questão, garota estúpida. E sim, você certamente merece isso.

Merete quis contestar, mas a mulher a fez se calar.

— É melhor não dizer mais nada, Merete. Não a ajudará em nada. Em vez disso, olhe para dentro do balde. Quero saber se você irá gostar de seu presente.

Merete retirou a tampa como se dentro do recipiente houvesse uma cobra pronta para dar o bote. Mas o que ela viu era bem pior.

Era uma lanterna de bolso.

— Boa noite, Merete. Durma bem. Agora vamos aumentar a pressão em mais um bar. Quem sabe isso ajudará a refrescar sua memória?

Primeiro veio o som peculiar da portinhola, depois o aroma da natureza. O perfume das flores e as recordações do sol.

E então a escuridão voltou.

19

2007

A fotocopiadora que o Centro Nacional de Investigação colocou à disposição do Departamento Q, a título de empréstimo, era novinha em folha. E o termo "empréstimo" era uma prova clara de que o pessoal do CNI não conhecia Carl, pois a partir do momento que a máquina tivesse sido transportada para o porão, ele nunca mais a devolveria.

— Faça uma cópia de todos os arquivos do caso, Assad — pediu ele, apontando para a máquina. — Não importa se levará o dia todo para fazer isso. E quando você tiver acabado, vá até a Clínica de Lesão Medular e faça um relato sobre o caso para o meu antigo parceiro, Hardy Henningsen. Ele provavelmente irá tratá-lo como se você não estivesse lá, mas não se preocupe com isso. Hardy tem a memória de um elefante e os ouvidos de um morcego. Então siga em frente.

Assad ficou diante do monstro que agora ocupava o porão e pôs-se a estudar os botões e os símbolos.

— Como se trabalha com isso? — perguntou.

— Você nunca fez cópias antes?

— Numa máquina com todos esses desenhos, não.

Difícil de acreditar! Aquele era o mesmo que havia posto a televisão para funcionar em menos de dez minutos?

— Pelo amor de Deus, Assad, veja. Você só tem de colocar o original aqui e depois pressionar este botão. — A explicação pareceu ter sido compreendida.

A mensagem deixada por Bak em seu correio de voz emanou todas as bobagens que Carl já esperava: o subcomissário não estava disponível devido a um caso de homicídio.

Lis, a adorável secretária com os dentes levemente sobrepostos, completou a informação relatando que Bak e um colega tinham ido a Valby fazer uma prisão.

— Lis, avise-me quando o idiota estiver de volta, OK?

Uma hora e meia depois, quando Bak e seu colega já tinham dado início ao interrogatório, Carl adentrou a sala. O homem que se encontrava algemado era um sujeito perfeitamente comum, jovem, e se mostrava cansado e terrivelmente gripado.

— Assoe o nariz — disse Carl, apontando para a coriza que escorria na direção dos lábios do homem. Se estivesse no lugar dele, Carl também se recusaria a abrir a boca.

— Você não entende dinamarquês, Carl? — Dessa vez o rosto de Bak adquiriu um tom avermelhado. Demorou muito para que isso acontecesse. — Você terá de esperar e não torne a interromper um colega no meio de um interrogatório. Entendido?

— Cinco minutos e eu o deixarei em paz, prometo.

Se por acaso Bak precisasse de uma hora e meia para contar a Carl que só fora chamado para trabalhar no caso Lynggaard muito tarde, e que não sabia nada sobre o assunto, era problema dele. Mas que diabos era toda aquela formalidade?

Mas pelo menos Carl tinha conseguido finalmente obter o número de telefone de Karen Mortensen, a assistente social que trabalhara no caso de Uffe em Stevns, e que agora estava aposentada. E também o número de telefone de Claes Damsgaard, um chefe de polícia que na época havia coordenado as investigações da Equipe de Intervenção Rápida. Ele agora estava na força policial da região central e oeste da Jutlândia, de acordo com Bak. Por que simplesmente não dizer que o homem trabalhava em Roskilde?

O outro chefe da equipe de investigadores já havia falecido. Ele viveu apenas por mais dois anos depois de ter se aposentado. Aquela era a realidade quando se tratava da taxa de sobrevida dos policiais depois de se aposentarem na Dinamarca.

Era uma estatística que podia fazer parte do livro dos recordes.

O chefe de polícia Claes Damsgaard em nada se parecia com Bak. Era cordial, prestativo e interessado. E, sim, ele já tinha ouvido falar do Departamento Q. E certamente sabia quem era Carl Mørck. Não tinha sido ele quem resolvera o caso da moça afogada em Femøren e também o homicídio no bairro de Nordvest, onde uma senhora havia sido atirada por uma janela? Oh, sim, ele certamente conhecia o rapaz, pelo menos sua reputação. O mérito dos bons policiais não era algo a ser esquecido. Carl seria bem-vindo a Roskilde para uma reunião. O caso Lynggaard era uma história triste, então, se ele podia ajudar de alguma forma, bastava apenas que Mørck pedisse.

Sujeito simpático, Carl chegou a pensar antes de o homem lhe dizer que ele teria de esperar três semanas para visitá-lo, visto que estava de partida, com a mulher, a filha e o genro para Seychelles.

— Queremos ir lá antes de as ilhas serem inundadas pela água do degelo das calotas polares — dissera Damsgaard com uma gargalhada.

— Como está indo? — perguntou Carl para Assad, espantando-se com a grande quantidade de pilhas de cópias alinhadas ordenadamente junto à parede e que chegavam até as escadas. O processo tinha tantos documentos assim?

— Peço desculpas por demorar tanto tempo, Carl. Mas essas revistas são as piores.

Carl olhou novamente para as pilhas de papéis.

— Você está tirando cópia da revista inteira?

Assad inclinou a cabeça para o lado, como se fosse um cachorrinho, pensando se não seria melhor correr dali para fora. Oh, bom Deus!

— Ouça, Assad, você só precisa fazer cópia das páginas que estão relacionadas com o caso. Eu acho que Hardy não dará a mínima para a quantidade de faisões que o príncipe derrubou durante a caçada em um povoado qualquer. Entendido?

— Derrubou?

— Esqueça, Assad. Apenas se concentre no caso e jogue fora as páginas que não forem relevantes. Você está fazendo um ótimo trabalho.

Ele deixou Assad com a máquina barulhenta e se sentou para telefonar à assistente social aposentada que havia se encarregado do caso Uffe Lynggaard. Talvez ela tivesse observado alguma coisa que pudesse ajudar na investigação.

Karen Mortensen pareceu simpática. Carl quase conseguia vê-la à sua frente, sentada numa cadeira de balanço, tricotando abafadores de chá.

128

O som da sua voz se encaixava perfeitamente com o tique-taque de um velho relógio de pêndulo. Ele sentia quase como se estivesse telefonando para a casa da sua família em Brønderslev.

Contudo, a frase seguinte mostrou o quanto estava enganado. Era óbvio que em espírito ela continuava sendo uma funcionária do município de Stevns. Um lobo em pele de cordeiro.

— Não posso me pronunciar sobre o caso Uffe Lynggaard, nem sobre quaisquer outros. O senhor terá que entrar em contato com o Departamento de Saúde em Store Heddinge.

— Já estive lá. Agora ouça, Sra. Mortensen, estou tentando descobrir o que aconteceu com a irmã de Uffe Lynggaard.

— Uffe foi absolvido de todos os pontos que constituíam a acusação — disparou ela.

— Sim, eu sei, e me parece muito bom. Mas talvez ele possa nos ajudar na investigação.

— A irmã dele está morta. Que contribuição ele poderia dar? Uffe não diz uma palavra desde que sofreu aquele acidente. Ele não poderá ajudá-lo.

— Se eu fosse visitá-la, será que a senhora permitiria que fizesse algumas perguntas?

— Não, se estiverem relacionadas com Uffe.

— Não compreendo. Quando falei com pessoas que conheceram Merete Lynggaard, eu ouvi que ela sempre falava bem da senhora. Que sem a sua ajuda, ela e o irmão estariam completamente perdidos. — Karen quis dizer algo, mas Carl não deixou que ela o interrompesse. — Então por que a senhora não dá o melhor de si para proteger a reputação de Merete, agora que ela não está aqui para se defender? A senhora sabe que a opinião geral é de que ela se suicidou. Mas e se não foi isso que aconteceu?

O único som audível do outro lado da linha era o de uma estação de rádio. Karen ainda estava pensando nas palavras "falava bem de você". Ela levou dez segundos para morder a isca.

— Pelo que sei, Merete nunca falou com ninguém sobre Uffe. Somente nós, do Serviço Social, é que sabíamos da existência dele — disse ela. No entanto, sua voz soava muito hesitante e insegura.

— A senhora está certa, isso era verdade na maior parte dos casos. Mas também existiam outras pessoas da família. É verdade que viviam na Jutlândia, mas não deixavam de ser parentes dela. — Carl fez uma pequena pausa para causar efeito ao que dizia, dando a ele mesmo tempo para pensar que tipo de pessoa da família poderia inventar, caso Karen insistisse em prosseguir o assunto. Mas Karen Mortensen já tinha caído em sua conversa, ele conseguia perceber isso.

— Era a senhora, pessoalmente, quem realizava as visitas em domicílio ao Uffe naquele tempo? — perguntou ele.

— Apenas se fosse solicitado pela polícia. Mas eu fui a responsável pelo caso durante todos esses anos.

— A senhora ficou com a impressão de que Uffe foi piorando com o passar dos anos?

Karen hesitou. Ele tinha de continuar a pressioná-la, se não quisesse que ela se esquivasse novamente.

— Estou perguntando isso porque penso que seria possível haver alguma comunicação com ele hoje. Mas posso estar enganado — completou.

— O senhor já esteve com Uffe? — Ela pareceu surpresa.

— Sim, claro. Ele é um jovem extremamente encantador, com um sorriso deslumbrante. É difícil acreditar que exista algo errado com ele.

— Sim, muitas pessoas já pensaram o mesmo no passado. Mas é comum isso acontecer com vítimas de lesões cerebrais. O mérito de ele não ter se fechado completamente em si mesmo é todo de Merete.

— E a senhora acredita que havia esse perigo?

— Absolutamente. Mas é verdade que algumas vezes ele apresenta uma expressão muito alegre. E não, não creio que com o passar do tempo ele tenha piorado.

— A senhora acha que ele compreendeu tudo o que aconteceu à irmã?

— Não, não acredito nisso.

— Isso não parece estranho à senhora? Quero dizer, ele ficava muito aborrecido quando ela não chegava em casa na hora. Começava a gritar, chorar...

— Se me perguntar, posso dizer que não é possível que ele a tenha visto cair na água. Ele teria ficado fora de si e, na minha opinião, é bem provável que tivesse pulado atrás dela. Quanto à sua reação pessoal, ele vagou durante dias por Fehmarn. Teve todo o tempo do mundo para chorar, para procurar por ela e para se sentir desnorteado. Quando o encontraram, apenas suas funções basais tinham sido afetadas. Segundo sei, ele havia perdido três ou quatro quilos e aparentemente não tinha comido nem bebido nada desde que saiu do navio.

— Mas talvez ele tenha empurrado a irmã para o mar por acidente, e depois percebeu que tinha feito algo errado.

— Sabe de uma coisa, Sr. Mørck? Eu pensei que era precisamente aí que o senhor pretendia chegar.

O lobo voltava a mostrar os dentes, Carl precisava ter cuidado.

— Em vez de desligar o telefone, que é o que eu sinto vontade de fazer agora, vou contar uma pequena história. Assim o senhor terá algo para refletir.

Carl agarrou o fone com mais força.

— O senhor sabe que Uffe viu os pais falecerem num acidente de automóvel, certo?

— Sim.

— Na minha opinião, desde aquele dia, Uffe tem estado simplesmente flutuando livremente pelo ar. Nada conseguiu substituir os laços que ele tinha com os pais. Merete tentou, mas ela não era nem sua mãe, nem seu pai. Ela era a irmã mais velha, com quem ele costumava brincar, e nunca passou disso. Quando ela não estava presente e ele começava a chorar, isso não acontecia por insegurança, mas sim por desilusão pelo fato de a sua companheira de brincadeiras tê-lo deixado esperando. Em seu íntimo, ele continua a ser um menino, esperando que o pai e a mãe voltem para casa. No que diz respeito a Merete, mais cedo ou mais tarde, toda criança supera a perda de um companheiro de brincadeiras. E agora vou contar a história.

— Estou ouvindo.

— Um dia fui visitá-los. Cheguei de surpresa, o que não era habitual. Tive de tratar de alguns assuntos nas redondezas e decidi passar por lá para dizer olá. Então atravessei o caminho do jardim da frente, percebendo que o carro de Merete não estava lá. Ela chegou poucos minutos depois, tinha ido fazer compras na mercearia da esquina, que, nessa época, ainda existia.

— A mercearia de Magleby?

— Sim. E quando estava quase chegando, ouvi alguém tagarelando na parte de trás da casa, perto do jardim de inverno. Parecia o som de uma criança pequena, mas não era. Somente quando cheguei perto de Uffe foi que percebi que era ele quem balbuciava. Ele estava sentado sobre uma pilha de cascalho no terraço, conversando sozinho. Não consegui entender as palavras, nem sei se eram realmente palavras. Mas compreendi o que ele estava fazendo.

— Ele viu a senhora?

— Sim, ele me viu no mesmo instante, mas não conseguiu esconder a tempo o que estava construindo.

— E o que era?

— Ele tinha cavado um caminho nas pedras do cascalho. Em ambos os lados, ele havia colocado pequenos galhos, e entre eles, um pequeno bloco de madeira, de pé.

— E...?

— Não entendeu o que ele estava fazendo?

— Estou tentando.

— O cascalho e os galhos eram a estrada e as árvores. O bloco de madeira era o carro que pertencia aos seus pais. Uffe estava reconstruindo a cena do acidente.

Santo Deus!

— E ele não queria que a senhora visse?

— Com um único gesto, sua mão acabou com tudo o que tinha construído. E foi isso que me convenceu definitivamente.

— De quê?

— De que Uffe se lembra.

Houve um momento de silêncio. De repente o som do rádio ao fundo tornou-se excessivamente alto, como se alguém tivesse aumentado o volume.

— A senhora contou isso a Merete, quando ela chegou em casa?

— Sim, mas ela achou que eu estava pensando demais sobre o caso. Ela disse que ele costumava se sentar e brincar com as coisas que via pela frente. E que eu o tinha assustado, por isso ele tinha reagido daquela maneira.

— A senhora contou que tivera a sensação de que ele agira como se tivesse sido apanhado em flagrante?

— Sim, mas ela insistiu que o irmão tinha somente se assustado.

— Mas a senhora não concorda com isso?

— Concordo que ele tenha se assustado, mas aquela não era a única explicação.

— Em outras palavras, Uffe compreende mais do que aquilo que pensamos?

— Não sei. Tudo que sei é que ele se lembra do acidente. Talvez seja essa a única coisa de que ele realmente se lembra. Não podemos ter certeza de que ele se lembre do dia em que a irmã desapareceu. Aliás, nem sequer estou segura de que ele ainda tenha recordações da irmã.

— Não tentaram questioná-lo quando Merete desapareceu?

— Era difícil de fazer isso no caso do Uffe. Tentei ajudar a polícia a tirar algo dele quando estava preso. Eu queria que ele se lembrasse do que tinha acontecido a bordo do navio. Nós pusemos fotografias do convés na parede. Colocamos minúsculas figuras humanas e um pequeno barco em cima da mesa, ao lado de uma bacia com água. Esperávamos que ele fosse brincar com aquilo. Eu sentei e o observei sem ser vista junto a um psicólogo, mas ele não brincou com o barco.

— Quer dizer que ele não se lembrava de nada, mesmo tendo passado havia pouco tempo por aquela situação?

— Não sei.

— Seria muito bom se pudéssemos saber se existe algum caminho que conduza à memória de Uffe. Mesmo o menor detalhe poderia me ajudar a entender o que de fato aconteceu naquele dia no navio. Assim terei algo para continuar o trabalho.

— Sim, compreendo.

— A senhora contou à polícia sobre o episódio com o bloco de madeira?

— Sim, contei para um policial da Equipe de Intervenção Rápida. Ele se chamava Børge Bak.

Børge era realmente o primeiro nome de Bak? Isso explicava muita coisa.

— Eu o conheço bem. Mas não me lembro de ter visto nada sobre isso no relatório dele. A senhora sabe dizer por que ele não incluiu essa informação?

— Não, eu não sei o motivo. Mas depois disso não voltamos a falar no assunto. É possível que tenha ficado registrado no relatório dos psicólogos e dos psiquiatras. Mas esses eu não li.

— Talvez esse relatório esteja em Egely, onde Uffe ficou. A senhora não acha?

— É provável, mas não acredito que acrescente algo de decisivo à imagem que temos de Uffe. A maior parte dos especialistas pensava como eu, que a história do bloco de madeira possa ter sido apenas uma situação momentânea. Que Uffe realmente não se lembrava, e que não conseguiríamos avançar no caso Merete Lynggaard intimidando-o.

— E então a acusação foi retirada.

— Sim, foi isso que aconteceu.

20

2007

—Que merda! Não sei o que vamos fazer agora, Marcus.
Lars Bjørn olhou para ele como se tivesse acabado de saber que sua casa havia sido destruída pelo fogo.

— E você tem certeza de que os jornalistas não preferem falar comigo ou com o assessor de imprensa? — perguntou o chefe da Homicídios.

— Eles pediram expressamente para entrevistar o Carl. Os jornalistas falaram com Piv Vestergård e ela os direcionou para ele.

— Por que não disse que ele estava doente, ou numa viagem de trabalho, ou que simplesmente não queria falar com eles? Qualquer coisa. Não podemos colocá-lo numa armadilha. Aqueles jornalistas da rádio dinamarquesa cravarão os dentes nele.

— Eu sei.

— Precisamos fazer com que ele diga "não", Lars.

— Essa é uma tarefa que cabe a você.

Cerca de dez minutos depois, Carl Mørck estava de pé diante da porta de Marcus Jacobsen, carrancudo.

— Então, Carl — disse o chefe da Homicídios. — Está fazendo algum progresso?

Ele deu de ombros.

— Só para sua informação, Bak não sabe nada sobre o caso Lynggaard.

— Entendo. O que me parece bem estranho. Mas você sabe?

Carl entrou na sala e deixou-se cair numa cadeira.

— Não espere milagres.

— Então não há grandes novidades a relatar sobre o caso?

— Ainda não.

— Isso significa que eu tenho que dizer aos jornalistas que ainda é muito cedo para uma entrevista?

— Não espere que eu vá dar alguma entrevista para a TV.

Jacobsen sentiu uma bem-vinda sensação de alívio, que o fez produzir um sorriso um pouco exagerado.

— Eu entendo, Carl. Quando você está no meio de uma investigação, uma entrevista não é algo que você queira dar. O restante de nós, que estamos trabalhando em casos atuais, somos obrigados a fazer isso, em consideração ao público. Mas, com um caso antigo como o seu, você precisa de paz e tranquilidade para fazer seu trabalho. Vou informá-los sobre isso. Por mim, acho que você faz bem.

— Você poderia assegurar que eu receba uma cópia do arquivo pessoal de Assad?

O que Marcus era? Um secretário para os seus subordinados?

— Claro, Carl — disse Jacobsen. — Falarei com Lars para tratar disso. Você está satisfeito com ele?

— Até agora sim. Vamos ver.

— E estou sendo ousado ao presumir que você o está envolvendo nas investigações?

— Sim, você está. — Carl deu ao chefe um raro sorriso.

— Em outras palavras, você está de fato o envolvendo nas investigações?

— Bem, sabe o que é? Neste momento, Assad está em Hornbæk entregando a Hardy alguns documentos que ele copiou. Você não tem nada contra isso, tem? Você sabe como Hardy às vezes pode pensar diferente de nós. E isso dará a ele alguma coisa para manter a mente ocupada.

— Hum, acho que tudo bem. — Pelo menos ele esperava que sim. — E como está Hardy?

Carl deu de ombros.

Na verdade era essa a resposta que Jacobsen esperava. Muito triste.

Acenaram um para o outro com a cabeça, a reunião estava terminada.

— Ah, a propósito — disse Carl, quando já estava perto da porta. — Quando você der a entrevista na televisão no meu lugar, por favor, não mencione que o departamento é constituído apenas por um funcionário e meio. Assad ficaria aborrecido se ouvisse isso. Sem falar nas pessoas que investiram no fundo, imagino.

Ele tinha razão. Que droga de situação era aquela em que tinham se metido?

— Ah, e mais uma coisa, Marcus.

O delegado da Homicídios ergueu as sobrancelhas, enquanto estudava a expressão astuta de Carl. O que ele queria agora?

— Quando você voltar a ver aquela psicóloga, diga-lhe que Carl Mørck precisa da ajuda dela.

Jacobsen olhou para seu problemático agente. Carl não parecia alguém que estava à beira de um colapso. O sorriso em seu rosto não era muito apropriado, considerando a seriedade do assunto.

— Estou assombrado com pensamentos sobre a morte de Anker. Talvez seja porque tenho visto Hardy com frequência. Quem sabe a psicóloga possa me dizer o que devo fazer.

21

2007

No dia seguinte, todos comentaram com Carl sobre a entrevista de Marcus Jacobsen na TV. Seus companheiros de viagem no trem, pessoas do departamento de serviços de emergência e todos aqueles que trabalhavam no terceiro andar e que não se incomodavam de falar com ele. Todos eles tinham visto a entrevista. O único que não assistira fora Carl.

— Parabéns! — gritou uma das secretárias do pátio da sede da polícia, enquanto outras pessoas pareciam evitá-lo. O que era muito estranho.

Quando ele pôs a cabeça dentro do escritório de Assad, foi recepcionado com um sorriso que parecia dividir o rosto do homem ao meio. O que significava que Assad estava muito bem-informado.

— Está feliz agora? — perguntou o assistente, meneando a cabeça para Carl.

— Com o quê?

— Ora. Ontem Marcus Jacobsen falou muito bem do nosso departamento e de você. Ele só disse palavras simpáticas do início ao fim. Nós dois podemos ficar muito orgulhosos, foi o que minha esposa disse também. — Ele deu uma piscada para Carl. Aquilo era um péssimo hábito. — E, além disso, você será superintendente da polícia.

— O quê?

— Pergunte à Sra. Sørensen. Ela tem alguns papéis para você, pediram que eu avisasse a você.

Assad poderia ter se poupado do trabalho, porque o estalido dos saltos altos já podiam ser ouvidos no corredor.

— Parabéns — a Sra. Sørensen forçou-se a dizer a Carl, enquanto sorria amavelmente para Assad. — Aqui estão os papéis para você preencher. O curso começa na segunda-feira.

— Uma mulher adorável — disse Assad depois que ela saiu do escritório. — De que curso ela estava falando, Carl?

Ele suspirou.

— Ninguém se torna superintendente sem passar primeiro pela escola, Assad.

Assad esticou os lábios inferiores.

— Então você vai embora daqui?

Carl contestou.

— Não vou a lugar nenhum.

— Não estou entendendo nada.

— Você entenderá em breve. Mas, agora, conte-me como foram as coisas ontem com Hardy.

Assad arregalou os olhos.

— Não gostei nada. Aquele homem grande deitado debaixo do cobertor. Pude ver apenas seu rosto.

— Você falou com ele?

Assad assentiu.

— Não foi muito fácil, porque ele disse que eu devia ir embora. E então uma enfermeira entrou, querendo me pôr para fora do quarto. Mas não houve problema. Ela era realmente muito bonita. — Ele sorriu. — E acho que ela percebeu o que eu pensava, pois logo foi embora.

Carl olhou-o sem interesse. Às vezes, o desejo de fugir para Tombuctu o dominava.

— E quanto a Hardy? Eu perguntei sobre Hardy, Assad! O que ele disse? Você leu algo do processo para ele?

— Sim. Durante duas horas e meia. Mas depois ele caiu num sono profundo.

— E...?

— Bem, ele continuou a dormir.

Carl enviou uma mensagem para as mãos, lembrando-as de que ainda era ilegal estrangular pessoas.

Assad sorriu.

— Mas voltarei lá em breve. A enfermeira me disse um adeus muito amável quando saí.

Carl engoliu em seco.

— Já que é tão bom em lidar com as mulheres, vou pedir que você vá lá em cima e bajule as secretárias mais uma vez.

O rosto de Assad iluminou-se imediatamente. Era óbvio que aquela tarefa lhe dava muito mais prazer do que ficar por ali usando luvas verdes.

Carl permaneceu imóvel em sua mesa por um momento, olhando para o nada. A conversa telefônica com Karen Mortensen não parava de pipocar em sua cabeça. Haveria um caminho para a mente de Uffe? Seria possível explorá-la? Em algum lugar lá dentro estariam escondidas as explicações sobre o desaparecimento de Merete Lynggaard, esperando que alguém acionasse o botão certo? Ele poderia utilizar a memória do acidente para encontrar esse botão? Descobrir tornava-se cada vez mais crucial.

Ele chamou Assad quando este já estava quase saindo porta afora.

— Assad, só mais uma coisa. Preciso que você traga todas as informações que puder encontrar sobre o acidente de carro que matou os pais de Merete e Uffe. Todas. Todas mesmo, sem exceção. Fotografias, o relatório da polícia, recortes de jornais. Peça ajuda às secretárias. Preciso dessas informações para ontem.

— Para ontem?

— Significa que preciso disso rapidamente, Assad. Existe um homem chamado Uffe, e eu gostaria muito de ter uma pequena conversa com ele sobre o acidente.

— Conversar com ele? — murmurou Assad, parecendo pensativo.

Carl tinha um compromisso na hora do almoço que gostaria de cancelar. Na noite anterior, Vigga o atormentara para que ele fosse visitar a sua nova e maravilhosa galeria. Ficava na Nansensgade, que não era o pior lugar do planeta, mas o aluguel, por outro lado, lhe custaria os olhos da cara. Nada no mundo o forçaria a virar os bolsos do avesso só para um pintorzinho que atendia pelo nome de Hugin poder expor seu trabalho ao lado das pinturas rupestres de Vigga.

Quando estava saindo da sede da polícia, Carl se deparou com Jacobsen no hall de entrada. O chefe caminhava apressadamente na direção dele, mantendo os olhos fixos no chão com seus padrões os suásticos estampados. Ele sabia muito bem que Carl já o tinha visto. Ninguém na sede da polícia era um observador tão eficaz quanto Marcus Jacobsen. Olhando para ele ninguém dizia isso, mas era verdade. Não por acaso era o chefe.

— Ouvi dizer que você tem cantado meus louvores, Marcus. Exatamente quantos casos você disse para aqueles jornalistas que estamos investigando no Departamento Q? E, de acordo com você, estamos à beira de desvendar um deles. Você não faz ideia de como estou feliz por ouvir isso. São realmente boas notícias!

Jacobsen fitou-o. Era um tipo de olhar que exigia respeito. Com certeza, ele sabia que tinha exagerado nas suas declarações, mas tivera razões para fazer isso. Era preciso ser estúpido para não compreender o seu olhar. A força policial vinha sempre em primeiro lugar. O dinheiro era apenas um meio para atingir o fim. O objetivo seria definido pelo próprio delegado da Homicídios.

— Bem — disse Carl. — Acho melhor eu sair se quiser resolver mais alguns casos antes do almoço.

Quando alcançou a porta de entrada, virou-se novamente.

— Marcus, quantos níveis salariais vou subir agora, exatamente? — gritou ele, enquanto Jacobsen desaparecia por trás das cadeiras pintadas de bronze alinhadas à parede. — E, a propósito, você já teve a chance de falar com a psicóloga?

Carl saiu do edifício e ficou parado por um momento, piscando até seus olhos se acostumarem com a luz do sol. Ninguém iria determinar quantas insígnias douradas seriam estampadas em sua farda. Além disso, conhecendo Vigga, ela provavelmente já devia saber que ele havia sido promovido, o que significava que seu aumento salarial já fora todo gasto. Quem diabos ia querer fazer um curso para aquilo?

As instalações que Vigga escolhera para sua galeria eram de uma antiga loja de artigos de malha, que antes abrigara uma editora, uma empresa de composição tipográfica, um importador de arte e uma loja de CDs. Até agora, o teto de vidro opalescente era a única coisa que havia restado do mobiliário original. O espaço não tinha mais do que 35 metros quadrados, mas possuía charme, como Carl podia perceber. Enormes janelas davam vista para os lagos; do outro lado havia uma pizzaria e, na parte de trás, viam-se vestígios de vegetação. A poucos metros dali situava-se o Bankeråt, onde Merete Lynggaard havia jantado com alguém poucos dias antes de sua morte. Não havia nada de entediante na Nansensgade, com todos os seus cafés e bares. Pelo contrário, era um verdadeiro paraíso da boemia.

Carl virou-se e imediatamente viu pela janela da padaria Vigga e o tal namorado na rua. Ela andava pela rua com a mesma confiança e elegância de um toureiro em uma arena. Sua roupa colorida tinha todos os matizes de uma palheta de cores. Vigga sempre chamara atenção por onde quer que passasse. O mesmo, porém, não poderia ser dito de seu companheiro de aparência doentia, com roupas pretas e apertadas, a pele branca como cal e olheiras escuras. Seu tipo poderia ser encontrado no interior de caixões de chumbo de um filme do Drácula.

— Queriiiido! — gritou Vigga, ao atravessar a Ahlefeldtsgade.

Aquilo ia sair caro, com certeza.

Enquanto o fantasma cadavérico tirava as medidas daquele magnífico espaço, Vigga tratava de abrandar Carl. Ele só teria de pagar dois terços do aluguel, ela própria suportaria o restante dos custos.

— Vamos ter dinheiro entrando pelo ladrão, Carl — garantiu ela, sorridente.

Sim, ou saindo, pensou ele, calculando que sua parte ficaria em torno de dois mil e seiscentos por mês. Talvez o melhor mesmo fosse fazer aquele maldito curso.

Eles entraram no Café Bankeråt, para lerem o contrato de aluguel, e Carl olhou em volta. Merete Lynggaard tinha estado ali. E, menos de duas semanas depois, havia desaparecido da face da Terra.

— Quem é o dono deste lugar? — perguntou ele para uma das moças do bar.

— Jean-Yves. Ele está sentado ali. — Ela apontou para um homem corpulento, que não parecia ter nada de delicado nem de francês.

Carl levantou-se, tirou o distintivo do bolso e dirigiu-se ao dono do estabelecimento.

— Posso perguntar ao senhor há quanto tempo é proprietário deste restaurante? — disse, mostrando o distintivo. Julgando pelo sorriso amável do homem, esse gesto não teria sido necessário, mas de vez em quando Carl precisava recordar a si mesmo de que tinha uma profissão a exercer.

— Eu assumi o negócio em 2002.

— Você se lembra exatamente quando foi?

— Mas, afinal, do que se trata?

— Estou investigando o desaparecimento de um membro do Parlamento, Merete Lynggaard. Deve se lembrar que ela desapareceu há alguns anos sem deixar rastro.

O homem assentiu.

— E pouco antes de isso acontecer ela esteve aqui. Você já era o dono na época?

Ele balançou a cabeça.

— Eu comecei a tomar conta do negócio, que era de um amigo, no dia 1º de março de 2002. Ainda me lembro bem de ele ter sido interrogado na ocasião. Mas, se não me falha a memória, ninguém conseguiu se lembrar da mulher. — Sorriu. — Talvez eu tivesse lembrado se estivesse aqui.

Carl retribuiu o sorriso, mostrando-se cortês.

— Infelizmente você chegou um mês atrasado. Às vezes a vida é assim — disse, despedindo-se do homem com um aperto de mão.

Naquele curto período de tempo, Vigga tinha assinado todos os papéis que estavam à sua frente. Ela sempre fora uma pessoa bastante generosa com a sua assinatura.

— Deixe-me dar uma olhada rápida. — Carl arrancou os papéis das mãos de Hugin.

Com teatralidade, ele os colocou sobre a mesa. O contrato padrão estava preenchido com letras minúsculas demais para ser lido, seus olhos ficaram embaçados. Todas essas pessoas estão totalmente alheias ao que pode lhes acontecer, pensou. Merete Lynggaard estivera sentada ali, naquele restaurante, divertindo-se enquanto olhava pela janela numa noite fria de fevereiro de 2002.

Ela esperava algo diferente da vida? Ou será que teria pressentido que poucos dias depois se afogaria nas águas frias do mar Báltico?

Quando ele regressou ao escritório, Assad ainda estava bastante ocupado com as secretárias no terceiro andar, o que Carl achou bem adequado. A perturbação causada pelo encontro com Vigga e seu fantasma errante havia lhe sugado todas as energias. Apenas um rápido cochilo com os pés apoiados sobre a mesa e os pensamentos enterrados na terra dos sonhos poderia colocá-lo de volta no jogo.

Ele estava ali havia uns dez minutos, quando sua meditação foi interrompida por uma sensação que os detetives conheciam muito bem e que as mulheres costumavam chamar de intuição. Um tumulto de experiências borbulhando em seu subconsciente. A sensação de que uma série de acontecimentos concretos conduziria inevitavelmente a um resultado específico.

Carl abriu os olhos e olhou para as notas que havia fixado no quadro de avisos.

Ele se levantou e riscou a frase "A assistente social responsável por Uffe no município de Stevns", que estava escrita num pedaço de papel. Agora, embaixo de "Verificar" podia-se ler apenas: "O telegrama — As assistentes em Christiansborg — As testemunhas do navio *Schleswig-Holstein.*"

Talvez a assistente de Merete Lynggaard tivesse algo a ver com o telegrama. Quem de fato tinha aceitado a entrega do cartão de dia dos namorados em Christiansborg? Por que ele tinha imediatamente presumido que fora Merete, com suas próprias mãos? Naquela época não havia qualquer outro membro do Parlamento que fosse tão ocupado quanto ela. Então, era óbvio que em algum momento o telegrama tivesse passado pelas mãos de sua assistente. Não que ele suspeitasse de que a assistente fosse meter o nariz nos assuntos pessoais de sua chefe. Mas aquilo poderia ser perfeitamente possível.

Era essa possiblidade que o incomodava.

— A resposta da TelegramsOnline chegou, Carl — disse Assad diante da porta.

Carl olhou para cima.

— Eles não puderam me dizer o que estava escrito no telegrama, mas têm registrado quem o enviou. É um nome muito engraçado. — Assad olhou para as suas anotações. — Tage Baggesen. Tenho o número de telefone que ele utilizou para encomendar o telegrama. Eles disseram que veio de dentro do Parlamento. Isso é tudo o que eu tenho a dizer. — Deu a folha de papel a Carl e virou-se para sair. — Estamos investigando o acidente de carro agora. Estão me esperando lá em cima.

144

Carl meneou a cabeça, pegou o telefone e discou o número do Parlamento.

A voz que atendeu pertencia a uma assistente do secretariado do Partido do Centro Radical.

Era uma voz amável, mas infelizmente informou que Tage Baggesen viajara para as Ilhas Feroé para passar o fim de semana. Em seguida perguntou a Carl se ele queria deixar recado.

— Não, não é preciso — respondeu. — Ligarei na segunda-feira.

— Sinto dizer, mas o Sr. Baggesen estará muito ocupado na segunda-feira.

Então Carl pediu que ela transferisse a chamada para o escritório do Partido Democrático.

Dessa vez, a secretária que atendeu o telefone parecia esgotada, e não soube responder imediatamente à pergunta de Carl. Mas não havia uma tal Søs Norup que costumava ser a assistente de Merete Lynggaard?

Carl confirmou que ela estava certa.

Ninguém se lembrava muito bem de Søs, ela tinha trabalhado ali por um curto período de tempo. Mas uma das secretárias que trabalhava no escritório disse que Søs Norup tinha vindo da Associação Dinamarquesa de Advogados e Economistas e que voltara para lá em vez de continuar a trabalhar para o sucessor de Merete.

— Ela era uma vadia. — Ele ouviu alguém comentar ao fundo. Não havia nada como uma imagem negativa para refrescar a memória das pessoas.

Sim, pensou Carl com certa satisfação. É dos imbecis verdadeiramente consistentes como nós de que todo mundo se lembra melhor.

Ele ligou para a Associação dos Advogados e Economistas e descobriu que ali todos conheciam Søs Norup. Mas não, ela não tinha voltado a trabalhar para eles. Ninguém fazia ideia do seu paradeiro.

Carl desligou e balançou a cabeça. De repente, o seu trabalho havia se tornado um caso digno de seriado de televisão de fim de tarde. Havia caminhos para todas as direções possíveis. Ele não estava particularmente entusiasmado com a ideia de correr atrás de uma secretária que poderia ou não se lembrar de algo sobre um telegrama, que poderia apontar para uma pessoa específica, que poderia ter ido ao restaurante com Merete

Lynggaard e poderia saber algo sobre como andava a cabeça dela cinco anos atrás. Em vez disso, ele decidiu subir e ver os progressos que Assad e as secretárias tinham feito em relação ao maldito acidente de carro.

Carl encontrou-os numa pequena sala onde ficavam os aparelhos de fax, fotocopiadoras e todo o tipo de papéis em cima da mesa. Parecia que Assad tinha instalado um escritório eleitoral para uma campanha de eleição presidencial. Três secretárias estavam ali, sentadas, tagarelando entre si, e no meio delas, Assad servia chá e acenava fervorosamente com a cabeça cada vez que a conversa avançava um pouco. Um esforço impressionante.

Carl bateu discretamente no batente da porta.

— Pelo que vejo, parece que vocês encontraram uma boa documentação para nós. — Apontou para os papéis, sentindo-se como se fosse o Homem Invisível. Apenas a Sra. Sørensen teve tempo de dar uma olhadinha rápida para ele, algo de que Carl abdicaria de bom grado.

Ele saiu para o corredor e pela primeira vez desde os tempos de escola sentia algo parecido com ciúme.

— Carl Mørck? — soou uma voz atrás dele, tirando-o da derrota e colocando-o de volta no caminho vitorioso. — Marcus Jacobsen me disse que você queria falar comigo. Podemos marcar uma hora?

Carl virou-se e se deparou com os olhos de Mona Ibsen fixos nos seus. Marcar uma hora?

Ora, mas claro que sim!

22

2003-2005

Quando eles desligaram a luz e aumentaram a pressão do ar em seu 33° aniversário, Merete dormiu por um dia e uma noite inteiros. O reconhecimento de que tudo estava além de seu controle e de que ela estava quase à beira do desespero deixou-a completamente perturbada. Somente no dia seguinte, quando o balde de alimentos tornou a aparecer com o peculiar som da portinhola se abrindo, foi que ela abriu os olhos e tentou se reorientar.

Ela ergueu os olhos para as vigias e percebeu um leve brilho, quase imperceptível. Isso significava que havia uma luz acesa no quarto ao lado. Era tão fraca quanto a luz produzida por um fósforo, mas estava lá. Ela se pôs de joelhos e tentou localizar a fonte, porém quase nada podia ser visto por trás das vidraças. Então ela se virou e examinou o cativeiro. Não restava dúvidas de que agora havia luz suficiente ali, e que, em questão de dias, ela seria capaz de distinguir todos os seus detalhes.

Por um instante aquilo a deixou feliz, mas em seguida foi dominada por um pensamento terrível. Por mais fraca que a luz fosse, podia ser apagada a qualquer momento.

Não era ela quem tinha o poder de decidir.

Quando tentou se levantar, sua mão bateu contra um pequeno tubo de metal que estava no chão bem próximo a ela. Era a lanterna de bolso que haviam lhe dado. Merete imediatamente fechou os dedos em torno da lanterna, enquanto sua mente tentava entender o significado de tudo aquilo. Só podia ser porque, em algum momento, eles apagariam a pouca luz que entrava no quarto. Por que outro motivo teriam lhe dado uma lanterna?

Por um segundo, Merete considerou acendê-la, apenas porque podia fazer isso. Tinha passado tanto tempo desde a última vez que pudera decidir alguma coisa, que a tentação agora era grande. Mas resolveu não fazer nada.

— Você ainda tem os seus olhos, Merete, deixe-os trabalhar — repreendeu-se, colocando a lanterna de bolso ao lado do balde higiênico, posicionado abaixo das vigias. Se acendesse a lanterna, ficaria numa escuridão infindável quando tornasse a apagá-la.

Seria como beber água salgada para matar a sede.

Apesar de suas dúvidas, a luz fraca permaneceu. Ela conseguia distinguir os contornos do quarto e ver como seus membros estavam definhando. E foi com este pequeno raio de luz, que lembrava o escuro crepúsculo de inverno, que quase quinze meses se passaram, até que tudo mudou radicalmente, mais uma vez.

Foi o dia que ela viu as sombras por trás do vidro espelhado, pela primeira vez.

Merete estava deitada no chão, pensando em livros. Isso era algo que ela sempre fazia para evitar pensar na vida que poderia ter tido, se tivesse feito escolhas diferentes. Quando pensava em livros, ela podia mergulhar num mundo completamente diferente. Bastava lembrar a sensação de passar o dedo sobre a superfície seca e rugosa do papel, para que uma chama de desejo se acendesse dentro dela. O aroma da celulose e da tinta de impressão. Pela milésima vez, ela enviara os pensamentos à sua biblioteca imaginária e selecionara o único de todos os livros do mundo que conseguia recitar de cor sem cair na tentação de reescrever a história. Não era o livro que ela gostaria de lembrar, nem mesmo o que a impressionara mais. Mas era o único livro que se mantivera intacto na sua torturada memória por causa das explosões libertadoras de risadas que associava a ele.

Sua mãe o havia lido em voz alta para ela, e Merete, por sua vez, lera em voz alta para Uffe. E agora ela estava ali, sentada na escuridão, esforçando-se para lê-lo em voz alta para si mesma. Um pequeno e inteligente urso chamado Ursinho Pooh era sua salvação, sua única defesa contra a loucura. Pooh e todos os animais do Bosque dos Cem Acres. E ela estava muito longe dali, na terra do mel, quando uma mancha escura, de repente, se sobrepôs à luz fraca proveniente do vidro espelhado.

Ela arregalou os olhos e inalou o ar profundamente. Aquela tremulação não fora produto de sua imaginação. Pela primeira vez em muito tempo,

Merete sentiu a pele tornar-se fria e úmida. Exatamente como costumava acontecer no pátio da escola, nas ruas estreitas, escuras e silenciosas de cidades distantes, e em seus primeiros dias no Parlamento. Esses tinham sido os lugares onde ela sentira a pele úmida. Uma sensação que era causada pela presença de pessoas estranhas. Pessoas que a observavam secretamente.

Aquela sombra quer me fazer mal, pensou, passando os braços ao redor de si mesma. Olhou fixamente para a mancha, que se tornava cada vez maior na vidraça até finalmente parar de se mover. A sombra atingira a borda superior do vidro, como se pertencesse a alguém sentado numa cadeira de espaldar alto.

Será que eles conseguem me ver?, ela imaginou, fitando a parede atrás de si. Sim, a superfície branca da parede era bem visível, tão claramente que poderia também ser vista por trás do vidro, até mesmo por pessoas que estivessem acostumadas a se mover na luz. Isso significava que eles podiam vê-la também.

Havia passado apenas duas horas desde que a comida lhe fora entregue. Ela sabia disso pelo ritmo de seu corpo. Tudo acontecia com grande regularidade, dia após dia. Faltavam ainda muitas horas para que o próximo balde de comida chegasse. Então por que eles estavam lá fora? O que queriam?

Merete levantou-se vagarosamente e foi de encontro ao vidro espelhado, mas a sombra sequer se mexeu.

Ela colocou a mão contra a vidraça, precisamente no lugar onde estava a sombra, e ficou ali esperando, enquanto estudava seu reflexo embaçado. E assim ficou até se convencer de que não podia mais confiar no seu senso de julgamento. Era uma sombra ou não? Poderia ser qualquer coisa. Por que alguém ficaria do outro lado do vidro, quando eles nunca tinham feito isso antes?

— Vão para o inferno todos vocês! — gritou, sentindo o eco espalhar-se pelo corpo como um choque elétrico.

Mas então aconteceu. Por trás da vidraça, a sombra se mexeu. Primeiro um pouco para o lado e depois para trás. Quanto mais se afastava da vidraça, menor e mais indistinta ela se tornava.

— Eu sei que vocês estão aí! — gritou, sentindo a pele úmida esfriar quase instantaneamente, os lábios e a face tremendo. — Vão embora daqui! — rosnou para a vidraça.

A sombra, porém, permaneceu onde estava.

Merete se sentou no chão e enterrou o rosto nas mãos. Suas roupas fediam, cheirando a mofo. Havia três anos que usava a mesma blusa.

A luz cinzenta estava lá o tempo todo, dia e noite, mas era melhor do que a escuridão total ou a luz interminável. Ali, naquele grande "nada cinzento", ela tinha uma escolha. Poderia ignorar a luz ou então ignorar o escuro. Ela já não fechava os olhos para se concentrar, permitia que seu cérebro decidisse que estado de espírito queria assumir.

E aquela luz continha todas as nuances possíveis. Quase como acontecia no mundo lá fora, onde os dias diferiam um do outro. A luz do inverno. A lugubridade de fevereiro. O cinza de novembro. A obscuridade do tempo de chuva. O azul do céu. Milhares de outros tons da palheta de cores. Ali dentro, sua palheta consistia apenas em preto e branco, e ela misturava-as conforme seu humor ditava. Enquanto aquela luz cinzenta estivesse ali, ela não se sentiria completamente abandonada.

E Uffe, o Ursinho Pooh, Dom Quixote, a Dama das Camélias e a senhorita Smilla, todos tomavam sua mente de assalto e assoreavam as silhuetas por trás das vidraças como se estivessem dentro de uma ampulheta. Dessa forma era infinitamente mais fácil aguardar as novas iniciativas de seus sequestradores. Ela sabia que chegariam, mais cedo ou mais tarde. Chegavam sempre.

E a sombra por trás do vidro espelhado tornou-se um acontecimento diário. Algum tempo depois de ela ter comido, a mancha escura sempre aparecia em uma das vigias. Nunca falhava. Nas primeiras semanas era pequena e indistinta, mas logo cresceu e tornou-se mais nítida. E aproximava-se cada vez mais da vidraça.

Merete sabia que podia ser vista claramente do outro lado. Era provável que, um dia qualquer, eles lhe apontassem holofotes e exigissem algo dela. Ela só podia imaginar o que aqueles animais atrás das vidraças poderiam querer, mas isso já não lhe interessava.

Pouco antes de seu 35º aniversário, uma segunda sombra apareceu de repente por trás do vidro. Era um pouco maior e menos nítida, e sobrepujava ligeiramente a primeira.

Tem outra pessoa atrás, pensou, sentindo o medo crescer com a certeza de que estava em desvantagem numérica em relação ao adversário. A força superior fora dali já havia se manifestado.

Merete precisou de alguns dias para se habituar à nova situação, mas então ela decidiu desafiar os seus sequestradores.

Começou deitando-se debaixo das vigias, à espera das sombras. Naquela posição, ela ficava fora da linha de visão deles, quando chegassem para observá-la. Merete se recusava a cooperar, não sabendo, porém, quanto tempo eles esperariam ela sair do esconderijo. Era nisso que consistia a sua estratégia.

No segundo dia, quando sentiu vontade de fazer xixi pela segunda vez, ela se levantou e olhou na direção do vidro espelhado. Como sempre, havia um ligeiro brilho de luz difusa do outro lado, mas as sombras tinham desaparecido.

Merete repetiu aquela rotina durante três dias consecutivos.

Se eles quiserem me ver, terão de pedir, pensou.

No quarto dia, ela deitou-se debaixo das vidraças, memorizando pacientemente os seus livros, enquanto segurava a lanterna de bolso na mão. Ela havia testado a lanterna na noite anterior, e a luz inundara completamente o cativeiro, deixando-a atordoada e rendendo-lhe uma dor de cabeça instantânea. A força da luz era avassaladora.

Quando chegou a hora em que as sombras habitualmente apareciam, Merete inclinou a cabeça um pouco para trás a fim de olhar para as vidraças. De repente, como se fossem cogumelos, elas estavam ali diante de uma das vigias, mais juntas do que nunca. Por certo, eles a tinham visto, pois ambos recuaram ligeiramente. Mas após um minuto ou dois, voltaram a se aproximar.

Nesse momento, ela saltou bruscamente, ligou a lanterna de bolso e pressionou-a contra a vidraça.

O reflexo da luz ricocheteou na parede atrás dela, mas uma pequena parte penetrou o vidro espelhado e revelou fracamente as silhuetas do outro lado. As pupilas que estavam olhando diretamente para ela se retraíram e, em seguida, voltaram a se expandir. Merete havia se preparado para o choque, caso o seu plano desse certo. Mas ela nunca havia imaginado que a visão daqueles dois rostos indistintos ficaria gravada no seu consciente.

23

2007

Carl havia marcado duas reuniões em Christiansborg. Ele foi recebido por uma mulher alta e magricela que parecia frequentar aquele lugar desde a infância. Ela o conduziu pelos corredores labirínticos até o escritório do vice-presidente dos Democratas com tal familiaridade que faria inveja a um caracol em sua concha.

Birger Larsen era um experiente político, que substituíra Merete Lynggaard no cargo de vice-presidente três dias após ela ter desaparecido. Desde então, ele havia se destacado como o elo que mantinha relativamente unidas as duas alas rivais do partido. O desaparecimento de Merete Lynggaard deixara um grande vazio. O líder veterano havia escolhido quase que cegamente uma sucessora, que deveria substituí-lo em seu devido tempo. Ela começou assumindo o cargo de porta-voz política, mas acabou por revelar-se apenas uma cabeça de vento de sorriso largo. Ninguém, com exceção da escolhida, estava verdadeiramente satisfeito com aquela decisão. Carl não precisou sequer de dois segundos para adivinhar que Birger Larsen preferiria fazer carreira em uma pequena empresa de província do que trabalhar sob as ordens daquela presunçosa pretendente ao cargo de primeira-ministra.

O tempo sem dúvida chegaria, quando não lhe permitissem tomar essa decisão sozinho.

— Até hoje ainda não consigo acreditar que Merete tenha cometido suicídio — disse ele, servindo uma xícara de café morno a Carl. Estava morno de tal maneira que Carl poderia ter posto o dedo dentro dele sem nenhum efeito. — Não creio que alguma vez tenha encontrado aqui dentro uma pessoa com tanta vitalidade e alegria de viver como ela. — Encolheu os ombros. — Mas o que sabemos nós dos nossos semelhantes? Não acontecem todos os dias nas nossas vidas tragédias que não conseguimos prever?

Carl anuiu com a cabeça.

— Ela tinha inimigos aqui em Christiansborg?

Birger Larsen exibia uma fileira de dentes extremamente tortos quando sorria.

— Quem diabos não tem? Merete era a política mais perigosa daqui no que diz respeito ao futuro do governo, a influência de Piv Vestergård, e a probabilidade de o Partido do Centro Radical conseguir o cargo de primeiro-ministro. Sim, ela era perigosa para todos os que já se viam naquele cargo, que, com toda a certeza, seria de Merete em poucos anos.

— Você acha que alguém daqui a tenha ameaçado?

— Ei, Mørck. Nós, parlamentares, somos bastante espertos para fazer uma coisa dessas.

— Talvez ela tivesse relações pessoais que poderiam ter levado à inveja ou ao ódio. Você sabe algo sobre isso?

— Segundo sei, Merete não se interessava por relações pessoais. Para ela só havia trabalho, trabalho e mais trabalho. Até eu, que a conhecia desde os tempos que ela estudava Ciências Políticas, nunca me aproximava mais do que aquilo que ela permitia.

— E ela não permitia isso?

Os dentes tortos voltaram a aparecer.

— Você está perguntando se alguém estava interessado em flertar com ela? Claro, posso pensar em pelo menos meia dúzia de homens aqui que, de bom grado, teriam deixado suas esposas para terem dez minutos a sós com Merete Lynggaard.

— E isso incluía você? — Carl permitiu-se dar um sorriso.

— Bem, quem não faria isso? — Os dentes desapareceram. — Mas Merete e eu éramos amigos. Eu conhecia os meus limites.

— Mas talvez houvesse outros que não conhecessem?

— Você terá de perguntar isso a Marianne Koch.

— A antiga assistente de Merete?

Larsen fez que sim com a cabeça.

— Você sabe por que ela foi substituída?

— Não, não faço ideia. Elas trabalharam juntas durante alguns anos, mas pode ser que Marianne tenha se tornado um pouco íntima demais para o gosto de Merete.

— E onde poderei encontrar Marianne Koch hoje em dia?

Os olhos de Larsen brilharam, ligeiramente divertidos.

— Suponho que no mesmo local onde você disse "olá" para ela, dez minutos atrás.

— Ela é a sua assistente, agora? — Carl pousou a xícara de café sobre a mesa e apontou para a porta. — A mulher que está ali fora?

Marianne Koch era completamente diferente da mulher que o conduzira até o escritório. Ela era pequena, sedutora, cabelos pretos encaracolados, que pareciam perfumados mesmo ela estando do outro lado da mesa.

— Por que Merete Lynggaard pôs um ponto final na relação de trabalho de vocês, pouco tempo antes de ter desaparecido? — perguntou Carl, sem rodeios.

Ela franziu a testa, pensativa.

— Para dizer a verdade, nunca compreendi. Pelo menos não naquela ocasião; muito pelo contrário, fiquei bastante zangada com ela. Mas depois se descobriu que ela tinha um irmão deficiente mental, do qual cuidava.

— E...?

— Bem, eu estava convencida de que ela tinha um namorado. É que ela sempre agia de forma muito misteriosa e todos os dias tinha muita pressa de voltar para casa.

Carl sorriu.

— E você falou com ela sobre isso?

— Sim. Foi uma estupidez, hoje sei. Mas eu acreditava que fôssemos mais íntimas do que éramos na realidade. Estamos sempre aprendendo. — O sorriso embaraçado revelou covinhas nas duas faces. Se Assad algum dia a encontrasse, ele jamais conseguiria retomar a sua vida normal.

— Havia alguém aqui no Parlamento interessado em ter um contato mais íntimo com ela?

— Oh, sim. Ela sempre recebia mensagens, mas apenas um pretendente parecia ter intenções sérias.

— Você poderia me revelar o nome dessa pessoa?

Marianne sorriu. Ela estava disposta a revelar qualquer coisa se lhe agradasse.

— Claro. Tage Baggesen.

— OK. Já ouvi esse nome antes.

— Ele certamente ficaria feliz por saber isso. Eu acho que ele ocupa o cargo de presidente do Partido do Centro Radical há pelo menos uns mil anos.

— Você já mencionou isso a alguém mais?

— Sim, na época contei à polícia, mas eles não acharam relevante.

— E você achava?

Ela deu de ombros.

— E quanto aos outros pretendentes?

— Havia mais alguns, mas nada de sério. Ela tratava das suas necessidades quando viajava.

— Você está dizendo que ela era uma mulher fácil?

— Oh, Deus, é assim que você interpreta? — Ela virou o rosto, tentando reprimir o riso. — Não, certamente que não. Mas ela também não era uma freira. Só não sei com quem ela ia para o convento, isso ela nunca me disse.

— Mas a preferência dela era por homens?

— Pelo menos ela sempre ria quando a imprensa sensacionalista insinuava outra coisa.

— Você poderia pensar numa razão para que Merete quisesse jogar tudo para o alto e construir uma vida completamente nova?

— Você quer saber se neste momento ela poderia estar sentada ao sol em Bombaim? — Marianne parecia indignada.

— Sim, ou em qualquer outro lugar onde a vida pudesse ser menos problemática. Você poderia imaginá-la fazendo algo assim?

— Isso é um absurdo! Ela era extremamente responsável. Eu sei que as pessoas são assim, que um belo dia desmoronam como um castelo de cartas e simplesmente desaparecem do mapa. Mas não Merete. — Marianne interrompeu o que dizia e olhou para Carl, pensativa. — Mas a ideia é agradável — ela sorriu. — Quero dizer, que Merete ainda estivesse viva.

Carl meneou a cabeça. Muitos perfis psicológicos tinham sido feitos de Merete Lynggaard depois de seu desaparecimento, e todos tinham chegado à mesma conclusão. Merete não tinha fugido de sua vida antiga. Até os colunistas sociais rejeitavam essa possibilidade.

— Você ouviu algo sobre um cartão que ela recebeu nos seus últimos dias aqui em Christiansborg? — perguntou ele. — Um cartão pelo dia dos namorados?

A pergunta pareceu irritar Marianne. Era evidente que ela se sentia atormentada por não ter podido tomar parte da vida de Merete até o fim.

— Não. A polícia também me perguntou isso, e como eu disse a eles, você terá de perguntar a Søs Norup, que me substituiu no cargo.

Ele ergueu as sobrancelhas e a fitou.

— Guarda rancor de Merete por causa disso?

— Claro que sim, quem não guardaria? Trabalhamos juntas durante dois anos, sem qualquer tipo de problema.

— E por acaso você sabe onde posso encontrar Søs Norup?

Ela encolheu os ombros. Nada poderia lhe interessar menos.

— E esse Tage Baggesen, onde poderei encontrá-lo?

Ela lhe fez um rascunho, descrevendo o caminho para o escritório de Baggesen. Não parecia muito fácil de achar.

Carl precisou de pelo menos meia hora para encontrar o escritório de Tage Baggesen na sede parlamentar do Partido do Centro Radical, e a busca foi tudo, menos prazerosa. Para ele era um mistério como alguém conseguia trabalhar naquele maldito ambiente de hipocrisia. Pelo menos na sede da polícia era possível saber com quem se estava lidando. Um lugar onde amigos e inimigos não tinham nenhum pudor e todos trabalhavam em conjunto em prol de um objetivo comum. Ali acontecia o contrário. Todos agiam como se fossem os melhores amigos, mas quando chegava o momento da verdade, cada um deles pensava apenas e somente em si mesmo. O mais importante era o dinheiro e o poder, e não os resultados. Ali dentro, um grande homem era aquele que conseguia tornar os outros pequenos. Talvez não tivesse sido sempre assim, mas agora era.

E Tage Baggesen não era uma exceção. Oficialmente, ele estava ali para representar os interesses do seu longínquo círculo eleitoral e a política de trânsito do seu partido. Mas ao olhar para ele era fácil descobrir a verdade. Uma polpuda aposentadoria já estava assegurada e os rendimentos obtidos nesse ínterim eram gastos em vestuário caro e investimentos lucrativos. Carl observou as paredes, onde certificados de torneios de golfe estavam pendurados lado a lado com fotografias aéreas bem nítidas de propriedades rurais nos mais variados locais do país.

Durante alguns instantes, ele considerou a hipótese de perguntar a Tage Baggesen a qual partido ele pertencia na realidade. Mas o homem o desarmou com um tapinha amigável no ombro e um gesto convidativo.

— Sugiro que fechemos a porta — disse Carl, apontando para o corredor.

Em resposta, Tage Baggesen piscou o olho de uma forma que misturava amabilidade com grosseria. Um pequeno truque que certamente cairia muito bem em negociações relativas à autoestrada de Holstebro, mas não tinha efeito algum com um detetive cuja especialidade era descobrir mentiras.

— Não é necessário — disse o político. — Não tenho nada a esconder dos meus colegas de partido.

— Chegou aos nossos ouvidos que você demonstrava um grande e acentuado interesse em Merete Lynggaard. Entre outras coisas, enviou-lhe um telegrama pelo dia dos namorados.

O rosto de Baggesen tornou-se um pouco pálido, mas o sorriso confiante se manteve.

— Um telegrama pelo dia dos namorados? — disse. — Não me lembro disso.

Carl acenou com a cabeça. A mentira estava estampada no rosto do homem. Claro que ele se lembrava. Talvez tivesse chegado a hora de mudar o tom da conversa.

— Quando sugeri que fechasse a porta, foi porque eu queria perguntar se foi você quem assassinou Merete. Estava apaixonado por ela. Merete o rejeitou e você perdeu o controle. Foi assim que aconteceu?

Por uma fração de segundo, o sempre tão confiante Baggesen pareceu ponderar com todos os seus neurônios se não seria melhor levantar-se e fechar a porta. Em todo caso, parecia estar à beira de um AVC, e a cor de sua pele disputava seriamente com a de seus cabelos ruivos. Ele estava profundamente chocado e completamente exposto. Carl conhecia todos os truques do manual, mas a reação daquele homem era algo completamente diferente. Se Baggesen tivesse algo a ver com o caso, a julgar por sua reação ele já podia começar a escrever a confissão. Se não tivesse, pelo menos era certo que havia alguma coisa que o estava encostando à parede. Ele estava boquiaberto. Se Carl não fosse cuidadoso, o homem se calaria para sempre. Tage Baggesen, na sua vida primorosamente afinada, nunca tinha ouvido algo do gênero, isso era evidente.

Carl tentou sorrir. De alguma forma aquela reação dramática também parecia igualmente conciliadora. Como se dentro daquele corpo alimentado com iguarias em recepções da alta classe ainda pudesse haver um homem normal.

— Agora ouça, Baggesen. Você deixou mensagens para Merete Lynggaard. Muitas mensagens. A antiga assistente de Merete, Marianne Koch, acompanhou as suas tentativas de aproximação com grande interesse, posso assegurá-lo disso.

— Aqui no Parlamento todos escrevem mensagens desse tipo. — Baggesen tentou recostar-se descontraidamente, mas a distância entre o espaldar da cadeira era muito grande para parecer casual.

— Você está querendo me dizer que as mensagens que escreveu não eram de natureza privada?

Nesse momento, Baggesen levantou-se e fechou suavemente a porta.

— É verdade que eu nutria fortes sentimentos por Merete — disse, parecendo tão sinceramente pesaroso que Carl quase sentiu pena dele. — Foi muito difícil aceitar a morte dela.

— Eu entendo. Vou tentar fazer com que nossa conversa seja breve.

As palavras de Carl foram recebidas com um sorrido agradecido. Agora o homem estava sendo realista.

— Nós sabemos que você enviou um cartão do dia dos namorados a Merete em fevereiro de 2002. A empresa que remeteu o telegrama confirmou isso hoje.

Baggesen pareceu abatido. O passado o estava torturando, de fato. Ele suspirou.

— Claro que eu sabia que ela não estava interessada em mim. Infelizmente. Na verdade, eu já sabia disso havia muito tempo.

— E mesmo assim continuou tentando?

Ele anuiu com um gesto de cabeça, sem dizer uma palavra.

— O que estava escrito no telegrama? Tente dizer a verdade desta vez.

Baggesen se inclinou levemente para o lado, pensativo.

— Apenas o habitual. Que eu gostaria de vê-la. Já não me recordo das palavras exatas. Esta é a verdade.

— Então a matou porque ela não estava interessada em você?

Baggensen estreitou os olhos e comprimiu os lábios. Naquele momento Carl estava inclinado a prendê-lo. Foi então que viu as lágrimas inundarem os olhos do homem. Baggesen endireitou-se e fitou Carl. Não como se este fosse o carrasco que a qualquer momento ia colocar uma corda em seu pescoço, mas sim o confessor a quem ele poderia finalmente abrir o coração.

— Quem mataria a pessoa que fez sua vida valer a pena? — perguntou.

Por instantes, um ficou olhando para o outro. Então Carl desviou o olhar.

— Você sabe se Merete tinha inimigos aqui dentro? Não estou falando de pessoas com quem ela travava lutas no plano político, mas sim de inimigos verdadeiros.

Baggesen enxugou as lágrimas.

— Todos nós temos inimigos, mas não o que você chamaria de inimigos verdadeiros.

— Ninguém que andasse de olho na vida dela?

Baggesen meneou a cabeça.

— Isso me surpreenderia muito. Ela era bastante querida, até mesmo por seus adversários políticos.

— Eu tenho uma impressão diferente. Você está dizendo que não acha que Merete estivesse trabalhando com questões delicadas que poderiam se revelar problemáticas para alguém, que faria qualquer coisa para impedi-la? Grupos de interesses pessoais que se sentiram pressionados e ameaçados pelo trabalho dela?

Baggesen lançou um olhar indulgente a Carl.

— Pergunte aos membros do partido dela. Merete e eu não éramos confidentes políticos. Muito pelo contrário, devo dizer. Você encontrou alguma coisa em particular?

— Políticos do mundo todo são sempre responsabilizados por suas opiniões, certo? Os contra o aborto, os defensores dos direitos dos animais, os fanáticos religiosos. Qualquer coisa pode provocar reações violentas. Basta ver o que tem acontecido na Suécia, na Holanda ou nos EUA. — Carl preparou-se para se levantar, percebendo os primeiros sinais de alívio no rosto do homem que estava sentado à sua frente. Talvez não devesse dar grande importância para isso. Quem, afinal, não gostaria de ver terminada uma conversa daquele tipo?

159

No entanto, Carl voltou a recostar-se na cadeira.

— Baggesen — prosseguiu —, talvez você devesse entrar em contato comigo, caso se lembre de mais alguma coisa que eu deva saber. — Deu-lhe o seu cartão. — Se não for por mim, que seja por você. Acredito que não haja muita gente neste lugar que sentisse por Merete o que você sentia.

Aquela frase apanhou o político desprevenido. As lágrimas, sem dúvida, voltariam a fluir antes mesmo de Carl deixar a sala.

De acordo com as informações da Repartição do Registro Civil, o último local de residência de Søs Norup era o mesmo dos seus pais, bem no centro de Copenhague, no esnobe distrito de Frederiksberg. A placa de bronze ao lado da porta de entrada dizia: Vilhelm Norup, atacadista, e Kaja Brandt Norup, atriz.

Carl tocou a campainha e ouviu um som estridente atrás da porta maciça de carvalho. Um instante depois, alguém disse:

— Sim, sim, já estou indo.

O homem que abriu a porta devia estar aposentado havia pelo menos um quarto de século. A julgar pelo colete que usava e pelo lenço que trazia no pescoço, sua fortuna ainda não havia se esgotado. Ele olhou desconfortavelmente para Carl, olhos devastados pela doença, como se aquele estranho diante de sua porta fosse um ceifador de vidas.

— Quem é o senhor? — perguntou ele abruptamente, já preparado para tornar a fechar a porta.

Carl apresentou-se, tirando novamente o distintivo do bolso, e perguntou se podia entrar.

— Aconteceu alguma coisa a Søs? — o homem quis saber.

— Não sei. Por que o senhor está perguntando? Ela não está em casa?

— Ela não mora mais aqui, caso seja ela que o senhor está procurando.

— Quem é, Vilhelm? — gritou uma voz fraca, por trás das portas duplas da sala de estar.

— É apenas alguém que quer falar com Søs, minha querida.

— Então ele terá que ir bater em outra porta — respondeu a mulher.

O velho atacadista agarrou Carl pela manga.

— Ela mora em Valby. Diga a ela que se quiser continuar a viver assim, então terá que vir aqui buscar as coisas dela.

— O que quer dizer com "viver assim"?

O homem não respondeu. Ele deu a Carl o endereço em Valhøjvej, e em seguida fechou a porta.

Havia apenas três nomes nas placas de identificação das campainhas do pequeno prédio de apartamentos no Valhøjvej. No passado, certamente tinham vivido ali seis famílias com quatro ou cinco crianças cada. O que outrora fora um bairro pobre hoje é considerado uma zona nobre. Foi ali, no apartamento do sótão, que Søs Norup encontrara o seu verdadeiro amor, uma mulher com mais ou menos 45 anos, cujo ceticismo diante do distintivo que Carl lhe mostrou manifestou-se em lábios pálidos e comprimidos.

A expressão de Søs Norup também não mostrava simpatia. Carl compreendeu imediatamente por que nem a Associação Dinamarquesa de Advogados e Economistas, nem o secretariado do Partido Democrático tinham se mostrado especialmente desolados quando ela partiu. Não seria fácil encontrar uma aura tão pouco amigável como aquela.

— Merete Lynggaard era uma chefe insuportável — foi seu primeiro comentário.

— Em que sentido?

— Ela deixava o trabalho todo para mim.

— Eu acho uma vantagem um chefe delegar tarefas.

Carl a estudou. Ela parecia ser alguém que fora mantida em rédea curta durante toda a vida e odiava isso. O atacadista Norup e sua esposa, muito famosa no passado, por certo tinham lhe ensinado o significado da obediência cega. Devia ter sido muito difícil para uma criança que via seus pais como um presente de Deus. Carl estava convencido de que havia entre ela e os pais uma relação de amor e ódio. Ela detestava o que eles defendiam, e os amava pela mesma coisa. Na humilde opinião de Carl, era por esse motivo que ela, durante sua vida adulta, abandonava a casa dos pais e depois voltava.

Ele desviou o olhar para a namorada de Søs. Usando uma roupa folgada e com um cigarro no canto da boca, ela sentou-se ali para ter certeza de que Carl não tentaria molestar ninguém. Ela estava determinada a proporcionar a Søs um apoio firme permanente a partir de agora. Aquilo era óbvio.

— Ouvi dizer que Merete estava muito satisfeita com seu trabalho.

— Oh, realmente.

— Eu gostaria de fazer algumas perguntas a você sobre a vida pessoal de Merete. Havia alguma razão para se pensar que ela estivesse grávida quando desapareceu?

Søs franziu o cenho e recuou um passo.

— Grávida? — Ela disse a palavra como se esta fosse uma doença grave e contagiosa. — Não, estou certa de que ela não estava. — Lançou um olhar à companheira e revirou os olhos.

— Como você pode estar tão certa disso?

— O que você acha? Se ela fosse organizada como todos pensavam que era, não me pediria constantemente absorventes. E isso acontecia *sempre*, todos os meses.

— Isso quer dizer que ela teve o período menstrual pouco tempo antes de desaparecer?

— Sim, uma semana antes. Enquanto trabalhei lá, tínhamos o ciclo sempre na mesma época.

Ele assentiu. Ela certamente sabia do que falava.

— Você sabe se ela tinha um namorado nessa ocasião?

— Já me fizeram essa pergunta centenas de vezes.

— Refresque a minha memória.

Søs pegou um cigarro e o bateu firmemente na mesa.

— Todos os homens olhavam para ela como se quisessem tirar suas roupas. Como eu poderia saber se algum deles tinha algo com ela?

— O inquérito policial diz que ela recebeu um cartão pelo dia dos namorados. Você sabia que ele tinha sido enviado por Tage Baggesen?

Ela acendeu o cigarro e desapareceu por trás de uma nuvem de fumaça.

— Não fazia ideia.

— Então você também não sabe se existia algo entre os dois?

— Se existia algo entre os dois? Isso foi há cinco anos, como você bem sabe. — Ela soprou a fumaça na direção do rosto de Carl, provocando o esboço de um sorriso em sua namorada.

Carl afastou-se um pouco.

— Agora, me ouça. Vou desaparecer daqui a quatro minutos. Mas até lá vamos fingir que queremos nos ajudar mutuamente. OK? — Olhou diretamente nos olhos de Norup, que continuava tentando esconder sua falta de autocompaixão atrás de uma expressão hostil. — Vou tratá-la por Søs, certo? É que tenho o hábito de chamar pelo primeiro nome todas as pessoas com quem partilho um cigarro.

Ela pousou a mão que segurava o cigarro no colo.

— Agora vou fazer uma pergunta a você, Søs. Você sabe sobre algum incidente que tenha acontecido antes do desaparecimento de Merete? Qualquer coisa que deve continuar a ser investigada? Vou enumerar algumas hipóteses, e somente me interrompa se for algo relevante. — Acenou com a cabeça para ela, mas não obteve reação. — Existiram conversas telefônicas de caráter notadamente pessoal? Curtas mensagens que foram deixadas na secretária eletrônica dela? Tentativas de aproximação por parte de alguém que não tinha nenhuma relação profissional com ela? Ela recebeu bombons, flores ou apareceu usando anéis novos? Corava quando se falava de certas pessoas? Parecia desconcentrada nos dias que antecederam o seu desaparecimento? — Ele olhou para o zumbi que estava sentado à sua frente. Os lábios descoloridos de Søs não haviam se movido um milímetro sequer. Mais uma tentativa frustrada. — Ela mudou de alguma forma o seu comportamento? Por exemplo, ia mais cedo para casa, desaparecia da sala do plenário para falar ao celular lá fora, no corredor? Chegava mais tarde do que o usual no trabalho?

Ele olhou novamente para Søs e acenou-lhe enfaticamente com a cabeça, como se isso pudesse despertá-la do mundo dos mortos.

Ela deu mais uma tragada no cigarro, depois o apagou no cinzeiro.

— Já terminou? — perguntou.

Ele suspirou. O que mais podia esperar daquela vadia?

— Sim, já terminei.

— Bom. — Ela levantou a cabeça. Por um momento, ele viu uma mulher que possuía uma certa dignidade. — Contei à polícia sobre o cartão e sobre o encontro que ela teve no Café Bankeråt. Eu a vi marcar algo na agenda. Não sei com quem ela ia se encontrar, mas isso a fez corar.

— Com quem você acha que ela se encontrou?

Ela deu de ombros.

— Tage Baggesen? — perguntou Carl.

— Podia ser qualquer um. Ela se encontrava com muitas pessoas em Christiansborg. Por exemplo, houve um homem que fazia parte de uma delegação que pareceu interessado nela. Mas havia muitos outros interessados.

— Que tipo de delegação? Quando aconteceu isso?

— Pouco tempo antes de ela desaparecer.

— Ainda se lembra do nome dele?

— Depois de cinco anos? Não, é óbvio que não me lembro.

— E de que tipo de delegação se tratava?

Ela lhe deu um olhar mal-humorado.

— Qualquer coisa relacionada com pesquisa de defesas imunológicas. Mas você me interrompeu — disse de forma ríspida. — Sim, Merete também recebeu flores. Não há dúvida de que ela tinha uma relação bastante pessoal com alguém. Mas não sei se isso teve alguma coisa a ver com o seu desaparecimento. Já contei tudo isso à polícia antes.

Carl coçou o pescoço, pensativo. Por que aquela informação não estava em nenhum relatório?

— Para quem mais você contou isso?

— Não me lembro.

— Não foi para Børge Bak, da Equipe de Intervenção Rápida, foi?

Søs apontou o dedo indicador para ele, como se dissesse " Bingo!".

Aquele maldito Bak! Ele sempre deixava de fora tantos detalhes quando escrevia seus relatórios?

Carl olhou para a companheira de Søs. Ela não era exatamente generosa com os sorrisos. Era óbvio que estava apenas esperando que ele fosse embora dali.

Ele voltou a olhar para Søs e levantou-se. Entre as janelas da marquise estavam penduradas algumas minúsculas fotografias coloridas, bem como um par de retratos em preto e branco dos pais dela, tirados em dias melhores. Era bem provável que tivessem sido pessoas bastante atraentes no passado, mas era difícil ter certeza, depois de Søs ter arranhado e riscado completamente o rosto de ambos. Ele inclinou-se para observar algumas fotografias menores. Com base nas roupas e na postura corporal, reconheceu uma das muitas fotografias de Merete Lynggaard. Ela também havia perdido a maior parte do seu rosto numa série de arranhões. Então Søs colecionava fotografias da pessoas que odiava? Talvez ele próprio conseguisse ganhar um lugar naquela galeria, caso se esforçasse um pouco mais.

Børge Bak estava sozinho em seu escritório. O inseparável casaco de couro estava completamente amarrotado. Uma prova evidente de que seu dono andava trabalhando duro, dia e noite.

— Eu já não tinha dito que você não pode entrar aqui sem mais nem menos, Carl? — Ele bateu ruidosamente o bloco de anotações na mesa e encarou Carl.

— Børge, desta vez você se ferrou.

Fosse pela utilização do seu primeiro nome ou pelo tom insolente de Carl, a reação de Bak foi instantânea. Todos os sulcos de sua testa se tornaram evidentes.

— Merete Lynggaard recebeu flores poucos dias antes da sua morte. Era algo que nunca acontecia, segundo me disseram.

— E daí? — Nem mesmo Bak conseguiria mostrar uma expressão mais condescendente do que aquela.

— Estamos procurando um assassino, caso isso tenha fugido da sua mente. E um amante sempre é um possível candidato.

— Tudo isso já foi investigado há muito tempo.

— Mas não está no relatório.

Bak deu de ombros.

— Tenha calma, Carl. Preocupe-se mais com o seu trabalho. Nós aqui em cima trabalhando, enquanto você passa o dia sentado na cadeira lá embaixo. Acha que eu não sei disso? Eu escrevi o que era importante no relatório. Compreende? — Furioso, atirou a caneta em cima da mesa.

— Você não incluiu o fato de a assistente social Karin Mortensen ter observado Uffe Lynggaard numa brincadeira que levava a supor que ele poderia se recordar do acidente. Talvez ele também se lembre do dia em que Merete desapareceu. Mas aparentemente você não foi muito longe na investigação desse fato.

— *Karen* Mortensen, Carl. Ela se chama Karen, com *e* não *i*. Escute bem o que está dizendo. Não pense que você pode chegar aqui e me dar lições sobre ser meticuloso.

— Isso quer dizer que você está consciente do possível significado do relato dado por Karen Mortensen, ou não?

— Cale essa boca! Nós verificamos tudo isso, OK? Uffe não se lembra de nada. Aquele garoto não sabe nada!

— Merete encontrou-se com um homem poucos dias antes de seu desaparecimento. Ele fazia parte de uma delegação relacionada com qualquer coisa de pesquisas de defesa imunológicas. Você não mencionou nada sobre isso em seu relatório.

— Não. Mas checamos isso também.

— Então você deve saber que um homem entrou em contato com ela, e que, aparentemente, havia uma forte química entre eles. Pelo menos, foi o que a assistente dela, Søs Norup, contou a você.

— Sim, diabos! Claro que sei disso.

— Então por que não há nada sobre isso no relatório?

— Eu não sei! Provavelmente porque descobrimos que o homem estava morto.

— Morto?

— Sim. Ele morreu carbonizado num acidente de carro, um dia depois do desaparecimento de Merete. Ele se chamava Daniel Hale. — Bak pronunciou o nome com extrema clareza, para que Carl compreendesse quão boa era a sua memória.

— Daniel Hale? — Talvez Søs Norup tivesse se esquecido do nome com o passar dos anos.

— Sim. O sujeito estava envolvido em pesquisas sobre placenta. Era esse o objetivo da delegação, conseguir angariar verbas para prosseguir a pesquisa. Ele tinha um laboratório em Slangerup. — Bak apresentou todos os fatos com enorme confiança. Ele estava bem informado sobre aquela parte da investigação.

— Se ele morreu um dia depois, podia perfeitamente ter algo a ver com o desaparecimento dela.

— Não creio. Ele estava voltando para Londres na tarde que ela se afogou.

— Ele estava apaixonado por ela? Søs Norup deu a entender que sim.

— Se estava, eu sinto por ele. Merete não estava nem aí para ele.

— Tem certeza, Børge? — Seu colega obviamente não se sentia confortável ao ouvir seu primeiro nome. Isso deixava as coisas claras. A partir de agora iria ouvi-lo constantemente. — Talvez ela tenha estado com esse Daniel Hale no Bankeråt. O que acha, Børge?

— Carl, ouça com atenção. Há uma mulher envolvida no caso do homicídio do ciclista que falou conosco, e agora estamos bem perto de conseguir alguma coisa. Estou muito ocupado neste momento. Isso não pode esperar? Daniel Hale está morto. Quando Merete Lynggaard morreu, ele nem sequer estava no país. Ela se afogou, e Daniel Hale não teve absolutamente nada a ver com isso. Entendido?

— Vocês tentaram descobrir se Hale foi a pessoa com quem ela jantou poucos dias antes no Bankeråt? Também não há nada sobre isso no relatório.

— Escute! Todas as investigações concluíram que a morte dela foi um acidente. Além disso, havia vinte homens trabalhando no caso. Vá fazer perguntas a outro qualquer. Agora suma daqui, Carl.

24

2007

Se Carl tivesse confiado exclusivamente nos sentidos do olfato e da audição, dificilmente teria conseguido, naquela manhã de segunda-feira, distinguir o porão da sede da polícia das ruas cheias do Cairo. Nunca antes aquele venerável edifício tinha cheirado tanto a comida e a especiarias exóticas, e nunca antes haviam ressoado naquelas paredes sons tão estranhos.

Ao chegar ao trabalho, ele cruzou com uma funcionária da administração que voltava do setor de arquivo, situado no porão, com os braços carregados de processos. Ela o encarou com ar furioso. Sua expressão dizia que em dez minutos todo o edifício ficaria sabendo que o porão estava de cabeça para baixo.

A explicação podia ser encontrada na diminuta sala de Assad. Um mar de pratos espalhados pela mesa, adornados com uma quantidade considerável de salgadinhos e de nacos de papel-alumínio com alho picado, legumes verdes misturados e arroz amarelo.

— O que está acontecendo aqui, Assad? — gritou Carl, silenciando o meio-tom que ecoava do toca-fita. Assad sorriu. Era óbvio que ele não estava ciente das fissuras culturais que se abriam naquele momento nas sólidas fundações da imponente sede da polícia.

Carl jogou-se pesadamente na cadeira em frente ao seu assistente.

— Isso cheira divinamente, Assad, mas aqui é um departamento de polícia, não uma churrascaria libanesa em Vanløse.

— Pegue, Carl. E parabéns, senhor superintendente, devo dizer. — Assad estendeu-lhe uma massa amanteigada. — Foi a minha esposa que fez. A minha filha recortou o papel.

Carl seguiu a mão de Assad, conforme ele gesticulava apontando para o papel de seda brilhante e colorido drapeado ao longo das estantes e ao redor da luzes no teto.

Aquilo não ia ser nada fácil.

— Também levei alguns salgadinhos para o Hardy quando fui visitá-lo ontem. Eu já li a maior parte dos arquivos do caso para ele, Carl.

— Sério? — Ele só conseguia imaginar as enfermeiras observando Assad, enquanto este alimentava Hardy com aqueles rolinhos egípcios. — Você foi visitá-lo no dia da sua folga?

— Ele está pensando sobre o caso, Carl. É um sujeito legal.

Carl assentiu e deu uma mordida no salgadinho. Ele planejava visitar Hardy no dia seguinte.

— Reuni todos os papéis existentes sobre o acidente e coloquei-os em sua mesa. Se você quiser, posso contar um pouco sobre o que tenho lido.

Carl assentiu novamente. Se continuasse assim, seu assistente estaria escrevendo o relatório antes de as investigações estarem concluídas.

Em outras partes da Dinamarca, no dia 24 de dezembro de 1986, a temperatura subiu até os seis graus, mas em Sjaeland eles não tiveram a mesma sorte, e o mau tempo custou a vida de dez pessoas em acidentes de carro. Cinco delas faleceram numa estreita estrada que atravessava uma área arborizada nas colinas Tibirke. Duas delas eram os pais de Merete e Uffe Lynggaard.

Eles tinham tentado ultrapassar um Ford Sierra numa parte da estrada onde o vento forte havia formado uma camada de gelo, e onde tudo aconteceu. Ninguém foi declarado culpado, e não foram reivindicados quaisquer direitos a indenização. Tratou-se de um simples acidente, exceto que o desfecho não foi nada simples.

O carro que eles tentaram ultrapassar bateu contra uma árvore e ainda ardia em chamas quando os bombeiros chegaram. O automóvel dos pais de Merete, por sua vez, havia capotado e encontrava-se cinquenta metros à frente, com as rodas para cima. A mãe de Merete foi atirada pelo para-brisas e seu corpo jazia na densa floresta, com o pescoço quebrado. O pai não teve tanta sorte. Ele levou cerca de dez minutos para morrer. Metade do bloco do motor estava cravado em seu abdômen e o galho quebrado de um abeto tinha perfurado seu tórax. Chegou-se à conclusão de que Uffe estivera consciente o tempo todo, pois quando os bombeiros o removeram do carro, ele assistiu aos esforços de todos com os olhos bem abertos e completamente apavorado. Ele apertou firmemente a mão da irmã e recusou-se a largá-la, nem mesmo quando os bombeiros a puxaram para a estrada, a fim de prestarem os primeiros socorros. Ele não a largou sequer por um segundo.

O relatório da polícia era simples e breve, mas o mesmo não se podia dizer das notícias dos jornais e das revistas. Aquela era uma história muito boa.

No outro carro, o pai e a filha pequena morreram instantaneamente. As circunstâncias também foram trágicas, porque apenas o rapaz mais velho escapou de forma relativamente ilesa. A mãe estava em estado avançado de gravidez, e a família ia para o hospital. Enquanto os bombeiros lutavam para apagar o fogo sob o capô, a mulher, com a cabeça apoiada no colo do marido morto, deu à luz gêmeos. Apesar dos enormes esforços dos bombeiros para retirarem rapidamente todos os passageiros do interior do carro acidentado, um dos bebês acabou morrendo. Os jornais já tinham a sua manchete para o dia de Natal.

Assad mostrou a Carl os jornais nacionais e os jornalecos locais. Todos, sem exceção, haviam compreendido o valor noticioso do acontecimento. As fotografias eram aterrorizantes. O carro envolvendo a árvore. A mulher na ambulância a caminho do hospital, com um rapaz soluçante ao seu lado. Merete Lynggaard em cima de uma maca no meio da pista, a máscara de oxigênio cobrindo sua face. E Uffe, de olhos bem abertos e angustiados, agachado sobre a fina camada de neve que cobria a estrada, apertando a mão da irmã inconsciente.

— Aqui está. — Assad tirou duas páginas do jornal de fofocas *Gossip* da pasta, que ele tinha ido buscar na mesa de Carl. — Lis descobriu que algumas dessas fotos também foram usadas pelo jornal quando Merete foi eleita para o Parlamento — acrescentou ele.

Para o fotógrafo que por acaso estava nas colinas Tibirke naquela tarde especial, os centésimos de segundo que ele teve para tirar as fotos certamente lhe renderam um bom dinheiro. Ele também fotografou o funeral dos pais de Merete, dessa vez em cores. Fotografias nítidas e bem-trabalhadas da adolescente Merete Lynggaard segurando a mão do irmão, que parecia petrificado, enquanto as urnas eram sepultadas no cemitério Vestre. Não houve fotografias do outro funeral, que foi realizado na mais completa intimidade.

170

— Que diabos está havendo aqui? — uma voz quebrou a seriedade do momento. — São vocês os culpados por nosso escritório estar cheirando a uma festa natalina lá em cima?

Sigurd Harms, um dos assistentes do primeiro andar, estava parado diante da porta. Ele observava com estupefação a orgia de cores que envolvia as luzes.

— Pegue, Sigurd, meu velho — disse Carl, estendendo-lhe um dos salgadinhos especialmente condimentados. — Espere só até a Páscoa. Nessa época também vamos acender incensos.

Uma mensagem foi entregue do terceiro andar, dizendo que o chefe da Homicídios queria ver Carl em seu escritório antes do almoço. Jacobsen tinha uma expressão sombria e preocupada quando olhou por cima dos documentos que estavam à sua frente, e convidou Carl para sentar.

Carl queria pedir desculpas em nome de Assad: explicar que a aventura culinária no porão já tinha terminado e que a situação estava sob controle. Mas não chegou a fazê-lo, pois dois dos novos investigadores entraram na sala e se sentaram junto à parede.

Carl deu-lhes um sorriso torto. Era pouco provável que eles estivessem ali para prendê-lo por causa de alguns poucos pasteizinhos, ou fosse lá como se chamassem aquelas massas que Assad trouxera.

Quando Lars Bjørn e Terje Ploug entraram na sala, Marcus Jacobsen fechou o processo que estava lendo e virou-se para Carl.

— Eu o chamei aqui para informá-lo de que mais dois homicídios ocorreram nesta manhã. Os corpos de dois homens jovens foram encontrados numa oficina de carros nos arredores de Sorø.

Sorø, pensou Carl. E o que ele tinha a ver com aquilo?

— Ambos tinham pregos de nove centímetros de comprimento enfiados no crânio, disparados por uma pistola de ar comprimido. Tenho certeza de que isso o faz se lembrar de algo, certo?

Carl virou a cabeça para olhar pela janela, fixando os olhos num bando de pássaros que voava na direção dos edifícios situados no outro lado da rua. Ele podia sentir os olhos do chefe observando-o intensamente, mas isso não iria lhe servir de nada. O que acontecera em Sorø no dia anterior não estava necessariamente relacionado com o caso de Amager. Até mesmo em programas de televisão eram utilizadas pistolas de pregos de ar comprimido.

— Você poderia continuar daqui, Terje? — Ele ouviu Jacobsen dizer, como se estivesse muito distante.

— Claro. Estamos razoavelmente convencidos de que se trata do mesmo criminoso que matou Georg Madsen na casa pré-fabricada em Amager.

Carl voltou-se para ele.

— E por que pensam assim?

— Porque Georg Madsen era tio de uma das vítimas em Sorø.

Carl tornou a olhar para os pássaros.

— Temos descrição de uma das pessoas que aparentemente estava no local quando os assassinatos ocorreram. O detetive Stoltz e sua equipe gostariam que você fosse até Sorø hoje, para que possam comparar a sua descrição com a deles.

— Eu não vi nada. Estava inconsciente.

Terje Ploug deu a Carl um olhar que não lhe agradou. Ele, entre todas as pessoas, devia ter lido o relatório detalhadamente, então por que estava se fazendo de tolo? Carl não havia insistido que estava inconsciente desde o momento em que fora baleado até a hora em que tinham lhe aplicado o medicamento intravenoso no hospital? Por acaso não acreditavam nele? Que razão tinham para querer falar com ele?

— No relatório diz que você viu uma camisa vermelha quadriculada antes de os tiros terem sido disparados.

A camisa. Então era por causa disso?

— Eles querem que eu identifique uma camisa? — retrucou. — Porque se é somente isso de que de precisam, acho que eles poderiam enviar a fotografia dela por e-mail.

— Eles têm a sua própria forma de atuar, Carl — intrometeu-se Jacobsen. — É do interesse de todos que você vá até lá. Inclusive do seu.

— Eu realmente não sinto a menor vontade. — Olhou para o relógio. — Além disso, já é tarde.

— Você realmente não tem a menor vontade? Diga-me, Carl, quando terá a consulta com a psicóloga?

Carl contraiu os lábios. Marcus tinha que divulgar aquilo perante o departamento inteiro?

— Amanhã.

— Então, acho que você deve ir ao Sorø hoje, para que tenha o acontecimento ainda fresco em sua memória quando se encontrar com Mona Ibsen amanhã. — Sorriu para Carl e pegou a pasta com arquivos que estava no topo da pilha em sua mesa. — A propósito, aqui tem cópias dos documentos relativos a Hafez el-Assad que nos foram enviados pelo Serviço de Estrangeiros e Fronteiras. Leve-os com você.

Assad foi dirigindo. Ele tinha trazido alguns dos salgadinhos em uma bolsa térmica e agora os beliscava enquanto acelerava pela autoestrada E20. Sentado ao volante, ele era o retrato de um homem feliz e satisfeito, o que era claramente evidenciado por seu rosto sorridente. Ele movia a cabeça de um lado para o outro, conforme a música que tocava no rádio.

— Tenho alguns documentos do Serviço de Estrangeiros e Fronteiras, Assad. Mas ainda não os li — disse Carl. — Por que você não me conta o que está escrito lá?

Por um segundo, seu motorista deu-lhe um olhar de alerta, à medida que deixava para trás uma procissão de caminhões.

— O dia do meu aniversário, o lugar de onde venho e o que eu fazia lá. É sobre isso que você está falando, Carl?

— Por que você recebeu uma autorização de residência permanente, Assad? Isso também está escrito lá?

Ele meneou a cabeça.

— Carl, se eu voltasse, seria morto. Essa é a verdade. O governo da Síria não está muito contente comigo, entende?

— Por que não?

— Não pensávamos da mesma forma, e isso é o suficiente.

— O suficiente para quê?

— A Síria é um país muito grande. As pessoas simplesmente desaparecem.

— Certo. E você tem certeza de que será morto se voltar?

— Essa é a verdade, Carl.

— Você trabalhava para os americanos?

Assad virou a cabeça abruptamente para olhar Carl.

— Por que diz isso?

Carl olhou pela janela.

— Por nenhuma razão em especial, Assad. Só estou perguntando.

A última vez que Carl visitou a velha delegacia de Sorø, localizada na Storgade, esta ainda pertencia ao Distrito 16 e estava sob a alçada da polícia de Ringsted. Agora fazia parte do distrito policial da Jutlândia meridional e Lolland-Falster. Mas os tijolos do edifício continuavam vermelhos, as caras por trás do balcão ainda eram as mesmas e a quantidade de trabalho não tinha diminuído. O que eles ganhariam tirando as pessoas de uma gaveta e enfiando-as em outra? Aquela era uma pergunta digna do concurso *Quem quer ser um milionário?*.

Carl esperava que um dos detetives daquela delegacia lhe pedisse uma nova descrição da camisa quadriculada. Mas eles não eram assim tão amadores. Quatro homens esperavam por ele numa sala do tamanho da de Assad, e todos tinham o ar de quem havia perdido um familiar nos terríveis acontecimentos da noite anterior.

— Jørgensen — apresentou-se um deles, estendendo a mão gelada a Carl. Sem dúvida, esse mesmo Jørgensen estivera no local do crime e visto os olhos de dois rapazes bem jovens, cujas vidas tinham sido ceifadas por uma pistola de pregos de ar comprimido. Nesse caso, ele certamente não tinha dormido durante toda a noite.

— Você quer ver o local do crime? — perguntou um dos agentes.

— É mesmo necessário?

— Não é exatamente igual à cena de Amager. Eles foram mortos numa oficina de carros. Um na garagem e outro no escritório. Os pregos foram disparados de uma distância muito pequena, pois estavam enfiados na sua totalidade. Foi preciso olhar muito bem para descobri-los.

Um outro agente entregou-lhe duas fotografias em formato A4. Eles estavam certos. Só a muito custo se conseguia ver as cabeças dos pregos nos crânios. Quase não haviam sangrado.

— Como pode ver, os dois estavam trabalhando. Tinham as mãos sujas e vestiam macacões.

— Levaram alguma coisa?

— Absolutamente nada.

— Eles trabalhavam no quê? Já não era bastante tarde? Estavam fazendo bico?

Os agentes trocaram olhares. Era evidente que se tratava de uma questão que eles ainda estavam investigando.

— Havia centenas de marcas de sapatos no chão. Creio que eles nunca limparam aquilo — explicou Jørgensen. Era óbvio que não seria um caso fácil para ele. — Queremos que você olhe para isso com muita atenção, Carl — prosseguiu, pegando na ponta de um pano que cobria a mesa. — E não diga nada até ter certeza absoluta.

Ele puxou o pano para revelar quatro camisas com grandes quadrados vermelhos. Os corpos estavam deitados lado a lado, como lenhadores tirando uma soneca no chão da floresta.

— Alguma dessas se parece com aquela que você viu na cena do crime em Amager?

Era a linha de identificação mais estranha que Carl alguma vez havia presenciado. Qual daquelas camisas era a culpada? Era essa a questão. Era quase uma piada. Camisas nunca foram a sua especialidade. Ele nem sequer reconheceria as suas.

— Eu sei que é difícil depois de tanto tempo, Carl — disse Jørgensen com ar cansado. — Mas para nós seria uma enorme ajuda se fizesse um esforço.

— Por que vocês acham que o criminoso usaria a mesma camisa meses depois? Até vocês aqui no campo mudam de roupa de vez em quando, ou não?

Jørgensen ignorou a observação.

— Temos de tentar tudo.

— E como podem estar seguros de que a testemunha que viu os possíveis criminosos de longe, e ainda por cima à noite, tenha conseguido reconhecer uma camisa vermelha quadriculada com tanta exatidão, que vocês possam usar a descrição como ponto de partida para a investigação? Essas quatro camisas parecem gêmeas umas das outras, que diabo! Tudo bem, consigo ver algumas pequenas diferenças entre elas, mas deve haver milhares de camisas parecidas com essas.

— O rapaz que viu a camisa trabalha numa loja de roupas. Acreditamos nele. Ele foi muito preciso no desenho que fez da camisa.

— Não teria sido melhor ele ter desenhado o homem que estava dentro dela?

— Na verdade, ele tentou. Não ficou muito ruim, mas é diferente desenhar uma pessoa ou uma camisa.

Carl olhou para o esboço que agora estava colocado em cima das camisas. Era um sujeito perfeitamente comum. Até onde sabiam, podia ser um vendedor de fotocopiadoras de Slagelse. Óculos redondos, barba bem-feita, olhos inocentes e um traço juvenil ao redor da boca.

— Esta imagem não me diz nada. Que altura a testemunha disse que ele tinha?

— Pelo menos 1,85m, talvez mais.

Em seguida os agentes removeram o desenho e apontaram para as camisas. Carl observou-as minuciosamente. Assim colocadas, lado a lado, eram todas bastante parecidas.

Então ele fechou os olhos e tentou visualizar a camisa na sua mente.

— O que aconteceu? — perguntou Assad no caminho de volta para Copenhague.

— Nada. Para mim elas eram todas iguais. Já não consigo me lembrar com exatidão daquela maldita camisa.

— E por acaso trouxe com você uma fotografia das camisas?

Carl não respondeu. Estava muito longe dali em pensamento. Naquele momento visualizava Anker estendido no chão ao seu lado, morto, enquanto o corpo de um ofegante Hardy jazia por cima do seu. Por que ele não tinha atirado naqueles homens? Só precisava ter se virado quando os ouvira entrar na casa. Se tivesse atirado, nada daquilo teria acontecido. Droga!

— Eles não podiam simplesmente ter enviado as fotografias para você, Carl?

Ele olhou para Assad. Algumas vezes aqueles olhos tinham uma expressão tão diabolicamente inocente por baixo das espessas sobrancelhas.

— Sim, Assad. Claro que podiam ter feito isso.

Ele olhou para as placas afixadas por cima da autoestrada. Estavam a apenas dois quilômetros de Tåstrup.

— Vire aqui — disse.

— Por quê? — perguntou Assad, enquanto o carro atravessava a faixa contínua em duas rodas.

— Porque eu quero ver o local onde Daniel Hale morreu.

— Quem?

— O sujeito que estava interessado em Merete Lynggaard.

— Como você sabe disso, Carl?

— Bak me contou. Hale morreu num acidente de carro. Eu tenho o relatório da polícia aqui comigo.

Assad assobiou baixinho, como se acidentes de carro fossem a causa de morte destinada apenas às pessoas que tivessem muito, muito azar.

Carl deu uma olhadinha no velocímetro. Talvez Assad devesse ser mais cuidadoso ao pisar no acelerador, ou corria o risco de um dia vir a fazer parte das estatísticas.

Apesar de ter passado cinco anos desde que Daniel Hale perdera a vida na estrada Kappelev, não era difícil encontrar o local onde o acidente havia acontecido. Seu carro batera em um edifício, que mais tarde passara por obras precárias, e a maior parte dos vestígios da fuligem havia sido lavada. Mas, pelo que Carl podia ver, com certeza a maior parte do dinheiro do seguro fora desviada para outros fins.

Ele olhou para a longa extensão da estrada. Que má sorte do homem ter se chocado contra aquele prédio horroroso. Apenas dez metros para um lado ou para o outro, o carro teria deslizado para o campo.

— Muita falta de sorte. O que você acha, Carl?

— Foi um azar dos diabos.

Assad chutou o toco de árvore em frente à parede ainda marcada do edifício.

— Ele bateu na árvore, e esta se partiu como um bastão; em seguida, ele se chocou contra a parede e o carro começou a pegar fogo, certo?

Carl anuiu com um gesto de cabeça e olhou em volta. Ele sabia que mais adiante havia uma estrada lateral. E aparentemente o outro veículo tinha vindo por ali, conforme ele se lembrava de ter lido no relatório da polícia.

Apontou para o norte.

— Daniel Hale veio daquela direção, dirigindo seu Citroën. De acordo com as declarações do outro motorista e com as medições que foram realizadas pela polícia, foi exatamente ali que eles colidiram. — Apontou para a pista central. — Talvez Hale tenha adormecido. De qualquer maneira, ele dirigiu sobre a faixa central e foi direto para o outro veículo que se aproximava. Depois, o carro de Hale derrapou para trás e se chocou contra a árvore e o edifício. A coisa toda não demorou mais que uma fração de segundo.

— O que aconteceu com o homem que dirigia o outro carro?

— Ora, ele foi parar ali — disse Carl, apontando para um pedaço plano de terra que a União Europeia havia declarado terreno baldio anos antes.

Assad voltou a assobiar baixinho.

— E nada aconteceu com ele?

— Não. Ele estava dirigindo um gigantesco 4x4. Você está no campo agora, Assad.

O seu parceiro olhou como se soubesse exatamente o que Carl estava falando.

— Também há muitos 4x4 na Síria — disse ele.

Carl assentiu, mas não estava realmente ouvindo.

— É muito estranho, não acha, Assad?

— O quê? Que ele tenha se chocado contra este prédio?

— Não, que ele tenha morrido num acidente no dia seguinte ao desaparecimento de Merete Lynggaard. O homem que Merete tinha acabado de conhecer e que talvez estivesse apaixonado por ela. Muito estranho.

— Você acha que talvez tenha sido suicídio? Que ele estava muito triste por ela ter desaparecido no mar? — A expressão de Assad mudou um pouco ao olhar para Carl. — Talvez ele tenha se suicidado porque foi ele quem matou Merete. Isso já aconteceu antes, Carl.

— Suicídio? Não, nesse caso ele teria batido diretamente contra o edifício. Não, definitivamente não foi suicídio. Além disso, ele não poderia tê-la matado. Ele estava em um avião quando Merete desapareceu.

— OK. — Assad observou novamente as marcas na parede. — Então talvez também não tenha sido ele quem entregou a carta que dizia "Tenha uma boa viagem para Berlim", não é?

Carl concordou e olhou para o sol, que se preparava para se pôr no oeste.

— Você pode estar certo.

— Então o que estamos fazendo aqui, Carl?

— O que estamos fazendo? — Ele olhou fixamente para os campos, onde as primeiras ervas daninhas da primavera brotavam. — Vou dizer a você, Assad. Estamos investigando. Isso é o que estamos fazendo.

25

2007

—Muito obrigado por ter organizado este encontro e por ter concordado em me ver novamente tão depressa. — Carl estendeu a mão a Birger Larsen. — Não vai demorar muito. — Olhou em volta para os rostos familiares que estavam no escritório do vice-presidente do Partido Democrático.

— Muito bem, Carl Mørck. Eu convidei todas as pessoas que trabalharam com Merete Lynggaard. Você certamente reconhece algumas delas.

Carl acenou para todos. Sim, ele reconhecia algumas. Estavam ali reunidos alguns dos políticos que tinham boas chances de derrubar o governo atual nas próximas eleições. Pelo menos havia esperança de que isso viesse a acontecer. A porta-voz política, com a sua saia acima dos joelhos; dois dos mais proeminentes membros do Parlamento e alguns funcionários do secretariado, incluindo Marianne Koch, que lhe lançou um olhar provocante, o que o lembrou que dali a três horas ele seria interrogado por Mona Ibsen.

— Como Birger Larsen certamente já explicou, estamos investigando o caso Merete Lynggaard mais uma vez, antes de arquivamos definitivamente o processo. E nesse cenário, eu preciso descobrir qualquer coisa que possa me ajudar a entender o comportamento de Merete durante aqueles últimos dias, bem como seu estado de espírito. Tenho a impressão de que naquela época, em um estágio bastante inicial das investigações, a polícia chegou à conclusão de que ela caiu no mar por acidente, e eles provavelmente estavam certos. E se for o caso, nós nunca vamos saber o que aconteceu. Após cinco anos no mar, seu corpo já se decompôs há muito tempo.

Todos anuíram, parecendo solenes e consternados. As pessoas que ali estavam figuravam entre os amigos de Merete. Excetuando talvez a nova "princesa herdeira" do partido.

— Há muitos detalhes que apontam realmente para um acidente. É preciso ter certa teimosia para reabrir o caso a esta altura. Mas nós, do Departamento Q, somos um bando de diabos céticos, e provavelmente foi por isso que nos foi dada essa atribuição. — Todos sorriram ligeiramente. Pelo menos eles estavam ouvindo. — Por isso, agora vou colocar uma série de questões e, por favor, não hesitem em intervir se tiverem algo a dizer.

A maior parte anuiu novamente.

— Algum de vocês se lembra — prosseguiu Carl — se Merete teve um encontro com um grupo fazendo lobby para a pesquisa de placenta, pouco antes de ela desaparecer?

— Sim, eu. — Uma funcionária do secretariado deu um passo à frente. — Era uma delegação que foi reunida na ocasião por Bille Antvorskov, da BasicGen.

— Bille Antvorskov? Quer dizer, *o* Bille Antvorskov? O multimilionário?

— Sim, o próprio. Ele reuniu o grupo e solicitou uma audiência com Merete. Eles estavam fazendo a ronda.

— Fazendo a ronda? O que significa isso?

Ela sorriu.

— É a expressão que usamos aqui quando um grupo de interesses se reúne com todos os partidos, um depois do outro. O grupo estava tentando reunir a maioria de votos no Parlamento.

— Existe um relatório dessa reunião em algum lugar?

— Sim. Não sei se há uma versão impressa, mas podemos procurar no computador da antiga assistente de Merete.

— E esse computador ainda existe? — Carl mal podia acreditar no que estava ouvindo.

A mulher sorriu.

— Nós sempre guardamos os discos rígidos velhos quando trocamos de sistema operacional. Quando mudamos para o Windows XP foram trocados pelo menos dez discos rígidos.

— Vocês não estão todos conectados a uma rede?

— Sim, estamos. Mas, na época, a assistente de Merete e mais algumas pessoas não estavam conectadas.

— Paranoia, talvez? — Ele sorriu para a mulher.

— Sim, talvez.

— Você estaria disposta a tentar encontrar a minuta desse relatório para mim?

Ela acenou em concordância.

Carl voltou-se para o restante do grupo.

— Um dos participantes da tal reunião chamava-se Daniel Hale. De acordo com o que ouvi, ele e Merete estavam interessados um no outro. Algum de vocês pode confirmar isso?

Várias pessoas trocaram olhares. Carl voltara a acertar em cheio. A questão agora era saber quem avançaria com a resposta.

— Não sei como ele se chamava. Mas uma vez eu a vi falando com um homem no restaurante dentro do Parlamento. — A resposta foi dada pela porta-voz política. Ela era uma jovem senhora irritante, mas firme, que fazia boa figura na televisão e que presumivelmente esperava obter um cargo importante no Ministério, quando o momento adequado chegasse. — Merete pareceu muito contente em vê-lo e bastante distraída ao falar com os presidentes do Centro Radical Socialista e da Comissão de Saúde — sorriu. — Acho que muitas pessoas perceberam.

— Porque Merete Lynggaard não costumava agir daquela maneira. É isso o que você está dizendo?

— Acho que foi a primeira vez que alguém aqui viu a atenção de Merete se dispersar. Sim, aquilo foi bastante incomum.

— E ele poderia ser esse Daniel Hale que eu mencionei?

— Eu não sei.

— Há mais alguém que saiba sobre o assunto?

Todos balançaram a cabeça.

— Como você descreveria o homem? — perguntou Carl à porta-voz política.

— Ele estava sentado e parcialmente escondido atrás de uma pilastra, mas, pelo que me lembro, era um homem elegante, bem-vestido e bronzeado.

— Que idade ele tinha?

Ela encolheu os ombros.

— Acho que um pouco mais velho que Merete.

Elegante, bem-vestido e um pouco mais velho que Merete. Com exceção do bronzeado, a descrição se aplicava a todos os homens presentes na sala, incluindo ele próprio, se fosse generoso na interpretação da expressão "um pouco mais velho".

— Imagino que também existiam muitos documentos do tempo de Merete que não podiam simplesmente ser entregues ao seu sucessor. — Ele fez um gesto para Birger Larsen. — Estou pensando em agendas, cadernos de anotações, notas manuscritas e coisas do gênero. Isso foi jogado fora? Ninguém poderia saber se ela voltaria algum dia, não é mesmo?

Mais uma vez a reação veio da funcionária do secretariado.

— Algumas coisas foram levadas pela polícia e outras jogadas fora. Creio que no fim não sobrou muita coisa.

— O que aconteceu, por exemplo, com a agenda dela?

Ela deu de ombros.

— Não está aqui.

Marianne Koch interrompeu-os.

— Merete sempre levava a agenda para casa. — Seu tom de voz não admitia contestação. — Sempre! — enfatizou.

— Como era a agenda dela?

— Era tipo calendário, com uma capa de couro marrom-avermelhada, já um pouco gasta. Era ao mesmo tempo uma agenda e uma lista de telefones e endereços.

— E não voltou a aparecer, até onde eu sei. Isso significa que temos de assumir que a agenda desapareceu no mar juntamente com ela.

— Não acredito nisso — interveio imediatamente a secretária.

— Por que não?

— Porque Merete sempre carregava uma bolsa pequena, e a agenda simplesmente não cabia lá dentro. Ela quase sempre a guardava na pasta, e eu posso garantir que não estava com a pasta no tombadilho do navio. Ela estava de férias, afinal de contas, por que a levaria? E tampouco estava no carro, não é?

Carl assentiu. Não pelo que ele podia se lembrar.

Carl estava à espera da psicóloga, dona de um traseiro adorável, havia muito tempo e começava a se sentir inquieto. Se ela tivesse chegado na hora, ele teria se deixado guiar pelo seu charme natural, mas agora, após ter repetido suas frases na mente e ensaiado sorrisos por mais de vinte minutos, ele estava se sentindo vazio.

Quando finalmente apareceu no terceiro andar, ela se desculpou, mas não parecia se sentir especialmente culpada. Era esse tipo de autoconfiança que deixava Carl fascinado. E havia sido por essa mesma razão que ele caíra de amores por Vigga quando a vira pela primeira vez. Isso e seu sorriso contagiante.

Mona Ibsen sentou-se em frente a ele. A luz proveniente da rua Otto Mønsteds brilhava por trás dela, criando um halo ao redor de sua cabeça. A luz suave revelava linhas finas em seu rosto; seus lábios eram sensuais e rosados. Tudo nela denotava classe. Ele fixou os olhos nos dela, de modo a não se perder naqueles seios voluptuosos. Nada no mundo poderia fazer ele querer sair daquele estado de hipnose.

Ela pediu que ele lhe falasse sobre o caso em Amager. Queria saber sobre a linha do tempo, ações e consequências. Perguntou-lhe sobre tudo o que não tinha nenhum significado, e Carl não resistiu ao exagero. Sangue. Um pouco mais do que na realidade. Tiros que foram um pouco mais potentes e gemidos mais profundos. Mona Ibsen ouvia tudo com atenção, tomando nota. Quando ele ia começar a contar a impressão que a visão dos seus amigos havia lhe causado, um morto e outro gravemente ferido, e como isso tinha tirado seu sono desde então, ela empurrou a cadeira para trás, colocou seu cartão de visita diante dele e começou a arrumar suas coisas.

— O que está havendo? — perguntou ele, enquanto Mona guardava o bloco dentro da mala de couro.

— Creio que você deveria fazer essa pergunta a si mesmo. Quando estiver preparado para me contar a verdade, marcaremos uma nova consulta.

Ele franziu o cenho.

— O que isso significa? Tudo o que eu disse foi exatamente como aconteceu.

Ela puxou a mala para junto de si. Era possível ver a leve curva de sua barriga por baixo da saia justa.

— Primeiro, eu posso dizer apenas olhando que você não tem problemas para dormir. Segundo, você realmente exagerou nos detalhes por sua própria conta. Ou acha que eu não iria ler o relatório antes? — Ele estava prestes a protestar, mas ela o impediu com um gesto de mão. — Terceiro, eu posso ver isso nos seus olhos quando você fala de Hardy Henningsen e Anker Høyer. Não sei por que, mas você tem alguns assuntos pendentes com esse incidente. E quando menciona seus dois colegas que não tiveram a sorte de escapar com vida e os membros intactos, você se lembra de alguma coisa, e não consegue lidar bem com isso. Quando estiver pronto para me dizer a verdade, ficarei feliz em vê-lo novamente. Até lá, não posso ajudá-lo.

Ele estava prestes a proferir um protesto, mas este morreu em sua garganta. Em vez disso, ele a fitou com uma expressão de desejo que as mulheres, sem dúvida, podiam ler, mas nunca poderiam saber com certeza se era de fato.

— Um momento — obrigou-se a dizer antes de ela sair pela porta. — Você provavelmente está certa. Eu apenas não tinha percebido isso.

Ele considerou o que poderia dizer, antes que ela se virasse outra vez para ir embora.

— Talvez possamos conversar melhor sobre o assunto no jantar? — As palavras voaram de sua boca.

Carl percebeu que não tinha atingido o alvo. Era uma coisa tão estúpida de se dizer que Mona sequer se preocupou em ridicularizá-lo. Em vez disso, ela lhe deu um olhar que expressava preocupação mais do que qualquer outra coisa.

Bille Antvorskov tinha acabado de celebrar seus 70 anos. Era um convidado regular nos programas matinais de televisão e em todos os *talk-shows* possíveis e imagináveis. Era considerado um grande expert em engenharia genética, e a partir daí se deduzia que era igualmente versado em todos os outros assuntos existentes entre o céu e a Terra. Mas a verdade era que o homem se dava bem diante das câmeras. Autoritário e maduro, com impressionantes olhos castanhos, uma mandíbula distinta e uma aura que combinava a malandragem de uma criança de rua com o charme discreto da burguesia. E ainda havia o fato inegável de que ele acumulara uma fortuna em tempo recorde. Uma fortuna que em breve estaria entre as maiores de toda a Dinamarca. Como se não bastasse, ele também desenvolvia projetos médicos de alto risco. Todos em nome do interesse público, o que lhe garantia a admiração incondicional e o respeito dos telespectadores dinamarqueses.

Pessoalmente, Carl não suportava o homem.

Mal chegou à sala de espera do escritório, ele tomou consciência de que Bille Antvorskov era um empresário muito atarefado e com pouco tempo disponível. Quatro cavalheiros estavam ali à espera, com as pastas entaladas entre as pernas e os laptops no colo. Era óbvio que nenhum deles queria ter qualquer contato com os demais. Todos pareciam ter muita pressa, mas também temiam o que os esperava por trás daquela porta fechada.

A secretária presenteou Carl com um sorriso profissionalmente frio. Ele havia sumariamente forçado sua entrada na agenda de compromissos, e ela tinha de garantir que ele não voltaria a fazê-lo.

O chefe dela recebeu Carl com um sorriso irônico e perguntou educadamente se ele já tinha estado naquela parte do complexo de escritórios à beira do porto de Copenhague. Então ele apontou para as enormes janelas que se estendiam de uma parede à outra e exibiam a diversidade do mundo sob a forma de um mosaico maravilhoso: os navios, portos, guindastes, água e céu, lutando pela atenção de todos com sua grandiosidade.

Era indiscutível que a vista do escritório de Carl não era tão boa.

— O senhor queria falar comigo sobre um encontro em Christiansborg no dia 20 de fevereiro de 2002. Tenho ele aqui — disse Antvorskov, pressionando algumas teclas do seu computador. — Bem, aqui está: um palíndromo. Que engraçado.

— O que disse?

— A data: 20-02-2002! É a mesma se você ler de trás para a frente ou de frente para trás. Eu também posso ver que precisamente às oito e dois da noite estava visitando a minha ex-mulher. Celebramos com uma taça de champanhe. — Então ele cantarolou: — *Once in a lifetime!* — Sorriu, dando por terminada aquela parte do entretenimento. — Presumo que o senhor queira saber o motivo da reunião com Merete Lynggaard.

— Exato. Mas antes eu gostaria que me dissesse algumas coisas sobre Daniel Hale. Qual foi o papel dele na reunião?

— Hum. É engraçado que tenha mencionado isso. Daniel Hale era um dos nossos mais importantes colaboradores no desenvolvimento de técnicas laboratoriais, e, sem seu laboratório e os excelentes cientistas que trabalhavam com ele, muitos dos nossos projetos teriam sofrido enormes atrasos.

— Quer dizer que ele não participava no desenvolvimento dos projetos?

— Não no lado político e financeiro desse desenvolvimento. Apenas na parte técnica.

— Então por que ele estava na reunião?

Antvorskov mordiscou ligeiramente os lábios, um hábito conciliador.

— Se a memória não me falha, ele nos telefonou e pediu para estar presente. Já não me recordo a razão, mas ele planejava fazer grandes investimentos em aparelhos modernos para o seu laboratório. É provável que fosse importante para ele estar atualizado sobre os desenvolvimentos políticos. Era um homem muito empenhado, talvez fosse esse o motivo pelo qual trabalhávamos tão bem em grupo.

Carl captou imediatamente o autoelogio do homem. Alguns empresários faziam da modéstia uma virtude. Bille Antvorskov não pertencia a essa espécie.

— Que tipo de pessoa era Daniel Hale, na sua opinião?

— Que tipo de pessoa? — Antvorskov meneou a cabeça. — Não faço ideia. Confiável e consciente como funcionário. Mas como pessoa? Não faço a menor ideia.

— Então o senhor não tinha nenhum contato com ele em particular?

Isso provocou no famoso Bille Antvorskov um rosnado que mais parecia uma risada.

— Em particular? Eu nunca tinha posto os olhos nele até o encontro em Christiansborg. Nem ele nem eu tínhamos tempo para isso. Além do mais, Daniel Hale quase nunca estava em casa. Ele voava de Herod para Pilate constantemente. Num dia estava em Connecticut, no outro, em Aalborg. Sempre para cá e para lá. Eu posso até ter acumulado algumas milhas como passageiro frequente, mas Daniel Hale deve ter deixado o suficiente para uma classe inteira de estudantes voar em volta do mundo pelo menos uma dúzia de vezes.

— Nunca tinha se encontrado com ele antes daquela reunião?

— Não, nunca.

— Mas com certeza houve reuniões, discussões, negociações de preços e coisas do gênero?

— Tenho uma equipe para tratar disso. Eu conhecia a reputação do Daniel Hale, falamos algumas vezes ao telefone e foi então que começamos o negócio. O restante do trabalho colaborativo foi tratado com o pessoal de Hale e o meu.

— OK. Eu gostaria de falar com alguém aqui na empresa que tenha trabalhado com Hale. Seria possível?

Bille Antvorskov respirou tão fundo que a poltrona de couro firmemente estofada onde ele estava sentado rangeu.

— Não sei quais dessas pessoas ainda trabalham aqui, afinal isso foi há cinco anos. Há muita rotatividade em nossa área de negócios. Todo mundo procura constantemente novos desafios.

— Entendo. — O idiota estaria realmente admitindo que não conseguia segurar os seus funcionários? — Poderia me dar o endereço da empresa dele?

Antvorskov franziu a testa. Também tinha uma equipe para lidar com isso.

Os edifícios pareciam ter sido construídos na semana anterior, no entanto já completavam seis anos de existência. Na placa junto à fonte localizada em frente ao grande estacionamento estava escrito *Interlab S/A* em letras garrafais. Aparentemente, o negócio estava indo bem sem seu fundador.

Na recepção, o distintivo de Carl foi examinado como se tivesse sido comprado numa loja de artigos de carnaval. Mas após dez minutos de espera, uma secretária veio falar com ele. Quando Carl disse que tinha questões de natureza particular para tratar, ele foi imediatamente conduzido do salão de entrada para uma sala com cadeiras de couro e mesas de madeira de bétula, bem como várias prateleiras de vidro cheias de bebidas. Era ali que a empresa Interlab se apresentava aos seus convidados estrangeiros de forma impressionante. Por toda parte se encontravam provas da enorme importância da firma. Prêmios, diplomas e fotografias de inúmeros projetos originários de todo o mundo adornavam as paredes. Só a parede voltada para o caminho, de inspiração japonesa, que dava acesso ao edifício tinha janelas, através das quais os raios de sol penetravam na sala.

Aparentemente, havia sido o pai de Daniel Hale o fundador da empresa, mas, a julgar pelas fotografias, muito tinha acontecido desde então. Daniel fizera a herança paterna avançar bastante durante o curto período em que estivera sob seu comando, e era visível que ele tinha feito com prazer. Não restava dúvida de que ele era uma pessoa amada e que o seu caminho dentro da empresa fora definido desde muito cedo. Uma das fotografias mostrava pai e filho muito próximos e de sorriso feliz. O pai usava um casaco com colete, simbolizando os velhos tempos, que faziam, então, a sua despedida. O filho sorria, um sorriso inteligente e cúmplice. Parecia estar completamente preparado para deixar a sua marca.

Carl ouviu passos se aproximando.

— O que gostaria de saber, senhor? — Uma mulher corpulenta, calçando sapatos baixos, apresentou-se como diretora do departamento de relações públicas. No cartão de identificação preso em sua lapela podia-se ler "Aino Huurinainen". Os finlandeses tinham sempre nomes muito engraçados.

— Gostaria de falar com alguém que tenha trabalhado em estreita colaboração com Daniel Hale. Especialmente nas últimas semanas antes de sua morte. Com alguém que o conhecesse muito bem. Alguém que tivesse conhecimento de seus pensamentos e sonhos.

Ela o encarou como se ele tivesse lhe agredido.

— Poderia me colocar em contato com alguém com essas características?

— Creio que ninguém o conhecia tão bem quanto o nosso diretor de vendas, Niels Bach Nielsen. Mas temo que ele não deseje falar com o senhor sobre a vida pessoal do Sr. Daniel Hale.

— E por que não? Ele tem algo para esconder?

Ela voltou a olhá-lo como se ele estivesse tentando provocá-la.

— Ele não tem nada a esconder. Mas Niels nunca conseguiu se recuperar da morte de Daniel.

Ele captou a conotação de suas palavras.

— Está me dizendo que eles eram um casal?

— Sim. Niels e Daniel estavam sempre juntos nos bons e nos maus momentos, tanto na vida particular como no trabalho.

Por um momento, Carl olhou para aqueles pálidos olhos azuis. Ele não teria ficado surpreso se de repente ela começasse a rir. Mas isso não aconteceu. O que ela tinha acabado de dizer não era uma piada.

— Eu não sabia disso — murmurou ele.

— Estou vendo — respondeu ela.

— Por acaso a senhora tem uma fotografia de Daniel Hale para que eu possa ver? Uma que poderia me dar?

Ela esticou o braço dez centímetros para a direita e pegou um folheto que ficava em cima de um balcão de vidro ao lado de meia dúzia de garrafas de água mineral.

— Aqui está — disse ela. — Deve haver pelo menos dez delas.

Carl não conseguiu falar com Bille Antvorskov ao telefone, sem antes discutir com a secretária mal-humorada do bilionário.

— Acabei de escanear uma fotografia que gostaria de enviar ao senhor por e-mail. Teria dois minutos a perder olhando para ela? — disse ele, depois de se identificar.

Antvorskov concordou e deu a Carl seu endereço de e-mail. Carl clicou no mouse e ficou olhando para a tela, enquanto o arquivo era transferido.

Tratava-se de uma excelente fotografia de Daniel Hale, que ele havia retirado da brochura e digitalizado. Daniel era um homem elegante, louro, bastante alto, bronzeado e bem-vestido. Exatamente como o homem com quem Merete fora vista no restaurante. Não havia nada em sua aparência que indicasse que ele era gay. Aparentemente, ele tinha outras inclinações sexuais. Prestes a sair do armário como um heterossexual, pensou Carl, ao imaginar o homem sendo esmagado e consumido pelas chamas na estrada Kappelev.

— OK, o e-mail chegou — disse Bille Antvorskov do outro lado da linha. — Estou abrindo o anexo agora. — Houve uma pausa que pareceu se estender por um longo tempo. — O que quer que eu faça com isto?

— Pode me confirmar se a fotografia que está vendo é de Daniel Hale? Foi esse o homem que participou da reunião em Christiansborg?

— Este homem? Nunca o vi na minha vida.

26

2005

Quando Merete completou 35 anos, o mar de luz das lâmpadas fluorescentes no teto voltou, fazendo com que os rostos por trás dos vidros espelhados desaparecerem.

Dessa vez, porém, nem todas as lâmpadas fixadas nas luminárias de vidro reforçado acenderam. Um dia, eles terão de entrar aqui e trocar as lâmpadas, ou a sala terminará na escuridão, ela pensou. Eles continuam lá fora, me observando, e com certeza não querem deixar de fazê-lo. Um dia eles vão entrar aqui e trocar as lâmpadas. Reduzirão a pressão aos poucos, e eu estarei esperando por eles.

No seu último aniversário, eles haviam aumentado a pressão no quarto novamente. Mas isso já não a incomodava mais. Se conseguia aguentar quatro bars, também seria capaz de suportar cinco. Não sabia qual era o limite, mas eles ainda não haviam chegado nem perto. Tal como no ano anterior, ela tivera alucinações durante alguns dias. Era como se o fundo do quarto rodasse, enquanto o restante se mantinha em foco. Ela tinha cantado e se sentido aliviada, a realidade perdera todo o seu significado. Dessa vez, tudo voltou ao normal após alguns dias. Então, ela começou a perceber um zumbido em seus ouvidos. No início, era muito fraco, e ela tentou nivelar a pressão o melhor que pôde, bocejando e assoando o nariz. Mas após duas semanas o zumbido tornou-se permanente. Era um ruído absolutamente claro, tal como quando a televisão sai do ar. Mais alto e mais puro, e cem vezes mais enervante.

Isso vai desaparecer, Merete tentou se convencer. Você só tem que se habituar à pressão. Limite-se a esperar e amanhã, quando acordar, isso terá desaparecido. Terá desaparecido, prometeu a si mesma. Mas as promessas baseadas na ignorância sempre causam desapontamento.

Depois de três meses com aquele zumbido, Merete estava prestes a enlouquecer por falta de sono e pela lembrança constante de que estava vivendo em uma câmara de morte, à mercê de seu carrasco, e começou a trabalhar em sua mente a possibilidade de tirar a própria vida.

Ela já sabia que tudo acabaria culminando com sua morte, de qualquer maneira. O rosto da mulher não tinha apresentado o menor motivo para esperança. Aqueles olhos penetrantes eram uma clara indicação de que eles não permitiriam que ela escapasse. Nunca. Desse modo, seria melhor morrer pelas próprias mãos. Teria de decidir por si mesma como faria isso.

A sala estava completamente vazia, além do balde higiênico e do de alimentos, a lanterna de bolso, os dois fios de náilon arrancados do casaco, dos quais o mais curto servia de fio dental, um par de rolos de papel higiênico, e as roupas que Merete usava. As paredes eram lisas. Não havia nada em que ela pudesse amarrar as mangas do casaco, nada onde seu corpo pudesse balançar até partir desta vida. A única possibilidade que lhe restava era morrer de fome. Recusar-se a comer a dieta monótona e recusar-se a beber a pequena quantidade de água que eles lhe ofereciam. Talvez fosse isso o que eles estavam esperando. Talvez ela fizesse parte de alguma aposta doentia. Desde tempos imemoriais, os seres humanos sempre transformavam o sofrimento de outros em entretenimento. Observando atentamente, em todas as épocas da história humana era possível encontrar camadas infinitamente espessas de falta de compaixão. E todos os anos sedimentavam novas camadas. Ela podia sentir isso na própria pele. Foi por isso que tomou a decisão.

Merete empurrou o balde da comida para o lado, colocou-se em frente a uma das vigias e declarou que não comeria mais nada a partir daquele momento. Estava farta. Em seguida, deitou no chão e envolveu-se nas roupas esfarrapadas e nos seus sonhos. De acordo com seus cálculos, aquele dia era 6 de outubro. Ela imaginava que sua resistência duraria mais uma semana. Então teria 35 anos, 3 meses e 1 semana de idade. Ou, para ser mais precisa, 12.864 dias, embora não estivesse completamente segura de seus cálculos. Não teria direito a uma lápide. Não haveria data de nascimento ou morte em lugar algum. Nada seria deixado para vinculá-la ao longo período de sua vida que havia passado naquele cativeiro. Diferentemente de seus assassinos, somente ela saberia o local e o momento de sua morte. E apenas ela saberia de antemão. Morreria por volta do dia 13 de outubro de 2005.

No segundo dia de sua greve de fome, eles ordenaram que ela trocasse os baldes, mas ela se recusou. O que eles poderiam fazer? Deixar o balde na portinhola ou levá-lo de volta. Nada disso lhe importava.

Preferiram a primeira opção e repetiram o mesmo ritual nos dois dias que se seguiram. O balde antigo saía, um novo entrava. Eles gritavam com ela. Ameaçavam aumentar a pressão e em seguida deixar sair todo o ar. Mas como ameaçá-la com a morte se era exatamente a morte que ela desejava? Talvez eles entrassem ali; talvez não. Para ela não importava. Deixou sua mente vagar descontroladamente com pensamentos, imagens e memórias, que pudessem levar o zumbido em seus ouvidos para longe, e no quinto dia, tudo confluiu. Sonhos de felicidade, o seu trabalho político, Uffe sozinho no navio, o amor que tinha sido posto de lado, os filhos que ela nunca teria, *Mr. Bean* e os dias silenciosos em frente à televisão. E ela percebeu como seu corpo se soltava lentamente das necessidades não satisfeitas. Gradualmente ela ficou mais leve no chão, uma estranha estagnação tomou conta, e o tempo passou, enquanto a comida no balde apodrecia ao lado dela.

Tudo estava como deveria ser, e então de repente ela sentiu um latejar em sua mandíbula.

No seu estado apático, a primeira sensação foi a de uma vibração vinda do exterior. Suficientemente forte para fazê-la pestanejar, mas não mais do que isso. Eles estão vindo? O que está acontecendo?, ela pensou, antes de cair novamente no estado de semiconsciência. Acordou algumas horas mais tarde com uma dor, afiada como uma faca, apunhalando sua face.

Ela não tinha ideia de que horas eram, não sabia se eles estavam lá fora, e gritou como nunca havia feito antes naquele cativeiro. A sua face parecia querer se partir em duas. A dor no dente parecia uma britadeira em sua boca, e não havia nada que ela pudesse fazer para combatê-la. Oh, Deus, seria aquela a punição por ter posto a vida a sua própria disposição? Apenas cinco dias sem tomar conta de si mesma, e agora esse tormento. Com cuidado, enfiou um dedo na boca e sentiu o abscesso em torno do molar de trás. Aquele dente sempre fora seu ponto fraco, proporcionando uma renda estável para seu dentista. Um ponto ruim, que seu fio dental caseiro tentara manter limpo todos os dias. Ela pressionou levemente o abscesso e sentiu a dor explodir por todo o corpo. Debruçou-se, abriu a boca e respirou profundamente. Havia pouco tempo, seu corpo sucumbira à letargia, mas agora acordara com aquela torturante agonia. Sentia-se como um animal que tinha de arrancar a própria pata com os dentes para poder se libertar de uma armadilha. Se a dor fosse uma arma contra a morte, então estava mais viva do que nunca.

— Ohhh! — soluçou. Doeu muito. Ela pegou o fio dental e, lentamente, levou-o à boca. Com cautela, tentou descobrir se algo preso em sua gengiva havia causado a infecção, mas assim que tocou o abscesso, seu dente mais uma vez explodiu em agonia.

— Você tem que perfurá-lo, Merete. Vamos lá — disse a si mesma, chorando, e pressionou o fio dental novamente. O pouco que restava em seu estômago ameaçou vir para cima. Ela precisava furar o abscesso, mas não podia. Simplesmente não podia fazê-lo.

Em vez disso, ela se arrastou até a portinhola para ver o que eles tinham colocado dentro do balde naquele dia. Talvez houvesse algo que pudesse lhe oferecer algum alívio. Ou talvez uma pequena gota de água no abscesso pudesse fazê-lo parar de latejar tão intensamente.

Ela olhou para o balde e viu tentações que jamais ousara sonhar antes. Duas bananas, uma maçã, um pedaço de chocolate. Aquilo era um absurdo. Eles estavam tentando atrair sua fome. Obrigá-la a comer, e agora ela não podia. Não podia e não queria.

Merete fez uma careta ao sentir outra pontada de dor. Então, pegou todas as frutas e colocou-as no chão, enfiou a mão dentro do balde e pegou a garrafa de água. Pôs o dedo na água e levou-o até o abscesso, mas a água gelada não teve o efeito esperado. Sentia a dor e lá estava a água, e uma não tinha absolutamente nada a ver com a outra. Nem sequer a sede a água conseguiu atenuar.

Ela se afastou e deitou-se na posição fetal, debaixo dos vidros espelhados, e fez uma oração silenciosa pedindo o perdão de Deus. Em determinado momento seu corpo desistia. Ela sabia disso. E teria de viver seus últimos dias com dor.

Uma hora ou outra eles também desistiriam.

Merete ouviu as vozes como se estivesse em transe. Elas estavam chamando seu nome. Pedindo que ela respondesse. Ela abriu os olhos e percebeu imediatamente que o abscesso tinha parado de latejar, e que seu corpo flácido ainda estava deitado ao lado do balde higiênico sob os vidros espelhados. Ela olhou para o teto, notando que uma das lâmpadas fluorescentes começou a piscar levemente. Ela tinha ouvido vozes, não tinha? Eram reais?

Então uma voz que ela nunca tinha ouvido antes falou claramente:

— Isso mesmo, ela tirou as frutas.

É real, ela pensou, mas estava muito fraca para ficar surpresa.

Era a voz de um homem. Não era um homem jovem, mas também não era velho.

Merete imediatamente levantou a cabeça, mas não o suficiente para que eles pudessem vê-la do lado de fora.

— Eu posso ver as frutas de onde estou — disse uma voz de mulher. — Estão ali no chão.

Era a mesma mulher que falava com Merete uma vez por ano. A voz era inconfundível. Aparentemente, as pessoas do lado de fora tinham sido chamadas por ela, e eles haviam esquecido de desligar o interfone.

— Ela está entre as vidraças. Tenho certeza disso — a mulher continuou.

— Você acha que ela está morta? Já faz uma semana, sabe — disse o homem. Parecia tão natural, mas não era. Era dela que eles estavam falando.

— Seria bem típico dela fazer algo assim, a vadiazinha.

— Devemos normalizar a pressão e entrar para dar uma olhada?

— E o que planeja fazer com ela? Todas as células no seu corpo estão aclimatadas a cinco bars de pressão. Levaria semanas para descomprimir o corpo dela. Se abrirmos a porta agora, ela não só vai sofrer um aeroembolismo, como também vai explodir de imediato. Você já viu como as fezes dela se expandem. E a urina, como borbulha. Tenha em mente que ela está vivendo em uma câmara de pressão há três anos e meio agora.

— Não podemos simplesmente voltar a aumentar a pressão, depois de confirmarmos se ela ainda está viva?

A mulher não respondeu, mas estava claro que devido às circunstâncias não era o que ia acontecer.

A respiração de Merete tornava-se mais e mais difícil. Aquelas vozes pertenciam a seres demoníacos. Eles arrancavam sua pele e voltavam a costurá-la por uma eternidade. Ela estava no círculo mais profundo do inferno. O lugar onde os tormentos nunca cessavam.

Venham, seus bastardos, ela pensou, puxando cuidadosamente a lanterna de bolso para mais perto dela, enquanto o zumbido em seus ouvidos se tornava cada vez mais alto. A primeira pessoa que se aproximasse ganharia uma lanterna cravada no olho. Ela cegaria a vil criatura que se atrevesse a pôr os pés na sua câmara sagrada. Seria a última coisa que faria antes de morrer.

— Não faremos nada até Lasse estar de volta. Entendido? — disse a mulher num tom de voz que exigia obediência.

— Mas ainda vai demorar muito. Ela estará morta antes disso — respondeu o homem. — Droga, o que fazemos agora? Lasse vai ficar furioso.

O silêncio que se seguiu era nauseante e opressivo, como se as paredes da sala estivessem prestes a se contrair e espremê-la, como a um piolho entre duas unhas.

Ela segurou a lanterna ainda mais forte em sua mão e esperou. De repente a dor súbita estava de volta como um soco. Ela arregalou os olhos e soltou todo o ar retido em seus pulmões a fim de liberar a dor num grito-reflexo, mas nenhum som saiu. Ela conseguiu se controlar. A sensação de náusea ainda permanecia e a percepção de que estava prestes a vomitar a fez regurgitar, mas não emitiu nenhum som. Ela simplesmente inclinou a cabeça para trás e deixou as lágrimas escorrerem em seu rosto e nos lábios ressecados.

Eu os escuto, mas eles não devem me ouvir, ela entoou, silenciosamente, várias vezes. Segurou o pescoço, passou a mão levemente sobre o inchaço em sua bochecha e balançou para a frente e para trás, abrindo e fechando a mão livre sem cessar. Cada fibra nervosa em seu corpo sentia aquela dor excruciante.

E então veio o grito. Um grito que tinha vida própria. Seu corpo exigia. Um grito oco e profundo que prosseguiu e prosseguiu...

— Ela está lá. Você ouviu isso? Eu sabia! — Houve o som de clique de um botão. — Saia para que possamos vê-la! — ordenou a revoltante voz feminina. Só então eles descobriram que algo estava errado.

— Espere um minuto — disse ela. — O interruptor está preso.

A mulher começou a bater no interruptor do interfone, mas não adiantou.

— Você estava deitada aí, bisbilhotando o que estávamos dizendo, sua vadia? — ela soou como um animal. Sua voz era crua, afiada com os anos de crueldade e insensibilidade.

— Lasse vai consertá-lo quando chegar aqui — disse o homem do lado de fora. — Ele vai consertá-lo. Isso realmente não importa.

Agora Merete sentia como se o maxilar fosse partir em dois. Ela não queria reagir, mas não tinha escolha. Precisava se levantar. Qualquer coisa para distrair o sentimento de pânico martelando dentro de seu corpo. Ela se apoiou nos joelhos, percebendo o quanto estava fraca, então, saiu de debaixo das vigias e conseguiu sentar-se sobre os calcanhares, sentindo como se um fogo inflamasse dentro da boca. Colocou um joelho no chão e conseguiu se levantar um pouco.

— Bom Deus, olhe para você, garota! — exclamou a voz medonha, do lado de fora. E começou a rir. O riso atingiu Merete como uma tempestade de facas. — Você está com dor de dente. — E tornou a rir. — A vagabunda imunda está com dor de dente. Olhe para ela.

Merete virou-se abruptamente para enfrentar os vidros espelhados. O simples ato de mover os lábios a fazia se sentir pior do que a morte.

— Um dia, eu me vingarei — sussurrou, pressionando o rosto contra o vidro. — Um dia, eu me vingarei. Basta esperar.

— Se você não comer, acabará queimando no inferno sem nunca ter essa satisfação — rosnou a mulher, mas havia algo mais em sua voz. Havia em tudo aquilo um jogo de gato e rato, e o gato ainda não tinha acabado de brincar. Eles queriam que a presa fosse mantida viva. Viva pelo tempo que eles tinham decidido, não mais que isso.

— Eu não posso comer — gemeu Merete.

— É um abscesso? — perguntou a voz do homem.

Ela assentiu com a cabeça.

— Você vai ter que lidar com isso sozinha — disse ele, friamente.

Merete olhou para o próprio reflexo no vidro espelhado. A mulher que ela via tinha as maçãs do rosto salientes e os olhos pareciam querer saltar do rosto a qualquer momento. As marcas escuras por baixo deles contavam a sua própria história. O rosto estava completamente distorcido por causa do inchaço provocado pelo abscesso. Ela parecia estar muito doente. E de fato estava.

Ela virou-se, pressionou as costas contra o vidro e deslizou lentamente até o chão. Nos olhos tinha lágrimas de raiva. Estava agora consciente de que seu corpo queria viver. Podia e queria viver. Precisava pegar o que estava dentro do balde e se obrigar a comer. A dor ia matá-la, ou não. Teria de esperar para ver. Em todo o caso, não pretendia desistir sem lutar, pois acabara de fazer uma promessa à mulher asquerosa que estava lá fora. Uma promessa que ela estava determinada a cumprir. Em algum momento, aquela mulher experimentaria seu próprio veneno.

Por um instante, o corpo massacrado de Merete permaneceu calmo, como uma paisagem devastada pela passagem de um furacão, e então a dor voltou a incomodá-la. Dessa vez, ela gritou tão desenfreadamente quanto conseguiu. Sentiu o pus sair do abscesso e escorrer pela língua, e o pulsar da dor se espalhar por toda a sua têmpora.

Em seguida, ouviu o característico som da portinhola se abrindo e um novo balde surgiu em seu campo de visão.

— Aqui está. Colocamos algo de primeiros socorros para você — anunciou a voz feminina do outro lado.

Merete rapidamente se aproximou da portinhola e pegou o balde. Olhou dentro dele.

No fundo, sobre um pedaço de tecido, havia um instrumento cirúrgico. Um alicate.

Um grande alicate. Grande e enferrujado.

27

2007

O dia não começou bem para Carl. Primeiro, os sonhos desagradáveis, e depois o mau humor de Jesper no café da manhã haviam drenado toda a sua energia. Como se não bastasse, quando ele ligou o motor do carro oficial ainda constatou que o tanque de gasolina estava praticamente vazio. E os 45 minutos que teve de passar no pequeno trecho entre Nymøllevej e Værløse também não contribuíram em nada para trazer à tona o lado de sua personalidade que podia ser descrito como encantador, amável e paciente.

Quando se encontrava finalmente sentado diante da mesa, no porão da sede da polícia, olhando para o enérgico e bem-disposto Assad, ele pensou durante alguns instantes se não deveria ir ao escritório de Jacobsen e quebrar algumas cadeiras. Desse modo, seria enviado para algum lugar onde cuidassem bem dele e fosse incomodado apenas com as desgraças diárias do mundo quando ligasse a televisão.

Carl fez um leve gesto de cabeça ao seu assistente. Se o homem contivesse a sua boa disposição durante algum tempo, talvez ele conseguisse recarregar as baterias. Olhou para a máquina de café, mas o recipiente estava vazio.

Assad estendeu-lhe uma xícara minúscula.

— Não compreendo bem, Carl — disse. — Você diz que Daniel Hale está morto, então não foi ele que participou da reunião em Christiansborg. Logo quem era o homem que esteve lá?

— Não faço ideia, Assad. Mas Hale não tinha nada a ver com Merete Lynggaard. Entretanto é muito provável que o homem que apareceu na reunião no lugar de Hale tivesse. — Tomou um gole do chá de menta de Assad. Com menos quatro ou cinco colheres de açúcar, talvez aquela água suja até fosse bebível.

— Mas como esse sujeito sabia que o milionário que chefiou a delegação em Christiansborg nunca tinha realmente visto Daniel Hale?

— Esta é uma boa pergunta. Talvez ele e Daniel Hale se conhecessem de alguma forma. — Carl pousou a xícara em cima da mesa e olhou para o quadro no qual afixara a brochura da Interlab S/A com o retrato bem-trabalhado de Daniel Hale.

— Então não foi Hale quem entregou a carta, não é? E ele não era o homem que jantou com Merete no Bankeråt, certo?

— De acordo com os colegas de Hale, ele não estava sequer no país. — Carl virou-se para fitar o assistente. — O que dizia o relatório da polícia sobre o carro de Daniel Hale depois do acidente? Você se lembra? Estava tudo cem por cento em ordem? Eles encontraram algum defeito que pudesse ter causado o acidente?

— Quer dizer, se os freios funcionavam?

— Os freios. A direção. Tudo. Havia sinais de sabotagem?

Assad encolheu os ombros.

— Foi difícil ver alguma coisa porque o carro estava completamente queimado, Carl. Se bem entendi o relatório, tratou-se de um acidente sem qualquer suspeita.

Aquilo era o que Carl se lembrava também. Nada de suspeito.

— E não houve testemunhas que pudessem afirmar o contrário.

Um olhou para o outro.

— Eu sei, Assad. Eu sei.

— Com exceção do homem que se chocou contra ele.

— Exatamente. — Absorto em pensamentos, Carl deu mais um gole no chá, o que o fez estremecer. Ele certamente jamais ficaria viciado naquela mixórdia.

Carl pensou se deveria fumar um cigarro ou chupar uma pastilha para a garganta; tinha sempre uma embalagem delas na gaveta, mas nem para isso estava com energia suficiente. Que inferno a forma como essa história tinha se desenrolado. Lá estava ele, prestes a encerrar o maldito caso, e de repente se confrontava com uma virada daquelas. Agora teriam de realizar novas investigações. Ele já podia visualizar os obstáculos intermináveis que se amontoariam à sua frente. E aquele era somente um caso. Na sua mesa havia mais quarenta ou cinquenta deles à espera.

— E quanto à testemunha que vinha no outro carro, Carl? Não deveríamos falar com o homem que se chocou com Daniel Hale?

— Encarreguei Lis de encontrá-lo.

Por um instante, Assad expressou verdadeiro desapontamento.

— Para você tenho outra missão, Assad.

Os cantos da boca voltaram a curvar-se para cima.

— Preciso que leve a fotografia de Daniel Hale a Stevns, e pergunte a Helle Andersen se foi ele o homem que entregou a carta para Merete. — Apontou para o quadro de avisos.

— Sim, mas não foi ele que...

Carl interrompeu-o com um gesto de mão.

— Você e eu sabemos isso. Mas se ela responder que não, como esperamos ela faça, então pergunte se Daniel Hale é de alguma forma parecido com o homem que entregou a carta. Precisamos obter uma descrição melhor do sujeito, OK? E mais uma coisa. Pergunte se Uffe estava lá e se é possível que ele tenha visto o homem que levou a carta. E pergunte também se ela se lembra onde Merete costumava deixar a pasta quando chegava em casa. Diga que era uma pasta preta e tinha um grande rasgo de um lado. A pasta era do pai dela, que a levava no carro na hora do acidente, por isso devia ter um grande significado para ela. — Carl tornou a levantar a mão, quando Assad tentou dizer alguma coisa. — E depois disso, vá visitar os donos do antiquário que compraram a casa dos Lynggaard em Magleby, e pergunte se eles viram uma pasta como essa em algum lugar. Nós falaremos sobre tudo isso amanhã, OK? Você pode levar o carro para casa depois do trabalho. Hoje vou andar de táxi, e depois pego o trem para casa.

A essa altura, Assad estava agitando os braços.

— O que foi, Assad?

— Só um minuto. Eu preciso encontrar um bloco de papel. Você poderia repetir tudo o que disse, por favor?

Hardy tivera dias piores. Anteriormente, sua cabeça parecia fundir-se ao travesseiro, mas agora estava levantada o suficiente para ver os pequenos vasos sanguíneos pulsarem em suas têmporas. Ele tinha os olhos fechados e apresentava uma serenidade que já não se via havia muito tempo.

Carl pensou que talvez devesse ir embora. O respirador ainda estava ali, bombeando ar, mas algumas das máquinas tinham sido removidas do quarto. Quem sabe tudo aquilo fosse um bom sinal?

Cuidadosamente, ele deu meia-volta. Não tinha dado mais que um passo em direção à porta quando a voz de Hardy o deteve.

— Por que você vai embora? Não aguenta olhar para um homem que alguém colocou numa cama?

Carl se virou e viu Hardy deitado exatamente da mesma forma de quando ele entrara na sala.

— Se você quiser que as pessoas fiquem, então tem de dar um sinal de que está acordado, Hardy. Poderia abrir os olhos, por exemplo.

— Não. Hoje não. Hoje não tenho vontade de abrir os olhos.

Cal precisava ouvir aquilo outra vez.

— Como?

— Se eu quero que meus dias sejam diferentes, então eu mesmo tenho que fazer isso. Certo?

— Exatamente.

— Amanhã, eu estou planejando abrir apenas o olho direito.

— OK — disse Carl, embora as palavras de Hardy lhe causassem uma profunda dor na alma. — Você falou com Assad algumas vezes. Tudo bem eu ter pedido para ele vir aqui?

— Claro que não — respondeu ele, praticamente sem mexer os lábios ao falar.

— Pois bem, eu pedi que ele viesse. E estou pensando em mandá-lo vir novamente quantas vezes forem necessárias. Alguma coisa contra?

— Só se ele trouxer novamente aquelas coisas picantes e assadas.

— Falarei com ele sobre isso.

Algo que podia ser interpretado como um riso escapou dos lábios de Hardy.

— Por causa daquelas coisas, fui ao banheiro como nunca tinha ido antes. As enfermeiras ficaram completamente desesperadas.

Carl tentou não pensar na cena.

— Vou dizer isso ao Assad, Hardy. Nada picante da próxima vez.

— Há alguma novidade no caso Lynggaard? — perguntou Hardy.

Era a primeira vez, desde que estava paralisado, que ele expressava curiosidade sobre alguma coisa. Carl podia sentir a temperatura de seu corpo subindo. Em breve teria também um nó na garganta.

— Sim, aconteceram algumas coisas. — E contou a Hardy suas recentes descobertas sobre Daniel Hale.

— Sabe o que penso, Carl?

— Você pensa que o caso tem um novo sopro de vida.

— Exatamente. A coisa toda cheira mal. — Ele abriu os olhos durante alguns instantes e olhou para o teto, antes de fechá-los novamente. — Tem algum indício de que estão em jogo motivos políticos?

— Nada, absolutamente nada.

— Você falou com a imprensa?

— Como assim?

— Por exemplo, com um dos analistas políticos em Christiansborg. Eles têm faro para tudo o que cheira mal. Ou com um dos sujeitos dos tabloides? Pelle Hyttested, do *Gossip*, seria uma boa ideia. Desde que o despediram do *Aktuelt* que ele vem desencavando os podres de Christiansborg. Já quase faz parte da casa. Pergunte a ele, e saberá mais do que sabe agora. — Um sorriso apareceu subitamente no rosto de Hardy.

Vou contar a ele agora, pensou Carl, e então falou muito lentamente para que Hardy entendesse tudo desde o início.

— Houve um assassinato no Sorø, Hardy. Eu acho que são os mesmos caras que estavam em Amager.

A expressão de Hardy não mudou.

— E...? — disse ele.

— Bem, as mesmas circunstâncias, a mesma arma, presumivelmente a mesma camisa xadrez vermelha, o mesmo grupo de pessoas, o mesmo...

— Eu disse "e"...?

— Bem, é por isso que estou contando tudo a você.

— Eu disse "e", que significa: que diabos eu tenho a ver com isso?

O departamento editorial do *Gossip* estava naquela fase em que o prazo semanal havia sido cumprido, e a próxima edição estava apenas começando a tomar forma. Dois jornalistas olharam para Carl sem interesse, enquanto caminhavam pelos corredores da redação. Aparentemente, eles não o tinham reconhecido, o que era bom.

Ele encontrou Pelle Hyttested num canto onde uma eterna letargia havia descido sobre os jornalistas seniores. Hyttested estava junto dos colegas, alisando sua rala barba ruiva. Carl o conhecia muito bem de nome e de reputação. Um sacana desprezível que somente o dinheiro conseguia parar. Era inacreditável que tantos dinamarqueses gostassem de ler as porcarias manipuladas e exageradas que ele escrevia. O mesmo não se podia dizer de suas vítimas. Havia uma longa fila de processos à espera do lado de fora da porta de Hyttested, mas o editor-chefe lhe dava toda a proteção de que necessitava. Hyttested garantia tiragens elevadas, e o editor recebia o bônus. Pagar multas de vez em quando não lhe causava qualquer transtorno.

Hyttested deu uma olhada no distintivo de Carl e voltou-se novamente para seus colegas.

Carl colocou a mão no ombro do sujeito.

— Eu disse que tenho algumas questões para falar com você.

Hyttested virou-se e encarou Carl.

— Não vê que estou trabalhando? Ou quer me levar para a delegacia?

Foi nesse momento que Carl puxou de sua carteira a única nota de mil coroas que ele havia poupado nos últimos meses e segurou-a diante do nariz de Hyttested.

— Afinal de que se trata? — O homem parecia querer sugar a nota com os olhos. Talvez já estivesse calculando o número de noitadas no Andy's Bar que aquele dinheiro lhe proporcionaria.

— Estou investigando o caso Merete Lynggaard. Meu colega Hardy Henningsen pensa que talvez você saiba me dizer se Merete poderia ter tido algum motivo para temer alguém nos círculos políticos.

— Temer alguém? É uma maneira estranha de colocar a questão — disse Hyttested, ainda cofiando os quase invisíveis tufos de pelo da sua face. — Por que você está me perguntando isso? Surgiu alguma novidade no caso?

O interrogatório estava claramente tomando a direção errada.

— Alguma novidade? Não, nada disso. Mas o caso chegou a um ponto em que certas questões precisam ser resolvidas de uma vez por todas.

Hyttested meneou a cabeça, obviamente desinteressado.

— Cinco anos depois de ela ter desaparecido? Você só pode estar brincando. Por que não conta o que sabe? E então contarei a você o que sei.

Carl voltou a balançar a nota de mil, a fim de garantir que a atenção do homem se direcionasse para o essencial.

— Quer dizer que você não se lembra de ninguém que pudesse estar especialmente zangado com Merete Lynggaard naquela época? É isso que está me dizendo?

— Todos odiavam aquela vadia. Se não fosse por aqueles malditos peitos lindos, ela teria sido depachada muito tempo antes.

Ele não era um defensor dos democratas, pensou Carl. Nada que o espantasse.

— OK, então você não sabe nada. — Ele voltou-se para os outros que ali estavam. — Algum de vocês sabe algo? Qualquer tipo de informação é bem-vinda. Também aceito rumores. Pessoas que tenham sido vistas perto dela, enquanto os paparazzi a perseguiam. Impressões. Casos amorosos. Não têm nada para me contar? — Olhou ao redor. Pelo menos era fácil perceber que a metade deles parecia ter sofrido morte cerebral. Eles olharam para Carl com olhos vazios, que diziam que eles não estavam nem um pouco interessados no assunto.

Carl olhou ao redor para ver o restante da redação. Talvez um dos jornalistas mais jovens, com pelo menos um pouco de vida dentro do crânio, tivesse alguma contribuição a dar. Afinal de contas, ele estava na central da fofoca.

— Você disse que Hardy Henningsen o enviou aqui? — perguntou Pelle Hyttested, aproximando-se da nota de mil. — Talvez tenha sido você o culpado pela atual situação de Hardy. Eu me lembro muito claramente de ter lido algo sobre um tal de Carl Mørck. Não é este o seu nome? Você foi aquele que procurou proteção debaixo de um dos seus colegas. O cara que ficou deitado por baixo de Hardy Henningsen e se fingiu de morto. Foi você, certo?

Carl sentiu um iceberg percorrer sua espinha. Como aquele homem tinha chegado a tal conclusão? Todas as inquirições internas estavam inacessíveis ao público. Jamais alguém se atrevera a insinuar o que aquele imbecil tinha acabado de dizer.

— Ainda não têm manchete para a próxima semana? Por acaso está esperando que eu o atire contra a parede, para ter alguma coisa para escrever para a próxima edição? — Aproximou-se tanto de Hyttested, que este preferiu voltar a olhar para a nota de mil. — Hardy Henningsen era o melhor companheiro de trabalho que alguém podia ter. Se pudesse, eu teria morrido por ele. Entendido?

204

Hyttested olhou por cima do ombro para dar a seus colegas de trabalho um olhar triunfante. Tinha acabado de garantir a manchete para a edição seguinte, e Carl era a vítima. Agora só faltava um fotógrafo que eternizasse a situação. Era melhor sair dali antes que fosse tarde demais.

— Você me dará esta nota se eu disser a você o nome do fotógrafo que tirou fotos de Merete Lynggaard?

— E que me adianta saber isso?

— Não sei. Talvez o ajude. Você é um policial, não é? Pode se dar ao luxo de ignorar uma dica?

— Quem é ele?

— Você poderia tentar falar com o Jonas.

— Jonas de quê? — Poucos centímetros separavam agora a nota dos dedos ávidos de Hyttested.

— Jonas Hess.

— Jonas Hess, OK. E onde posso encontrá-lo? Ele está aqui na redação?

— Não contratamos sujeitos como Hess. Você vai ter de procurar na lista telefônica.

Carl anotou mentalmente o nome, e num instante a nota de mil voltou para seu bolso. De qualquer forma, aquele idiota ia escrever sobre ele no próximo número. Além disso, nunca, em toda a sua vida, havia pagado para obter informações, e seria necessário alguém com um calibre completamente diferente do de Pelle Hyttested para mudar isso.

— Você teria morrido por ele? — gritou Hyttested pelas costas de Carl, enquanto este se dirigia para a saída. — Então por que não morreu, Mørck?

Carl conseguiu o endereço de Jonas Hess com a recepcionista, e um táxi o deixou na Vejlands Allé, em frente a uma casa minúscula que havia sido detonada ao longo dos anos com os detritos da sociedade: bicicletas velhas, aquários quebrados, frascos de vidro de antigos projetos de fabricação de cerveja caseira, lonas mofadas que não podiam mais esconder as tábuas apodrecendo debaixo, uma infinidade de garrafas e todos os tipos de sucatas. O proprietário da casa seria um candidato ideal para qualquer um desses programas "reconstruindo sua casa", exibidos na TV. Mesmo o mais inepto dos arquitetos de paisagem seria bem-vindo ali.

Uma bicicleta caída em frente à porta de entrada e o som de um rádio vindo do lado de dentro das janelas imundas davam a entender que alguém estava em casa. Carl pressionou a campainha até o seu dedo começar a latejar.

— Pare com isso, droga! — finalmente ele ouviu do lado de dentro.

Um homem de face rosada com sinais inequívocos de estar no meio de uma forte ressaca abriu a porta e piscou os olhos quando confrontado com a luz solar.

— Que horas são? — perguntou, largando a maçaneta da porta e entrando novamente em casa. Para segui-lo não era necessário nenhum mandado judicial.

A sala de estar era do tipo mostrado em filmes de catástrofes após um cometa ter atingido a Terra. O proprietário da casa jogou-se em um sofá, com um suspiro de satisfação. Então ele tomou um enorme gole na garrafa de uísque, enquanto tentava localizar Carl com o canto do olho.

A experiência de Carl lhe dizia que aquela não era exatamente a testemunha ideal.

Transmitiu-lhe os cumprimentos de Pelle Hyttested, na esperança de que isso animasse o ambiente.

— Ele me deve dinheiro — foi a resposta.

Durante alguns instantes, Carl pensou em lhe mostrar o distintivo, mas acabou por deixá-lo no bolso.

— Faço parte do Departamento Q, da polícia — disse. — A nossa missão é tentar resolver alguns casos que ficaram sem solução.

Hess abaixou a garrafa por um momento. Tendo em conta o estado em que se encontrava, talvez Carl tivesse exagerado no número de palavras que lhe dissera.

— Estou aqui para falar com você sobre Merete Lynggaard — arriscou dizer. — Eu sei que você tirava fotos dela.

Hess tentou sorrir, mas fracassou, pois se viu obrigado a arrotar.

— Isso não é do conhecimento de muitos — disse. — E o quer saber dela?

— Por acaso você tem algumas fotografias dela que não tenham sido publicadas?

O homem inclinou-se, tentando reprimir uma gargalhada.

— Jesus, como pode fazer uma pergunta tão estúpida? Tenho pelo menos umas dez mil delas.

— Dez mil! Bem, isso é formidável.

— Então, preste atenção. — O homem levantou a mão com os dedos esticados. — Dois ou três rolos de filme a cada dois dias durante dois ou três anos... quantas fotografias dão?

— Bem mais de dez mil, penso eu.

Após uma hora, Jonas Hess já estava suficientemente lúcido para, sem cambalear, conseguir conduzir Carl até o quarto escuro, situada numa pequena construção atrás da residência.

A organização que reinava ali dentro não tinha absolutamente nada a ver com o caos existente na casa. Carl já havia estado em muitos quartos escuros, mas nunca numa tão esterilizada e arrumada como aquela. A diferença entre o homem que vivia na casa e o homem que trabalhava no quarto escuro era perturbadora.

Jonas Hess puxou uma gaveta metálica e procurou algo dentro dela.

— Aqui está — disse ele, estendendo-lhe uma pasta na qual estava escrito: *Merete Lynggaard: 13/11/2001 a 01/03/2002.* — São os negativos que tenho dela.

Carl abriu a pasta, começando pelo fim. Cada capa de plástico continha os negativos de um rolo inteiro, mas na última delas havia apenas cinco imagens. A data fora meticulosamente impressa no rolo: *01/03/2002 ML.*

— Você fotografou Merete um dia antes de ela desaparecer?

— Sim, mas nada de especial. Apenas algumas fotografias no pátio de Christiansborg. Eu ficava muitas vezes perto da entrada, esperando.

— Esperando por ela?

— Não apenas por ela. Por todos os políticos do Parlamento. Se você soubesse quantas situações estranhas eu vi naquelas escadas. Basta ficar esperando, e um dia elas acontecem.

— Mas naquele dia parece que não aconteceu nada de estranho, como posso ver. — Carl tirou a capa de plástico da pasta e colocou-a na mesa de luz. Aquelas fotografias tinham sido tiradas na sexta-feira, pouco antes de Merete ir para casa. No dia anterior ao seu desaparecimento.

Ele inclinou-se a fim de olhar mais atentamente o negativo.

Ali estava. Merete tinha a pasta debaixo do braço.

Carl meneou a cabeça. Incrível. A primeira fotografia que ele olhava e já tivera uma pista. Ali estava a prova, preto no branco. Merete tinha levado a pasta para casa. Uma antiga e desgastada pasta com um rasgo de um lado e tudo.

— Posso levar este negativo emprestado?

O fotógrafo bebeu mais um gole de uísque e limpou a boca com as costas da mão.

— Eu nunca empresto meus negativos. Nem sequer os vendo. Mas podemos fazer uma cópia, só preciso digitalizá-lo. Presumo que a qualidade não precisa ser digna de uma rainha. — Ele respirou fundo e tossiu ligeiramente enquanto ria.

— Obrigado. Eu realmente apreciaria uma cópia. Você pode enviar a conta para o meu departamento. — Estendeu o seu cartão ao homem.

Hess observou os negativos.

— Bem, naquele dia não houve nada de especial. Mas quase nunca havia quando se tratava de Merete Lynggaard. O bom mesmo era no verão, quando o tempo esfriava e você podia ver aqueles mamilos por baixo da blusa. Sempre recebi um bom dinheiro por estas fotografias.

Novamente deu aquela gargalhada seguida de tosse enquanto se dirigia até uma pequena geladeira vermelha apoiada sobre alguns galões de produtos químicos. Ele pegou uma cerveja, e parecia que ia oferecer ao seu visitante, mas o conteúdo desta desapareceu antes que Carl tivesse tempo para reagir.

— Claro que o furo seria pegá-la com um amante, certo? — Hess procurou por mais bebidas que pudesse despejar garganta abaixo. — Alguns dias antes cheguei a acreditar que tivesse conseguido alguma coisa.

Ele bateu a porta da geladeira, pegou a pasta e começou a folheá-la.

— Veja, aqui estão as fotografias de Merete conversando com dois membros do Partido da Dinamarca em frente às câmaras do Parlamento. Até fiz as provas de contato destes negativos. — Riu. — Eu não fiz a foto por causa da discussão, mas pela mulher de pé ali, atrás deles. — Ele apontou para uma pessoa que estava muito perto de Merete. — Acho que você não pode ver muito com a imagem deste tamanho, mas dê uma olhada quando ela estiver ampliada. É a nova assistente. Ela estava totalmente louca por Merete Lynggaard.

Carl inclinou-se para ver de perto. De fato era Søs Norup. Mas com um ar completamente diferente do que apresentara no seu covil em Valby.

— Não faço ideia se havia algo entre elas ou se era apenas imaginação da assistente. Mas que se dane! Talvez essa fotografia tivesse me rendido um bom dinheiro. — Virou a página para o próximo conjunto de negativos. — Aqui está! — disse, pondo o dedo no meio da capa de plástico. — Eu lembro que foi no dia 25 de fevereiro, pois é o dia do aniversário da minha irmã. Pensei que poderia comprar um belo presente para ela, caso a fotografia viesse a se revelar uma mina de ouro.

Ele tirou a capa de plástico e colocou a foto na mesa de luz.

— Veja, era nestas imagens que eu estava pensando. Ela estava falando com um homem nas escadas do palácio. — Em seguida apontou para a fotografia que estava logo acima. — Olhe bem para a imagem. Ela parece estar com um ar tenso. Há algo nos olhos dela que mostram que ela não estava se sentindo confortável naquele momento. — Pôs uma lupa na mão de Carl.

Que droga, como era possível ver uma coisa daquelas no negativo? Os olhos dela não passavam de duas manchas brancas.

— Ela percebeu que eu estava tirando as fotografias, por isso saiu correndo de lá. Não acredito que ela tenha conseguido me ver bem. Depois ainda tentei fotografar o homem, mas não o peguei de frente, pois ele saiu de Christiansborg pelo outro lado, em direção à ponte. Mas provavelmente era só um sujeito qualquer que resolveu importuná-la quando passou por ela.

— Você também tem provas de contato desta série?

Hess arrotou algumas vezes, como se sua garganta estivesse em chamas.

— Provas de contato? Posso arranjar, se você for num instante ao quiosque ali da esquina e comprar algumas latas de cerveja.

Carl assentiu.

— Mas primeiro tenho uma pergunta. Se você estava tão obcecado em conseguir fotografias de Merete Lynggaard com um amante, deve tê-la fotografado em sua casa em Stevns. Estou certo?

Hess não levantou os olhos, pois estudava minuciosamente as imagens que estavam à sua frente.

— Claro que sim. Fui muitas vezes lá.

— Então há uma coisa que não compreendo. Certamente deve ter visto Merete com o irmão deficiente, Uffe.

— Claro, muitas vezes. — Hess fez um "X" na capa ao lado de um dos negativos. — Aqui está uma ótima fotografia dela e do sujeito. Talvez você saiba quem ele é. Se souber, me diga, OK?

Carl voltou a acenar com a cabeça.

— Mas por que você não tirou boas fotografias dela com o irmão? Assim todo mundo saberia o motivo da pressa dela de chegar em casa quando saía de Christiansborg.

— Não fiz porque eu tenho um membro da minha família que também é deficiente. A minha irmã.

— Mas você tira fotografias para viver.

Jonas Hess olhou para ele com ar apático. Se Carl não fosse rapidamente buscar aquelas cervejas, acabaria não recebendo nenhuma prova de contato.

— Ei, sabe de uma coisa? — disse o fotógrafo, fitando os olhos de Carl. — Só por alguém ser um merda não quer dizer que não tenha integridade. Como você, por exemplo.

Carl caminhava pela calçada no terminal de Allerød. A rua tinha um aspecto cada vez mais miserável, ele constatou, aborrecido. Caixas de concreto disfarçadas de edifícios de luxo brotavam como cogumelos. Em breve, também, as casas antigas, baixas e acolhedoras do outro lado da rua iriam desaparecer. O que antes era um pitoresco presente para os olhos agora não passava de um túnel de concreto enfeitado. Poucos anos atrás, ele jamais pensaria que isso fosse possível, mas aquele progresso tinha mesmo atingido a sua cidade. Graças a políticos como Erhard Jakobsen, em Bagsvaerd, e Urban Hansen, em Copenhague, e só Deus sabia quem em Charlottelund. Paisagens urbanas preciosas haviam sido destruídas. Uma abundância de prefeitos e conselheiros municipais sem gosto. Aqueles edifícios novos e hediondos eram a prova clara disso.

A turma do churrasco na casa de Carl, em Rønneholt, estava a pleno vapor, graças ao clima que continuava bom. Eram seis e vinte e quatro da noite do dia 22 de março de 2007, e a primavera oficialmente havia chegado.

Morten Holland tinha se vestido para a ocasião com uma túnica esvoaçante que trouxera de uma viagem ao Marrocos. Vestido daquela maneira, ele teria conseguido fundar uma seita em menos de dez segundos, se quisesse.

— Chegou a tempo, Carl — disse ele, colocando duas costeletas no prato de Carl.

Sysser Petersen, sua vizinha, já parecia estar ligeiramente embriagada.

— Estou ficando farta desta vida — disse. — Vou vender a minha espelunca e me mudar. — Bebeu um grande gole de vinho tinto. — Lá no Serviço Social passamos mais tempo preenchendo formulários idiotas do que ajudando os cidadãos, sabia, Carl? Aquela gente vaidosa do governo devia experimentar fazer isso. Se tivessem que preencher formulários para terem direito a refeições grátis, motoristas grátis, aluguéis grátis, dietas, viagens, secretárias e aquela droga toda, então não teriam tempo para comer, dormir, viajar, dirigir, nem para fazer sei lá mais o quê. Você consegue imaginar a cena, se o primeiro-ministro tivesse de assinalar com cruzinhas o que pretende discutir com os seus ministros antes de a reunião começar? Em três vias, imprimido de um computador que só funciona dia sim, dia não. E, primeiro, ele teria que conseguir a aprovação de algum funcionário do governo antes mesmo de ter permissão para falar. O homem morreria. — E com isso ela jogou a cabeça para trás e caiu na risada.

Carl meneou a cabeça. Em breve estariam novamente discutindo o direito do ministro da Cultura de amordaçar a mídia, ou se ainda haveria alguém que se lembrasse das razões que levaram à fusão de municípios e de hospitais. A tagarelice só teria fim quando o último gole tivesse sido engolido e a última costeleta roída.

Ele deu um rápido abraço em Sysser, um tapinha no ombro de Kenn e levou o prato para o quarto. A verdade é que estavam todos mais ou menos de acordo. Mais da metade do país gostaria de dar as costas ao primeiro-ministro, e continuaria a desejar naquele dia, no dia seguinte, até que toda a desgraça que ele trouxera ao país e aos cidadãos fosse corrigida. Era algo que podia demorar.

Mas, naquele momento, Carl tinha outras coisas em mente.

28

2007

À s três da manhã, Carl acordou e não conseguiu voltar a dormir. Sua mente se via assombrada por uma recordação vaga de camisas quadriculadas em vermelho, pistolas de pregos de ar comprimido e pela sensação de que uma das camisas que vira em Sorø tinha aquele mesmo padrão. Sua pulsação estava acelerada, e seu humor, sombrio. Ele definitivamente não se sentia bem. Não tinha nenhuma energia para pensar no caso, mas quem poderia pôr fim a esses pesadelos?

Como se tudo aquilo não bastasse, ele ainda tinha de se preocupar com aquele idiota, Pelle Hyttested. Tinha de ser justamente ele a desenterrar a sua história? Será que uma das próximas manchetes do *Gossip* seria sobre um detetive da polícia que tinha feito merda?

Que droga! Apenas o fato de pensar nisso fazia seu estômago contrair e ele sentiu como se estivesse dentro de uma armadura pelo resto da noite.

— Você parece cansado — comentou Jacobsen.

Carl rejeitou o comentário com um gesto.

— Você disse ao Bak que ele tinha de vir aqui?

— Ele estará aqui em cinco minutos — respondeu Jacobsen, inclinando-se para a frente. — Percebi que você ainda não se inscreveu no curso de gerência. O prazo está quase acabando, sabe.

— Acho que terei de esperar a próxima vez.

— Carl, você sabe que temos um plano a seguir, não sabe? Quando o seu departamento começar a mostrar resultados, será natural que você tenha a ajuda de seus ex-colegas. Mas não será nada bom se não tiver a autoridade que o título de superintendente da polícia confere a você. Você realmente não tem escolha. Terá de fazer esse curso.

— Sentar numa sala de aula e apontar um lápis não fará de mim um investigador melhor.

— Você é o chefe de um novo departamento. E o título correspondente faz parte da embalagem. Ou faz esse curso ou terá de procurar outro lugar para fazer suas investigações.

Carl olhou pela janela para a Golden Tower no Tivoli, onde dois operários estavam se preparando para realizar tarefas de limpeza na fachada. Quatro ou cinco vezes subindo e descendo naquela torre e Marcus estaria implorando misericórdia.

— Levarei isso em consideração, senhor superintendente.

O clima havia esfriado um pouco quando Børge Bak entrou com seu casaco de couro. Carl não esperou que o delegado da Homicídios dissesse algo para iniciar a conversa.

— Então, Bak! Que bela merda de trabalho vocês fizeram no caso Lynggaard. Vocês se enterraram até o pescoço em indícios que diziam que nem tudo aparentava como deveria ser. A equipe toda pegou a doença do sono ou o quê?

Os olhos de Bak pareciam de aço quando os olhares de ambos se encontraram.

— Agora eu gostaria de saber se há mais alguma coisa no caso que esteja guardando para você — prosseguiu Carl. — Houve alguma coisa, ou alguém, que tenha travado suas incomparáveis investigações, Børge?

Nesse ponto, o delegado da Homicídios estava claramente pensando em pôr os óculos de leitura, a fim de se esconder atrás deles, mas o semblante carregado de Bak exigia uma intervenção imediata.

— Se ignorarmos as últimas observações feitas por Mørck em seu estilo inimitável — começou Jacobsen, olhando para Carl com as sobrancelhas erguidas —, podemos facilmente compreender o seu ponto de vista. Afinal de contas, ele conseguiu apurar que o falecido Daniel Hale não era a mesma pessoa que Merete Lynggaard encontrou em Christiansborg, que é algo que deveria ter sido descoberto durante a investigação anterior. Nós temos que dar a ele esse crédito.

Os ombros curvados de Bak produziram um par de dobras em seu casaco, o único sinal de quão tenso aquela informação o fazia se sentir.

Carl fora direto em sua jugular.

— E isso ainda não é tudo, Børge. Vocês sabiam que Daniel Hale era homossexual? Ou que estava fora do país durante o período em que ele supostamente estava em contato com Merete Lynggaard? Talvez não tivesse sido má ideia terem se dado o trabalho de mostrar uma fotografia de Hale a Søs Norup, a assistente de Merete, ou a Bille Antvorskov, o chefe da delegação. Talvez então tivessem reparado que alguma coisa não estava certa.

Bak sentou-se numa cadeira. Era óbvio que pensamentos giravam em sua mente. Claro que ele estava envolvido em toneladas de casos desde então, e a carga de trabalho no departamento sempre fora onerosa, mas ele que se danasse se estava se sentindo embaraçado.

— Você acha que podemos continuar a pôr de lado a possibilidade de que algum crime tenha sido cometido? — Carl voltou-se para o delegado. — O que você pensa, Marcus?

— Estamos partindo do princípio de que agora você vai investigar as circunstâncias da morte de Daniel Hale. Estou certo, Carl?

— Já estamos trabalhando nisso. — Ele tornou a olhar para Bak. — Em Hornbæk, na Clínica de Lesão Medular, está internado um velho colega nosso, que está por dentro do caso e sabe pensar de um modo diferente. — Atirou as cópias das fotografias sobre a mesa de Jacobsen. — Se não tivesse sido por Hardy, eu nunca teria entrado em contato com um fotógrafo chamado Jonas Hess e conseguido algumas fotos. Elas provam que Merete Lynggaard levou sua pasta para casa no seu último dia em Christiansborg. As fotos mostram a assistente lésbica que tinha um grande interesse na sua chefe. Também há algumas fotos de Merete conversando com alguém nas escadas de Christiansborg, alguns dias antes do seu desaparecimento. Uma situação que aparentemente a deixou aborrecida. — Ele apontou para a fotografia do rosto dela e a expressão apreensiva em seus olhos. — É verdade que só temos imagens do homem de costas, mas se compararmos o cabelo, a postura e a altura, vemos que é extremamente parecido com Daniel Hale, mesmo não sendo ele. — Colocou, então, junto das outras uma das fotografias de Hale retiradas do folheto da empresa. — Agora eu pergunto, Børge Bak. Você não acha bastante curioso que aquela pasta tenha desaparecido no caminho entre Christiansborg e Stevns? Vocês nunca a encontraram, não é? E não acha igualmente curioso que Daniel Hale tenha morrido no dia seguinte ao desaparecimento de Merete?

Bak deu de ombros. Era óbvio que o idiota também pensava assim, só não era capaz de admitir.

— Pastas desaparecem — murmurou ele. — Ela poderia tê-la deixado em cima de alguma bomba de gasolina ou outro lugar qualquer a caminho de casa. Procuramos pela pasta na casa dela e no carro que ficou no navio. Fizemos o possível.

— Tudo bem. Você disse que ela pode ter esquecido a pasta numa bomba de gasolina, mas você tem certeza disso? De acordo com o que posso deduzir do extrato bancário, Merete não fez qualquer compra nesse dia quando ia a caminho de casa, Bak. Vocês não fizeram o trabalho com grande minúcia, fizeram?

Bak parecia um vulcão à beira da erupção.

— Estou dizendo a você que colocamos todo nosso esforço na busca daquela pasta.

— Eu creio que tanto Bak quanto eu estamos perfeitamente conscientes de que ainda temos muito trabalho pela frente — tentou intermediar Jacobsen.

Temos muito trabalho pela frente, ele havia dito. De repente, todo mundo ia se intrometer no caso?

Carl desviou os olhos de seu chefe. Não, claro que Marcus Jacobsen não quisera dizer aquilo. Porque nenhuma ajuda viria do terceiro andar. Ele conhecia muito bem como as coisas funcionavam por ali.

— Eu vou perguntar novamente a você, Bak. Tem certeza de que agora estamos cobrindo todos os fatos? Você não incluiu Hale em seu relatório, e também não havia nada sobre as observações de Karen Mortensen a respeito de Uffe Lynggaard. Há algo mais que você esqueceu de relatar? Você pode me dizer? Eu preciso de apoio *agora*, entende?

Bak olhou para o chão e coçou a ponta do nariz. Dentro de poucos instantes, ele passaria a outra mão pelo cabelo cuidadosamente penteado. Ninguém teria ficado espantado se tivesse perdido a compostura diante das acusações levantadas contra ele. Mas, naquele momento, encontrava-se muito longe dali.

Marcus Jacobsen lançou a Carl um olhar que dizia "calma", e Carl manteve a boca efetivamente fechada. Ele concordava com o chefe. Bak precisava de um tempo para pensar.

Permaneceram assim sentados por um minuto inteiro, antes de Bak levantar a mão e tocar seu imaculado cabelo.

— As marcas dos freios — disse ele. — Quero dizer, as marcas de freios do acidente do Daniel Hale.

— O que tem elas?

Bak olhou para cima.

— Como está escrito no relatório, não havia qualquer marca de frenagem na estrada. Nem sequer a sombra de uma marca. Partiu-se do princípio de que Hale simplesmente se distraiu e foi parar do outro lado da estrada. E depois: *catapum!* — Ele bateu as mãos com força. — Ninguém conseguiu reagir antes de a colisão ocorrer. Foi isso que se supôs.

— Sim. É isso que está no relatório da polícia. Por que você está mencionando isso agora?

Bak prosseguiu, imperturbável.

— Algumas semanas depois do acidente, passei por acaso pelo local, me lembrei do que havia acontecido e parei para dar uma olhada.

— E...?

— Como dizia no relatório, não havia qualquer marca visível de frenagem, mas era fácil identificar onde o acidente tinha ocorrido. Eles ainda não tinham removido os escombros da árvore que estava queimada ou reparado a parede do edifício, e as marcas do outro veículo ainda estavam visíveis no campo.

— Mas...? Com certeza há um "mas", certo?

Bak acenou com a cabeça.

— Mas depois eu descobri que, na verdade, havia marcas de frenagem na estrada, na direção de Tåstrup, cerca de 25 metros mais à frente. Já estavam bastante desgastadas, mas eu pude ver que eram bem curtas, cerca de meio metro de comprimento. E pensei comigo: e se essas marcas fossem do mesmo acidente?

Carl tentou seguir aquela linha de pensamento e ficou irritado quando Jacobsen se antecipou.

— Marcas de frenagem de alguém que tentava evitar uma colisão? — perguntou ele.

Bak acenou com a cabeça.

— Sim, podia perfeitamente ser isso.

— Você está dizendo que Hale tentou se desviar de algo ou de alguém que estava na estrada? — prosseguiu Jacobsen.

— Sim.

— E havia um carro vindo na direção contrária? — Jacobsen meneou a cabeça. Parecia uma situação perfeitamente plausível.

Naquele momento, Carl levantou a mão.

— O relatório diz que a colisão ocorreu na faixa contrária. Mas agora você está me dizendo que também pode ter acontecido no meio da estrada? E o carro que vinha em sentido contrário não tinha nada a ver com isso. Estou certo?

Bak respirou fundo.

— Foi o que pensei durante um momento, mas depois mudei de ideia. Agora, pensando bem, imagino que seja possível que isso tenha acontecido, sim. Que houvesse alguma coisa na pista, que Hale tenha se desviado e que viesse um carro na direção contrária que tenha batido contra ele em alta velocidade na faixa do meio. Talvez até propositalmente. Sim, talvez tivéssemos encontrado marcas de aceleração na faixa contrária se andássemos mais cem metros naquela direção. Talvez o outro carro tivesse acelerado para encontrá-lo precisamente no local para onde Hale se desviou a fim de evitar colidir em alguma coisa.

— E se essa coisa fosse uma pessoa que se posicionou na pista, e estivesse de conluio com o sujeito que se chocou com Hale, então aquilo não foi um acidente. Foi homicídio. E se isso for verdade, também há razões para acreditar que o desaparecimento de Merete fazia parte do mesmo crime — concluiu Jacobsen, tomando notas em seu bloco.

— Sim, possivelmente. — Os cantos da boca de Bak curvaram para baixo. Era óbvio que ele não estava se sentindo bem.

Carl levantou-se.

— Não houve testemunhas, por isso não vamos conseguir descobrir nada mais. Neste exato momento, estamos à procura do condutor do outro veículo. — Virou-se para Bak, que parecia ter encolhido dentro de seu casaco de couro preto. — Eu tinha suspeitado de que as coisas tivessem acontecido da maneira que você descreveu, Bak. Então quero que saiba que você nos deu uma grande ajuda, apesar de tudo. E caso se lembre de mais alguma coisa, venha conversar comigo, OK?

Bak assentiu com a cabeça. Ele o olhava com um ar solene. Aquilo não tinha nada a ver com a sua reputação pessoal. Tinha a ver com um trabalho profissional e o fato de resolvê-lo corretamente. O homem merecia algum respeito por isso.

Carl quase sentiu vontade de lhe dar um tapinha no ombro.

— Acabo de voltar da minha viagem a Stevns. Tenho boas e más notícias, Carl.

Carl suspirou.

— Não me importo com o que venha primeiro, Assad. Vá em frente.

Assad sentou-se na beira da mesa de Carl. Não demoraria muito e ele se sentaria no colo do chefe.

— OK, então vou começar pela má notícia. — Se ele introduzia sempre as más notícias com um sorriso nos lábios, o que aconteceria quando transmitisse as boas?

— O homem que colidiu com o carro de Daniel Hale também está morto — disse Assad, esperando com visível ansiedade pela reação de Carl. — Lis telefonou e me contou. Anotei aqui. — Apontou para alguns caracteres árabes que, até onde Carl conseguia entender, podiam igualmente dizer que nevaria nas ilhas Lofoten dali a dois dias.

Carl foi incapaz de mostrar qualquer reação. Aquilo era tão irritante e tão óbvio. Claro que o homem estava morto! O que Assad esperava? Que ele estivesse vivo e saltitante, e confessasse que tinha se passado por Daniel Hale, assassinado Merete e depois o Hale verdadeiro? Que bobagem!

— Lis disse que ele era um rufião, e que já tinha sido preso várias vezes por dirigir perigosamente. Você sabe o que ela quer dizer com rufião?

Carl assentiu, cansadamente.

— Bom — disse Assad, e continuou a ler seus hieróglifos. Em algum momento, Carl ia sugerir que seu assistente redigisse as anotações em dinamarquês.

— Ele vivia em Skævinge, no norte da Zelândia — prosseguiu. — Foi encontrado morto na cama com bastante vômito na traqueia e uma taxa de álcool altíssima. Também tinha ingerido comprimidos.

— Hum. E quando foi isso?

— Não muito tempo depois do acidente. No relatório diz que tudo o que aconteceu com ele foi decorrente disso.

— Você está dizendo que ele bebeu até morrer por causa do acidente?

— Sim. Por causa do estresse pós-dramático.

— Pós-traumático, Assad. Pós-traumático. — Carl fechou os olhos e começou a tamborilar os dedos na borda da mesa. Podia ter havido três pessoas na estrada no momento da colisão, e nesse caso era provável que fosse um homicídio. E se tivesse sido homicídio, então o rufião de Skævinge teria tido todas as razões e mais algumas para ter se embebedado até morrer. Mas então quem era a terceira pessoa que se colocou na frente do carro de Hale, se é que isso aconteceu? Ele ou ela também havia se suicidado?

— Como se chamava o homem?

— Dennis. Dennis Knudsen. Ele tinha 27 anos quando morreu.

— Você tem o endereço dele? Há parentes? Ele tinha família?

— Sim. Ele vivia na casa dos pais. — Assad sorriu. — Em Damasco também há muitas pessoas de 27 anos que ainda vivem com o pai e a mãe.

Carl franziu as sobrancelhas em sinal de aviso. Aquele estava longe de ser o momento apropriado para os estudos culturais de Assad sobre o Oriente Médio.

— Você disse que também tinha uma boa notícia.

Como previsto, o sorriso de Assad era tão grande que, praticamente, dividia sua face em duas.

— Aqui — disse, entregando a Carl um saco de plástico preto, que ele havia posto no chão.

— OK. E o que tem aqui dentro? Vinte quilos de gergelim?

Carl se levantou, pôs a mão dentro do saco e imediatamente identificou o que era. Uma suspeita bastante precisa atravessou todo o seu corpo e a excitação deixou-o todo arrepiado. Puxou então o objeto para fora.

Sim, era exatamente o que ele suspeitava: uma pasta bastante usada. Essa tinha um grande rasgo, como na fotografia de Jonas Hess, não apenas na aba, mas também na parte de trás.

— Cacete, Assad! — gritou Carl, sentando-se. — É a agenda aqui dentro? — Ele sentiu um formigamento no braço, quando Assad fez que sim com a cabeça. Sentia-se como se segurasse nas mãos o Santo Graal.

Durante alguns instantes, ele não fez mais do que contemplar a pasta. Vá com calma, disse a si próprio. Depois abriu os fechos e levantou a aba. Estava tudo lá dentro. A agenda com a capa de couro marrom. Os artigos de escritório, o celular Siemens com o respectivo carregador, papel pautado com notas manuscritas, duas esferográficas e uma embalagem de lenços de papel. Aquilo *era* o Santo Graal.

— Como...? — foi tudo o que ele conseguiu dizer. E depois pensou se não deveria entregar a pasta ao pessoal da polícia científica, para um exame mais detalhado.

A voz de Assad parecia vir de muito longe.

— Primeiro fui ver Helle Andersen, e naturalmente ela não estava em casa. Mas o marido dela a chamou pelo telefone. Ele estava de cama, com dores nas costas. E, quando ela chegou, eu lhe mostrei uma fotografia de Daniel Hale. Mas ela não conseguiu se lembrar de já ter visto o homem.

Carl olhou para a pasta e seu conteúdo. Paciência, pensou. Mais cedo ou mais tarde, Assad chegaria na parte relativa à descoberta da pasta.

— Uffe estava lá quando o homem foi entregar a carta? Lembrou-se de perguntar isso? — Ele tentava ajudar o assistente a contar o que interessava.

Assad acenou com a cabeça.

— Sim. Helle disse que ele esteve perto dela o tempo todo. Estava muito ansioso. Ele ficava sempre assim quando a campainha tocava.

— Ela achou o homem que entregou a carta parecido com Hale?

Assad franziu um pouco o nariz. Uma imitação excelente de Helle Andersen.

— Não muito. Um pouco. O homem que entregou a carta talvez fosse um pouco menos velho, tinha o cabelo mais escuro e um ar mais masculino. Algo a ver com o queixo, os olhos... Foi tudo o que ela disse.

— Então você perguntou pela pasta, certo?

O sorriso de Assad tornou a aparecer.

— Sim. Ela não sabia onde a pasta estava. Lembrava-se bem dela, mas não sabia se Merete a levara para casa naquela última noite.

— Assad, vá direto ao ponto. Onde você a encontrou?

— Perto do aquecedor, na copa.

— Você esteve na casa de Magleby? Foi visitar os antiquários?

Assad acenou com a cabeça.

— Helle Andersen disse que Merete Lynggaard fazia tudo exatamente da mesma maneira, dia após dia. Ela notou isso ao longo dos anos. Tudo exatamente da mesma maneira. Tirava os sapatos na copa.

Mas antes olhava sempre pela janela. Para o irmão. Todos os dias ela despia imediatamente as roupas e colocava-as junto à máquina de lavar. Não que estivessem sujas, simplesmente porque era ali que elas ficavam sempre. A seguir vestia o roupão, e depois ela e o irmão viam sempre os mesmos filmes em vídeo.

— E quanto à pasta?

— Bem, a empregada também não sabia nada sobre isso. Ela nunca tinha visto onde Merete colocava a pasta, mas então pensou que só podia ser no corredor ou na copa.

— Mas como você conseguiu descobrir a pasta junto do aquecedor da copa? A Equipe de Intervenção Rápida passou o pente-fino em tudo e não encontrou nada. Estava num local difícil de descobrir? E por que ainda estava ali? Eu estava plenamente convencido de que os antiquários eram bastante meticulosos no que dizia respeito à limpeza. Como você a descobriu?

— Os antiquários me deram permissão para andar sozinho pela casa, e então limitei-me a simular a situação na minha cabeça. — Assad bateu com os nós dos dedos no crânio. — Entrei na copa, tirei os sapatos e pendurei o casaco no cabide. Quer dizer, fingi que pendurei, pois o cabide já não está lá. Depois imaginei que talvez Merete estivesse com as mãos ocupadas. Papéis numa delas e a pasta na outra. Então pensei que ela não conseguiria tirar o casaco sem antes pousar em algum lugar o que tinha nas mãos.

— E o aquecedor era o que estava mais perto?

— Sim, Carl. Logo ao lado.

— Mas por que ela não levou a pasta para a sala de estar ou para o escritório, depois disso?

— Já chego lá, Carl, só um minuto. Olhei para a parte de cima do aquecedor, mas a pasta não estava lá. Eu também não contava que estivesse. Então, sabe o que vi?

Carl o encarou fixamente, esperando pela resposta.

— Vi que entre o aquecedor e o teto o espaço vazio se estendia por mais ou menos um metro.

— E? — A voz de Carl tinha um som débil.

— E então pensei que Merete não colocaria a pasta em cima do aquecedor sujo, pois esta tinha pertencido ao seu pai e por isso seria cuidadosa com ela.

— Não compreendo muito bem o que você está dizendo.

— Ela não colocava a pasta deitada, Carl. Ela a pousava de pé em cima do aquecedor. Da mesma forma que você pousa uma pasta no chão. Havia espaço mais do que suficiente para isso.

— Então foi isso que ela fez, e a pasta caiu e escorregou para trás do aquecedor.

O sorriso de Assad era resposta suficiente.

— O rasgo no outro lado é completamente novo. Observe.

Carl fechou a pasta e a virou. Na sua opinião o rasgo não parecia assim tão novo.

— Eu limpei a pasta, pois ela estava suja de pó. Talvez seja por isso que o rasgo está um pouco escuro agora. Mas quando a encontrei, ele parecia bastante fresco. Estou dizendo a verdade, Carl.

— Pelo amor de Deus, Assad! Não me diga que você limpou a pasta? E por acaso tocou também nas coisas que estavam dentro dela?

Assad tornou a assentir, mas dessa vez com menos entusiasmo.

— Assad. — Carl respirou fundo a fim de não parecer tão severo. — Da próxima vez que você encontrar alguma coisa importante, mantenha suas patas longe dela, OK?

— Patas?

— As suas mãos, Assad, as suas mãos! Ao fazer o que fez, pode ter destruído provas importantes, entendeu?

Ele fez que sim com a cabeça. Completamente sem entusiasmo.

— Eu puxei a manga da camisa para cobrir a minha mão, Carl.

— Tudo bem. Bem pensado, Assad. Quer dizer então que a pasta ganhou o segundo rasgo da mesma forma que o primeiro? — Ele virou novamente a pasta. Os dois rasgos eram quase idênticos. Isso significava que o rasgo mais antigo não tivera origem no acidente de carro de 1986.

— Sim. Penso que não foi a primeira vez que a pasta caiu por trás do aquecedor. Quando a encontrei, ela estava entalada entre os tubos. Tive de puxá-la e arrastá-la para conseguir tirá-la dali. Tenho certeza de que Merete fez o mesmo.

— Então por que ela não caiu mais vezes lá atrás?

— Provavelmente caiu, porque há uma corrente de ar muito forte quando se abre a porta da copa. Mas talvez não tenha caído até o chão.

— Vamos voltar para minha outra questão. Por que Merete não levou a pasta para dentro de casa?

— Ela queria ter paz quando chegava em casa. Não queria ouvir o telefone celular tocando, Carl. — Assad ergueu as sobrancelhas o máximo que pôde. — Isso é o que eu penso.

Carl olhou dentro da pasta. Merete levava-a para casa, o que parecia lógico. Lá dentro estava a sua agenda e também apontamentos que podiam ser importantes em algumas situações. Mas, normalmente, ela levava para casa inúmeros documentos e processos para ler, já que havia sempre muito trabalho pendente. Ela tinha um telefone fixo, cujo número poucos conheciam. O celular estava disponível para um círculo mais largo de pessoas, e seu número constava no cartão de visitas.

— E você acha que ela podia ouvir o toque do celular dentro de casa, se ela o deixasse dentro da pasta na copa?

— *No way!* — respondeu Assad.

Carl nunca tinha reparado que ele também falava inglês.

— Ah, aqui estão vocês — disse uma voz clara por trás deles. — Dois homens adultos, tendo uma conversa acolhedora.

Nenhum dos dois tinha ouvido Lis, da Divisão de Homicídios, se aproximar.

— Tenho aqui mais alguns casos para vocês. Foram enviados pelo distrito do sudoeste da Zelândia. — Ela trouxe para o porão um perfume comparável aos incensos de Assad, mas que provocava um efeito completamente diferente. — Eles lamentam o atraso, mas alguns dos funcionários têm estado fora por doença.

Ela entregou os processos a um esplendidamente feliz Assad e lançou a Carl um olhar que poderia ressuscitar até um morto.

Ele olhou para os lábios úmidos de Lis e tentou se lembrar quando fora a última vez que tivera qualquer contato íntimo com o sexo oposto. A imagem de um apartamento de dois quartos cor-de-rosa, pertencente a uma divorciada, apareceu em sua mente. Havia flores de alfazema numa taça com água e velas pequenas espalhadas por toda parte, e o candeeiro da mesa de cabeceira estava coberto por um tecido vermelho. Mas do rosto da mulher ele já não conseguia se lembrar.

— O que você disse para Bak, Carl? — quis saber Lis.

Ele emergiu do seu devaneio erótico e fitou um par de olhos azul-claros, que tinham acabado de se tornar um pouco mais escuros.

— Para Bak? Ele anda choramingando pelos cantos?

— Não. Ele foi para casa. Mas os colegas disseram que ele estava completamente pálido quando voltou do escritório do chefe.

Carl conectou o celular de Merete ao carregador, esperando que a bateria não estivesse completamente estragada. Os dedos diligentes de Assad, apesar das mangas, haviam tocado em tudo o que estava dentro da pasta, o que tornava inútil a intervenção da polícia científica. Os danos já estavam feitos.

Apenas três das páginas do caderno de anotações estavam escritas, o restante estava em branco. As notas diziam respeito, sobretudo, aos regulamentos municipais para as empregadas domésticas ou a compromissos. Muito decepcionante e, sem dúvida, indicativo da realidade que Merete Lynggaard havia deixado para trás.

Em seguida, ele enfiou a mão no bolso lateral e retirou quatro ou cinco pedaços de papel amarrotados. O primeiro era um recibo de um casaco Jack & Jones, com data de 3 de abril de 2001, enquanto os outros eram apenas pequenas folhas de papel dobradas, que podiam ser encontradas no fundo da mochila escolar de qualquer rapaz normal. Escritas a lápis, mais ou menos ilegíveis e naturalmente não datadas.

Carl aproximou uma delas da luz da luminária e alisou-a um pouco. Estavam escritas apenas dez palavras:

Podemos conversar depois da minha comunicação sobre a reforma fiscal?

A folha estava assinada com as iniciais TB. Havia muitas possibilidades, mas Tage Baggesen era a mais provável. Pelo menos era nisso que Carl acreditava.

Ele sorriu. Sim, era uma boa hipótese. Tage Baggesen queria falar com Merete Lynggaard. E isso, pelo visto, não lhe trouxera grandes resultados.

Carl alisou o outro pedaço de papel e leu-o rapidamente, sentindo um ligeiro formigamento por todo o corpo. Agora o tom era diferente, muito mais pessoal. Baggesen transmitia uma sensação de desespero.

Merete, não sei o que vai acontecer se você divulgar isso.
Peço que não o faça. TB.

Carl pegou o último pedaço de papel. A letra estava borrada, como se alguém tivesse tirado o papel da pasta inúmeras vezes. Depois de ter virado e revirado o papel, ele tentou decifrá-lo palavra a palavra.

Merete, pensei que tínhamos nos entendido.
Toda essa situação me magoa muito.
Peço novamente: não torne isso público.
Estou prestes a me livrar de tudo.

Dessa vez não havia quaisquer iniciais servindo de assinatura, mas não restava dúvida de que se tratava da mesma letra.

Carl pegou o telefone e digitou o número de Kurt Hansen.

A chamada foi atendida por uma das secretárias do Partido Conservador. Ela foi atenciosa, mas o informou de que, infelizmente, Kurt Hansen estava ocupado naquele momento. Perguntou se ele não se importaria de esperar ao telefone, pois, segundo ela, a reunião terminaria dentro de poucos minutos.

Enquanto esperava com o fone encostado ao ouvido, Carl observou os papéis que estavam à sua frente. Tinham estado na pasta desde março de 2002, e muito provavelmente já estariam lá bem antes disso. Talvez não significassem nada, ou talvez significassem. Talvez Merete os tivesse mantido por terem sido importantes em algum momento, ou talvez não.

Depois de alguns minutos ouvindo um emaranhado de vozes ao fundo, ele escutou um clique e depois a voz bem característica de Kurt Hansen.

— O que posso fazer por você, Carl? — perguntou o parlamentar sem rodeios.

— Como posso descobrir quando Tage Baggesen apresentou uma proposta de lei para uma reforma fiscal?

— Por que você ia querer saber disso, Carl? — O homem riu. — Nada poderia ser menos interessante do que aquilo que o Partido do Centro Radical tem a dizer sobre os nossos impostos.

— Preciso estabelecer um momento específico.

— Isso vai ser difícil. Baggesen lança uma proposta de lei a cada dois segundos. — Ele voltou a rir. — OK, brincadeiras à parte. Baggesen tem sido o presidente do Comitê de Transportes por pelo menos cinco anos. Eu não sei por que ele se retirou da presidência do setor fiscal. Espere um minuto. — Afastou o fone do ouvido e falou com alguém na sala. Pouco depois retomou a conversa. — Nós achamos que foi no início de 2001, ainda no tempo do governo anterior. Nessa ocasião ele tinha um pouco mais de tempo para esse tipo de manobra. Estimamos que tenha sido em março ou abril de 2001.

Carl ficou satisfeito com o que ouvia.

— OK, Kurt. Isso encaixa perfeitamente com o que eu penso. Obrigado, meu velho. Você poderia transferir a chamada para Tage Baggesen?

Ele ouviu a ligação ser transferida antes de ser atendido por uma secretária, que lhe contou que Tage Baggesen estava fora do país, em uma viagem de campo pela Hungria, Suíça e Alemanha para ver como é o funcionamento das redes ferroviárias. Estaria de volta na segunda-feira.

Viagem de campo? Redes ferroviárias? Eles só podiam estar brincando. Carl chamava aquilo de viagem de férias.

— Eu preciso do número do celular dele. Seria muito gentil de sua parte se pudesse me dizer.

— Sinto muito, mas não tenho autorização para isso.

— Ouça, você não está falando com nenhum camponês de Funem. Se for preciso, consigo obter o número em menos de cinco minutos. Mas você não acha que Tage Baggesen lamentará ouvir que sua funcionária se recusou a me ajudar?

Havia muita estática na linha, mas ainda era possível ouvir que a voz de Tage Baggesen soava a tudo, menos entusiasmo.

— Tenho algumas velhas mensagens aqui, e gostaria de ouvir algumas explicações suas. — murmurou Carl. — É uma mera formalidade.

— Vá em frente — O tom de voz estava longe de ser o mesmo da conversa que eles haviam tido três dias antes.

Carl leu as mensagens, uma após outra. Quando chegou à última, era como se Baggesen tivesse deixado de respirar do outro lado da linha.

— Baggesen? — perguntou Carl. — Você ainda está aí?

Então ele ouviu somente um bife.

Espero que ele não se atire no rio agora, pensou Carl, tentando lembrar-se do nome do rio que atravessava Budapeste. Ele pegou o pedaço de papel em que constava a lista de suspeitos e acrescentou as iniciais de Tage Baggesen ao item número quatro: "Colegas" em Christiansborg.

Ele tinha acabado de pôr o fone no gancho, quando este tornou a tocar.

— Beate Lunderskov — disse uma voz feminina. Carl não fazia ideia de quem ela era. — Acabamos de examinar o antigo disco rígido de Merete Lynggaard, e lamento informá-lo de que ele foi apagado com grande eficiência.

Agora Carl se lembrava de quem era ela. Uma das moças do escritório dos democratas.

— Mas eu pensei que discos rígidos fossem guardados para preservar as informações contidas neles.

— É verdade, mas aparentemente ninguém informou à assistente de Merete, Søs Norup, acerca desse fato.

— O que você quer dizer com isso?

— Bem, que foi ela que o apagou, de acordo com o que está escrito na parte de trás do disco: "Formatado em 20-03-2002, Søs Norup." Neste momento, tenho ele em minhas mãos.

— Mas isso foi quase três semanas depois do desaparecimento de Merete.

— Sim, é o que parece.

Aquele maldito Børge Bak e sua gangue. Será que havia alguma coisa naquela investigação que tivesse sido feita de acordo com as regras?

— Acho que podemos enviá-lo para uma análise mais detalhada. Há pessoas que são capazes de recuperar dados apagados — disse Carl.

— Eu acho que isso já foi feito. Um momento, por favor. — Carl podia ouvi-la remexer algo, e então ela estava de volta com um tom de satisfação na voz. — Sim, aqui está o relatório. No início de abril de 2002 houve uma tentativa de recuperar os dados na loja Down Under, na Store Kongensgade. Há uma explicação detalhada sobre os motivos pelos quais eles não tiveram sucesso. Quer que eu leia?

— Não é necessário — respondeu ele. — Parece que Søs Norup sabia perfeitamente como realizar esse trabalho.

227

— Parece que sim — concordou ela. — Ela é o tipo de pessoa que vai ao fundo de todas as questões.

Carl agradeceu e desligou.

Ele ficou ali, sentado, durante alguns momentos contemplando o telefone. Por fim acendeu um cigarro, pegou a agenda de Merete de cima da mesa e abriu-a com um sentimento que quase beirava a devoção. Era sempre assim que ele se sentia quando tinha a possibilidade de penetrar nos últimos dias e semanas de uma vítima de assassinato.

Como as anotações que ele já tinha visto, a caligrafia presente na agenda era praticamente ilegível. Parecia ter sido escrita por alguém que estava permanentemente com pressa. Letras maiúsculas que pareciam querer fugir. "Enes" e "gês" que não tinham sido levados até o fim. Palavras que atropelavam umas às outras. Ele começou pelo encontro com o grupo ligado às pesquisas sobre placenta, no dia 20 de fevereiro de 2002, uma quarta-feira. Na mesma página, um pouco mais abaixo, estava escrito: *Café Bankeråt 18h30*. E mais nada.

Nos dias seguintes, praticamente não havia uma linha que não estivesse preenchida. Uma programação bastante agitada, ele podia ver, mas nenhuma observação de natureza pessoal.

À medida que ele se aproximava do último dia de trabalho de Merete, um sentimento de desespero foi se apoderando dele. Não havia nada, absolutamente nada, que pudesse lhe dar uma pista. Virou então a última página. Sexta-feira, 1º de março de 2002. Duas reuniões do comitê e outra com lobistas. E era só. Tudo mais havia se perdido no passado.

Ele empurrou a agenda para o lado e olhou para a pasta vazia. Ela tinha mesmo passado cinco anos escondida atrás do aquecedor para agora não ter nenhum indício para lhe fornecer? Então pegou o diário novamente e folheou o restante das páginas. Como a maioria das pessoas, Merete tinha usado apenas o calendário e a lista de telefone na parte de trás.

Ele começou folheando a lista telefônica a partir do início. Poderia perfeitamente ter saltado logo para as letras "D" ou "H", mas preferiu protelar um pouco a desilusão. Nas letras "A", "B" e "C", ele reconheceu noventa por cento dos nomes. Aquela lista não tinha muito em comum com a sua, na qual predominavam nomes como os de Jesper, Vigga e uma infinidade de vizinhos de Rønneholt. Era fácil concluir que

Merete não tinha muitos amigos pessoais. De fato, nenhum. Uma bela mulher com um irmão deficiente e uma quantidade infernal de trabalho — e sua vida se resumia nisso. Quando chegou à letra "D", ele sabia que o número de Daniel Hale não estaria lá. Merete não listava seus contatos pelo nome próprio, como fazia, por exemplo, Vigga. Cada um com seus hábitos. Quem diabos iria procurar o do primeiro-ministro sueco na letra "G", de Göran? Isto é, com exceção de Vigga.

Foi então que ele viu. No momento em que voltou a página para a letra "H", ele sabia que todo o caso tinha atingido uma reviravolta. Falara-se de acidente, de suicídio, mas no fim não havia quaisquer dados concretos que lhes permitissem ter certeza. Desde o início, existiam indícios que levavam a crer que havia algo de estranho e de extraordinário no caso Lynggaard. Mas agora aquela página da lista telefônica gritava literalmente essa conclusão. Toda a agenda estava recheada de notas rabiscadas apressadamente. Letras e números que até Jesper teria escrito de forma mais ordenada, e aquilo lhe dizia algo. A caligrafia de Merete não era uma visão especialmente agradável, e não era o que se poderia esperar de uma pessoa como ela. Era uma constatação surpreendente, tendo em conta a sua meteórica carreira política. Mas em parte alguma Merete tinha se arrependido do que escrevera. Não havia quaisquer correções. Ela sabia exatamente o que escrevia, sempre que apontava alguma coisa. Tudo era bem ponderado. Só havia uma exceção, e encontrava-se ali, na lista telefônica, na letra "H". Ali havia algo diferente. Era natural que Carl não soubesse se isso estava relacionado com o nome de Daniel Hale, mas em seu interior, no lugar em que um policial mobiliza os últimos recursos, ele sabia que havia atingido o alvo certo. Merete riscara completamente um nome com uma caneta. Não era possível vê-lo, mas por baixo estivera anteriormente escrito o nome Daniel Hale e um número de telefone. Ele tinha certeza disso.

Carl sorriu. Ele ia precisar da ajuda da equipe forense, e eles teriam de fazer o trabalho bem e depressa.

— Assad — chamou. — Venha até aqui.

Ele ouviu um ruído no corredor, e logo depois Assad surgiu diante da porta, segurando um balde e usando luvas de borracha verdes.

— Tenho uma tarefa para você. A polícia científica precisa encontrar uma maneira de ler este número. — Apontou para a linha que estava riscada. — Lis pode dizer a você qual é o procedimento. Diga a eles que precisamos disso urgente.

Carl bateu cuidadosamente na porta do quarto de Jesper, mas, como esperava, não obteve qualquer resposta. Não está em casa, como de costume, pensou, reparando na ausência dos 112 decibéis que normalmente bombardeavam o quarto. Mas percebeu que estava enganado, o que foi comprovado quando ele abriu a porta.

A moça, cujos seios Jesper apalpava por baixo da blusa, soltou um grito de fazer gelar o sangue. E a expressão furiosa de seu enteado ressaltava a gravidade da situação.

— Desculpem — disse Carl, com relutância, enquanto as mãos de Jesper encontravam o caminho para fora da zona proibida, e as faces da garota se tornavam tão vermelhas quanto a cor de fundo do pôster de Che Guevara pendurado na parede atrás deles. Carl a conhecia. Ela não tinha mais de 14 anos, mas parecia ter 20, e morava no Cedervangen. Certamente a mãe dela também deveria ter tido aquele aspecto quando era jovem, mas, com o passar dos anos, teve de se conformar com a amarga realidade de que nem sempre era uma vantagem parecer mais velha.

— O que você está fazendo aqui, Carl? — gritou Jesper, enquanto saltava do sofá-cama.

Carl desculpou-se outra vez e mencionou o fato de ter batido à porta antes de entrar, não tendo obtido qualquer resposta.

— Continuem com o que estavam fazendo antes de... Tenho apenas uma pergunta rápida, Jesper. Sabe onde estão guardados seus antigos brinquedos da Playmobil?

Jesper parecia estar pronto para lançar uma granada de mão em cima de seu padrasto. Mesmo Carl podia ver que a pergunta havia sido bastante inoportuna.

Ele meneou a cabeça para a moça, desculpando-se.

— Eu sei que isso pode paracer estranho, mas preciso deles para uma investigação. — Voltou o olhar novamente para Jesper, que o encarava. — Você ainda tem aqueles bonecos de plástico, Jesper? Terei todo o prazer em comprá-los de você.

— Saia daqui, Carl. Vá lá para baixo conversar com Morten. Talvez consiga comprar alguma coisa dele. Mas é melhor levar a carteira bem recheada.

Carl franziu a testa. O que teria uma carteira bem recheada a ver com o assunto?

Já devia ter passado cerca de ano e meio desde a última vez que Carl batera à porta dos aposentos de Morten Holland. Mesmo que o inquilino andasse pelo térreo como se fosse um membro da família, sua vida no porão sempre fora bastante resguardada e discreta. Afinal de contas, ele dava uma contribuição nem um pouco insignificante para o pagamento do aluguel. Além disso, Carl realmente não queria saber nada sobre Morten ou seus hábitos que pudessem prejudicar a posição do homem. Por tudo isso, ele preferia manter-se afastado.

No entanto, sua preocupação revelou-se completamente infundada, pois tudo nos aposentos de Morten se mostrava extraordinariamente sóbrio. Descontando uns poucos rapazes de ombros muito largos e algumas mulheres de seios fartos em pôsteres de pelo menos um metro de altura, aquele local podia perfeitamente passar por qualquer residência de idosos na Prins Valdemars Allé.

Quando Carl lhe perguntou sobre o destino dos bonecos de Playmobil que haviam pertencido a Jesper, Morten conduziu-o até a sauna. Todas as casas em Rønneholt eram originalmente equipadas com uma sauna, mas em noventa e nove por cento dos casos, esta havia sido demolida ou convertida em depósito para armazenamento de toda tralha possível.

— Vá em frente e veja você mesmo — disse Morten, escancarando orgulhosamente a grande porta da sauna. O espaço estava cheio de estantes literalmente arqueadas com o peso de brinquedos que poucos anos antes não teriam qualquer chance no mercado de pulgas. Surpresas do Kinder Ovo, personagens dos filmes *Star Wars* e da série de animação *Tartarugas Ninja* e bonecos da Playmobil. Metade do plástico existente na casa se encontrava naquelas prateleiras.

— Veja, aqui estão dois bonecos originais da série especial para a Feira do Brinquedo de Nuremberg de 1974 — disse Morten, retirando da estante dois pequenos bonecos equipados com capacetes. — O número

3219 com a picareta e o número 3220 com a placa de sinalização do policial de trânsito, ambos intactos — prosseguiu. — Não é uma loucura?

Carl acenou com a cabeça. Não teria conseguido encontrar uma palavra mais apropriada.

— Só me falta o número 3218 para ter o conjunto completo dos operários. Jesper me ajudou a completar a coleção com as caixas 3201 e 3203. Veja, não são fantásticas? É difícil acreditar que Jesper alguma vez tenha brincado com elas.

Carl abanou a cabeça. Era óbvio que tinha sido dinheiro jogado no lixo.

— E ele me vendeu por apenas duas mil coroas. Foi bastante simpático da parte dele.

Carl olhou as prateleiras das estantes. Se fosse por ele, contaria tanto para Morten como Jesper sobre como ele costumava ganhar duas coroas por hora para espalhar estrume nos campos.

— Eu poderia pegar alguns emprestados até amanhã? De preferência, aqueles ali — disse, apontando para uma pequena família com um cão e um monte de outras coisas.

Morten Holland olhou para ele como se tivesse perdido a memória.

— Enlouqueceu, Carl? Aquela é a caixa 3965, lançada no ano 2000. Tenho o conjunto completo, com a casa, a varanda e tudo mais. — Apontou para a prateleira mais alta.

Era verdade. Lá estava a casa em toda a sua glória plástica.

— Então você tem outros que possa me emprestar? Só até amanhã à noite.

Morten tinha um olhar estranhamente surpreso no rosto.

Carl provavelmente teria a mesma reação se ele tivesse lhe pedido permissão para chutar sua bolas.

29

2007

Aquela seria uma sexta-feira agitada. Assad tinha um compromisso matinal, uma reunião no Serviço de Estrangeiros e Fronteiras, que era o novo nome que o governo tinha atribuído ao seu antigo sistema de resolver o problemas de estrangeiros, a Administração de Imigração, com o objetivo de enfeitar a realidade. Nesse espaço de tempo, Carl tinha de percorrer toda a cidade, a trabalho.

Na noite anterior, enquanto Morten Holland estava trabalhando na videolocadora, ele havia raptado em segredo a pequena família Playmobil da câmara do tesouro de seu inquilino. Agora, enquanto seguia a caminho das regiões desoladas ao norte de Zelândia, os brinquedos estavam no banco ao lado, lançando-lhe olhares frios e reprovadores.

A casa em Skævinge, onde Dennis Knudsen havia sido encontrado sufocado no próprio vômito, era como todas as outras casas da rua. Nenhuma delas tinha sequer um traço de beleza. A distância pareciam desleixadas e estranhamente harmoniosas com seus terraços desgastados e blocos de cimento.

Carl esperava que a porta fosse aberta por um robusto trabalhador rural, ou pelo menos pelo seu equivalente feminino. Em vez disso, ele se viu diante de uma mulher de 30 e poucos anos, com um aspecto tão delicado e indefinido que era impossível determinar se ela frequentava os corredores de alguma administração ou trabalhava como acompanhante em bares de hotéis caros.

Sim, naturalmente que ele podia entrar, e não, infelizmente seus pais já não estavam vivos.

Ela se apresentou como Camilla e o conduziu até a sala de estar, onde o cenário era dominado por pratos tradicionais de Natal, pequenas prateleiras na parede, repletas de bibelôs, e por tapetes.

— Que idade tinham os seus pais quando faleceram? — perguntou Carl, tentando ignorar o restante da decoração de mau gosto.

Ela percebeu o que ele estava pensando. Tudo naquela casa era proveniente de outro tempo.

— Minha mãe herdou a casa da mãe dela, e por isso, quase todas estas coisas pertenciam à minha avó — disse ela. Era óbvio que a sua própria residência não teria aquele aspecto. — Eu herdei tudo e acabei de me divorciar, por isso vou ter de mandar reformar a casa, se conseguir arranjar alguém disposto a fazê-lo. Posso dizer ao senhor que teve sorte em me encontrar aqui.

Carl pegou um porta-retrato que estava em cima da melhor peça de mobiliário da sala, uma escrivaninha revestida de nogueira. A imagem mostrava toda a família reunida: Camilla, Dennis e os pais. A fotografia tinha pelo menos uns dez anos, e os pais estavam quase tão radiantes como o sol, posando à frente do cartão comemorativo de suas bodas de prata, que dizia: *Parabéns pelas bodas de prata, Grete e Henning.* Camilla estava vestindo calças jeans tão justas que não deixavam nada à imaginação. Dennis usava um colete de couro preto e um boné de beisebol com o logotipo da Castrol.

Na cornija da lareira havia mais algumas fotografias. Carl perguntou quem eram aquelas pessoas, e pela resposta de Camilla, ele deduziu que a família não dispunha de um grande círculo de amigos.

— Dennis era louco por tudo que andasse depressa — disse Camilla, conduzindo-o ao antigo quarto do irmão.

Esperavam por ele algumas lâmpadas de lava e um potente conjunto de caixas de som, e não era só nisso que o quarto contrastava fortemente com o restante da casa. Os móveis eram claros e combinavam uns com os outros. O guarda-roupa era novo e nele estavam penduradas roupas chamativas em cabides. As paredes eram cobertas por diplomas e certificados, elegantemente emoldurados, e acima deles, em estantes de madeira de bétula que quase chegavam ao teto, repousavam todas as taças que Dennis havia conquistado. Pela estimativa de Carl, havia mais de cem delas. Era impressionante.

— Como você pode ver — disse ela —, Dennis ganhava todas as competições que participava. Corridas em motos, da Stock Car, competições de tratores, ralis e todas as classes de esportes motorizados. Ele tinha

234

um talento natural. Era bom em quase tudo o que lhe interessava, como a escrita, a matemática e uma série de outras coisas. Foi muito triste ele ter morrido. — As lágrimas brotaram em seus olhos. — Os nossos pais não conseguiram superar a morte dele. Dennis era um bom filho e um irmão maravilhoso.

Carl fitou-a com simpatia, mas ele estava confuso. Seria aquele o mesmo Dennis Knudsen de que Lis tinha falado a Assad?

— Fico feliz por investigarem as circunstâncias da morte dele — murmurou Camilla —, mas sinto que não tenham feito isso quando meus pais ainda eram vivos.

Carl olhou para ela, tentando descobrir o que havia por trás daquelas palavras.

— O que você quis dizer com "circunstâncias"? Está pensando no acidente de carro?

Ela acenou com a cabeça.

— Sim, no acidente e na morte de Dennis pouco depois. Meu irmão costumava beber de vez em quando, mas nunca tinha usado drogas. Foi o que dissemos à polícia, na época. Isso era totalmente impensável. Ele trabalhava com adolescentes e os alertava contra as drogas. Mas a polícia não deu ouvidos a isso. Eles se limitaram somente a analisar o registro criminal dele e verificar quantas multas tinha recebido por excesso de velocidade. Por isso já o condenaram antes mesmo de encontrarem aqueles comprimidos de ecstasy dentro da mochila dele. — Seus olhos se estreitaram. — Mas alguma coisa não fazia sentido, porque Dennis nunca tocou em nada daquilo. Até porque diminuiria seus reflexos ao dirigir. Ele odiava esse tipo de coisa.

— Talvez ele tenha sido tentado pela ideia de ganhar dinheiro rapidamente e planejado revender as drogas. Ou talvez tenha sentido curiosidade e quisesse experimentá-las. Você não acreditaria nas coisas que presenciamos na sede da polícia.

Agora as linhas em volta da boca de Camilla tornavam-se mais evidentes.

— Alguém o levou a fazer aquilo, e eu sei quem foi. Também disse isso à polícia.

Carl tirou o bloco de anotações do bolso.

— Sério? — O seu sabujo interior levantou a cabeça e começou a farejar. Ali havia uma pista inesperada. Ele estava completamente alerta. — E quem foi?

Camilla foi até um canto da sala e pegou uma fotografia afixada por um prego na parede coberta por um papel que, obviamente, não tinha sido mudado desde que a casa fora construída no início da década. O pai de Carl tinha tirado uma fotografia idêntica quando ele ganhou uma prova de natação em Brønderslev. Um pai orgulhoso apresentava o seu talentoso filho. Segundo as estimativas de Carl, Dennis não teria mais que 10 ou 11 anos naquela foto. Estava elegante no seu macacão de kart e era visível o orgulho com que segurava na mão o pequeno escudo de prata.

— Aquele garoto ali — disse Camilla, apontando para um rapaz de cabelos claros, que estava atrás de Dennis e tinha a mão no ombro do amigo. — Eles o chamavam de Atomos, mas eu não sei por quê. Eles se conheceram numa pista de motocross. Dennis era louco por ele, mas Atomos não valia nada.

— Então eles se conheciam desde a infância? E mantiveram contato ao longo dos anos?

— Não sei dizer com exatidão. Acho que pararam de se ver quando Dennis tinha 16 ou 17 anos. Mas sei que voltaram a se encontrar nos últimos tempos, pois minha mãe estava sempre se queixando disso.

— E por que você acha que Atomos poderia ter alguma coisa a ver com a morte do seu irmão?

Ela olhou para a fotografia com um ar triste.

— Ele não passava de um mau-caráter, e tinha a alma profundamente ruim.

— O que exatamente você quer dizer com isso?

— Que ele era um sujeito maldoso e não batia bem da cabeça. Dennis dizia que eu não o conhecia direito, mas era a verdade.

— Então por que seu irmão era amigo dele?

— Porque Atomos sempre foi a pessoa que o incentivava a dirigir. E era também alguns anos mais velho. Dennis o admirava.

— O seu irmão se asfixiou com o próprio vômito. Ele engoliu cinco comprimidos daqueles e tinha uma taxa de álcool de 4,1 gramas por litro. Não sei quanto ele pesava, mas com certeza ele bebeu muito além da conta. Você sabe se ele tinha alguma razão para beber? Já fazia isso havia muito tempo? Andava particularmente deprimido depois do acidente?

Ela o fitou com olhos tristes.

— Sim. Os meus pais diziam que o acidente teve um efeito terrível sobre ele. Dennis era um motorista incrível. Aquele foi o primeiro acidente em que ele se envolveu, e um homem morreu.

— De acordo com as minhas informações, seu irmão esteve preso duas vezes por dirigir com imprudência. Por isso ele não podia ser assim tão incrível.

— Ah! — Ela o encarou com desprezo. — Ele nunca dirigia irresponsavelmente. Quando fazia corridas na estrada, sabia perfeitamente quanto espaço livre tinha à sua frente. A última coisa que ele queria era pôr em risco a vida dos outros.

Quantos sociopatas deixariam de existir se simplesmente suas famílias estivessem prestando atenção neles? Quantos idiotas eram protegidos por quem lhes era mais próximo? Carl já tinha ouvido aquela história milhares de vezes. O meu irmão, o meu filho, o meu marido, todos eram inocentes.

— Você parece ter uma grande consideração pelo seu irmão. Não acha que está sendo um pouco ingênua?

Camilla agarrou o pulso de Carl e se aproximou tanto dele, que ele podia sentir a franja dela roçando no seu nariz.

— Se o seu trabalho de investigação for tão mole quanto o que você guarda dentro das calças, você pode desaparecer daqui agora — rosnou ela.

A reação de Camilla foi surpreendentemente forte e provocativa. Desse modo, era pouco provável que ela frequentasse os corredores de alguma administração, pensou Carl, retraindo a cabeça.

— O meu irmão era uma pessoa boa. Você está me ouvindo? — prosseguiu ela. — E se quer ter algum progresso no que está trabalhando, sugiro que leve a sério o que eu disse. — Em seguida, deu um tapinha na virilha de Carl e retrocedeu um passo. Nesse momento, houve uma metamorfose chocante. De repente, ela voltou a ser gentil, aberta e confiável novamente. Era um inferno aquela profissão que ele havia escolhido.

Carl franziu a testa e deu um passo na direção dela.

— A próxima vez que você tocar aqui, vou furar esses seus peitos de silicone e depois dizer que isso aconteceu porque você resistiu à prisão depois de me ameaçar com um dos troféus do seu irmão. E quando eu colocar as algemas nos seus pulsos e você estiver esperando por um médico na cela da prisão em Hillerød, você vai sonhar em tocar de novo onde me deu um tapinha. Vamos continuar, ou você tem alguma coisa a acrescentar sobre as minhas partes mais nobres?

Camilla manteve-se fria e sequer sorriu.

— Só estou dizendo que o meu irmão era uma boa pessoa, e você terá de acreditar em mim.

Carl desistiu. Não adiantava fazê-la mudar de ideia.

— Tudo bem — disse ele. — E onde posso encontrar esse Atomos? — perguntou, dando um passo para trás. — Tem certeza de que não se recorda de mais nada sobre ele?

— Sabe de uma coisa? Ele era cinco anos mais novo que eu. Nada me interessava menos do que ele naquela época.

Carl sorriu. Era óbvio que os interesses podiam mudar com o passar dos anos.

— Algumas marcas características? Cicatrizes? Como era o cabelo dele? Os dentes? Havia mais alguém na cidade que o conhecesse?

— Acredito que não. Ele veio de um orfanato de Tisvildeleje.

Ela se calou durante alguns instantes, pensando.

— Espere um minuto. Creio que o lugar se chamava Godhavn. — Pegou o retrato em que aparecia Atomos e o entregou a Carl. — Se prometer trazê-la de volta, você pode tentar mostrá-la a alguém lá no orfanato. Talvez eles tenham respostas para as suas perguntas.

Carl parou o carro num cruzamento inundado pela luz do sol. Sentado atrás do volante, ele começou a pensar. Poderia dirigir para o norte em direção a Tisvildeleje, a fim de conversar com o pessoal do orfanato, na esperança de que alguém ainda se lembrasse de um menino chamado Atomos, que vivera lá vinte anos atrás. Ou poderia dirigir para o sul e ir para Egely, brincar de simular o passado com Uffe. Ou poderia estacionar o carro na beira da estrada e fazer uma pausa nos pensamentos, enquanto tirava uma soneca por algumas horas. A última opção parecia especialmente tentadora.

238

Por outro lado, se não recolocasse a tempo os bonecos da Playmobil na estante de Morten Holland, corria sérios riscos de perder seu inquilino. E, com isso, uma parte significativa dos seus rendimentos.

Desse modo, ele soltou o freio de mão e virou à esquerda, em direção ao sul.

Era a hora do almoço em Egely, e o aroma de tomilho e molho de tomate exalava no ar quando Carl estacionou o carro. Ele encontrou o diretor sentado sozinho em uma comprida mesa de madeira de teca, no terraço em frente ao seu escritório. Tal como na ocasião anterior, ele estava impecavelmente bem-vestido, com um chapéu de abas largas e o guardanapo preso no colarinho. Saboreava um pequeno pedaço de lasanha, que ocupava apenas um lado do prato. O homem claramente não era o tipo de pessoa que vivia à mercê dos prazeres terrenos. O mesmo não se podia dizer de seus colegas da parte administrativa e de algumas enfermeiras, que, sentados perto dali, atacavam seus pratos bem-servidos enquanto se perdiam numa conversa extremamente animada.

Eles viram Carl surgir no corredor e se calaram subitamente. Agora era possível ouvir os sons exuberantes das aves que construíam os seus ninhos no meio da vegetação e o ruído da louça vindo de dentro da sala de jantar.

— Bom apetite — disse Carl ao sentar à mesa do diretor sem esperar por convite. — Estou aqui para perguntar ao senhor algo sobre Uffe. Tem conhecimento de que ele brincava com um carrinho no qual supostamente reviveu o acidente que o deixou deficiente? Karen Mortensen, uma assistente social de Stevns, observou essa situação pouco tempo antes do desaparecimento de Merete Lynggaard. O senhor sabia disso?

O diretor assentiu lentamente com a cabeça e deu uma garfada em sua comida. Carl olhou para o prato. Era evidente que os últimos pedaços da lasanha ainda teriam de ser engolidos antes de o incontestável rei de Egely dignar-se a se dirigir a um mero plebeu.

— Esse fato também surge no processo clínico de Uffe? — Carl não desanimou.

O diretor acenou outra vez com a cabeça e continuou a mastigar lentamente.

— Isso voltou a acontecer desde então?

O homem deu de ombros.

— Aconteceu ou não aconteceu?

O diretor meneou a cabeça.

— Gostaria de ver Uffe sozinho hoje. Apenas por dez ou quinze minutos. É possível?

O homem não respondeu.

Carl esperou que o diretor acabasse de comer, limpasse a boca com o guardanapo de pano e passasse a língua pelos dentes. Bebeu ainda um gole de água gelada e só então dirigiu o olhar para o seu interlocutor.

— Não, o senhor não pode ficar sozinho com Uffe — foi a resposta.

— Posso perguntar por qual razão?

O diretor lhe lançou um olhar condescendente.

— A sua profissão está a uma grande distância daquilo que fazemos aqui, não está? — Ele nem sequer esperou pela resposta de Carl. — Não podemos arriscar que o senhor retarde o desenvolvimento de Uffe Lynggaard, é esta a razão.

— Quer dizer que existe um desenvolvimento? Eu não sabia disso.

Carl reparou numa sombra que caía sobre a mesa e virou-se para a enfermeira-chefe, que lhe deu um aceno amigável de cabeça, despertando imediatamente recordações de um tratamento melhor do que aquele que o diretor estava disposto a oferecer.

Ela olhou para o chefe com um ar confiante.

— Eu trato do assunto. Seja como for, Uffe e eu vamos dar um passeio agora. Eu posso acompanhar o Sr. Mørck.

Era a primeira vez que Carl caminhava perto de Uffe Lynggaard, e foi com espanto que constatou o quanto o rapaz era alto. Uffe possuía membros esguios e uma postura que indicava que ele passava a maior parte do seu tempo sentado, debruçado sobre uma mesa.

A enfermeira pegou na mão dele, mas aparentemente isso não importava muito. Quando alcançaram os arvoredos perto do golfo, ele se libertou da mão dela e sentou-se na grama.

— Ele gosta de observar os corvos-marinhos, não é verdade, Uffe? — A enfermeira apontou para um bando de aves empoleiradas em árvores envelhecidas cobertas por excrementos de pássaros.

— Eu trouxe uma coisa que gostaria de mostrar a Uffe — disse Carl.

A enfermeira dispensou um olhar atento às quatro figuras da Playmobil e ao respectivo automóvel que Carl tirou de dentro de um saco plástico. Ela era uma pessoa branda, isso ele já havia notado da primeira vez, mas talvez não tão complacente quanto ele esperava.

Ela pousou a mão no seu distintivo de enfermeira, presumivelmente para conferir maior peso as suas palavras.

— Eu conheço o episódio descrito pela Karen Mortensen. Não acho que seja uma boa ideia repeti-lo.

— Por quê?

— O senhor quer tentar reproduzir o acidente enquanto ele observa, não é verdade? E espera com isso despertar qualquer coisa nele.

— Sim.

Ela acenou com a cabeça.

— Foi o que pensei. Mas, sinceramente, não sei se devo permitir. — Fez menção de se levantar, mas hesitou.

Carl colocou cuidadosamente a mão no ombro de Uffe e se agachou junto dele. Os olhos de Uffe brilhavam, felizes, com o reflexo das ondas, e Carl podia compreendê-lo. Quem não desejaria desaparecer num dia de primavera tão bonito, claro e azul como só em março os dias conseguiam ser?

Em seguida, Carl pousou o carro de brinquedo na grama em frente a Uffe, pegou as figuras e colocou-as, uma após a outra, nos assentos. O pai e a mãe na frente, a filha e o filho no banco traseiro.

A enfermeira seguia todos os movimentos. Talvez ele tivesse que voltar outro dia e repetir a experiência. Mas, dessa vez, ele queria pelo menos convencê-la de que não abusaria da sua confiança. Que a via como uma aliada.

— *Vrrrrumm* murmurou, cautelosamente, movendo o carro para a frente e para trás na grama em frente a Uffe.

Carl sorriu para Uffe e alisou com as mãos as marcas deixadas pelo carro na grama. Aquilo era o que parecia interessar mais a Uffe. A grama achatada que voltava a se endireitar.

— Agora vamos partir, Uffe, com Merete, mamãe e papai. Oh, veja, estamos todos juntos. Estamos passando pela floresta. Veja como é lindo!

Carl olhou para a mulher vestida de branco. Ela estava tensa, e as linhas ao redor de sua boca tornavam-se cada vez mais evidentes. Suas dúvidas em relação àquela ação não passavam despercebidas. Ele tinha que ter cuidado, não podia se entusiasmar demais. A enfermeira estava muito mais concentrada naquilo do que Uffe. Este, com o sol brilhando nos olhos, estava ocupado consigo mesmo e não queria saber do que o rodeava.

— Cuidado, papai — disse Carl, imitando uma voz feminina. — A pista está escorregadia, pode derrapar. — Ele balançou um pouco o carro. — Cuidado com o outro carro... está derrapando. Socorro, nós vamos bater.

Imitou ruídos de frenagem e de metal raspando na parte inferior do carro. Agora Uffe estava olhando. Carl virou o carro e as figuras caíram no chão.

— Cuidado, Merete! Cuidado, Uffe! — Carl gritou com um tom agudo. A enfermeira inclinou-se para a frente e colocou a mão no seu ombro.

— Não creio... — disse ela, meneando a cabeça. A qualquer momento podia pegar na mão de Uffe e levá-lo dali.

— *Bam!* — gritou Carl, fazendo o carro patinar pela grama. Mas Uffe não reagiu. — Eu não acho que ele esteja aqui — opinou, assegurando à enfermeira, com um gesto de mão, que o espetáculo estava terminado. — Tenho uma fotografia que gostaria de mostrar a Uffe. Pode ser? — prosseguiu. — Depois prometo deixá-los em paz.

— Uma fotografia? — repetiu ela, inquisitiva, enquanto Carl tirava as imagens de dentro do saco plástico. Ele colocou em cima da grama as duas fotografias que a irmã de Dennis Knudsen havia lhe emprestado e segurou a brochura com o retrato de Daniel Hale diante do rosto de Uffe.

Era bastante evidente que Uffe estava curioso. Ele parecia um macaco em uma gaiola que, depois de olhar para milhares de seres humanos fazendo caretas, finalmente via algo novo.

— Você conhece este homem, Uffe? — perguntou Carl, estudando com atenção o seu rosto. Uma ligeira contração muscular podia ser o único sinal que receberia. Se houvesse alguma resposta possível da mente lenta de Uffe, Carl queria ter certeza de que a veria.

— Ele esteve na sua casa em Magleby, Uffe? Foi este homem que entregou uma carta para você e Helle? Lembra-se dele? — Carl apontou para os olhos azuis e para o cabelo louro de Daniel Hale. — Foi este homem?

Uffe fitou a imagem com um olhar vazio. Então seus olhos desviaram para as fotos que estavam sobre a grama, diante dele.

Carl seguiu seu olhar e notou como de repente as pupilas de Uffe se contraíram e os seus lábios se abriram. A reação era muito clara. Tão real e visível como se alguém tivesse deixado cair uma bigorna em cima dos dedos dos seus pés.

— E este homem, Uffe, alguma vez o viu? — perguntou Carl, aproximando rapidamente a fotografia das bodas de prata da família de Dennis Knudsen perto do rosto de Uffe. — Já o viu? — Ele percebeu que a enfermeira estava atrás dele agora, mas não se importou. Queria ver as pupilas de Uffe se contraindo novamente. Era como se tivesse uma chave na mão e soubesse que ela entrava numa fechadura, mas sem saber qual.

Mas Uffe olhava para a frente, calmo, e seus olhos estavam vidrados.

— Acho que devíamos parar agora — sugeriu a enfermeira, tocando cuidadosamente no ombro de Uffe. Talvez tudo o que Carl precisasse fosse de vinte segundos a mais. Talvez tivesse sido capaz de alcançá-lo, se tivesse ficado sozinho com ele.

— Você não viu a reação dele? — perguntou Carl.

Ela balançou a cabeça.

Maldição!

Ele colocou o retrato emoldurado no chão, ao lado do outro que pegara emprestado em Skævinge.

Naquele instante, um choque passou pelo corpo de Uffe. Primeiro ele suspirou profundamente, depois levou a mão ao peito.

A enfermeira tentou acalmá-lo, mas ele não lhe deu qualquer atenção. Olhava fixamente, enquanto sua respiração estava acelerada. Tanto Carl quanto a enfermeira o ouviam, e ela começou a protestar vigorosamente. Mas, naquele momento, Carl e Uffe estavam sozinhos. Uffe em seu próprio mundo, mas a caminho do mundo de Carl, que viu os olhos dele se tornarem lentamente maiores. Como o obturador de uma câmera fotográfica, eles aumentaram, atraindo tudo ao seu redor.

Uffe olhou para baixo novamente, e dessa vez Carl seguiu seu olhar em direção à grama. Uffe estava muito presente agora.

— Você o reconhece? — perguntou Carl, pegando a fotografia de Dennis Knudsen nas bodas de prata de seus pais e aproximando-a de Uffe mais uma vez. Mas Uffe olhou para o lado, como uma criança insatisfeita, e começou a emitir sons que não pareciam os lamentos normais de uma criança. Aquilo se parecia mais com o arfar de um asmático com falta de ar. Sua respiração era quase um chiado, e a enfermeira gritou para que Carl saísse.

Ele voltou a seguir o olhar de Uffe, e agora não havia dúvidas. Os olhos do rapaz estavam fixos na outra fotografia. A fotografia de Dennis Knudsen com seu amigo Atomos, parado atrás, encostado ao seu ombro.

— Era assim que ele parecia? — perguntou Carl, apontando para o jovem Dennis no seu macacão de kart.

O olhar de Uffe, porém, se concentrava no rapaz que estava atrás de Dennis. Nunca antes Carl vira os olhos de uma pessoa fixos em algo com tanta intensidade. Era como se o rapaz na foto tivesse se apossado da alma de Uffe, como se aqueles olhos em uma velha fotografia estivessem queimando Uffe como fogo, embora estes também tivessem lhe dado vida.

E foi assim que Uffe gritou. Ele gritou tão alto que a enfermeira puxou-o para si ao mesmo tempo que empurrava Carl para o lado, fazendo-o cair na grama. Gritou tão alto que os outros internos de Egely começaram a gritar também.

Ele gritou tão alto que o bando de corvos-marinhos levantou voo das árvores, deixando tudo deserto.

30

2005-2006

Levou três dias para que Merete pudesse, por fim, sentir o dente amolecer. Três dias e três noites de pesadelo no inferno. Toda vez que ela colocava as garras do alicate ao redor daquela coisa latejante, as ondas de dor sugavam toda a sua força, e ela tinha de reunir coragem novamente. Um ligeiro empurrão para um lado e seu organismo inteiro se abatia. Alguns segundos de batimento cardíaco acelerado e uma nova tentativa de arrancar o dente, e assim o processo continuava sem fim. Por várias vezes, ela tentou puxá-lo, mas a força e a coragem abandonavam-na no exato momento em que o metal enferrujado tocava no dente.

Quando finalmente o pus começou a escorrer da gengiva e a pressão diminuiu durante alguns instantes, ela desmoronou em lágrimas de gratidão.

Merete sabia que estava sendo observada. Aquele a quem chamavam de Lasse ainda não tinha voltado, e o botão do interfone continuava emperrado. Eles não diziam nada um ao outro, mas ela conseguia ouvir seus movimentos e sua respiração. Quanto mais ela sofria, mais ofegante era a respiração deles, quase como se aquilo os excitasse sexualmente. E seu ódio contra eles crescia. Uma vez que se livrasse do dente, ela seria capaz de olhar somente para o futuro. Sim, teria sua vingança, mas primeiro precisava pensar.

Mais uma vez ela colocou o alicate enferrujado ao redor do dente e balançou-o. Nem por um segundo teve dúvidas de que o trabalho teria que ser levado até o fim. Aquele dente já tinha provocado estragos suficientes; era hora de dar fim ao sofrimento.

Uma noite ela finalmente conseguiu arrancá-lo, quando estava sozinha. Havia passado horas desde a última vez que detectara sinais de vida lá fora, de modo que o riso aliviado que ecoou no ar era dela, só dela. O sabor do pus era refrescante. O pulsar do sangue que fluía livremente pela sua boca era como uma carícia.

Ela cuspia na mão a cada segundo e passava a secreção ensanguentada nos vidros espelhados. Primeiro um, depois o outro. Quando o sangue parou de escorrer, seu trabalho estava feito. Um pequeno quadrado na vigia do lado direito, com cerca de vinte centímetros, era tudo o que ela tinha deixado livre. A partir de agora, os demônios que estavam lá fora não poderiam mais observá-la quando quisessem. Finalmente, ela estava no controle de quando aparecer no campo de visão deles.

Na manhã seguinte, Merete acordou com as imprecações da mulher que colocava a comida na portinhola.

— A vadia cobriu as janelas. Olhe para isso! Ela sujou tudo, aquela porca!

Ela ouviu o homem dizer que aquilo se parecia mais com sangue, e a mulher rosnou:

— É este o agradecimento por termos lhe dado o alicate? Para que você pudesse manchar tudo com seu sangue imundo? Se essa é sua maneira de dizer obrigado, então você vai pagar por isso. Vamos apagar a luz, e queremos ver o que tem a dizer sobre isso, vagabunda! Talvez assim você limpe essa bagunça. E até que faça isso, não receberá mais comida.

Merete ouviu quando eles fizeram um movimento para retirar o balde de alimento, mas ela se levantou rapidamente e enfiou o alicate na engrenagem. Eles não lhe tirariam sua última porção. Puxou o balde no último segundo, logo antes de o mecanismo hidráulico soltar o alicate. O mecanismo virou com um som sibilante, e em seguida a portinhola foi fechada.

— Esse truque pode ter dado certo hoje, mas amanhã não vai funcionar! — esbravejou a mulher do lado de fora. A fúria em sua voz era consoladora. — Você vai comer comida estragada até limpar as vidraças. Está me ouvindo? — Em seguida as lâmpadas fluorescentes do teto se apagaram.

Merete sentou-se no chão e ficou olhando durante algum tempo para as manchas avermelhadas nos vidros espelhados e para o pequeno quadrado que ela havia deixado livre. Percebeu que a mulher tentava alcançá-lo para espiar lá dentro, mas ela o deixara propositadamente num lugar muito alto. Não conseguia se lembrar quando fora a última vez que sentira tal sentimento de alegria e vitória. Não duraria muito tempo, ela sabia, mas dadas as circunstâncias, aqueles momentos eram o único estímulo que ela tinha para continuar a viver.

Aquilo, somado aos pensamentos de vingança, o sonho de uma vida em liberdade e a esperança de voltar a ver Uffe algum dia.

Naquela noite, Merete acendeu a lanterna de bolso pela última vez. Foi até o pequeno espaço da vidraça espelhada que não estava sujo e apontou a luz para dentro de sua boca. O buraco na gengiva era enorme, mas conforme ela podia avaliar naquelas condições, parecia estar tudo em ordem. O processo de cura já tinha começado.

Após uns poucos minutos, a luz da lanterna começou a enfraquecer, então ela ficou de joelhos para examinar o mecanismo de fechamento em torno da portinhola. Tinha visto aquilo milhares de vezes antes, mas agora precisava memorizar exatamente como era. Quem poderia garantir que as luzes do teto seriam acesas novamente?

A escotilha era arqueada e cônica, de modo a poder fechar hermeticamente o quarto. A parte inferior, que era a portinhola da escotilha, tinha cerca de 75 centímetros de altura, e nela também era quase impossível sentir as fendas através do tato. Por baixo, havia um pino de metal soldado que segurava a porta da escotilha aberta. Ela o examinou minuciosamente, até a luz da lanterna de bolso se apagar de vez.

Merete sentou-se no escuro, pensando no que poderia fazer.

Havia três coisas que ela queria controlar. Primeiro, o que as outras pessoas poderiam ver. Esse problema já estava resolvido. Logo depois de ter sido sequestrada, ela tinha procurado, meticulosamente, todas as superfícies e paredes em busca de uma câmera, mas não havia nada. Os monstros que a mantinham prisioneira ali haviam depositado toda confiança nos vidros espelhados. E eles não deveriam ter feito isso. Por esse motivo, ela agora podia movimentar-se pelo quarto sem ser vista.

Segundo, ela estava determinada a ter certeza de que não perderia a razão. Havia dias e noites em que quase não notava a sua própria presença, e havia semanas em que os pensamentos se moviam em círculos. Mas ela nunca desistia. Quando sentia que não aguentava mais, obrigava-se a pensar em outras pessoas que tinham passado por situação similar. Pessoas que foram condenadas a um confinamento solitário durante décadas, sem nem mesmo terem cometido algum crime. Havia exemplos suficientes disso na história mundial e na literatura. Papillon, o Conde de Monte Cristo e muitos outros. Se eles tinham conseguido, ela também conseguiria. Forçara-se a direcionar seus pensamentos para livros, filmes e as mais belas recordações da sua vida. Dessa forma, conseguira quebrar o vicioso círculo mental.

Porque queria continuar a ser ela mesma, Merete Lynggaard, até o dia que deixasse aquele lugar. Era uma promessa, e ela estava determinada a cumpri-la.

E quando o dia finalmente chegasse, ela estaria no controle de como iria morrer. Essa era a terceira coisa. A mulher do lado de fora havia dito antes que era Lasse quem tomava as decisões. Mas, se houvesse chance, ela poderia facilmente tomar a iniciativa. Merete já tinha se deixado levar pelo ódio, e isso podia acontecer novamente. Bastava um segundo de insanidade para ela abrir a escotilha e equalizar a pressão. Momento que estava prestes a chegar.

Por quase quatro anos, Merete estivera presa naquele cativeiro, mas a mulher também fora marcada pela passagem do tempo. Talvez seus olhos tivessem marcas profundas, quem sabe houvesse algo na sua voz. Nessas circunstâncias, era difícil adivinhar a idade da mulher, mas ela tinha idade suficiente para temer o que a vida pudesse lhe reservar. E isso a tornava perigosa.

Entretanto, não parecia que as duas pessoas que estavam lá fora soubessem muito sobre questões técnicas. Eles nem sequer conseguiam consertar um botão que estava emperrado. E era pouco provável que fossem capazes de equalizar a pressão de outra forma que não através do mecanismo giratório da escotilha. Pelo menos era isso que Merete esperava. Assim, se ela garantisse que eles não conseguiriam abri-la, a menos que ela permitisse, então teria tempo suficiente para cometer suicídio. O alicate era seu único instrumento. Certamente conseguiria abrir suas artérias com as pontas afiadas da ferramenta, caso eles, lá fora, decidissem de repente diminuir a pressão no quarto. Ela não sabia exatamente o que aconteceria, mas a mulher havia dito que arrebentaria a escotilha por dentro, e isso era assustador. Nenhuma morte poderia ser pior. Era por esse motivo que ela queria decidir quando e como isso aconteceria.

248

Se acontecesse de Lasse voltar e ter outros planos em mente, ela não teria nenhuma ilusão ingênua. Certamente o quarto tinha outros canais para equalizar a pressão, além da engrenagem da escotilha. Talvez o sistema de ventilação também pudesse ser utilizado com esse objetivo. Ela não fazia a menor ideia do fim para o qual o quarto havia sido originalmente construído, mas com certeza tinha custado muito dinheiro. E ela presumia que aquelas instalações já tivessem sido de grande importância. Seguramente também existiam dispositivos próprios para casos de emergência. Ela tinha visto pequenos bicos de metal por baixo das luminárias que estavam penduradas no teto. Não eram muito maiores do que seu dedo mindinho, mas isso seria o suficiente. Talvez fosse através deles que o ar fresco era bombeado lá para dentro, ou, quem sabe, os bicos pudessem ser utilizados para equalizar a pressão. Mas uma coisa era certa: se o tal Lasse quisesse lhe fazer mal, ele sabia como executar os seus planos.

Mas até isso acontecer ela tentaria se concentrar apenas nas ameaças imediatas. Desatarraxou a pequena tampa na ponta da lanterna de bolso, retirou as pilhas e constatou, com satisfação, que a borda da lanterna era rija, forte e afiada.

A distância entre a borda da escotilha e o chão era de apenas alguns centímetros; então, se conseguisse cavar um buraco abaixo do pino que tinha sido soldado para manter a porta da escotilha aberta, ela seria capaz de enfiar a lanterna no buraco, evitando assim que a portinhola se abrisse.

Merete segurou a lanterna junto ao peito. Naquele momento, dispunha de uma ferramenta que lhe transmitia a sensação de poder controlar alguma coisa em sua própria vida. Isso fazia com que ela se sentisse indescritivelmente bem. Como na primeira vez que tomara a pílula anticoncepcional, ou como quando desafiara sua família adotiva e partira, levando Uffe consigo.

Merete jamais havia imaginado que o trabalho de escavar o chão de concreto pudesse ser tão duro. Os primeiros dias, nos quais ainda tinha o suficiente para comer e beber, passaram num instante, mas quando o balde com a comida esvaziou, suas forças desapareceram rapidamente. Ela sabia que não tinha muitas reservas de energia. Mas a comida enviada nos últimos dias era absolutamente intragável. Eles estavam realmente se vingando dela. O mau cheiro a impedia de comer qualquer coisa que viesse do balde. A comida cheirava a animais mortos jogados na terra e apodrecidos no tempo. Todas as noites, ela passava cinco ou seis horas escavando o chão por baixo da escotilha com a ponta afiada da lanterna. O buraco tinha de ser suficientemente grande para encaixá-la, e como era a própria lanterna que servia de ferramenta de escavação, era preciso ter muito cuidado para que esta não quebrasse. Ela tinha de girar a borda no chão, garantindo que o diâmetro do buraco correspondesse ao da lanterna, e depois remover o concreto em camadas muito finas.

No quinto dia, ainda não tinha conseguido escavar sequer dois centímetros, e o seu estômago reclamava de fome.

A bruxa continuava a repetir suas exigências todos os dias exatamente à mesma hora. Se Merete não limpasse as vidraças, ela não acenderia a luz, e continuaria a enviar comida estragada. O homem tentara intermediar, mas de nada adiantara. E agora eles estavam novamente ali fora, fazendo mais exigências. Merete não ligava para a escuridão, mas seu corpo gritava por comida. Se não comesse ficaria doente, e isso era uma coisa que ela queria evitar a todo custo.

Olhou para a película avermelhada que brilhava debilmente nas vidraças.

— Se é tão importante para vocês, mande algo para que eu possa limpar os vidros — gritou finalmente.

— Use as mangas da roupa e urina, dessa maneira acenderemos a luz e lhe enviaremos alguma comida — respondeu a mulher.

— Tudo bem, mas vocês terão de enviar um novo casaco.

A mulher soltou sua familiar gargalhada repugnante. Ela não respondeu, apenas riu até os pulmões se esvaziarem. Depois o silêncio voltou.

— Não farei isso — afirmou Merete.

Mas fez. Aquilo não lhe tomou muito tempo, mas ela sentiu a sensação de ser a pior derrota de sua vida.

Apesar de estarem lá fora de vez em quando, eles não conseguiam ver o que Merete estava fazendo. Ali, sentada bem perto da porta, ela ficava num ângulo cego, exatamente como quando se sentava no chão entre as duas vigias. Caso eles aparecessem de surpresa durante a noite, certamente ouviriam o ruído da raspagem, mas isso nunca aconteceu. Ela sabia que a noite lhe pertencia.

Quando ela tinha cavado quase quatro centímetros de concreto, sua existência, até então tão previsível, mudou de forma radical. Estivera sentada sob as lâmpadas fluorescentes, esperando pela comida, quando calculou que o dia do aniversário de Uffe estava próximo. Era certo que o mês de maio já tinha chegado. Era maio pela quinta vez desde que ela estava presa ali. Maio de 2006. Ficara sentada junto ao balde higiênico, lavando os dentes e pensando em Uffe, imaginando claramente o sol dançando num céu azul e brilhante.

— Feliz aniversário — murmurou com voz rouca, visualizando o rosto feliz de Uffe. Em algum lugar lá fora, ele estava bem, disso ela tinha certeza. Claro que ele estava bem. Era o que dizia a si mesma, frequentemente.

— O botão é este, Lasse — disse de repente a voz da mulher. — Não conseguimos puxá-lo novamente para fora, por isso ela consegue ouvir tudo o que dizemos.

A imagem do céu azul desapareceu, e o coração de Merete começou a bater descontroladamente. Era a primeira vez que ela ouvia a mulher falar com o homem que se chamava Lasse.

— Há quanto tempo? — perguntou uma voz abafada, que fez Merete prender a respiração.

— Desde a última vez que você esteve aqui. Cinco ou seis meses.

— Vocês disseram alguma coisa que ela não devesse ouvir?

— Claro que não.

Durante um momento fez-se silêncio.

— Em breve não fará a menor diferença. Deixem ela ouvir o que estamos dizendo. Pelo menos até que eu decida outra coisa.

Aquela observação foi como um golpe de machado para Merete.

Em breve não fará a menor diferença. O que deixaria de fazer diferença? O que ele queria dizer com aquilo? O que ia acontecer?

— Durante o tempo que você esteve fora, ela tentou morrer de fome. E uma vez ela bloqueou a escotilha. Por fim, sujou as vidraças com o seu próprio sangue, para que não pudéssemos olhar lá para dentro.

— Nosso irmãozinho disse que ela teve dor de dente por algum tempo. Gostaria de ter visto isso — disse Lasse.

A mulher riu secamente. Eles sabiam que Merete estava ouvindo o que diziam. Por que estavam agindo assim? O que ela tinha feito para eles?

— O que eu fiz para vocês, seus monstros? — gritou a plenos pulmões, enquanto se levantava. — Apaguem a luz aqui dentro para que eu possa vê-los! Apaguem a luz para eu consega olhar nos olhos de vocês enquanto falam!

Novamente ela ouviu a mulher rir.

— Vai sonhando, garota! — gritou ela em resposta.

— Quer que apaguemos a luz? — Lasse deu uma gargalhada. — Claro, por que não? — disse ele. — Vamos tornar as coisas mais sérias. Pelo menos assim teremos alguns dias interessantes antes de tudo estar terminado.

Aquelas eram palavras terríveis. A mulher tentou protestar, mas o homem calou-a com algumas observações duras. Foi então que as lâmpadas acima de sua cabeça se apagaram.

Merete ficou ali parada durante alguns instantes com o coração disparado, tentando acostumar-se à luz fraca que entrava no quarto vinda do exterior. Inicialmente, ela percebeu os monstros que estavam lá fora como meras sombras, mas aos poucos estas foram se tornando cada vez mais distintas. A mulher não ultrapassava o canto inferior de uma das vigias, o homem era muito mais alto. Ela supôs que fosse Lasse. Ele se aproximou lentamente e sua figura começou a ganhar contornos. Ombros largos, boa aparência. Diferente do outro homem, alto e magro.

Ela sentiu um desejo de amaldiçoá-los e ao mesmo tempo pedir-lhes para ter pena dela. Qualquer coisa que pudesse fazê-los dizer por que estavam fazendo aquilo. Ali estava ele, o homem que tomava as decisões. Era a primeira vez que ela o via, e havia algo perturbador e emocionante nesse momento. Sentia que era ele quem ia decidir se ela poderia saber mais, e agora ela queria fazer valer seus direitos. Mas quando ele se aproximou mais um passo e ela viu seu rosto, as palavras se recusaram a sair de sua boca.

Merete olhou, chocada, para a boca dele. Viu o esboço de um sorriso frio. Viu os dentes brancos aparecendo lentamente. Viu tudo se unindo num grande quebra-cabeça e sentiu um tremor por todo o seu corpo.

Agora ela sabia quem era Lasse.

31

2007

Foi ainda no gramado de Egely que Carl se desculpou com a enfermeira pelo episódio com Uffe. Em seguida, ele jogou as fotografias e as figuras da Playmobil dentro do saco plástico e se dirigiu a passos largos para o estacionamento. Ao fundo ainda era possível ouvir os gritos de Uffe. Só quando ligou o motor foi que ele reparou que o pessoal de enfermagem descia a encosta, numa cena caótica. Aquele era o fim de suas investigações em Egely. Bastante justo.

A reação de Uffe tinha sido muito forte. Agora Carl sabia que, de certa forma, o rapaz vivia no mesmo mundo de todas as outras pessoas. Uffe tinha olhado nos olhos de Atomos, na fotografia, e isso o deixara profundamente abalado. Não havia dúvidas. Aquilo significava um extraordinário passo à frente.

Carl parou em uma estradinha e digitou o nome da instituição Godhavn no computador portátil disponível em seu carro. O número do telefone foi o primeiro a aparecer.

Ele não precisou explicar muito sobre o motivo de estar telefonando. Aparentemente o pessoal da instituição estava habituado a ser contatado pela polícia, por isso ele podia ir direto ao assunto.

— Não se preocupe — disse ele. — Nenhum de seus internos fez algo errado. Trata-se de um rapaz que viveu nessa instituição no final dos anos 80. Não sei o nome verdadeiro dele, mas era conhecido por Atomos. Este nome diz alguma coisa a você?

— No final dos anos 80? — repetiu a funcionária em serviço. — Não, não trabalho aqui há tanto tempo assim. Nós temos registros de todas as crianças, mas dificilmente encontraremos apelidos como este. Tem certeza de que não tem outro nome que possamos procurar?

— Lamento, mas não tenho. — Carl olhou para os campos que cheiravam a estrume. — Você conhece algum funcionário que tenha trabalhado aí nessa época?

— Hum. Não entre os funcionários efetivos. Estou certa disso. Mas, deixe-me ver... Sim, temos um colega aposentado, John, que costuma vir aqui algumas vezes por semana. Ele não consegue ficar longe dos rapazes, e eles também não ficam sem John. Com certeza ele trabalhava aqui nessa época.

— E por acaso ele está por aí hoje?

— John? Não, ele está de férias. Foi a Gran Canária. Segundo ele, por 1.295 coroas. Quem poderia resistir?, como ele mesmo diz. Mas estará de volta na segunda-feira. Posso ver se ele virá aqui. É quase certo que sim, para bem dos rapazes. Eles gostam dele. Ligue novamente na segunda-feira e veremos o que pode ser feito.

— Poderia me dar o número de casa dele?

— Sinto muito, mas não posso. É nossa política nunca fornecer os números privados dos nossos funcionários. Nunca se sabe quem está ao telefone.

— O meu nome é Carl Mørck. Acho que já mencionei. Sou investigador criminal, você deve se lembrar.

A mulher riu.

— Tenho certeza de que o senhor conseguirá obter o número dele, sendo tão competente, mas sugiro que espere até segunda-feira e volte a nos ligar. OK?

Depois de ter dado por encerrada a conversa, Carl recostou-se no assento e olhou para o painel do carro. Era quase uma hora. Havia tempo para voltar ao escritório e examinar se a bateria do celular de Merete Lynggaard ainda funcionava após cinco anos, o que era incerto. Se não funcionasse, eles teriam de arranjar uma nova o mais depressa possível.

Nos campos, por trás das colinas, as gaivotas voavam em bandos. Por baixo delas, um veículo roncava e levantava a terra poeirenta. Foi então que apareceu a capota da cabine do condutor. Era um trator, um Landini maciço de cabine azul que avançava impassível pelo campo. Era o tipo de coisa que uma pessoa saberia se tivesse crescido com as botas cheias de estrume. É hora de espalhar estrume por aqui, pensou Carl, decidindo partir antes que o fedor soprasse em sua direção e entrasse no sistema de ar condicionado do carro.

Naquele momento ele avistou o agricultor por trás das janelas de acrílico. O homem usava um boné de beisebol, e toda a sua atenção estava voltada para o trabalho, na perspectiva de ter uma safra recorde naquele verão. Tinha a face rosada e envergava uma camisa quadriculada de vermelho e preto. Uma verdadeira camisa de lenhador, facilmente reconhecível.

Droga, Carl pensou. Ele tinha esquecido de telefonar aos seus colegas de Sorø. Queria lhes dizer que acreditava se lembrar do tipo de camisa quadriculada que o criminoso de Amager vestia. Suspirou ante o pensamento. Se ao menos eles o tivessem deixado fora do caso! Em breve teria provavelmente de voltar a visitá-los, para identificar a camisa pela segunda vez.

Ele digitou o número e foi atendido pelo agente de serviço, que o passou imediatamente ao chefe da investigação. Jørgensen era o seu nome.

— Aqui é Carl Mørck, de Copenhague. Acho que posso confirmar que uma das camisas que me foram mostradas corresponde a usada pelo criminoso de Amager.

Jørgensen não respondeu. Por que diabo o homem pelo menos não pigarreava para que Carl soubesse que ele ainda estava na linha?

Em vez disso, foi Carl quem fez um ruído, pensando que aquilo pudesse fazê-lo reagir, mas Jørgensen não disse uma palavra. Talvez estivesse tapando o bocal do telefone com a mão.

— Tenho sonhado com isso nas últimas noites — prosseguiu Carl. — Muitas cenas do tiroteio têm voltado a minha mente. Incluindo a camisa. Posso vê-la claramente agora.

— E daí? — perguntou Jørgensen, após um longo silêncio do outro lado da linha. Seria de esperar que ele tivesse ficado satisfeito pelo que acabara de ouvir.

— Você não quer saber qual a camisa eu estou pensando que estava na mesa?

— E você acha que pode se lembrar?

— Se ainda consigo me lembrar da camisa depois de ter levado uma bala na cabeça e de um homem de 150 quilos ter caído em cima de mim, ao mesmo tempo que um litro e meio de sangue dos meus melhores colegas esguichavam na minha direção, você não acha que consigo me lembrar da ordem das malditas camisas após quatro dias?

— Realmente não me parece normal.

Carl contou até dez. Era bem possível que não fosse normal na Storgade, em Sorø. Essa era provavelmente a razão pela qual ele trabalhava num departamento que tinha vinte vezes mais casos violentos do que em Sorø.

Por fim, disse apenas:

— Também sou bom no jogo da memória.

Seguiu-se uma nova pausa, até sua resposta penetrar na mente de Jørgensen.

— Sério? Bem, então eu certamente vou gostar de ouvir o que você tem a dizer.

— A camisa era a que estava na ponta do lado esquerdo da mesa — disse Carl. — Aquela que estava mais perto da janela.

— OK. Isso coincide com o que nos foi dito pela testemunha.

— Bom, fico feliz. Bem, isso é tudo. Vou enviar um e-mail para você ficar com meu testemunho por escrito. — Nesse momento o trator que percorria os campos já se encontrava preocupantemente próximo. O spray de estrume e urina que as mangueiras despejavam no chão era uma verdadeira alegria para os olhos.

Carl fechou a janela do lado do passageiro e queria dar por encerrada a conversa.

— Só um momento antes de você desligar — disse Jørgensen. — Detivemos um suspeito. Bem, aqui entre nós, posso dizer que estamos convencidos de que apanhamos um dos criminosos. Quando você acha que pode vir aqui fazer um reconhecimento? Talvez amanhã?

— Um reconhecimento? Não, eu não posso fazer isso.

— O que quer dizer?

— Amanhã é sábado, e é meu dia de folga. Quando acordar, vou levantar, fazer uma xícara de café e voltar para a cama. É possível que não faça mais nada o dia inteiro, nunca se sabe. Além disso, não cheguei a ver nenhum dos criminosos em Amager, o que já disse e repeti várias vezes, como você poderá confirmar lendo os relatórios. E como infelizmente o rosto do homem não apareceu em meus sonhos, você pode ter certeza de que nunca mais o vi desde então. Por isso, não vou passar por aí. Tudo bem por você, Jørgensen?

256

Novamente aquele maldito silêncio. Era mais enervante do que aqueles políticos que interrompiam frases intermináveis com um "hum" a cada duas palavras.

— Só você pode decidir se está bem ou não — respondeu Jørgensen ao fim de alguns instantes. — Afinal de contas, foram os seus amigos que sofreram nas mãos desse homem. Em todo caso, revistamos o apartamento do suspeito e muitos dos objetos que encontramos lá indicam que os crimes de Amager e de Sorø estão relacionados.

— Muito bom, Jørgensen. Boa sorte, então. Vou acompanhar a história pelos jornais.

— Sabe que terá que se apresentar como testemunha quando o caso chegar ao tribunal, não sabe? O fato de ter reconhecido a camisa ajuda a relacionar os dois crimes.

— Sim, sim, estarei lá. Boa sorte.

Carl desligou e começou a sentir uma sensação desagradável no peito. Uma sensação mais forte do que antes. Talvez ela pudesse ser atribuída ao mau cheiro que subitamente invadira o carro, mas também poderia ser o prenúncio de algo sério.

Durante um minuto, ele permaneceu sentado e em silêncio, esperando que a pressão diminuísse um pouco. Em seguida, ligou o motor do carro. Depois de ter dirigido cerca de quinhentos metros ao longo da estrada, ele parou, abriu a janela e começou a sentir falta de ar. Arqueou as costas tanto quanto podia a fim de aliviar a tensão. Então começou a puxar o ar mais e mais para dentro dos pulmões. Ele tinha visto outras pessoas sofrerem aquele tipo de ataque de pânico, mas vivenciá-lo em seu próprio corpo era totalmente surreal. Abriu a porta do carro e pôs as mãos em concha diante da boca para aliviar o efeito da hiperventilação. Depois escancarou completamente a porta.

— Maldição! — exclamou, saindo do carro e cambaleando pela valeta, curvado para a frente. Seu coração batia como um pistão. De repente as nuvens começaram a girar por cima de sua cabeça, o céu se fechando em torno dele. Enquanto procurava o celular no bolso do casaco, deixou-se deslizar no chão para evitar perder os sentidos de repente. Seria possível que ele morresse de um maldito ataque cardíaco sem ter nada a dizer sobre o assunto?

Um carro que passava por ali diminuiu a velocidade. Seus ocupantes não conseguiam vê-lo lá embaixo, na valeta, mas ele conseguia ouvi-los.

— Que coisa estranha — disse uma voz, mas depois o carro acelerou e seguiu viagem.

Se eu tivesse anotado a placa, dava-lhes uma boa lição. Foi a última coisa que Carl pensou antes de tudo escurecer.

Quando Carl acordou, segurava o celular colado ao ouvido e seus lábios estavam cheios de terra. Cuspiu, passou a língua pelos lábios e olhou em volta, desnorteado. Levou a mão ao peito. A pressão ainda não tinha desaparecido completamente, mas ele concluiu que não estava tão mal quanto temia. Levantou-se com muito esforço e rastejou até o carro. Deixou-se cair no banco do motorista e olhou para o relógio. Faltava pouco para uma e meia. Significava que não ficara muito tempo fora de si.

— O que está havendo, Carl? — perguntou a si mesmo. Sua boca estava seca e a língua parecia duas vezes mais grossa que o habitual. Sentia as pernas geladas, enquanto o tronco estava encharcado de suor. Alguma coisa estava muito errada com seu corpo.

Você está prestes a perder o controle, ele ouviu sua voz interior. Foi então que o celular tocou.

Assad não perguntou como ele se sentia. Por que deveria?

— Carl, temos um problema — disse sem rodeios, enquanto Carl praguejava interiormente. — Os técnicos não tem como remover os riscos da lista telefônica de Merete Lynggaard. Eles dizem que o número e os riscos foram feitos com a mesma caneta esferográfica. E mesmo que a tinta tenha secado em momentos diferentes, existe o perigo de ambos desaparecerem.

Carl levou a mão ao peito. Agora sentia como se tivesse engolido to-neladas de ar. Era uma dor danada. Teria realmente sofrido um ataque cardíaco? Ou era apenas algo parecido com isso?

— Eles dizem que devemos enviar a agenda para a Inglaterra. Falaram algo sobre a combinação de um tipo de processo de digitalização com emersão química. — Assad provavelmente esperava que Carl corrigisse os termos que estava usando, porém Carl tinha mais o que fazer. Estava completamente ocupado, piscando os olhos e aguentando os espasmos insuportáveis que assolavam o seu tronco. — Eles dizem que só receberemos o resultado dentro de três ou quatro semanas. Acho que é muito tempo. O que você acha?

Carl estava tentando se concentrar, mas Assad não tinha paciência para esperar.

— Talvez eu não devesse dizer isto, Carl, mas acho que posso realmente contar com você, então, vou lhe dizer de qualquer maneira. Eu conheço um sujeito que pode fazer isso por nós. — Assad fez uma pausa, esperando por algum tipo de observação, mas esperou em vão. — Carl, você ainda está aí?

— Estou, caramba! — vociferou ele. Então respirou profundamente, expandindo os pulmões até o limite. Sentiu uma dor infernal, antes de a pressão diminuir. — Quem é ele? — perguntou, tentando relaxar.

— Você não vai querer saber, Carl. Mas garanto que ele é muito bom. Ele é do Oriente Médio, conheço-o muito bem e sei que ele é bom. Devo entrar em contato com ele?

— Um momento, Assad. Preciso pensar.

Carl saiu do carro e ficou encostado à porta por um momento, o torso inclinado, a cabeça abaixada e as mãos sobre os joelhos. Esperou o sangue fluir de volta ao cérebro. Seu rosto estava em chamas, mas a pressão no peito havia desaparecido. Ah, como era bom se sentir bem! Apesar do mau cheiro que vinha do campo, o ar ali fora parecia refrescante.

Quando endireitou o corpo, sentiu-se bem melhor. Pegou o telefone e retomou a conversa:

— OK, Assad. Estou de volta. Não podemos ter nenhum falsificador de passaportes trabalhando para nós. Você está me ouvindo?

— Quem disse que ele é um falsificador de passaportes? Eu que não fui.

— Então ele é o quê?

— Ele era simplesmente bom fazendo esse tipo de coisas lá no lugar de onde veio. Consegue remover carimbos sem deixar marca. Deve ser bem simples para ele remover um pouco de tinta. Você não precisa saber mais nada sobre o assunto. E ele também não precisa saber para que fim o fará. Ele é rápido, Carl, e não custará nada. Ele me deve um favor.

— O quanto ele é rápido?

— Se formos em frente, teremos os resultados na segunda-feira.

— Então vá em frente e dê logo isso para ele.

Assad murmurou qualquer coisa do outro lado da linha. Presumivelmente "OK" em árabe.

— Só mais uma coisa, Carl. A Sra. Sørensen, da Divisão de Homicídios, quer que eu diga a você que a testemunha, aquela mulher do caso do ciclista assassinado, começou a falar um pouco mais. E ela...

— Pare com isso Assad. Esse caso não é nosso. — Sentou-se novamente dentro do carro. — Temos trabalho suficiente para fazer com os nossos próprios casos.

— A Sra. Sørensen não disse isso para mim, mas acho que o pessoal do terceiro andar gostaria de ouvir sua opinião, mas sem perguntar diretamente a você.

— Então suba lá e descubra tudo o que ela sabe, Assad. E, na segunda-feira de manhã, vá visitar o Hardy e conte tudo a ele. Tenho certeza de que essa história divertirá mais a ele do que a mim. Pegue um táxi, e nos veremos mais tarde na sede da polícia, OK? Dê meus cumprimentos ao Hardy e diga a ele que o visitarei na próxima semana.

Carl terminou a conversa e olhou para o para-brisa que estava completamente molhado. Mas não estava chovendo. Ele podia sentir o cheiro de dentro do carro. Era urina de porco, à la carte. Um menu de primavera no campo.

Em cima da mesa de Carl havia um aparelho de chá suntuosamente ornamentado. Se Assad tinha pensado que a chama de óleo manteria o chá quente até o retorno de seu chefe, ele estava enganado. O líquido na chaleira tinha evaporado completamente e o fundo estava tão seco que crepitava. Carl apagou a chama com um sopro e deixou-se cair pesadamente em sua cadeira. Voltou a sentir a pressão no peito. Já tinha ouvido falar daquela situação. Um aviso, depois o alívio. Um novo aviso e, então, a pessoa caía morta. Uma perspectiva maravilhosa para um homem que ainda tinha muitos anos pela frente antes de se aposentar.

Ele pegou o cartão de visita de Mona Ibsen e pesou-o na mão. Vinte minutos na companhia daquele corpo quente e suave e ele certamente se sentiria muito melhor. A única questão era se ele se sentiria tão bem tendo que se contentar apenas com seu olhar quente e suave.

Pegou o telefone e digitou o número dela. Enquanto o sinal de chamada soava, a pressão no peito retornou. Seria aquilo um batimento cardíaco cheio de vida ou um aviso do contrário? Como ele poderia saber?

Quando Mona atendeu o telefone, ele começou a respirar com dificuldade.

— Aqui é Carl Mørck. — Foi com grande esforço que articulou o seu nome. — Estou preparado para fazer uma confissão.

— Então seria melhor você ir para a Igreja de São Pedro — respondeu ela, seca.

— Não, estou falando sério. Hoje tive um ataque de pânico. Pelo menos acho que foi isso. Não estou me sentindo bem.

— Então podemos marcar para segunda-feira, às onze da manhã. Devo prescrever um calmante ou você consegue passar o fim de semana assim?

— Consigo passar assim — respondeu ele, ainda que não estivesse tão seguro disso quando desligou o telefone.

O tempo passava sem piedade. Em menos de duas horas Morten Holland estaria de volta em casa depois de seu turno vespertino na videolocadora.

Carl desconectou o celular de Merete Lynggaard do carregador e o ligou. No visor apareceu: "Introduzir código PIN." Pelo menos a bateria estava funcionando.

Ele tentou com a combinação de números 1-2-3-4 e recebeu uma mensagem de erro. Em seguida digitou 4-3-2-1, e recebeu a mesma mensagem. Agora só tinha mais uma tentativa; se não acertasse, teria de enviar o aparelho aos especialistas. Procurou a data de aniversário de Merete no processo. Mas também havia a hipótese de ela ter usado a data de aniversário de Uffe. Folheou os documentos e encontrou. Ela podia igualmente ter combinado as duas datas ou até ter escolhido algo completamente diferente. Ele decidiu tentar uma combinação dos aniversários dos dois irmãos e digitou os dois primeiros algarismos de cada um, a começar pelo de Uffe.

Bingo! Quando surgiu no visor a imagem de um sorridente Uffe, com o braço em volta do pescoço de Merete, a pressão no peito de Carl desapareceu por um momento. Qualquer outro teria entoado um urro

261

de vitória, mas ele não tinha energia para tanto. Em vez disso, colocou as pernas em cima da mesa.

Conforme o aperto no peito voltava, ele abriu a lista de chamadas recentes e passou os olhos pelos telefonemas recebidos e feitos entre 15 de fevereiro de 2002 e o dia em que Merete havia desaparecido. Era uma lista longa. Alguns daqueles números teriam de ser pesquisados nos arquivos da companhia telefônica. Números que desde então haviam sido substituídos e depois novamente substituídos por outros. Parecia um trabalho penoso, mas uma hora depois já era possível reconhecer um padrão: durante todo aquele período, Merete Lynggaard tinha se comunicado exclusivamente com colegas e representantes de grupos de interesses. Trinta das chamadas recebidas tinham vindo de seu próprio secretariado, a última das quais no dia 1º de março.

Aquilo significava que todas as chamadas do falso Daniel Hale tinham sido feitas para seu telefone fixo em Christiansborg. Isso se houvesse alguma chamada.

Carl suspirou e usou o pé para empurrar uma pilha de papéis para o meio de sua mesa. Sua perna coçava para dar um pontapé no traseiro de Børge Bak. Se a equipe de investigação da época tivesse elaborado uma lista das chamadas feitas para o telefone fixo do escritório de Merete, certamente se perdera, pois não havia nenhuma no processo.

Bem, ele teria que deixar essa questão para Assad cuidar na manhã de segunda-feira, enquanto se entregava aos cuidados de Mona Ibsen.

A seleção de brinquedos da Playmobil na loja de brinquedos em Allerød não era nada má, pelo contrário; mas os preços eram exorbitantes. Como os cidadãos daquela cidade ganhavam dinheiro suficiente para colocar crianças no mundo era um mistério para Carl. Ele escolheu o conjunto mais barato que conseguiu encontrar com mais de dois bonecos, um carro da polícia com dois policiais, que custava 269,75 coroas, e pediu um recibo. Tinha certeza de que Morten Holland ia querer trocar o conjunto.

Assim que Morten chegou em casa, Carl confessou o que tinha feito. Tirou do saco plástico os objetos que tomara emprestado e colocou-os em cima da mesa, e ao lado pôs sua recém-adquirida aquisição. Disse a Morten que lamentava o sucedido, e garantiu que nunca mais voltaria a fazê-lo. E, acima de tudo, que nunca mais entraria em seus domínios quando ele não estivesse em casa. Morten reagiu conforme o esperado, mas ainda assim foi uma surpresa ver até que ponto aquele enorme exemplo dos efeitos devastadores de uma alimentação rica em gordura e da falta de exercício era capaz de retesar o corpo com tanta raiva física. Era inacreditável como uma ofensa conseguia levar um corpo a tremer daquela maneira e como o desapontamento podia ser expressado com tamanha riqueza de vocabulário. Carl não tinha apenas se limitado a pisar nos calos de Morten, como aparentemente tinha-os arrebentado sem perdão.

Carl olhou, consternado, para a pequena família de plástico que estava em cima da mesa da cozinha, e pensou no quanto gostaria de poder desfazer tudo o que tinha acontecido. Foi então que a pressão no peito voltou, e de uma forma completamente nova.

Agora não eram apenas dores. A sua pele parecia muito rígida, os músculos davam a sensação de ferver com o aumento do fluxo sanguíneo. Os espasmos na musculatura abdominal pressionavam os seus órgãos internos contra a coluna vertebral. A pulsação estava completamente descontrolada. Tudo aquilo não apenas lhe causava dor, como ainda o impedia de conseguir respirar.

Morten estava tão ocupado, dizendo que Carl devia começar a procurar outro inquilino, que não percebeu nada. Somente quando Carl caiu no chão, sacudido pelos espasmos, que Morten se deu conta de que algo errado estava acontecendo.

Poucos segundos depois, ele se ajoelhou junto a Carl e, de olhos arregalados, perguntou se ele queria um copo de água.

Um copo de água? Que bem isso lhe faria?, Carl pensou, enquanto sua pulsação batia irregularmente. Morten estava planejando derramar água em cima dele para que seu corpo tivesse uma pequena lembrança de uma breve chuva de verão? Ou ele estava pensando em despejá-la garganta abaixo, por entre os dentes cerrados, que no momento estavam rangendo com a baixa pressão em seus pulmões imobilizados?

— Sim, obrigado, Morten — obrigou-se a dizer. Tudo o que fosse preciso para que eles pudessem chegar a um acordo, mesmo que no chão da cozinha.

Quando Carl conseguiu finalmente se levantar e se sentar numa ponta do sofá gasto, o pragmatismo se impôs no assustado Morten.

Se uma pessoa serena como Carl cimentava o pedido de desculpa com um colapso tão violento, era porque ele estava realmente sendo sincero.

— Muito bem, Carl. Vamos pôr um ponto final nesta história, OK? — disse Morten com ar solene.

Carl concordou. O importante era que a paz do lar estava assegurada e ele podia ter algumas horas de sossego antes de Mona Ibsen começar a escarafunchar seu interior.

32

2007

Carl havia escondido duas garrafas meio vazias de uísque e gim atrás de alguns livros que estavam na estante da sala de estar. Bebida que Jesper ainda não tinha descoberto, caso contrário, ele teria contribuído generosamente para uma de suas festas improvisadas.

Carl bebeu a maior parte das duas garrafas até uma sensação de calma finalmente descer sobre ele. Foi assim que ele passou horas intermináveis do fim de semana. Durante os dois dias, ele se levantou apenas três vezes para ir buscar algo para comer na geladeira. Jesper não estava em casa e Morten tinha ido visitar os pais em Næstved. Quem se preocupava se os prazos de validade já tinham expirado e se a comida era tudo, menos saudável?

Quando a segunda-feira chegou, foi a vez de Jesper tentar arrancar Carl da cama.

— Levante-se, Carl. O que há com você? Preciso de dinheiro para comprar comida. A geladeira está completamente vazia.

Carl olhou para o enteado com olhos que se recusavam a compreender, muito menos aceitar que já era dia.

— Que horas são? — murmurou, sem sequer saber que dia da semana era.

— Vamos embora, Carl. Vou chegar atrasado, porra.

Carl olhou para o despertador que Vigga generosamente havia deixado para ele. Ela era uma mulher que não respeitava a extensão das horas noturnas.

Subitamente acordado, ele arregalou os olhos. Eram dez e dez! Em menos de cinquenta minutos teria de estar sentado numa cadeira, olhando para os deslumbrantes olhos de Mona Ibsen.

— Então, ultimamente você está tendo dificuldade de se levantar na hora? — indagou Mona, depois de uma rápida olhada no relógio de pulso. — Posso notar que continua a dormir mal -- continuou ela, como se tivesse trocado correspondências com o travesseiro de Carl.

Carl ficou irritado. Se tivesse tempo de tomar um banho antes de sair correndo de casa, talvez ele se sentisse melhor. Espero que eu não esteja fedendo, pensou ele, virando o rosto ligeiramente na direção das axilas.

Mona estava sentada com total serenidade, as mãos pousadas no colo, as pernas cruzadas, e vestida com calças de veludo preto. O cabelo estava cortado em camadas, mais curto do que da última vez, as sobrancelhas eram escuras como as asas de um corvo. Tudo somado e ela exercia nele um efeito assustador.

Ele contou sobre seu colapso no campo, provavelmente esperando alguma demonstração de simpatia.

Em vez disso, ela foi direto ao assunto.

— Você sente que falhou com seu companheiros durante o episódio do tiroteio?

Carl engoliu em seco, balbuciou algo sobre uma pistola que poderia ter sido puxada mais cedo e sobre instintos que talvez estivessem anestesiados após tantos anos lidando com criminosos.

— Você sente que falhou com seus colegas. Esta é minha opinião. E nesse caso você vai continuar a sofrer, a menos que reconheça que as coisas não poderiam ter acontecido de outra maneira.

— Coisas podem sempre acontecer de maneira diferente —retrucou ele.

Ignorando o comentário, ela prosseguiu:

— Você deve saber que Hardy Henningsen também está fazendo terapia comigo. O que significa que estou vendo o caso dos dois lados, e eu deveria ter me recusado a atendê-lo. Mas não existem regulamentos que exijam que eu faça isso. Então, preciso perguntar se você deseja continuar a falar comigo, agora que sabe disso. Você tem que compreender que eu não posso falar nada sobre o que Hardy disser, assim como tudo o que você me contar, naturalmente, permanecerá confidencial.

— Tudo bem — respondeu Carl, mas não estava sendo sincero. Não fosse aquele cabelo macio que cobria as faces dela e aqueles lábios que gritavam para serem beijados, ele teria se levantado e mandado ela para o inferno. — Mas eu quero falar com Hardy sobre o assunto —

acrescentou. — Hardy e eu não podemos ter segredos um com o outro. Senão, não vai funcionar.

Ela assentiu com um gesto de cabeça e ajeitou-se na cadeira.

— Alguma vez você se encontrou numa situação em que sentiu que não tinha o controle?

— Sim — disse ele.

— Quando?

— Neste exato momento. — Ele lançou-lhe um olhar penetrante.

Ela o ignorou. Que mulher fria!

— O que você daria para ainda ter Anker e Hardy por perto? — perguntou ela, disparando de imediato mais quatro perguntas, que desencadearam em Carl um estranho sentimento de pesar. A cada pergunta, ela o fitava nos olhos e depois anotava as respostas num bloco. Carl sentia que ela queria empurrá-lo até a beira do abismo. Como se ele devesse cair antes de ela estar disposta a estender a mão para ajudá-lo.

Mona percebeu o pequeno fio que corria ao lado do nariz de Carl antes dele. Ela ergueu o olhar e viu as lágrimas que se acumulavam nos olhos dele.

Não pisque, droga, ou as lágrimas começarão a cair, Carl ordenou-se, não entendendo o que estava acontecendo com ele. Não tinha medo de chorar, e não tinha nada contra o fato de Mona ver as suas lágrimas. Ele somente não sabia por que aquilo estava acontecendo particularmente naquele momento.

— Chore à vontade — disse ela, como se encorajasse um bebê a arrotar depois de comer.

Quando eles terminaram a sessão vinte minutos depois, Carl tinha derramado lágrimas suficientes. Estava cansado de se expor, de revelar os seus pensamentos e sentimentos. Mona Ibsen, por outro lado, parecia satisfeita quando sugeriu uma nova consulta e lhe estendeu a mão para se despedir. Ela lhe assegurou mais uma vez que o resultado do tiroteio não poderia ter sido evitado, e que ele, sem dúvida, recuperaria o senso de equilíbrio após mais algumas sessões.

Ele concordou. De certa forma se sentia realmente melhor. Talvez porque o perfume dela se sobrepunha ao seu próprio, e seu aperto de mão era leve, suave e quente.

— Se quiser desabafar, por favor, entre em contato comigo. Não importa se for algo útil ou não. Pode ser importante para o trabalho que faremos juntos. Nunca se sabe.

— Bem, já tenho uma questão para colocar — disse ele, tentando chamar a atenção dela para suas mãos fortes e supostamente sexys. Mãos que eram consideradas sensuais para a maioria das mulheres.

Ela percebeu sua postura e sorriu pela primeira vez. Por trás daqueles lábios suaves havia uma fileira de dentes ainda mais brancos que os de Lis do terceiro andar. Uma visão rara para uma idade em que vinho tinto e bebidas cafeinadas faziam os dentes da maioria das pessoas parecer papel de jornal velho.

— E qual é a questão? — perguntou ela.

Ele se recompôs. Era agora ou nunca.

— Você está atualmente envolvida com alguém? — Ele ficou surpreso com o quão deselegante aquilo soara, mas já era tarde para voltar atrás. — Por favor, me desculpe. — Balançou a cabeça. Como deveria prosseguir agora? — Na verdade, eu só queria perguntar se você aceitaria um convite para jantar um dia desses.

O sorriso dela gelou. Os dentes brancos e as feições suaves haviam desaparecido.

— Acho que você precisa se recuperar antes de atacar novamente, Carl. E seria prudente escolher suas vítimas com maior cuidado.

Ele ficou desapontado quando Mona se virou e abriu a porta para o corredor. Que droga!

— Se você não acha que se encaixa nesse grupo de "escolhidas com maior cuidado" — resmungou ele por entre os dentes —, então você não tem ideia do efeito surpreendente que exerce sobre o sexo oposto.

Mona virou-se e estendeu a mão na direção dele, mostrando o anel em seu dedo.

— Oh, sim, estou ciente disso — disse ela, retirando-se do campo de batalha.

Carl ficou ali, de ombros caídos. A seus próprios olhos, ele era um dos melhores investigadores que o reino da Dinamarca alguma vez produzira, então se perguntou como conseguira esquecer algo tão elementar.

Carl recebeu um telefonema do orfanato Godhavn, informando-o de que haviam conseguido contatar o professor aposentado, John Rasmussen.

Este tinha a intenção de visitar a irmã em Copenhague no dia seguinte e, como sempre desejara conhecer a sede da polícia da cidade, ficaria feliz em fazer uma visita a Carl entre dez e dez e meia, se fosse conveniente. Carl não podia ligar para ele de volta, porque era política da instituição não fornecer números de telefones privados, mas se fosse impossível receber Rasmussen, deveria avisar ao orfanato o quanto antes.

Somente ao pousar o fone no gancho que Carl voltou à realidade. Depois do fracasso com Mona Ibsen, seus pensamentos não tinham parado de voar em círculos, e agora era hora de voltar a pôr o cérebro para funcionar. Então o professor de Godhavn, que estivera de férias em Gran Canária, queria lhe fazer uma visita? Talvez ele devesse ter se certificado de que o homem realmente se lembrava de um rapaz chamado Atomos, antes de ter se oferecido como cicerone da sede da polícia. Mas não importava!

Carl respirou fundo várias vezes, esforçando-se para expulsar Mona Ibsen e seus olhos de gata da mente. Havia muitos pequenos fios no caso Lynggaard que tinham de ser atados. Ele tinha de mergulhar no trabalho antes que a autocompaixão o paralisasse completamente.

Uma das primeiras tarefas era mostrar a Helle Andersen, a empregada de Stevns, as fotografias que ele tinha conseguido emprestadas na casa de Dennis Knudsen. Talvez ela também pudesse ser convencida a fazer uma visita à sede da polícia e ser guiada por um detetive criminal. Tudo para que ele não tivesse que atravessar o rio Tryggevælde novamente.

Ele digitou o número dela e foi atendido pelo marido, que continuava a a dizer que estava de licença devido a dores incríveis nas costas, mas que soava extraordinariamente animado. O homem disse: "Olá, Carl!", como se alguma vez já tivessem dividido comida em um acampamento de escoteiros.

Ouvi-lo era como estar sentado ao lado de uma tia que nunca conseguira agarrar um marido. Claro que ele ficaria feliz em chamar Helle ao telefone, se ela estivesse em casa. Não, ela estava sempre ocupada com seus clientes até pelo menos... Ah, espere um minuto, ele pensou ter ouvido o carro na garagem. Ela tinha comprado um carro novo e se ouvia claramente a diferença entre um motor 1.3 e um 1.6. Era totalmente verdade o que o homem da televisão dizia, que aqueles Suzukis cumpriam tudo o que prometiam. E parecia impossível que tivessem conseguido se livrar do seu velho Opel por um bom preço. O marido continuou a tagarelar até que ao fundo se ouviu a mulher anunciando a sua chegada com uma voz estridente:

—Ooleee! Está em casa? Empilhou a lenha?

Ainda bem para Ole que a previdência social não tinha ouvido aquela pergunta.

Quando finalmente recuperou um pouco o fôlego, Helle Andersen foi cordial e prestativa. Carl agradeceu por ela ter recebido Assad tão amavelmente poucos dias antes. Depois perguntou se ela poderia ver algumas fotografias que ele tinha digitalizado e lhe enviaria por e-mail.

— Precisa ser agora? — perguntou ela, explicando no fôlego seguinte por que aquele não era o momento mais favorável. — Acabei de chegar em casa com duas pizzas. E Ole gosta delas com alface, e se a verdura se afundar no queijo, já não fica tão saboroso.

Carl teve que esperar vinte minutos antes de ela ligar de volta, e soou como se ela não tivesse engolido completamente o último pedaço.

— Você recebeu o e-mail que enviei?

— Sim — confirmou ela, acrescentando que já estava olhando para as três fotografias.

— Clique na primeira e diga-me o que vê.

— É Daniel Hale. Seu assistente já tinha me mostrado uma fotografia dele. Mas eu nunca o vi antes.

— Então clique na segunda. O que tem a me dizer sobre ela?

— Quem é esse?

— Isso é o que pergunto a você. Ele se chama Dennis Knudsen. Já o viu antes? Talvez um pouco mais velho do que nessa fotografia.

Ela riu.

— Não usando um boné idiota como esse, pelo menos. Não, tenho certeza de que nunca o vi antes. Ele me faz lembrar do meu primo Gorm, mas ele é duas vezes mais gordo.

Pelo visto era uma característica familiar.

— E o que me diz da terceira fotografia? Esse homem conversou com Merete pouco tempo antes de ela desaparecer. A fotografia foi tirada em Christiansborg. É verdade que só conseguimos ver o homem de costas, mas há alguma coisa nele que pareça familiar? A roupa, o cabelo, a postura, o tamanho, tipo do corpo, qualquer coisa?

Helle ficou em silêncio por alguns instantes, o que era um bom sinal.

— Não tenho certeza, uma vez que ele está de costas, como você disse. Mas talvez eu o conheça. Onde acha que eu poderia tê-lo visto?

— Bem, era o que eu esperava que você me dissesse.

Vamos lá, Helle, pensou Carl. Não podia haver tantas possibilidades assim.

— Eu sei que você está pensando no homem que entregou a carta. Eu o vi de costas, mas ele usava roupas muito diferentes, por isso não é assim tão simples. Ele parece familiar, mas eu não tenho certeza.

— Então não devia dizer nada, querida — disse o comedor de pizza com alface ao fundo. Carl teve de fazer um esforço para não suspirar alto.

— OK — disse ele. — Ainda tenho uma última fotografia que gostaria de mandar para você. — E clicou no ícone de "enviar".

— Aqui está — avisou Helle dez segundos depois.

— Diga-me o que está vendo.

— Vejo a fotografia do homem que também estava na segunda foto. Dennis Knudsen, não era assim que ele se chamava? Aqui ele ainda é um rapaz, mas eu reconheceria este semblante engraçado em qualquer lugar. Que rosto estranho. Tenho certeza de que ele dirigia kart quando era criança. O meu primo Gorm também dirigia.

Mas provavelmente antes de pesar quinhentos quilos, Carl sentiu-se tentado dizer.

— Dê uma olhada no rapaz que está atrás do Dennis Knudsen. Você o reconhece?

Houve silêncio do outro lado da linha. Nem o marido doente disse uma palavra. Carl esperou. Não se dizia que a paciência era uma virtude dos investigadores criminais?

— Isso é realmente assustador — disse Helle Andersen por fim. Sua voz parecia ter baixado. — É ele. Tenho certeza absoluta de que é ele.

— Está dizendo que ele é o homem que entregou a carta na casa de Merete?

— Sim. — Outra pausa, como se ela ainda tivesse de adicionar vinte anos à imagem do rapaz. — Ele é o homem que você está procurando? Você acha que ele teve alguma coisa a ver com o desaparecimento de Merete? Devo ter medo dele? — Ela parecia genuinamente preocupada. E talvez em um momento ela tivesse tido motivos para estar.

— Já faz cinco anos, por isso você não tem nada a temer, Helle. Pode ficar completamente tranquila. — Ouviu-a suspirar. — Então você acha que este é o mesmo homem que entregou a carta. Tem certeza absoluta disso?

— Tem que ser ele. Sim, certeza absoluta. Os olhos dele são inconfundíveis, sabe o que quero dizer? Oh, estou me sentindo estranha.

Certamente por causa da pizza, pensou Carl enquanto agradecia à mulher e colocava o fone no gancho. Em seguida recostou-se na cadeira.

O seu olhar recaiu sobre uma das fotos de tabloides de Merete Lynggaard que se encontrava no topo do processo. Naquele momento, Carl sentiu mais forte do que nunca que ele era o elo entre a vítima e o agressor, naquele caso. Pela primeira vez, ele sentia que estava no caminho certo. Atomos tinha perdido o controle sobre a própria vida na infância e crescera para fazer o trabalho do diabo, para usar uma expressão simpática. O mal existente nele o havia levado até Merete. A questão era por que e como. Talvez Carl nunca viesse a conhecer a resposta, mas faria de tudo para consegui-la.

Nesse meio-tempo, Mona Ibsen poderia se sentar e polir sua aliança.

Em seguida, Carl enviou as fotografias para Bille Antvorskov, o homem da BasicGen. Menos de cinco minutos depois, ele já tinha a resposta na sua caixa de e-mail. Sim, o rapaz de uma das fotos se parecia com o homem do grupo do qual ele fizera parte em Christiansborg. Mas Antvorskov não podia jurar que era a mesma pessoa.

Aquilo era o suficiente para Carl. Ele tinha certeza de que Bille Antvorskov jamais juraria algo que não pudesse ter examinado antes de uma ponta à outra.

O telefone tocou. Não era Assad nem o homem do orfanato Godhavn, como ele esperava. De todas as pessoas que poderiam ligar para ele naquele momento, que Deus o ajudasse, era Vigga.

— O que aconteceu com você, Carl? — perguntou ela com voz vibrante.

Ele tentou perceber o que estava acontecendo, mas, antes de chegar a alguma conclusão, foi atingido por uma torrente de palavras.

— A recepção começou há meia hora e até agora ainda não apareceu uma única alma. Temos dez garrafas de vinho e vinte pacotes de aperitivos. Se nem você aparece, então já não sei o que fazer.

— Você está falando da sua galeria?

As breves fungadas que ele ouvia no outro lado da linha indicavam que Vigga estava prestes a se desfazer em lágrimas.

— Não sei nada sobre essa recepção.

— Hugin enviou cinquenta convites anteontem. — Ela fungou uma última vez e logo depois a boa e velha Vigga voltou a dar sinais de vida. — Por que eu não posso ao menos contar com o seu apoio? Você investiu dinheiro no projeto, afinal de contas!

— Experimente perguntar ao seu fantasma perambulante.

— Quem você está chamando de fantasma? Hugin?

— Você tem algum outro tipo de parasita rondando por aí?

— Hugin tem tanto interesse quanto eu que esta galeria seja um sucesso.

Carl não tinha dúvidas sobre isso. Onde mais ele poderia exibir seus rabiscos?

— Eu só estou dizendo, Vigga, que se o Einstein realmente se lembrou de postar os convites no sábado, como você diz, então as pessoas só os encontrarão nas caixas de correio, na melhor das hipóteses, quando chegarem em casa hoje depois do trabalho.

— Oh, meu Deus, não! Que droga! — exclamou ela.

Carl não pôde deixar de se sentir alegre.

Tage Baggesen bateu à porta de Carl no momento em que acendera o cigarro pelo qual ansiava havia horas.

— Sim — disse Carl com os pulmões cheios de fumaça. Ele reconheceu o homem que aparentava estar ligeiramente embriagado a julgar pelo cheiro de conhaque e de cerveja que exalava pela sala.

— Eu só queria pedir desculpas por ter interrompido nossa conversa telefônica tão abruptamente outro dia. Eu precisava de tempo para pensar, agora que as coisas vão se tornar públicas.

Carl convidou-o a se sentar e perguntou se ele queria beber alguma coisa, mas o membro do Parlamento recusou a oferta com um gesto de mão, enquanto se sentava.

— E que tipo de coisa especificamente você tem em mente? — Carl esforçou-se para que sua pergunta soasse como se ele ainda tivesse um trunfo na manga, o que não era o caso.

— Amanhã vou renunciar ao meu cargo no Parlamento — disse Baggesen, lançando um olhar cansado em volta da sala. — Vou me encontrar com o presidente após terminarmos nossa conversa. Merete me avisou que isso aconteceria se eu não lhe desse ouvidos. Mas eu não quis acreditar nela, e acabei fazendo o que nunca deveria ter feito.

Carl fechou os olhos.

— Então é bom que nós dois coloquemos tudo em pratos limpos antes de você começar a fazer confissões a todo mundo.

Baggesen assentiu e baixou a cabeça.

— Em 2000 e 2001 comprei ações e acabei obtendo lucro com elas.

— Que tipo de ações?

— De todo tipo. E depois contratei um novo corretor, que me aconselhou a investir em fábricas de armamento nos Estados Unidos e na França.

Não era o tipo de coisa que o gerente do banco local de Allerød recomendaria a seus clientes como sendo um investimento sólido para suas economias. Carl deu uma profunda tragada no cigarro e depois apagou-o no cinzeiro. Não, aquele não era o tipo de investimento que os membros do pacifista Partido do Centro Radical quisessem ter relacionado a seus nomes.

— Eu também aluguei duas das minhas propriedades a donos de bordéis. Não sabia sobre isso no começo, mas logo descobri. E não fiz nada. Elas ficavam situadas em Strøby Egede, perto de onde Merete morava. E as pessoas de lá falavam sobre o assunto. Naquela época, eu andava ocupado com muitas coisas. Infelizmente não resisti a me gabar dos meus negócios para Merete. Estava muito apaixonado, e ela se mostrava totalmente desinteressada. Talvez eu tenha acreditado que com uma atitude um pouco presunçosa conseguiria despertar o interesse dela, mas é claro que não fez a menor diferença. — Ele massageou a nuca com a mão esquerda. — Ela não era desse tipo.

Carl fixou os olhos na fumaça do cigarro até esta se dissolver na sala.

— E ela pediu que você parasse com esses negócios?

— Não, ela não me pediu.

— E o que houve?

— Ela disse que poderia contar algo por engano à sua assistente na época, Marianne Koch. Era evidente o que ela queria dizer com aquilo.

Se aquela mulher soubesse de algo, todo mundo ficaria sabendo de tudo num instante. Merete só quis me alertar.

— Por que ela estava interessada nos seus negócios?

— Ela não estava. Esse era o grande problema. — Ele suspirou e apoiou a cabeça nas mãos. — Eu tentei conquistá-la por tanto tempo, no fim ela só queria se ver livre de mim. E essa foi a forma que encontrou para atingir seu objetivo. Tenho certeza de que se continuasse a pressioná-la, ela teria deixado vazar a informação. Eu não a culpo. Droga, o que mais ela poderia fazer?

— Então você decidiu deixá-la em paz, mas continuou com seus negócios de risco?

— Rescindi os contratos de aluguel dos bordéis, porém mantive as ações. Só as vendi pouco tempo depois do 11 de Setembro.

Carl acenou com a cabeça. Havia muita gente que tinha feito fortuna com aquela catástrofe.

— Quanto ganhou com elas?

Baggesen ergueu os olhos.

— Pelo menos dez milhões de coroas.

Carl projetou o lábio inferior.

— E depois matou Merete para que não tornasse isso público?

O parlamentar estremeceu. Carl reconheceu a mesma expressão assustada com que se deparara na última vez em que haviam estado em confronto.

— Não, não! Por que eu faria isso? Não infringi nenhuma lei ao fazer o que fiz. A única coisa que teria acontecido é o que vai acontecer hoje.

— Você teria sido convidado a deixar o partido em vez de renunciar?

Os olhos de Baggesen se moveram ao redor da sala e não pararam até que ele viu as próprias iniciais na lista de suspeitos no quadro de avisos.

— Agora você pode riscar meu nome da sua lista — disse ele, levantando-se.

Assad só apareceu no trabalho por volta das três da tarde. Consideravelmente mais tarde do que poderia se esperar de um homem com suas modestas qualificações e na sua precária posição. Carl ponderou se deveria aproveitar a ocasião para lhe dar uma reprimenda, mas a expressão alegre e entusiasmada de Assad o fez mudar de ideia.

— Que droga você esteve fazendo durante esse tempo todo? — perguntou em vez disso, apontando para o relógio de parede.

— Hardy mandou lembranças, Carl. Você pediu que fosse conversar com ele, lembra-se?

— Você esteve com Hardy durante sete horas? — Apontou novamente para o relógio.

Assad abanou a cabeça.

— Contei a ele tudo o que sabia sobre o homicídio do ciclista. E sabe o que ele me disse?

— Ele disse quem era o assassino.

Assad fitou-o, surpreso.

— Você o conhece muito bem, Carl. Sim, foi exatamente o que ele fez.

— Mas ele não deu um nome a você. Estou certo?

— Um nome? Não. Mas disse que devíamos procurar uma pessoa que fosse importante para os filhos da testemunha. Não um professor ou alguém da creche, mas uma pessoa de quem eles fossem realmente muito dependentes. O ex-marido da testemunha, um médico ou talvez alguém que as crianças admirem verdadeiramente. Um professor de equitação ou coisa do gênero. Mas tinha de ser alguém que lidasse com as duas crianças. Acabei de contar isso tudo lá em cima, no terceiro andar.

— Ah, é mesmo? — Carl comprimiu os lábios. Era simplesmente inacreditável a forma quase perfeita como Assad já conseguia se expressar.

— Imagino que Bak tenha movido de felicidade.

— Morrido? — Assad ficou pensando na expressão. — Não. Ele continuava vivo.

Carl encolheu os ombros. Agora Assad era o mesmo de sempre.

— O que mais você andou fazendo? — Ao ver a forma como as sobrancelhas de Assad subiam e desciam, percebeu que este ainda tinha mais um trunfo na manga.

— Veja o que tenho aqui, Carl. — Assad puxou a agenda de couro gasta de Merete Lynggaard de dentro do seu saco plástico e pousou-a na mesa. — Dê uma olhada. O homem é mesmo bom ou não é?

Carl abriu a lista telefônica na letra "H". A transformação era visível ao primeiro olhar. Sim, tinha sido um trabalho fantástico. Onde antes havia apenas um número de telefone riscado, via-se agora, ligeiramente desbotado, mas claramente legível: *Daniel Hale, 25 772 060*. Era inacreditável. Ainda mais inacreditável do que a velocidade com que os dedos voaram para o teclado a fim de verificar o número no registro telefônico.

Era impossível não checar. Mesmo que fosse em vão, como era de se esperar.

— Número de celular inválido, diz aqui. Ligue para a Lis e peça para ela verificar o número imediatamente. Diga-lhe que talvez tenha sido desligado cinco anos atrás. Não sabemos qual é a companhia telefônica, mas com certeza ela consegue descobrir. Depressa, Assad — disse Carl, dando-lhe um tapinha nos ombros.

Carl acendeu um cigarro, reclinou-se no espaldar da cadeira e recapitulou tudo o que sabia.

Merete Lynggaard conhecera o falso Daniel Hale em Christiansborg e possivelmente tivera um flerte com ele, mas que terminara em poucos dias. Não era hábito dela riscar nomes em sua agenda telefônica. Era quase ritualístico. Qualquer que fosse a razão para essa atitude, não havia dúvida de que o encontro com Daniel Hale havia sido uma experiência radical na vida de Merete.

Carl tentou visualizá-la em sua mente. A bela dirigente política que tinha toda a vida pela frente, mas que acabou conhecendo o homem errado. Um impostor, um homem com intenções malignas. Várias pessoas o tinham associado ao rapaz conhecido por Atomos. A empregada em Magleby acreditava que o rapaz era extraordinariamente parecido com o homem que havia entregado a carta com a mensagem "Tenha uma boa viagem para Berlim". E de acordo com Bille Antvorskov, Atomos era a mesma pessoa que mais tarde se fizera passar por Daniel Hale. O mesmo rapaz que a irmã de Dennis Knudsen afirmava ter exercido grande influência sobre seu irmão na juventude e que, de acordo com as informações que possuíam, era também a mesma pessoa que tinha convencido o amigo a bater contra o carro conduzido pelo verdadeiro Daniel Hale, provocando assim a sua morte. Um caso complicado, e ao mesmo tempo nem tanto.

Até agora, havia várias evidências. Uma delas era a estranha morte de Dennis Knudsen após o acidente de carro. Outra era a reação mais que irritada de Uffe, olhando para uma velha fotografia do jovem Atomos, muito provavelmente a mesma pessoa que mais tarde Merete encontrara e conhecera como Daniel Hale. Um encontro que devia ter exigido uma grande dose de planejamento.

E, finalmente, havia o desaparecimento de Merete Lynggaard.

Carl sentiu azia e desejou poder tomar um gole do chá repugnantemente doce de Assad.

Se havia uma coisa que ele odiava eram esperas inúteis. Por que razão não poderia falar com aquele maldito professor de Godhavn naquele exato momento? O rapaz, cujo apelido era Atomos, tinha que ter um nome e um número de identificação pessoal. Alguma coisa que ainda fosse válida no presente. Ele queria saber apenas aquilo. E naquele momento!

Apagou o cigarro, tirou do quadro as velhas listas referentes ao caso e reviu novamente os detalhes.

SUSPEITOS:

1) Uffe.
2) Carteiro desconhecido. Carta sobre Berlim.
3) Homem/mulher do Café Bankeråt.
4) "Colegas" em Christiansborg — TB?
5) Homicídio decorrente de assalto. Quanto dinheiro havia na carteira?
6) Crime sexual.

VERIFICAR:

1) A assistente social responsável por Uffe no município de Stevns.
2) O telegrama.
3) As assistentes em Christiansborg.
4) As testemunhas do navio *Schleswig-Holstein*.
5) Família adotiva depois do acidente/antigos colegas de faculdade. Ela tinha tendência para depressões? Estava grávida? Apaixonada?

Ao lado de "Carteiro desconhecido", Carl escreveu, entre parênteses: "Atomos como Daniel Hale." Depois riscou o item número quatro com as iniciais de Tage Baggesen e a pergunta sobre se Merete estaria grávida.

Além do item número três, também os itens cinco e seis continuavam presentes na primeira folha. A menor quantidade de dinheiro já seria suficiente para provocar tentação no cérebro doente de qualquer ladrão. Mas o item número seis, parecia bastante improvável, dadas as circunstâncias e tempo a bordo do navio.

Com relação aos itens da segunda folha, ele ainda não tinha falado com as testemunhas do navio, a família adotiva e os colegas de faculdade. No que se referia às testemunhas, seus depoimentos não ofereciam nada de esclarecedor, e os outros pontos também haviam se tornado irrelevantes com o passar do tempo. Era óbvio que Merete não tinha cometido suicídio.

Não, estas listas não vão me fazer avançar, pensou Carl. Ele as estudou por mais alguns minutos e então amassou-as e atirou-as no cesto de papéis.

Em seguida, pegou a lista telefônica de Merete e segurou-a bem próxima aos olhos. Um trabalho dos diabos aquele que o contato de Assad tinha feito. Os riscos haviam desaparecido completamente. Era inacreditável.

— Você vai ter de me dizer quem fez isto! — gritou para o outro lado do corredor, mas Assad respondeu com um gesto de mão. Só então Carl reparou que seu ajudante tinha o telefone encostado no ouvido. Ele não parecia muito animado, pelo contrário. Sem dúvida, não estava sendo uma tarefa assim tão simples encontrar o titular do velho número de telefone que Merete havia anotado na lista telefônica sob o nome de Hale.

— Era um cartão pré-pago que estava no celular? — perguntou Carl, quando Assad entrou no escritório, abanando reprovadoramente a mão para afastar a fumaça.

— Sim — respondeu, estendendo a Carl um pedaço de papel com as anotações. — O celular pertencia a uma menina do sétimo ano da escola Tjørnely, em Greve. Ela disse que o telefone havia sido roubado do bolso de seu casaco, que estava pendurado no corredor do lado de fora da sala de aula, no dia 18 de fevereiro de 2002, uma segunda-feira. O roubo só foi informado alguns dias mais tarde. Ninguém sabe quem foi.

Carl acenou com a cabeça. Agora sabiam quem era o titular, mas não quem havia roubado e utilizado o celular. Fazia sentido. Ele tinha certeza de que tudo estava relacionado. O desaparecimento de Merete Lynggaard não fora o resultado de uma série de acasos, pelo contrário. Um homem havia se aproximado dela com intenções desonestas, e com isso desencadeara uma série de acontecimentos que fizeram com que ninguém mais visse a bela dirigente política. Entretanto, mais de cinco anos haviam se passado. Era natural que Carl temesse o pior.

— Lis está perguntando se deve prosseguir com o caso — disse Assad.

— O que ela quer dizer com isso?

— Se ela deve tentar relacionar as conversas do velho telefone do escritório de Merete com este número. — Assad apontou para o pequeno pedaço de papel no qual, com letras maiúsculas verdadeiramente graciosas, tinha anotado os dados da menina: "25 772 060, Sanne Jønsson, Tværager 90, Greve Strand."

Então seu assistente era capaz de escrever alguma coisa que fosse legível!

Carl balançou a cabeça, irritado consigo mesmo. Será que ele realmente se esquecera de pedir a Lis para comparar as listas com as ligações feitas? Que merda! Tinha de começar a tomar nota das coisas antes que o Alzheimer o apanhasse de vez.

— Mas é claro que sim — respondeu num tom autoritário. Dessa forma, eles podiam estabelecer uma linha de tempo na comunicação que mostrasse um padrão no curso da relação entre Merete e o impostor Daniel Hale.

— Mas sabe de uma coisa, Carl? Isso vai demorar alguns dias. Lis está muito ocupada e diz que é um trabalho bastante difícil de realizar, depois de tanto tempo. Talvez nem dê algum resultado. — Assad parecia preocupado.

— Diga para mim, Assad, quem você conhece que poderia realizar esse trabalho de forma impecável? — perguntou Carl, enquanto pesava a agenda de Merete com a mão.

Mas Assad recusou-se a revelar.

Carl estava prestes a explicar que aquela mania de segredos não ajudava em nada as chances de seu assistente conservar o emprego, quando o telefone tocou.

Era o diretor de Egely, e seu desprezo por Carl quase escorria do telefone.

— Quero informá-lo de que Uffe Lynggaard deixou as nossas insta-lações na sexta-feira, logo após o seu ataque absolutamente disparatado contra ele. Não sabemos onde ele está agora. A polícia de Frederikssund foi informada; se acontecer alguma coisa com ele, Carl Mørck, vou tratar de garantir pessoalmente que sua carreira chegue ao fim. — Ele bateu o fone no gancho, deixando Carl num vazio estrondoso.

Dois minutos depois, o delegado da Homicídios ligou e pediu que Carl fosse a seu escritório. Ele não disse muita coisa, mas também não era preciso. Carl conhecia aquele tom.

Tinha de ir lá em cima, e naquele exato instante.

33

2007

O pesadelo começou assim que Carl passou na banca de jornal da estação de trens de Allerød, indo para o trabalho. A extensa edição de Páscoa do jornal *Gossip* saíra uma semana mais cedo do que o habitual. Agora, mesmo aqueles que apenas conheciam Carl superficialmente sabiam que era uma fotografia dele, do detetive Carl Mørck, que se sobressaía no canto da primeira página, logo abaixo da manchete sobre o iminente casamento do príncipe com sua namorada francesa.

Alguns dos moradores locais desviaram dele, embaraçados, enquanto compravam sanduíches e frutas. "Investigador Criminal Ameaça Jornalista", era o título do artigo. Logo abaixo, em letras menores, lia-se: "A verdade sobre os tiros fatais."

O dono da banca pareceu verdadeiramente desapontado quando percebeu que Carl não tinha intenção de investir seu dinheiro no jornal. Ele preferia ir ao inferno a ajudar Pelle Hyttested a ganhar seu pão.

Muito poucas pessoas no trem olhavam para Carl, e novamente ele sentiu a pressão no peito.

Na sede da polícia as coisas não estavam melhores. O dia anterior havia terminado com ele se justificando e ouvindo uma reprimenda do chefe por causa do desaparecimento de Uffe Lynggaard. Agora era convocado para ir ao terceiro andar outra vez.

— O que estão olhando, seus imbecis? — rosnou Carl, enquanto seguia para o escritório de Jacobsen, a alguns colegas que não pareciam particularmente desgostosos com o que estava lhe acontecendo.

— Bem, Carl. A pergunta é: o que faremos com você? — começou Jacobsen. — Se continuar assim, temo na próxima semana ver as manchetes dizendo que você andou fazendo terror psicológico em um pobre deficiente mental. Você compreende o que a imprensa inventará se acontecer alguma coisa a Uffe Lynggaard. — Apontou para o jornal. Havia uma foto de um Carl carrancudo, tirada anos antes em uma cena de crime. Carl lembrou-se de como ele chutara a imprensa para fora da área isolada, e de como os jornalistas tinham ficado furiosos. — Por isso, deixe-me perguntar novamente. O que faremos com você, Carl?

Carl puxou o jornal para junto de si e, com uma irritação crescente, passou os olhos pelo texto impresso no centro daquele layout vermelho e amarelo berrante. Eles sabiam realmente como arrastar um homem para a lama, aqueles jornalistas de fofocas sem o menor escrúpulo.

— Nunca prestei qualquer declaração ao *Gossip* sobre o caso — afirmou. — Apenas disse que teria dado a vida por Anker e Hardy, mais nada. Ignore isso, Marcus, ou então mande os nossos advogados atrás deles.

Atirou o tabloide sobre a mesa e levantou-se. Não tinha mais nada a dizer sobre o assunto. Que diabos Marcus queria fazer agora? Despedi-lo? Isso certamente produziria manchetes muito boas.

O delegado olhou para ele com resignação.

— Recebemos um telefonema da revista criminal do canal 2. Eles querem falar com você. Eu disse que podiam esquecer a ideia.

— OK. — Seu chefe, com certeza, não se atrevia a agir de outra forma.

— Eles perguntaram se havia alguma verdade nessa história do *Gossip* sobre você e o tiroteio de Amager.

— Sério? Gostaria de saber o que você respondeu.

— Eu disse que tudo não passava de pura besteira.

— OK, isso é bom. — Carl meneou a cabeça, obstinado. — E e realmente isso o que você pensa?

— Carl, ouça o que vou dizer. Você trabalha aqui há muitos anos. Quantas vezes em sua carreira você viu um colega em maus lençóis durante uma operação? Pense na primeira vez que você, como policial, fez patrulha em Randers, e de repente viu-se cara a cara com um grupo de vagabundos que não gostava do seu uniforme. Ainda se lembra de como se sentiu? Com o decorrer dos anos, vamos passando por situações cada vez piores. Eu passei por isso, Bjørn e Bak passaram, e muitos outros antigos colegas que hoje em dia têm outras ocupações também. Situações que põem nossas vidas em risco, com machados, martelos, barras de metal, facas, garrafas de cerveja quebradas, caçadeiras e outras armas de fogo. E quantas vezes conseguimos lidar com sucesso com esse tipo de situação? Aqueles que não passaram por algo do tipo não são bons policiais. Todos os dias temos de ir de novo lá para fora e de vez em quando sentimos o chão faltar debaixo dos pés. Este é o nosso trabalho.

Carl concordou com um gesto de cabeça, sentindo a pressão no peito ganhar uma nova forma.

— Qual o veredito de tudo isso, chefe? — perguntou, apontando para o artigo de jornal. — O que tem a dizer sobre isso? O que pensa sobre o assunto?

O delegado da Homicídios olhou tranquilamente para Carl. Sem dizer uma palavra, levantou-se e abriu a janela que dava para o Tivoli. Em seguida pegou o jornal, inclinou-se e fingiu limpar o traseiro com ele. Por fim, jogou toda aquela bagunça na rua.

Ele não poderia ter expressado sua opinião de forma mais clara.

Carl sentiu um sorriso surgir em seus lábios. Na rua, algum pedestre ficaria feliz em receber a programação da televisão totalmente grátis.

Ele acenou com a cabeça para seu chefe. A reação de Marcus fora verdadeiramente comovente.

A conversa parecia terminada, e Carl fez menção de se levantar.

— Estou prestes a obter novas informações sobre o caso Lynggaard — disse ainda, e esperou permissão para deixar a sala.

O aceno de cabeça de Jacobsen expressava certo reconhecimento. Era em situações como aquela que se compreendia por que ele era tão estimado e por que conseguia manter a mesma bela mulher ao seu lado havia mais de trinta anos.

— E, Carl, lembre-se de que você ainda não se inscreveu no curso de gestão. Você precisa resolver isso nos próximos dois dias, entendeu?

Carl acenou com a cabeça, mas aquilo não queria dizer nada. Se o chefe continuasse a insistir que ele fizesse o curso, teria primeiro de lidar com o sindicato.

Os quatro minutos que Carl demorou para fazer o percurso entre o escritório do delegado da Homicídios e o porão foram uma tormenta de olhares desdenhosos e atitudes de desaprovação. *Você é uma vergonha para todos nós*, era o que expressavam alguns. Mas eu não ligo a mínima, pensou ele. Aquilo podia ter acontecido com qualquer um. O melhor que tinham a fazer era apoiá-lo. Se assim fosse, certamente ele deixaria de sentir como se um touro estivesse lhe dando repetidas chifradas no peito.

Até mesmo Assad tinha visto o artigo, mas pelo menos ele dera uma palmadinha nas costas de Carl. Ele achou a foto que vinha na primeira página bonita e bastante nítida, mas o jornal era muito caro. Era reconfortante ouvir novos pontos de vista como aquele.

Às dez horas em ponto o telefone tocou. Era uma chamada proveniente da "gaiola", nome como era conhecida a recepção da sede da polícia.

— Há um homem aqui que diz ter um encontro com você, Carl — disse o agente de serviço, friamente. — Está esperando alguém chamado John Rasmussen?

— Sim, mande-o para cá.

Cinco minutos mais tarde, eles ouviram passos hesitantes no corredor, seguidos de um cauteloso:

— Olá, tem alguém aqui?

Carl forçou-se a ficar de pé. Quando abriu a porta, viu-se diante de um anacronismo: a figura vestia um típico suéter islandês, calças de veludo e tudo o que compunha o traje hippie.

— Eu sou John Rasmussen. Fui professor em Godhavn. Temos um encontro marcado — disse ele, estendendo-lhe a mão com uma expressão astuta. — Ei, não é a sua foto que está na primeira página de um dos tabloides hoje?

Foi o suficiente para deixá-lo louco. Vestido daquela maneira, o homem realmente deveria ter pensado melhor antes de encará-lo.

Rapidamente concordaram que deveriam conversar primeiro sobre o caso e só depois realizar a visita pela sede da polícia. Carl esperava conseguir despachá-lo com uma visita rápida ao primeiro piso e uma olhada nos pátios internos.

John Rasmussen se lembrava de Atomos, como esclareceu imediatamente. O homem parecia ser simpático, ainda que um pouco prolixo. Não parecia o tipo que os garotos delinquentes teriam paciência para aturar. Pelo menos era essa a impressão que Carl tinha. Mas certamente havia ainda muita coisa que ele não sabia sobre garotos delinquentes.

— Vou enviar por fax os documentos que temos sobre ele no orfanato. Já falei com o pessoal do escritório e não haverá problema. Infelizmente já não resta muita coisa. O arquivo de Atomos desapareceu há alguns anos, e quando finalmente voltamos a encontrá-lo atrás de uma estante, pelo menos metade dos documentos estavam faltando. — Ele balançou a cabeça, fazendo oscilar a pele flácida por baixo do queixo.

— Por que ele foi parar lá?

Rasmussen deu de ombros.

— Problemas de sempre em casa, sabe como é. Ele foi adotado por uma família que talvez não tenha sido a melhor escolha. Isso pode provocar reações, e às vezes as coisas ficam fora de controle. Aparentemente ele era um bom rapaz, mas era esperto demais e não lhe foram dados desafios suficientes. E essa não é uma boa combinação. A toda hora você vê crianças que frequentam os guetos onde trabalhadores estrangeiros vivem. Eles estão praticamente explodindo com o excesso de energia para gastar.

— Ele estava envolvido em algum tipo de atividade criminosa?

— Acho que estava, de certa forma. Mas creio que foram somente coisinhas à toa. Quero dizer, ele tinha um temperamento forte, porém não me lembro de ele ter ido para Godhavn por causa de algo violento. Não, não me lembro de nada parecido, mas isso foi há vinte anos, afinal de contas.

Carl puxou o bloco de anotações para mais perto.

— Eu vou fazer algumas perguntas rápidas e agradeceria se você me desse respostas simples e breves. Se não puder responder alguma questão, avançaremos para a seguinte. Poderá voltar atrás a qualquer momento, caso se lembre de uma resposta. Combinado?

O homem deu um aceno amigável para Assad, que lhe ofereceu um dos seus viscosos e escaldantes chás numa xícara decorada com flores douradas. Rasmussen aceitou a xícara com um sorriso. Ele ia se arrepender. Em seguida, ele dirigiu o olhar para Carl.

— Sim — disse. — Combinado.

— Qual era o nome verdadeiro do rapaz?

— Eu acho que era Lars Erik ou Lars Henrik, ou algo parecido com isso. Ele tinha um sobrenome muito comum. Acho que era Petersen, mas posso confirmar e lhe enviarei um fax.

— Por que ele era chamado de Atomos?

— Era um apelido dado por seu pai. O garoto tinha verdadeira admiração por ele; o pai havia morrido alguns anos antes. Creio que o homem era engenheiro e trabalhava na estação de pesquisas nucleares de Risø, ou de algum lugar assim. Mas tenho certeza de que você poderá descobrir mais detalhes quando tiver o nome completo e o número de identificação do rapaz.

— Você ainda tem o número de identificação dele?

— Sim. Na verdade a identificação desapareceu do processo, juntamente com outros documentos, mas temos um sistema de contabilidade ligado ao financiamento dos municípios e ao governo, de modo que o número foi novamente anexado ao processo.

— Durante quanto tempo ele esteve na sua instituição?

— Cerca de três ou quatro anos, creio.

— Foi um longo período, considerando a idade dele, não acha?

— Sim e não. Por vezes as coisas acontecem assim. Foi impossível alojá-lo em outro lugar. Ele se recusava a viver com uma nova família adotiva, e sua própria família não tinha condições para voltar a recebê-lo.

— Teve alguma notícia dele desde então? Sabe o que lhe aconteceu?

— Encontrei-o por acaso alguns anos mais tarde, e ele parecia estar indo bem. Acho que foi em Helsingør. Pelo que sei, ele estava trabalhando como camareiro ou contramestre, algo do tipo. Seja como for, ele usava um uniforme.

— Está dizendo que ele era marinheiro?

— Sim, acho que sim. Algo nessa linha.

Eu tenho que conseguir a lista de tripulantes do navio com a Scandlines, pensou Carl, perguntando-se se esta já havia sido solicitada. Outra vez, ele viu a expressão de culpa no rosto de Bak, quando eles estiveram diante do delegado na quinta-feira anterior.

— Só um momento, por favor — desculpou-se Carl, e então pediu que Assad fosse ao terceiro andar procurar Bak e perguntar se ele tinha recebido uma lista do pessoal do navio que Merete Lynggaard estivera. E se tivesse recebido, onde ela estava agora.

— Merete Lynggaard? É dela que se trata? — perguntou o homem, os olhos brilhando como luzes de Natal. Ele tomou um grande gole do chá adocicado.

287

Carl deu um sorriso que irradiava o quanto ele estava incrivelmente satisfeito pelo homem ter feito essa pergunta. Em seguida, prosseguiu com as próprias perguntas:

— O rapaz tinha tendências psicóticas? Você se lembra se ele era capaz de demonstrar empatia?

O professor olhou para a xícara vazia como se quisesse tomar mais chá. Aparentemente, ele era uma daquelas pessoas cujas papilas gustativas tinham se tornado insensíveis nos tempos da macrobiótica. Então ele ergueu as sobrancelhas cinzentas.

— Muitos dos rapazes que vêm até nós são emocionalmente anormais. É claro que alguns deles recebem um diagnóstico médico, mas eu não me lembro se isso aconteceu com Atomos. Creio que ele conseguia sentir empatia. Pelo menos ele se mostrava muitas vezes preocupado com a mãe.

— Havia algum motivo para isso? Ela era viciada em drogas ou algo do tipo?

— Não, não, nada disso. Mas me lembro de que ela estava muito doente. Foi por isso que demorou tanto tempo até ele poder voltar para casa.

O interrogatório de Carl estava terminado. O passeio pela sede da polícia foi curto. John Rasmussen se revelou um observador insaciável que comentava tudo o que via. Se dependesse dele, teria examinado cada metro quadrado do edifício da polícia. Cada detalhe, por menor que fosse, era de tal maneira interessante para Rasmussen, que Carl viu-se obrigado a fingir que tinha um bipe tocando em seu bolso.

— Oh, desculpe, mas acabo de ser chamado para um caso de homicídio — disse, com um ar tão sério que o professor não duvidou de suas palavras nem por um segundo. — Sinto muito terminar a visita antes do tempo. Muito obrigado por ter vindo, e ficarei esperando pelo seu fax. Posso contar com ele dentro de duas horas?

O silêncio havia descido sobre o escritório de Carl. Sobre a mesa havia uma mensagem de Bak, dizendo que ele não sabia nada sobre qualquer lista do pessoal do navio. Por que diabos Carl ainda esperava alguma coisa?

Ele podia ouvir o murmúrio das orações vindas do canto do cubículo de Assad, onde o tapete de orações fora colocado, mas de resto o silêncio era total.

Carl sentiu-se jogado pela tempestade e varrido pelo vento. O telefone tinha tocado sem parar por mais de uma hora por causa daquele maldito artigo publicado pelo tabloide. Todos tinham ligado: o comandante da polícia, que queria lhe dar uma palavra de aconselhamento, as estações de rádio locais, os editores do sites, jornalistas de revistas e todo tipo de animais nocivos que se arrastassem à margem do mundo da mídia. Aparentemente a Sra. Sørensen, do terceiro andar, estava achando divertido transferir todas as chamadas para Carl. Por isso, agora ele tinha colocado o telefone no modo silencioso e ativado a função de identificação dos números que ligavam. O problema era que ele nunca fora bom em memorizar números. Mas pelo menos assim evitava perturbações adicionais.

O fax do professor John Rasmussen foi a primeira coisa que conseguiu transportar Carl para fora do seu torpor autoimposto.

Como esperado, Rasmussen era um homem bem-educado, e ele aproveitou a oportunidade para agradecer a Carl pelo tempo dispensado e pela visita à sede da polícia. Às suas palavras elogiosas seguiram-se os documentos prometidos. Apesar de breves, as informações neles contidas valiam ouro.

O verdadeiro nome do rapaz conhecido por Atomos era Lars Henrik Jensen. O seu número de identificação pessoal era 0201972-0619. Ele havia nascido em 1972 e tinha agora 35 anos, o que significava que ele e Merete Lynggaard eram mais ou menos da mesma idade.

Lars Henrik Jensen. Que nome insanamente normal, pensou Carl, invadido pelo cansaço. Por que razão Bak ou qualquer um dos outros que tinham investigado o caso na época não haviam sido suficientemente inteligentes para imprimir a lista de tripulantes do *Schleswig-Holstein*? Quem saberia se ainda seria possível desenterrar a escala de serviço daquela época?

Carl comprimiu os lábios. Seria um enorme progresso se viesse a se confirmar que naquela ocasião o sujeito trabalhava no *Schleswig-Holstein.* Com alguma sorte, ele poderia tirar isso a limpo, perguntando diretamente à Scandlines. Carl voltou a passar os olhos pelo conteúdo do fax e depois pegou no telefone a fim de ligar para a sede da companhia de navegação.

Uma voz começou a falar mesmo antes de ele digitar o número. Por um momento, ele pensou que era Lis, mas então reconheceu a voz aveludada de Mona Ibsen, que o fez prender a respiração.

— O que aconteceu? — perguntou ela. — Nem cheguei a ouvir o sinal de chamada.

Sim, era uma boa pergunta. A chamada dela certamente tinha sido transferida para seu telefone no momento exato em que ele tirava o fone do gancho.

— Eu vi a edição de hoje do *Gossip* — disse ela.

Ele praguejou em voz baixa. Ah, não, ela também? Se aquela droga de jornal soubesse quantos leitores Carl havia trazido na edição daquela semana, eles provavelmente publicariam seu retrato na primeira página de todas as edições.

— É uma situação bastante incomum, Carl. Como Você está se sentindo?

— Bem, não é uma das melhores coisas que já aconteceram comigo, tenho de admitir.

— Devíamos voltar a nos ver em breve — disse ela.

Por algum motivo aquela proposta não parecia tão atrativa como no passado. Provavelmente por causa da perturbadora aliança que provocara interferência em suas antenas.

— Tenho o pressentimento de que você e Hardy somente ficarão psicologicamente livres quando os assassinos forem apanhados. Concorda comigo, Carl?

Ele sentiu a distância entre ambos crescer.

— Não, nem um pouco — disse. — Não tem nada a ver com aqueles idiotas. Pessoas como nós têm de viver constantemente com o perigo. — Tentou lembrar-se do que o delegado da Homicídios havia dito naquele mesmo dia, mas a respiração carregada de erotismo que estava do outro lado da linha não ajudava a sua memória. — Você tem de considerar que na vida profissional de um policial muitas coisas dão certo. Porém, mais cedo ou mais tarde, tudo pode mudar.

— Fico feliz de ouvir você dizer isso — respondeu ela. Hardy deve ter dito algo semelhante. — Mas sabe de uma coisa, Carl? Isso é pura bobagem! Espero encontrá-lo mais vezes para que possamos descobrir tudo. Na próxima semana já não haverá nada sobre você nos jornais, por isso poderemos trabalhar com paz e sossego.

O funcionário da Scandlines foi muito prestativo. Como acontecia em todos os casos de desaparecimento de pessoas, a empresa tinha um arquivo sobre o caso de Merete na mão, e eles puderam confirmar que a lista de tripulantes daquele triste dia havia sido impressa na época, e uma cópia fora entregue à Equipe de Intervenção Rápida da polícia. Todos os membros da tripulação presentes dos conveses superior e inferior tinham sido interrogados, mas infelizmente ninguém possuía qualquer informação que pudesse indicar o que havia acontecido com Merete durante a travessia.

Carl sentiu vontade de bater a cabeça contra a parede. O que diabos a polícia tinha feito com a lista nesse meio-tempo? Usado como filtro de café? Bak e companhia podiam ir para o inferno!

— Tenho um número de identificação pessoal — disse ele para o funcionário. — Você poderia procurar por ele?

— Não hoje. Sinto muito, mas todo o departamento de contabilidade está fora, fazendo um curso.

— Tudo bem. Você sabe me dizer se a lista está por ordem alfabética? — perguntou Carl. Não estava. O capitão e seus subordinados tinham sido os primeiros da lista. Aquele era um procedimento comum. A bordo de um navio todos conheciam seu lugar na hierarquia.

— Você poderia checar o nome Lars Henrik Jensen na lista, por favor?

O homem do outro lado da linha deu uma risada exausta. Aparentemente a lista era bem longa.

O tempo que levou para Assad concluir mais uma oração, salpicar o rosto com a água de um pequeno pote no canto da parede, assoar o nariz ruidosamente e colocar mais água para ferver foi o mesmo para que o funcionário da Scandlines conseguisse completar sua busca.

— Não, não há nenhum Lars Henrik Jensen — disse ele, e com isso a ligação estava terminada.

Era uma notícia desanimadora.

— Por que você parece tão triste, Carl? — perguntou Assad com um sorriso. — Não pense mais na fotografia estúpida que saiu naquele jornal estúpido. Apenas pense que seria muito pior se tivesse quebrado todos os seus braços e pernas.

Aquele era indiscutivelmente um estranho consolo.

— Descobri o verdadeiro nome do Atomos — disse Carl. — Eu tinha esperança de que trabalhasse no navio em que Merete desapareceu, mas acabo de saber que não. É por isso que estou assim.

Assad deu uma amigável palmadinha nas costas de Carl.

— Mas você descobriu que havia uma lista com o nome dos tripulantes do navio. Bom trabalho, Carl — murmurou ele, com o mesmo tom de voz que se usa quando uma criança usa o penico pela primeira vez.

— Bem, isso realmente não levou a nada, mas vamos continuar a trabalhar. O número de identificação pessoal dele estava no fax que Godhavn enviou, então tenho certeza de que vamos encontrá-lo. Felizmente temos acesso a todos os registros de que precisamos para isso.

Ele digitou o número no computador, com Assad de pé atrás dele, e sentiu-se como uma criança que estava prestes a desembrulhar um presente de Natal. O melhor momento para qualquer detetive era quando a identidade de um suspeito estava prestes a ser revelada.

Mas, em vez disso, veio a desilusão.

— O que isso significa, Carl? — perguntou Assad, apontando para o monitor.

Carl tirou a mão do mouse e olhou para o teto.

— Significa que o número não pode ser encontrado. Ninguém em todo o reino da Dinamarca tem esse número de identificação. Muito simples.

— Será que você anotou o número errado? Tem certeza de que é este número que está no fax?

Carl verificou o número. Sim, ele havia copiado o número corretamente.

— Talvez este não seja o número certo.

Que brilhante conclusão!

— Talvez alguém o tenha mudado. — Assad tirou o fax das mãos de Carl e, franzindo o cenho, estudou o número. — Veja isso, Carl. Acho que alguém mudou um número ou dois. O que você acha? Não parece que o papel foi raspado aqui e aqui? — Apontou para dois dos últimos quatro algarismos. Era difícil ver, mas ainda assim era possível distinguir no fax uma sombra fraca por cima de dois dos números impressos.

— Mesmo que apenas dois algarismos tenham sido alterados, existem centenas de combinações possíveis, Assad.

— E daí? A Sra. Sørensen pode checar todas as possibilidades de números em meia hora, se enviarmos algumas flores para ela.

Era inacreditável como o sujeito conseguira cativar a simpatia daquela víbora.

— Como eu disse, existem inúmeras possibilidades, Assad. Se alguém mudou dois números, pode ter mudado dez. Precisamos conseguir o documento original de Godhavn e examiná-lo mais de perto antes de começarmos a experimentar as combinações.

Carl ligou para o orfanato imediatamente e pediu-lhes que enviassem o documento original para a sede da polícia por intermédio de um mensageiro, mas eles se recusaram a cumprir a ordem, alegando que não queriam que o original se perdesse.

Então Carl explicou por que era tão importante o envio do documento.

— É bastante provável que os senhores tenham guardado uma falsificação durante esses anos todos.

Sua afirmação, porém, não teve nenhum efeito.

— Não, não creio — respondeu o funcionário com grande confiança. — Teríamos descoberto isso quando relatamos as informações para as autoridades a fim de renovar o nosso financiamento.

— Hum. Mas e se a falsificação ocorreu muito tempo depois que o interno deixou a instituição? Quem nesse mundo iria descobrir isso? Você tem que considerar a possibilidade de que este novo número de identificação não aparecia nos livros de registros, pelo menos até quinze anos depois de Atomos ter deixado a instituição.

— Sinto muito, mas ainda assim não podemos permitir que tenha acesso ao documento original.

— OK, então vamos ter que conseguir uma ordem judicial. Sua atitude não foi nem um pouco cooperativa. Estamos investigando um possível assassinato aqui. Tenha isso em mente.

Nem o fato de que eles estavam investigando um assassinato, nem a ameaça de envolvimento judicial teria qualquer efeito. Carl sabia disso desde o início. Apelar para o ego de uma pessoa era muito mais eficaz. Afinal, quem iria querer ser taxado com um rótulo depreciativo? Poucas pessoas no sistema de Serviço Social, com certeza. A expressão "sua atitude não foi nem um pouco cooperativa" era um eufemismo que embalava uma série de murros. A tirania da observa-

293

ção quieta, como um dos instrutores de Carl na academia de polícia gostava de chamá-la.

— Você terá de nos enviar um e-mail solicitando o documento original — disse o funcionário.

Ele acertara em cheio.

— Como era mesmo o verdadeiro nome daquele rapaz, o Atomos, Carl? Sabemos como ele ganhou o apelido? — perguntou Assad em seguida, o pé apoiado na gaveta aberta da mesa de Carl.

— Eles me disseram que era Lars Henrik Jensen.

— Lars Henrik, que nome estranho. Não pode haver muitas pessoas com esse nome.

Certamente não de onde Assad vinha, pensou Carl. Ele estava considerando fazer um comentário sarcástico, quando percebeu a expressão pensativa de Assad. Por um momento, ele pareceu completamente diferente do habitual. Mais presente, mais centrado.

— O que você está pensando, Assad?

Era como se uma película de óleo deslizasse sobre seus olhos, mudando-os de cor. Ele franziu o cenho e pegou o processo Lynggaard. Levou apenas alguns segundos para encontrar o que procurava.

— Será que pode ser uma coincidência? — perguntou, apontando para uma das linhas no topo da página.

Carl olhou para o nome e só então percebeu qual era o relatório que Assad segurava na mão.

Durante um momento, ele tentou organizar os pensamentos, e foi então que aconteceu. Em algum lugar dentro dele, no local em que causa e efeito não eram colocados um contra o outro, em que a lógica nunca desafiava a consciência. Um lugar no qual os pensamentos viviam livremente e eram jogados uns contra os outros, foi precisamente ali que os fatos fizeram sentido. E foi ali que ele compreendeu como tudo estava relacionado.

34

2007

O maior choque não foi olhar para os olhos de Daniel, o homem por quem ela se sentira tão atraída. Também não foi a constatação de que Daniel e Lasse eram a mesma pessoa, ainda que a ideia a fizesse perder a força nas pernas. Não, o pior foi saber quem ele realmente era. Aquilo simplesmente drenara tudo dela. Tudo o que restava era o peso da culpa que pesara sobre seus ombros durante toda a sua vida adulta.

Na verdade, não foram os olhos dele que ela reconheceu, mas sim a dor que eles carregavam. A dor, o desespero e o ódio, que em uma fração de segundo tomaram conta da vida desse homem. Ou melhor, da vida do menino. Ela sabia agora.

Porque Lasse tinha apenas 14 anos quando, num gelado e claro dia de inverno, ele olhou pela janela do carro de seus pais e viu no outro carro uma menina cheia de vida e impulsiva, provocando seu irmão tão vigorosamente no banco de trás que acabou desviando a atenção do pai. Atenção que, por alguns milésimos de segundo, ele deveria ter ao volante. Aquela preciosa fração de segundo poderia ter salvado a vida de cinco pessoas e impedido outras três de serem mutiladas. Apenas Merete e o garoto chamado Lasse haviam escapado do acidente com suas vidas e saúdes intactas. E era por isso que agora o ajuste de contas tinha de ser feito entre os dois.

Ela compreendeu tudo. E se entregou ao seu destino.

Durante os meses seguintes, o homem pelo qual ela se sentira atraída como Daniel, e que agora detestava como Lasse, apareceu na sala externa todos os dias para vê-la através dos vidros espelhados. Alguns dias, ele se limitava a ficar junto da janela, observando-a como se Merete fosse um gato preso em uma gaiola, lutando pela vida contra um exército de najas. Em outros, ele falava com ela. Raramente lhe fazia perguntas. Não era algo que ele necessitasse fazer. Era como se já soubesse o que a prisioneira ia responder.

— Quando você olhou nos meus olhos do seu carro, no momento em que seu pai nos ultrapassava, achei que você era a menina mais bonita que já tinha visto em toda minha vida — disse ele. — Mas no segundo seguinte, quando você sorriu para mim e não se preocupou em observar o tumulto que estava causando no seu próprio carro, eu soube que a odiava. Foi um instante antes de o nosso carro capotar e a minha irmãzinha, que estava sentado ao meu lado, quebrar o pescoço no meu ombro. Eu o ouvi estalar. Você entende isso?

Ele a encarava insistentemente, tentando fazer com que ela desviasse o olhar. Mas ela se recusou a fazê-lo. Merete sentiu vergonha, mas isso foi tudo. O ódio era mútuo.

Em seguida, ele contou a história sobre os momentos que haviam mudado toda a sua vida. Falou sobre como a mãe fora obrigada a dar à luz os gêmeos em meio aos destroços do carro, e sobre como o pai, a quem ele amava e admirava acima de tudo, olhara para ele com uma expressão de amor, enquanto morria com a boca entreaberta. Contou como as chamas tinham se espalhado por cima das pernas da mãe, que estava presa sob o assento dianteiro. Contou sobre sua querida irmãzinha, tão doce e brincalhona, que fora esmagada sob ele, e sobre um dos bebês que acabara de nascer, cujo cordão umbilical tinha enrolado em volta do pescoço. E falou sobre o outro, que estava chorando sobre o para-brisa, enquanto as chamas se alastravam.

Foram palavras terríveis de ouvir. Merete lembrou-se claramente dos gritos desesperados, enquanto a história a torturava com a culpa.

— A minha mãe não consegue andar. Ela está aleijada desde o acidente. O meu irmão nunca foi à escola, ele nunca pôde aprender o que as outras crianças aprendem. Todos perdemos nossas vidas por causa do que você fez. Como você acha que se sentiria se tivesse um pai, uma irmã e planos de dois irmãozinhos, e então de repente tudo isso deixasse de existir? A minha mãe sempre teve problemas psicológicos, mas mesmo assim ela era capaz de às vezes rir despreocupadamente conosco. Até você entrar em nossas vidas e fazê-la perder tudo. Tudo!

296

Nesse ponto, a mulher havia entrado na sala onde Lasse estava, e parecia claramente chateada por ele. Talvez ela estivesse chorando, mas Merete não podia ter certeza.

— Como você acha que me senti nos primeiros meses, completamente sozinho com aquela família adotiva que me acolheu? Um garoto como eu, que nunca havia experimentado nada além de amor e segurança na vida. Não houve um só momento em que eu não tivesse o desejo de acabar com aquele imbecil que insistia que eu o chamasse de pai. E o tempo todo eu podia ver você diante de mim, Merete. Você e seus encantadores e irresponsáveis olhos que destruíram tudo o que eu amava. — Ele fez uma pausa tão longa, que as palavras seguintes soaram chocantemente claras: — Oh, Merete, prometi a mim mesmo que me vingaria de você e de todos os outros, não importava o que custasse. E sabe o que mais? Hoje me sinto bem. Eu me vinguei de todos vocês que roubaram nossas vidas. Talvez devesse saber que cheguei a ponderar em matar seu irmão. Mas um dia, enquanto os observava, percebi o quanto ele a prendia, como você estava acorrentada a ele, quanta culpa havia em seus olhos quando vocês estavam juntos. Percebi como a presença dele cortava suas asas. Por que eu haveria de aliviar a carga para você, matando-o? E além disso, ele não era outra de suas vítimas? Por isso, deixei-o viver. Mas não posso dizer a mesma coisa do meu pai adotivo e muito menos de você, Merete. Muito menos de você.

Lasse fora enviado para o orfanato após a primeira tentativa de matar o pai adotivo. A família nunca disse aos assistentes sociais o que ele tinha feito, nem que a cicatriz profunda na testa do homem fora causada por um golpe de pá. Eles apenas disseram que o menino era doente mental e que não podiam continuar a se responsabilizar por ele. Dessa forma, eles poderiam adotar outra criança e receber o pagamento do Estado às famílias de acolhimento.

Mas a fera dentro de Lasse fora despertada. Ninguém jamais ia assumir o controle sobre ele ou sua vida novamente.

Depois desse episódio, cinco anos, dois meses e treze dias se passaram antes que a companhia de seguros os indenizasse, e sua mãe se sentisse bem o suficiente para permitir que ele, agora um adulto, voltasse a viver com ela e seu irmão deficiente. Um dos gêmeos havia sofrido queimaduras tão graves que sua vida não pôde ser salva, mas o outro tinha sobrevivido, apesar do cordão umbilical enrolado em torno do pescoço.

O irmão de Lasse ficara aos cuidados de uma família, enquanto a mãe estivera no hospital e no centro de reabilitação. Mas ela pôde levá-lo para casa antes que ele completasse 3 anos. As cicatrizes provocadas pela chamas haviam marcado seu rosto e peito, e ele tinha muito pouca coordenação motora por causa da falta de oxigênio sofrida durante o seu nascimento. Ele fora o consolo de sua mãe durante os anos em que ela recuperava as forças para voltar a receber Lasse em casa. A família recebeu um milhão e meio de coroas a título de indenização pela perda do pai e de seu bem-sucedido negócio, que ninguém foi capaz de cuidar; pela perda de uma irmã pequena e de um irmão gêmeo recém-nascido, pela privação da mobilidade da mãe e do bem-estar de toda a família. Um valor miserável. Quando Merete já não fosse seu foco de atenção, Lasse dirigiria sua vingança para a companhia de seguros e os advogados que tinham espoliado a indenização a que sua família tinha direito. Isso era algo que ele prometera à mãe.

Até lá, Merete ainda tinha muito pelo que pagar.

O tempo estava se esgotando. Ansiedade e alívio cresciam dentro dela ao mesmo tempo. Os quase cinco anos dentro daquele cativeiro a estavam consumindo, mas obviamente aquilo teria um fim.

Quando o último dia do ano de 2006 chegou, a pressão na sala havia muito fora aumentada para seis bars, e desde então todas as lâmpadas fluorescentes do teto, menos uma delas, tremeluziam constantemente. Lasse, vestido com roupas de festa, apareceu com sua mãe e seu irmão do outro lado dos vidros espelhados para desejar a Merete um feliz Ano-Novo, acrescentando que aquele seria o último ano de sua vida.

— Nós sabemos qual será a data de sua morte, não é, Merete? Se você pensar bem, é perfeitamente lógico. Se adicionar os anos, os meses e os dias que fui forçado a viver longe da minha família até o dia em que a capturei como um animal, então você saberá quando vai morrer. Você deve sofrer na solidão exatamente o tempo que eu sofri, não mais. Pode contar com isso, Merete. Quando chegar o dia, abriremos a escotilha. Vai ser doloroso, mas com certeza não vai durar muito tempo. O nitrogênio vem se acumulando em seus tecidos adiposos. É verdade que está muito magra, mas tem de se lembrar que há bolhas de ar armazenadas por todo o seu corpo. Quando seus ossos se dilatarem e fragmentos de ossos começarem a arrebentar dentro dos tecidos, quando a pressão sob suas restaurações explodir em sua boca, quando sentir a dor atravessando as articulações dos ombros e quadris, então você saberá que a hora chegou. Faça as contas. Foram cinco anos, dois meses e treze dias, começando a contar a partir do dia 2 de março de 2002. Será essa a data que ficará gravada em sua lápide. Você pode ter esperança de que os coágulos nos pulmões e cérebro a paralisem, ou que os pulmões explodam, fazendo você perder a consciência. Mas não conte tanto com isso. Afinal, quem disse que eu vou permitir que tudo aconteça depressa?

Então ela deveria morrer no dia 15 de maio de 2007. Se seus cálculos estivessem certos, ainda faltavam noventa e um dias, partindo do princípio de que hoje era 13 de fevereiro. Exatamente quarenta e quatro dias desde que o novo ano tinha começado. Ela tinha vivido cada dia desde a véspera do Ano-Novo consciente de que poria fim em tudo antes do prazo se esgotar. Mas até esse momento ela estava determinada a seguir em frente, ignorando todos os pensamentos sombrios e estimar o melhor de suas memórias.

Era assim que ela mentalmente se preparava para dizer adeus ao mundo. Frequentemente pegava o alicate para verificar as suas pontas afiadas ou observava um dos fios de náilon de seu casaco, considerando parti-lo ao meio e afiar as pontas no chão de cimento. Seria com um daqueles objetos que ela terminaria com tudo. Ela se deitaria sob as vigias e furaria as artérias dos pulsos. Graças a Deus estavam bastante visíveis, pois seus braços estavam muito finos.

Era esse estado de espírito que a mantinha em curso. Após a comida ser entregue através da portinhola, ela voltou a ouvir as vozes de Lasse e da mãe. Ambas soavam irritadas, e a discussão dos dois ganhava vida própria.

Então os dois não estão sempre em sintonia, pensou ela com satisfação.

— O que está havendo, pequeno Lasse, não consegue manter sua mãe sob controle? — gritou. Naturalmente que ela sabia que uma insolência daquele tipo provocaria represálias, afinal de contas já conhecia a bruxa que estava lá fora.

Mas o fato é que ela não a conhecia bem o suficiente. Merete pensava que eles iam privá-la de comida durante alguns dias. Porém, não tinha ideia de que aquilo fosse lhe roubar o direito de determinar sua própria vida.

— Cuidado com ela, Lasse — rosnou a velha mulher. — Ela quer nos virar um contra o outro. E quer enganá-lo, acredite no que digo. Tenha muito cuidado com ela. Ela tem um alicate lá dentro e poderá tentar usá-lo contra si mesma. Você realmente quer que ela seja a última a rir? Quer, Lasse?

Houve uma pausa durante alguns segundos, então a espada de Dâmocles pendeu sobre a cabeça de Merete.

— Você ouviu o que minha mãe disse, não ouviu, Merete? — A voz dele saía gelada dos alto-falantes.

De que lhe serviria responder?

— A partir de agora, você vai se manter afastada das vigias. Quero vê-la durante todo o tempo, entendeu? Leve o balde sanitário para perto da parede oposta. Agora! E se fizer greve de fome ou tentar machucar a si mesma, pode ter certeza de que irei retirar a pressão do quarto mais depressa do que você será capaz de reagir. Posso regular a pressão por controle remoto. Se você se cortar, o sangue jorrará como uma cascata. E antes de perder a consciência, você sentirá todo o seu corpo explodindo. Vou providenciar câmeras para que possamos observá-la dia e noite a partir de agora. Apontaremos dois holofotes para as vidraças. Por isso, pode escolher entre ir para a guilhotina agora ou mais tarde. Mas quem sabe, Merete? Talvez todos nós cairemos mortos amanhã. Talvez sejamos envenenados pelo maravilhoso salmão que comeremos no jantar. Nunca se sabe. Então espere. Pode ser que um dia apareça um príncipe montado no seu cavalo branco e dê uma carona a você. Onde há vida, há esperança, não é assim que se diz? Por isso aguente, Merete. Mas cumpra as regras.

Merete ergueu os olhos para uma das vidraças. Ela quase não reconhecia a silhueta de Lasse por trás do vidro. Um anjo da morte, isso que ele era. Pairando pesadamente sobre a vida lá fora, com uma mente doente e sinistra que ela esperava que o atormentasse para sempre.

— Como você matou seu pai adotivo? Da mesma forma brutal? — gritou Merete, esperando que ele fosse rir. Mas ela não esperava ouvir outros dois gargalharem com ele. Significava que havia três pessoas lá fora.

— Esperei dez anos, Merete. Então voltei com mais dez quilos de músculos e muito desprezo pelo homem. Acredito que só isso fosse o suficiente para matá-lo.

— Mas mesmo assim não conseguiu ganhar muito respeito, não é? — rebateu ela, rindo dele.

Qualquer coisa que pudesse enfraquecer a demonstração de vitória de Lasse, valia a pena.

— Espanquei-o até a morte. Você não acha que foi suficiente para ganhar respeito? Não é um método particularmente refinado, mas que se dane. Passei bastante tempo batendo nele aos poucos. Eu queria que ele provasse de seu próprio remédio. De outra forma não teria sido bom o bastante para mim.

Merete sentiu o estômago revirar. O homem era completamente louco.

— Você é como ele, um animal doente e ridículo — murmurou ela. — Pena você não ter sido apanhado.

— Apanhado? Disse apanhado? — Ele voltou a rir. — Como isso poderia acontecer? Foi no outono, na época das colheitas, e a velha máquina colheitadeira dele estava pronta no campo. Não foi difícil jogá-lo diante dela quando começou a funcionar. O idiota tinha tantas ideias peculiares que ninguém ficou admirado por ele ter ido trabalhar no campo à noite e ter sofrido um acidente mortal. Ninguém sentiu falta dele, se quer saber.

— Oh, você é mesmo um grande homem, Lasse. Estou impressionada. Quem mais você matou, além dele? Tem algo mais em sua consciência?

Ela não esperava que ele fosse parar por ali, mas ficou profundamente chocada quando ele disse como tinha explorado a profissão de Daniel Hale para se aproximar dela, como tomara o lugar do homem e como finalmente o matara. Daniel Hale jamais fizera qualquer mal a Lasse, mas precisou ser eliminado para evitar que a identidade daquele canalha pudesse ser revelada por algum acaso infeliz. O mesmo aconteceu com seu ajudante, Dennis Knudsen. Ele também tinha de morrer. Não podia haver testemunhas. Lasse era perfeitamente calculista.

Meu Deus, Merete, pensou ela. Quantas pessoas você arruinou mesmo sem saber?

— Por que você simplesmente não me matou, seu idiota? — gritou bem alto. — Teve oportunidade para isso. Você mesmo disse que esteve observando a mim e Uffe. Por que não me apunhalou com uma faca enquanto eu estava no jardim? Tenho certeza de que você esteve lá, não esteve?

Por um momento, ele nada disse. E quando começou, enunciou cada palavra, para que ela pudesse entender a profundidade de seu cinismo.

— Em primeiro lugar, isso teria sido muito fácil. Eu queria ver você sofrer pela mesma quantidade de tempo que nós sofremos. Além disso, querida Merete, eu queria estar perto de você. Queria ver o quanto você é vulnerável. Queria sacudir a sua vida. Você devia aprender a amar este Daniel Hale, e depois tinha de aprender a temê-lo. Devia partir para o seu último passeio com Uffe, convencida de que algo ficara por resolver, esperando quando você voltasse para casa. Aquilo me deu uma grande satisfação, quero que você saiba.

— Você é doente!

— Doente? Eu...? Posso dizer que isso não é nada comparado com o que senti no dia em que soube que a minha mãe tinha pedido ajuda ao fundo de reserva dos Lynggaard para poder voltar para casa quando teve alta do hospital. O seu pedido foi recusado com a justificativa de que o fundo era destinado exclusivamente aos descendentes diretos de Lotte e Alexander Lynggaard. Minha mãe estava pedindo miseráveis cem mil coroas a sua fundação podre de rica, e os administradores disseram não, mesmo sabendo quem ela era e o que tinha lhe acontecido. Por causa disso, ela teve de passar vários anos em diferentes instituições. Agora você entende por que ela a odeia tanto? — O psicopata começou a chorar. — Malditas cem mil coroas! Que diferença faria para você e seu irmão? Absolutamente nenhuma!

Merete poderia dizer que não sabia nada sobre o assunto, mas isso não importava. Ela já pagara sua dívida. Havia muito tempo.

Naquela mesma noite, Lasse e o irmão instalaram as câmeras e acenderam os holofotes. Dois objetos penetrantemente ofuscantes que transformaram a noite em dia e revelaram a sordidez avassaladora de sua prisão. Mais uma vez, Merete tinha uma visão completa do quarto em todos os seus detalhes. Era tão terrível ser confrontada com a própria degradação que ela fechou os olhos pela primeira vez em 24 horas. O local da execução fora exposto, mas a condenada escolheu a escuridão.

Mais tarde, eles esticaram fios por cima de ambos os vidros espelhados, ligando-os a dois detonadores. Em caso de emergência o vidro poderia ser quebrado. Por fim, posicionaram cilindros com oxigênio comprimido e hidrogênio, bem como "líquidos inflamáveis", como eles chamaram.

Lasse informou-a de que tudo estava pronto. Após seu corpo explodir, eles o atirariam numa caixa de compostagem e, em seguida, mandariam todo aquele lugar para os ares. A detonação seria ouvida a quilômetros de distância. E dessa vez a seguradora teria mesmo de pagar! Acidentes imprevistos como aquele tinham de ser preparados meticulosamente para que todas as provas fossem destruídas para sempre.

— Acredite em mim, isso não vai acontecer — murmurou ela num fio de voz, planejando sua vingança.

Alguns dias depois, Merete sentou-se de costas para as vidraças e começou a raspar o cimento com as pontas do alicate. Mais alguns dias e ela teria acabado, assim como provavelmente o alicate. Então ela teria de usar os fios de náilon para perfurar suas artérias, mas não importava. Era possível fazê-lo, e isso era suficiente.

A escavação levou mais do que alguns dias. Ela precisou de cerca de uma semana, mas quando terminou os sulcos eram suficientemente fundos para resistirem a quase tudo. Ela os cobrira com pó e sujeira que havia retirado dos cantos do quarto. Uma letra após a outra. Quando os especialistas em incêndios da companhia de seguros fossem investigar o local, encontrariam pelo menos algumas das palavras escritas por ela. E assim, provavelmente, descobririam também o restante da mensagem que dizia:

Lasse, o proprietário deste edifício, assassinou seu pai adotivo, Daniel Hale e um dos seus amigos, e depois também me assassinou.

Tomem conta do meu irmão Uffe e digam-lhe que a irmã pensou nele todos os dias ao longo de mais de cinco anos.

Merete Lynggaard, 13 de fevereiro de 2007, sequestrada e aprisionada neste lugar esquecido por Deus desde 2 de março de 2002.

35

2007

O que Assad tinha encontrado era um nome mencionado no relatório policial do acidente na véspera do Natal de 1986, no qual os pais de Merete Lynggaard haviam morrido. O relatório listava três pessoas do outro veículo que também morreram: um bebê recém-nascido, uma menina de apenas 8 anos e o motorista do carro, Henrik Jensen, que era engenheiro e fundador de uma empresa chamada Indústria Jensen. Depois disso, o relatório tornava-se pouco específico, como indicado por uma linha de pontos de interrogação na margem. De acordo com uma nota manuscrita, a empresa era um próspero empreendimento que produzia revestimentos de aço herméticos de contenção. Logo abaixo, havia um breve comentário que dizia: "uma fonte de orgulho para a indústria dinamarquesa", e aparentemente tratava-se de algum depoimento.

Assad tinha se lembrado corretamente. Henrik Jensen era o nome do motorista morto no outro carro. E era verdade que o nome era muito semelhante a Lars Henrik Jensen. Ninguém poderia alegar que Assad era estúpido.

— Pegue os tabloides novamente, Assad — disse Carl. — Talvez eles tenham publicado os nomes dos sobreviventes. Não seria nenhuma surpresa para mim se o garoto do outro carro se chamasse Lars Henrik, em homenagem ao pai. Você vê o nome dele em algum lugar? — De repente arrependeu-se de ter feito Assad fazer todo o trabalho sozinho, então ele estendeu a mão. — Dê-me alguns dos artigos dos tabloides e alguns daqueles ali. — Apontou para os recortes de jornais matinais.

Havia fotos horrendas do acidente. Elas tinham sido exibidas em um sinistro contexto, lado a lado com fotos de pessoas inconsequentes, ávidas por fama. O mar de chamas que cercava o Ford Sierra tinha consumido tudo, como documentava uma foto dos destroços carbonizados. Fora um verdadeiro milagre que um casal de médicos que passava por ali tivesse conseguido tirar os passageiros do carro antes que os veículos fossem totalmente destruídos pelo fogo. De acordo com o relatório policial, o corpo de bombeiros não tinha chegado ao local tão rapidamente como de costume. As estradas estavam escorregadias.

— Aqui diz que a mãe se chamava Ulla Jensen e que no acidente ela teve as pernas esmagadas — disse Assad. — O nome do rapaz não está aqui, apenas diz que era o filho mais velho do casal. Mas escreveram que ele tinha 14 anos.

— Isso condiz com o ano de nascimento de Lars Henrik Jensen, partindo do princípio de que podemos confiar em algo que esteja escrito nestes documentos manipulados de Godhavn — murmurou Carl, examinando os recortes de jornais.

O primeiro não revelava nada de novo. A reportagem encontrava-se ao lado de algumas discussões políticas irrelevantes e de pequenos escândalos. Era evidente que aquele jornal usava estratégias específicas para obter vendas consideráveis. Aquela mistura colorida de temas continuava a ser uma receita de sucesso. Se colocasse aquele jornal de cinco anos atrás ao lado de um do dia anterior, seria necessário observar com muita atenção para saber qual deles era o mais recente.

Carl estava amaldiçoando a mídia e folheando o jornal seguinte quando virou a página e viu o nome. Este praticamente saltou aos seus olhos. Era exatamente o que ele esperava.

— Aqui está, Assad! — gritou Carl. Naquele momento sentiu-se como um falcão que, planando sobre a copa de uma árvore, descobrira a sua presa e mergulhava agora sobre ela. Um achado fantástico. A pressão em seu peito diminuiu e uma forma peculiar de alívio espalhou-se por todo o seu corpo. — Assad, ouça o que está escrito: "Os sobreviventes do automóvel que foi atingido pelo carro do comerciante Alexander Lynggaard foram a esposa de Henrik Jensen, Ulla Jensen, de 40 anos, um dos seus gêmeos recém-nascidos e ainda o filho mais velho, Lars Henrik Jensen, de 14 anos."

Assad derrubou o recorte de jornal que ele estava segurando. Seus olhos escuros foram pressionados por um enorme sorriso.

— Passe-me o relatório policial sobre o acidente, Assad. — Carl queria ver se os números de identificação pessoal de todos os envolvidos estavam listados. Ele correu o dedo indicador pelo relatório, mas encontrou apenas os números de identificação dos dois motoristas, o pai de Merete e o pai de Lars Henrik.

— Carl, se tivermos o número de identificação do pai, não podemos encontrar rapidamente também o do filho? Assim talvez pudéssemos compará-lo com o do rapaz de Godhavn.

Carl concordou. Não devia ser algo muito difícil de fazer.

— Vou checar e ver o que consigo descobrir sobre Henrik Jensen, Assad. Nesse meio-tempo, vá falar com Lis e peça a ela para verificar os números de identificação pessoais. Diga que estamos procurando o endereço de Lars Henrik Jensen. Se ele não tiver um local de residência na Dinamarca, peça a ela para encontrar onde a mãe dele vive. E se Lis encontrar o número de identificação dele, diga para ela imprimir todos os endereços dele desde o acidente. Leve a pasta com você, Assad. E se apresse.

Carl entrou na internet e procurou por Indústria Jensen, mas não obteve qualquer resultado. Em seguida, procurou por revestimentos de aço hermeticamente fechados de contenção para reatores nucleares, o que resultou em uma lista de várias empresas, especialmente na França e na Alemanha. Depois tentou as palavras "revestimento para contenções", que, até onde ele sabia, cobriam mais ou menos a mesma coisa que "revestimentos de aço hermeticamente fechados de contenção para reatores nucleares". Essa tentativa também não o levou a lugar algum.

Ele já estava prestes a desistir quando encontrou um arquivo PDF que mencionava uma empresa em Køge e no qual apareciam as palavras "uma fonte de orgulho para a indústria dinamarquesa", exatamente as mesmas palavras que tinham sido incluídas no relatório policial. Certamente era dali que provinha a citação. Carl enviou mentalmente uma saudação amigável ao policial que tinha ido um pouco mais fundo na investigação do que normalmente era necessário. Ele podia apostar que em seguida o homem tinha ido trabalhar como detetive.

Mas isso foi tudo o que conseguiu encontrar sobre Indústria Jensen. Talvez ele tivesse o nome errado. Ligou para o Registro Comercial e foi informado de que não havia nenhuma empresa registrada sob o nome de um Henrik Jensen com aquele número de identificação pessoal. Talvez a empresa fosse de propriedade de estrangeiros, talvez fosse registrada com outro nome por um grupo diferente de proprietários, ou talvez pertencesse a uma holding e estivesse registrada sob o nome dessa companhia.

Carl pegou sua caneta esferográfica e riscou o nome da empresa no bloco de anotações. Tudo indicava que a Indústria Jensen não passava de um ponto branco no mapa da alta tecnologia.

Ele acendeu um cigarro e ficou olhando a fumaça subir para a rede de tubos no teto. Um dia o detector de fumaças que ficava no corredor obrigaria todos os funcionários do edifício a correrem para a rua, num espetáculo grotesco. Carl sorriu, deu uma tragada profunda e soprou uma nuvem espessa em direção à porta. Esse gesto poderia pôr fim ao seu pequeno passatempo ilegal, mas valeria a pena só para ver Bak, Bjørn e Jacobsen na rua, olhando, irritados, para as janelas de seus escritórios, com suas centenas de metros de espaço de prateleira repleta de arquivos de atrocidades.

Foi então que se lembrou do que John Rasmussen, de Godhavn, havia dito: que o pai de Atomos, ou Lars Henrik Jensen, poderia ter tido algo a ver com a estação de pesquisas nucleares de Risø.

Carl procurou o número de telefone. Talvez fosse um beco sem saída, mas se havia alguém que conhecia algo sobre revestimento de contenção de aço para reatores nucleares seriam as pessoas de Risø.

A pessoa em serviço que o atendeu foi muito prestativa e transferiu a ligação para um engenheiro de nome Mathiasen, que por sua vez o passou a alguém chamado Stein, que finalmente o pôs em contato com um homem chamado Jonassen. Cada engenheiro parecia mais velho do que o anterior.

Jonassen apresentou-se simplesmente como Mikael, e ele tinha muito que fazer, mas estava disposto a perder cinco minutos de seu tempo para ajudar a polícia. O que Carl gostaria de saber?

Ele pareceu particularmente presunçoso quando ouviu a pergunta:

— Você quer saber se conheço alguma empresa que produzia revestimentos para contentores aqui na Dinamarca nos anos 1980? — repetiu. — Claro que conheço. A Indústria HJ era provavelmente uma das líderes mundiais.

O homem tinha dito "Indústria HJ". Carl era capaz de chutar o seu próprio traseiro. HJ de Henrik Jensen. I-n-d-ú-s-t-r-i-a-H-J. O que mais seria? Era tão simples. O pessoal do Registro Comercial podia ter lhe dado essa dica, droga!

307

— Bem, a empresa de Henrik Jensen chamava-se, na verdade, Trabeka Holding. Não me pergunte por quê. Mas o nome IHJ é conhecido em todo o mundo. Seus padrões de referência permanecem no setor da indústria. A repentina morte de Henrik e a rápida falência da empresa, logo em seguida, foi um acontecimento triste. Mas os vinte e cinco funcionários não podiam ficar sem sua liderança nem a empresa poderia continuar a existir sem as exigências de qualidade que ele fazia questão de manter. Além disso, a indústria tinha acabado de passar por grandes transformações, mudando para um local diferente, e estava em plena expansão, por isso foi muito lamentável que ele tenha morrido logo em seguida. Grandes valores e experiência foram perdidos. Se me perguntar, o negócio poderia ter sido salvo se Risø tivesse intercedido. Mas na época não tinha gestão de apoio político para fazer isso.

— Pode me dizer onde era a sede da IHJ?

— Durante muito tempo foi em Køge. Fui muitas vezes lá. Mas pouco antes do acidente, eles tinham se mudado para um local ao sul de Copenhague. Não sei o local exato. Posso tentar encontrar a minha velha agenda telefônica, ela está em algum lugar por aqui. Pode esperar um minuto?

Demorou uns cinco minutos, enquanto Carl ouvia o homem remexendo as gavetas. Durante esse tempo, ele usou seu intelecto para sondar as profundezas mais vulgares da língua dinamarquesa. O homem parecia estar muito irritado consigo mesmo. Poucas vezes Carl tinha ouvido algo parecido.

— Não, sinto muito — disse Jonassen, por fim. — Não consigo encontrá-la. E eu que nunca jogo nada fora! Típico. Mas tente falar com Ulla Jensen, a viúva dele. Penso que ela ainda esteja viva. Com certeza, ela poderá contar ao senhor tudo o que quiser saber. É uma pessoa incrivelmente corajosa. É terrível que tenha sofrido tanto.

— Sim, é realmente lamentável — concordou Carl, tentando cortar caminho para a sua última pergunta.

Mas nada podia deter o discurso do engenheiro agora.

— Era realmente brilhante o que eles estavam fazendo na IHJ. Basta considerar as técnicas de soldagem. As soldas eram praticamente invisíveis, mesmo se você as radiografasse usando os equipamentos mais avançados. Eles também tinham todos os tipos de técnicas para localizar vazamentos. Por exemplo, havia uma câmara de pressão que poderia ir até sessenta bars para testar a durabilidade de seus produtos. Provavelmente, a maior câmara de pressão que já vi. Possuíam sistemas de controle de alta tecnologia. Se o revestimento de contenção suportasse tanta pressão, você sabia que os reatores de energia nuclear estavam recebendo equipamentos de primeira qualidade. Era assim a IHJ. Sempre na linha de frente.

Quase se poderia pensar que o homem possuía ações da empresa, tão grande era o seu entusiasmo.

— Por acaso você sabe onde Ulla Jensen vive hoje em dia? — indagou Carl.

— Não, mas isso é fácil de descobrir no Registro Civil. Certamente ela vive no lugar onde a empresa estava sediada nos últimos tempos. Eles não poderiam expulsá-la de lá, até onde eu sei.

— Em algum lugar ao sul de Copenhague, você disse?

— Sim, exatamente.

Como era possível alguém dizer "exatamente" sobre algo tão impreciso como "ao sul de Copenhague"?

— Se você estiver de fato interessado nesse tipo de coisa, fico feliz em convidá-lo a nos visitar — disse o homem.

Carl agradeceu, mas recusou o convite. Não podia aceitá-lo devido a enorme pressão do tempo. Na verdade, o que ele gostaria mesmo de fazer era passar por cima de uma empresa como a de Risø com um rolo compressor de mil toneladas e depois vendê-la como revestimento de estradas a qualquer lugarejo na Sibéria. Uma visita àquele local seria pura perda de tempo para os dois.

Quando Carl desligou, Assad já estava esperando à porta.

— O que foi, Assad? — perguntou. — Conseguimos o que queríamos? O pessoal lá de cima verificou os números de identificação pessoal?

Assad balançou a cabeça.

— Acho que você precisa subir as escadas e falar com eles, Carl. Eles hoje estão completamente... — bateu algumas vezes com o indicador na têmpora — malucos da cabeça.

Carl aproximou-se de Lis com cautela, movendo-se ao longo da parede como um gato à caça de ratos. Com certeza, ela parecia cansada. Seus cabelos, antes alegremente despenteados, agora pendiam pesados e colados à cabeça. De pé atrás dela, a Sra. Sørensen lançou-lhe um olhar, e

309

ele podia ouvir as pessoas nos escritórios gritando umas com a outras. O que era realmente lamentável.

— O que está havendo? — perguntou ele a Lis, quando ela finalmente olhou para ele.

— Não sei. Quando tentamos acessar os arquivos estatais surge a mensagem "acesso negado". É como se todas as senhas tivessem sido alteradas.

— Mas a internet está funcionando bem.

— Sim, mas tente se conectar ao site do Registro Civil ou das Finanças, e vai entender o que estou dizendo.

— Você vai ter de esperar, como todos os outros — exultou a Sra. Sørensen com sua voz desafinada.

Carl ficou ali por um instante, tentando encontrar uma maneira de conseguir alguma informação, mas desistiu quando viu a tela do computador de Lis exibir uma mensagem de erro atrás da outra.

Ele deu de ombros. Deixe para lá. Não era tão urgente, de qualquer maneira. Um homem como ele sabia como transformar um caso de força maior numa situação de vantagem. Se os aparelhos eletrônicos tinham decidido fazer uma pausa, talvez isso fosse um sinal de que ele deveria regressar ao porão e manter um profundo monólogo com uma caneca de café por uma hora ou duas, seus pés apoiados sobre a mesa.

— Olá, Carl — soou uma voz atrás dele. Era Marcus Jacobsen, que envergava uma camisa extremamente branca e uma gravata cuidadosamente passada. — Fico feliz que você esteja aqui. Não se importa de ir até a cafeteria por um momento? — Carl percebeu que não era exatamente uma pergunta. — Bak tem algumas informações, e acho que você terá interesse em ouvir o que ele tem a dizer.

Devia haver pelo menos quinze pessoas na cafeteria, com Carl de pé bem no fundo e o delegado da Homicídios ao seu lado. Na frente, com as janelas ao fundo deles, estavam dois agentes da delegacia de narcóticos, Lars Bjørn, Børge Bak e seu subordinado. Os colegas de Bak pareciam extremamente satisfeitos.

Lars Bjørn deu a palavra a Bak. Todos sabiam exatamente o que ele tinha a dizer.

— Esta manhã fizemos uma detenção no caso do homicídio do ciclista. O suspeito está neste momento reunido com seu advogado, mas estamos convencidos de que ainda antes do final do dia teremos nas mãos uma confissão por escrito. — Ele sorriu e passou a mão pelo cabelo cuidadosamente penteado. Essa manhã era dele. — A testemunha principal, Annelise Kvist, nos prestou um depoimento detalhado depois de termos lhe assegurado de que o suspeito tinha sido detido. As suas declarações sustentam cem por cento a nossa teoria sobre os acontecimentos. O sujeito em questão é um médico muito respeitado e profissionalmente ativo em Valby, que desempenhou um papel importante na alegada tentativa de suicídio de Annelise Kvist, e fez ameaças de morte aos seus filhos. — Bak apontou para o seu assistente, que prosseguiu o relato.

— Durante as buscas que realizamos na casa do suspeito, encontramos mais de trezentos quilos de entorpecentes dos mais variados tipos, que estão sendo analisados pelos nossos técnicos. — Ele fez uma pausa para que a reação dos ouvintes esmorecesse. — Não há dúvida de que o médico construiu uma grande e extensa rede de colegas, e todos eles obtiveram rendimentos consideráveis com a venda ilegal de vários tipos de medicamentos controlados, como a metadona, o diazepam, o fenobarbital e a morfina, e através da importação especial de anfetaminas, zopiclone, THC ou acetofenazina. Além disso, eram vendidas grandes quantidades de neurolépticos, soporíferos e alucinógenos. Nada muito grande ou muito pequeno para o acusado. Pelo visto, ele tinha clientes para tudo. O homem que foi assassinado no Parque Valby era responsável pela distribuição dessas drogas, sobretudo aos frequentadores de boates. Supomos que a vítima tentou chantagear o médico e que este quis acabar logo com as coisas, mas que o assassinato não foi premeditado. Annelise Kvist testemunhou o homicídio e, por acaso, conhecia o médico. Foi por isso que ele conseguiu encontrá-la facilmente e forçou-a a ficar calada. — O assistente parou e Bak retomou a palavra.

— Sabemos agora que, logo após o crime, o médico foi visitar Annelise em casa. Ele é especialista em doenças respiratórias e as duas filhas dela sofrem de asma e são tratadas por ele. Ambas são dependentes de medicamentos. Naquela noite, o médico se comportou de forma muito violenta. Obrigou-a a dar comprimidos às filhas, ameaçando matá-las, caso ela não obedecesse. Esses comprimidos fizeram com que os alvéolos pulmonares das meninas se contraíssem, colocando a vida delas em risco. Em seguida deu-lhes injeções com um antídoto. Deve ter sido extremamente traumático para a mãe ver o rosto das filhas ficar azul e não serem capazes de se comunicar com ela.

Bak olhou ao redor. Todos concordavam com o que ele dizia.

— Depois disso — prosseguiu —, o médico afirmou que as meninas teriam que fazer visitas regulares ao seu consultório, para receber o antídoto, evitando uma recaída fatal. Foi assim que ele manteve a mãe calada. Podemos agradecer à mãe de Annelise Kvist o fato de termos conseguido localizar a nossa testemunha principal. Ela não sabia nada sobre o que havia acontecido na casa da filha naquela noite, mas sabia que Annelise tinha testemunhado um crime. Teve conhecimento disso no dia seguinte quando presenciou o completo estado de choque em que a filha se encontrava. A mãe só não conseguiu descobrir quem era o assassino, Annelise recusou-se a lhe dizer o nome dele. Quando nós a trouxemos para interrogatório por insistência de sua mãe, ela passava por uma profunda crise. Hoje também sabemos que o médico visitou Annelise Kvist poucos dias depois. Ele a advertiu que, se ela falasse algo, mataria suas filhas. Utilizou a expressão "esfolá-las vivas", e pressionou-a tanto que a levou a ingerir uma mistura fatal de comprimidos. O restante da história é conhecido por todos vocês. A mulher foi hospitalizada, sua vida foi salva e ela se manteve muda como um túmulo. Mas o que talvez vocês não saibam é que durante as investigações recebemos um grande apoio do novo Departamento Q, que está sob o comando de Carl Mørck.

Bak olhou para Carl.

— Você não participou das investigações, Carl, mas trouxe algumas boas ideias ao processo. Eu e minha equipe queremos agradecê-lo por isso. E agradeço ao seu assistente, a quem você utilizou como mensageiro entre nós e Hardy Henningsen, que também nos forneceu informações valiosas. Nós enviamos ao Hardy algumas flores, só para você saber.

Carl estava surpreso. Dois ou três dos seus antigos colegas olharam para ele e esboçaram um sorriso em seus rostos petrificados. Mas os outros não se moveram.

Lars Bjørn assumiu a palavra:

— Muitas pessoas trabalharam nesse caso. Também queremos agradecer a vocês — acrescentou, apontando para os dois agentes da delegacia de narcóticos. — Agora depende de vocês apanhar o grupo de médicos envolvidos no esquema. Sabemos que vai ser um trabalho gigantesco. Por outro lado, nós, da Divisão de Homicídios, podemos agora voltar nossa atenção para outras tarefas, e estamos felizes por isso. Há muita coisa para nos manter ocupados aqui no terceiro andar.

Carl esperou a maior parte das pessoas deixar a cafeteria. Ele sabia exatamente o quanto devia ter custado a Bak pronunciar aquelas palavras. Por isso foi falar com ele e lhe estendeu a mão.

— Não mereci o que disse, Bak, mas quero agradecer a você.

Børge Bak olhou durante alguns instantes para a mão estendida, depois começou a arrumar os papéis.

— Não tem de me agradecer. Eu nunca teria feito isso se Marcus não tivesse me obrigado.

Carl assentiu. Então mais uma vez eles sabiam onde cada um se mantinha.

Lá fora, no corredor, reinava uma enorme agitação. Todos os funcionários dos vários escritórios haviam se reunido à porta do delegado, e todos tinham queixas a apresentar.

— OK, OK, continuamos sem saber o que está acontecendo — disse Jacobsen. — Mas pelo que o comissário de polícia nos disse, nenhum banco de dados pode ser acessado no momento. Os servidores centrais foram vítimas do ataque de um hacker, que alterou todos os códigos de acesso. Ainda não se sabe quem está por trás disso. Não há muita gente capaz de fazer uma coisa como essa, e estamos trabalhando intensamente para encontrar o culpado.

— Você só pode estar brincando — alguém disse. — Como é possível ter acontecido uma coisa dessas?

O delegado da Homicídios encolheu os ombros. Ele tentou parecer calmo e respeitável, mas com certeza não estava.

Carl comunicou a Assad que podia dar por encerrado o dia de trabalho; naquele momento não havia nada que eles pudessem fazer. Sem as informações do Registro Civil, eles não seriam capazes de rastrear os endereços anteriores de Lars Henrik Jensen. Aquilo teria de esperar.

Enquanto Carl dirigia para a Clínica de Lesão Medular, ele ouviu no rádio que uma carta tinha sido enviada aos meios de comunicação por um cidadão irritado, que alegava ter infectado todos os bancos de dados oficiais do governo com um vírus. Acreditava-se que se tratava de um indivíduo que trabalhara como servidor público, numa posição central, e que tinha sido dispensado na reforma municipal. Mas até agora não havia certeza de nada. Especialistas em computadores tentavam explicar como fora possível alguém expor dados tão bem protegidos, e o primeiro-ministro chegou mesmo a descrever o culpado como um "bandido da pior espécie". O líder político revelou que especialistas em segurança na área da transmissão de dados já estavam trabalhando e garantiu que em breve tudo voltaria a funcionar normalmente. Claro que quem quer que fosse o culpado poderia esperar uma longa sentença de prisão. O primeiro-ministro estava a ponto de comparar a situação com os ataques ao World Trade Center, mas não chegou a fazê-lo.

A primeira coisa inteligente que ele fazia em um bom tempo.

Havia realmente flores em cima da mesa de cabeceira de Hardy, mas até nas bombas de gasolina dos recantos mais longínquos do país teria sido possível encontrar um buquê mais bonito. Isso, porém, não incomodava Hardy. Como as enfermeiras o tinham colocado com o rosto virado para a janela, ele não conseguia ver o buquê.

— Devo transmitir a você os cumprimentos de Bak — disse Carl.

Hardy deu-lhe um olhar que podia ser descrito como grosseiro, mas na realidade era indefinível.

— O que tenho a ver com aquele idiota?

— Assad deu sua dica a ele, e agora eles detiveram alguém. E parecem dispor de provas suficientes contra o sujeito.

— Não dei nenhuma dica a ninguém sobre nenhum assunto.

— Claro que deu. Você disse que Bak deveria procurar entre os terapeutas e médicos de Annelise Kvist, a testemunha principal.

— De que caso estamos falando?

— Do homicídio do ciclista, Hardy.

Hardy franziu a testa.

— Não faço ideia do que está falando, Carl. Você me ocupa com aquele caso estúpido de Merete Lynggaard, e aquela psicóloga vadia passa o tempo todo falando do tiroteio de Amager. Isso me basta. Não sei nada sobre o homicídio de um ciclista.

Agora Hardy não era o único a franzir a testa.

— Tem certeza de que Assad não mencionou o caso do homicídio do ciclista? Será que você está tendo problemas de memória, Hardy? Pode me dizer, não há problema.

— Diabos, Carl, deixe disso! Não estou com disposição para ouvir tolices. A memória é meu pior inimigo, não percebe? — bradou Hardy.

Carl levantou as mãos, num gesto defensivo.

— Desculpe, Hardy. Talvez eu tenha sido mal informado pelo Assad. Isso acontece.

Mas no fundo ele não estava achando aquilo tão casual.

Aquele tipo de coisa não podia e não ia acontecer de novo.

36

2007

Carl se sentou à mesa do café com o esôfago queimando de indigestão e o sono ainda pesando sobre seus ombros. Nem Morten nem Jesper lhe dirigiram a palavra, o que era um comportamento normal para seu enteado, mas definitivamente um mau sinal quando se tratava de seu inquilino.

O jornal da manhã estava em um canto da mesa e a manchete da primeira página era a demissão voluntária de Tage Baggesen de sua posição no Parlamento, alegando motivos de saúde. Morten mantinha a cabeça baixa sobre o prato, enquanto mastigava silenciosamente. Quando Carl abriu a página seis, deparou-se com uma foto sua de péssima qualidade. Era a mesma que o *Gossip* havia publicado no dia anterior, mas agora ele estava ao lado de outra um pouco desbotada de Uffe Lynggaard. O texto que as acompanhava estava longe de ser lisonjeiro.

O chefe do Departamento Q, encarregado da investigação de "casos que merecem atenção especial", conforme designado pelo Partido Dinamarca, tem aparecido no noticiário nos últimos dois dias sob circunstâncias particularmente infelizes.

O artigo não focava na história do *Gossip*. Em vez disso era baseado em entrevistas de funcionários de Egely, que acusavam Carl de empregar métodos de investigação particularmente rudes. Eles também o culpavam pelo desaparecimento de Uffe. A enfermeira-chefe mostrava-se especialmente indignada e furiosa. Eram-lhe atribuídas expressões como abuso de confiança, violação psicológica e manipulação. O artigo terminava com as palavras:

Até o fechamento desta edição não foi possível obter qualquer declaração por parte do departamento de polícia.

Até num filme de faroeste seria difícil encontrar um vilão mais cruel do que Carl Mørck. Era uma reportagem espantosa, considerando o que realmente tinha acontecido.

— Hoje eu tenho uma prova final — disparou Jesper, arrancando Carl de seus devaneios.

Ele levantou os olhos do jornal.

— Em que disciplina?

— Matemática.

Aquilo não soava bem.

— Você está preparado?

Jesper encolheu os ombros e se levantou. Como de costume, ele não prestou atenção ao grande número de utensílios que tinha sujado de manteiga e geleia ou no restante da bagunça que havia deixado em cima da mesa.

— Um momento, Jesper — disse Carl. — O que isso quer dizer?

O enteado virou-se e olhou para ele.

— Quer dizer que se eu não for bem, provavelmente não conseguirei entrar no secundário. Péssimo!

Carl imaginou a expressão reprovadora de Vigga e deixou cair o jornal. A acidez no estômago estava começando a doer.

Lá fora, no estacionamento, as pessoas faziam piadas sobre o colapso no banco de dados que ocorrera no dia anterior. Algumas não sabiam o que iam fazer no trabalho, sobretudo os funcionários administrativos, que dependiam do acesso às bases de dados oficiais. Eram pessoas que trabalhavam com licenças de construção e reembolsos médicos e que passavam o dia inteiro olhando para a tela do computador.

No rádio do carro, Carl ouviu várias autoridades expressarem críticas contra a reforma governamental, que tinha indiretamente provocado toda aquela confusão. Outras pessoas ligavam para reclamar sobre a atual situação de excesso de trabalho, com funcionários sobrecarregados, que ficava cada vez pior. Se o culpado pela pane no banco de dados se atrevesse a aparecer em um dos muitos escritórios que tinham sido obrigados a parar o trabalho por causa de sua irresponsabilidade, não haveria dúvidas de que o hospital mais próximo receberia um novo paciente.

Na sede da polícia, todo mundo estava mais esperançoso. O indivíduo que tinha causado o problema já havia sido preso. Assim que eles recebessem uma explicação do acusado, no caso uma mulher de meia-idade que trabalhava como programadora de computadores no Ministério do Interior, e ela esclarecesse como reparar o dano, eles tornariam a história pública. Era só uma questão de mais algumas horas para que tudo voltasse ao normal.

Curiosamente, Carl conseguiu chegar ao porão sem encontrar colegas pelo caminho, e isso era uma coisa boa. Era mais do que certo que as notícias dos jornais diários sobre seu encontro com um deficiente mental no norte da Zelândia já tinham se espalhado até mesmo no mais humilde escritório daquele prédio enorme.

Ele só esperava que a habitual reunião das quartas-feiras entre Marcus Jacobsen, o inspetor-chefe e os outros chefes de polícia não girasse exclusivamente em torno daquele tema.

Carl encontrou Assad em seu escritório e não perdeu tempo em descontar toda sua ira sobre ele.

Ao fim de poucos segundos, Assad já aparentava estar grogue. Até então o alegre assistente não havia conhecido aquele lado de Carl, que agora se revelava de forma irrefreável.

— Você mentiu para mim, Assad — vociferou Carl, encarando-o. — Você nunca disse uma palavra ao Hardy sobre o caso do homicídio do ciclista. Todas as conclusões foram suas e, sim, elas foram muito boas. Mas você me contou uma coisa diferente. E isso eu não posso tolerar. Você entendeu? Eu simplesmente não vou tolerar. Isso terá consequências.

Ele quase podia ouvir as rodas rangendo dentro da cabeça de Assad. O que ele estaria pensando? Sentia a consciência pesada ou o quê?

Carl escolheu fazê-lo se sentir dessa forma.

— Não se incomode em dizer nada, Assad! Você não vai mais mentir para mim! Quem diabos você realmente é, Assad? Eu gostaria muito de saber. E o que andava fazendo quando não estava visitando o Hardy? — Repeliu as tentativas de protesto de Assad. — Sim, tudo bem, eu sei que você ia lá, mas nunca ficava muito tempo. Então desembuche, Assad. O que está acontecendo?

Assad não conseguia esconder sua inquietação com o silêncio. Carl vislumbrou um animal sendo caçado na expressão calma do assistente. Se eles fossem inimigos, Assad certamente teria saltado em seu pescoço para estrangulá-lo.

— Só um segundo — disse Carl. Virou-se para o computador e abriu o Google na tela. — Tenho algumas perguntas para fazer a você, tudo bem?

Não houve resposta.

— Está me ouvindo?

Assad murmurou algo ainda mais fraco que o zumbido do computador. Aquilo por certo significava uma resposta afirmativa.

— No seu arquivo diz que você chegou à Dinamarca em 1998, com a sua mulher e duas filhas. Entre 1998 e 2000, vocês estiveram alojados no campo de refugiados de Sandholm, depois receberam asilo.

Assad assentiu com um gesto de cabeça.

— Foi rápido.

— Era assim naquela época, Carl. Hoje tudo é diferente.

— Você vem da Síria, Assad. De que cidade? Essa informação não está nos documentos.

Carl virou-se e reparou que a expressão de Assad estava mais sombria do que nunca.

— Isso é um interrogatório, Carl?

— Sim, podemos chamar assim. Alguma objeção?

— Há muitas coisas que eu não vou contar, Carl. Você tem de respeitar isso. Tive uma vida ruim. É a minha vida, não a sua.

— Eu compreendo isso. Mas de que cidade você vem? É assim tão difícil de responder?

— Venho de um subúrbio de Sab' Abar.

Carl digitou o nome no computador.

— Isso fica no meio do nada, Assad.

— E eu disse o contrário, Carl?

— A que distância diria que Sab' Abar fica de Damasco?

— Um dia de viagem. Mais de duzentos quilômetros.

— Um dia de viagem?

— As coisas levam tempo lá. Primeiro é preciso atravessar a cidade, e depois existem as montanhas.

Aquilo correspondia com o que Carl via no Google Earth. Seria difícil conseguir encontrar um lugar mais isolado.

— Você se chama Hafez el-Assad. Pelo menos é isso que está nos papéis da Administração de Imigração. — Ele digitou o nome no Google e encontrou-o rapidamente. — Esse não é um nome bastante desafortunado para carregar por aí?

Assad deu de ombros.

— O nome de um ditador que governou a Síria durante 29 anos! Os seus pais eram membros do Partido Baath?

— Sim, eles eram.

— Então talvez você tenha sido batizado em homenagem a ele?

— Várias pessoas na minha família têm esse nome.

Carl fitou os olhos escuros de Assad. Era perceptível que o seu assistente estava com um estado de espírito diferente do habitual.

— Quem foi o sucessor de Hafez el-Assad? — perguntou Carl, abruptamente.

Assad nem piscou.

— O seu filho Bashar. Podemos parar por aqui, Carl? Isto não é bom para nós.

— Talvez você tenha razão. E como se chamava o outro filho que morreu em 1994 num acidente de carro?

— Neste momento não consigo me lembrar.

— Não? Que estranho. Aqui diz que ele era o filho favorito do pai e o escolhido para sucedê-lo. O nome dele era Basil. Eu diria que qualquer homem da sua idade na Síria seria capaz de me dizer isso sem hesitação.

— Sim, é verdade, ele se chamava Basil. — Assad meneou a cabeça. — Mas há tantas coisas que eu esqueci, Carl. Não *quero* me lembrar delas. Eu... — Ficou à procura da palavra.

— Você as reprimiu?

— Sim, parece que é a palavra certa.

OK, se é assim que ele quer agir, não vou conseguir nada com isso, pensou Carl. Ele vai ter que mudar de atitude.

— Sabe o que penso, Assad? Penso que está mentindo. Você nem sequer se chama Hafez el-Assad. Esse foi o primeiro nome que veio a sua cabeça quando você pediu asilo. Estou certo? Eu posso imaginar o quanto o camarada que falsificou seus documentos deve ter rido disso.

320

Não foi assim? Talvez ele seja o mesmo homem que nos ajudou com a agenda telefônica de Merete. Estou certo?

— Carl, acho que devíamos parar por aqui.

— De onde você realmente veio, Assad? Bem, como já me habituei ao nome, podemos continuar a usá-lo, mesmo que na verdade ele seja o seu apelido, não é, Hafez?

— Eu sou sírio, e venho de Sab' Abar.

— Você quer dizer de um subúrbio de Sab' Abar?

— Sim, a nordeste do centro da cidade.

Tudo soava bastante plausível, mas Carl teve dificuldade para aceitar a informação logo de início. Talvez tivesse acreditado dez anos e centenas de interrogatórios antes. Mas agora não mais. O seu instinto lhe dava sinais de desconfiança. O comportamento de Assad não era convincente.

— Na verdade você vem do Iraque, não vem? E tem um telhado de vidro que pode fazer com que seja deportado deste país e enviado de volta para o lugar de onde veio. Estou certo?

A expressão de Assad voltou a mudar. As linhas da sua testa desapareceram, como se tivessem sido apagadas. Talvez ele tivesse encontrado uma saída. Talvez estivesse simplesmente dizendo a verdade.

— Do Iraque? De modo nenhum! Agora você está dizendo tolices, Carl — disse Assad, ofendido. — Venha até a minha casa e veja as minhas coisas. Eu trouxe uma mala do meu país. Você pode conversar com a minha esposa, ela entende alguma coisa de inglês. Ou com as minhas filhas. Então saberá que o que digo é verdade. Carl, eu sou um refugiado político e passei por coisas muitas ruins. Não quero falar sobre isso, então por que você não me deixa em paz? É verdade que não fiquei muito tempo com Hardy, do jeito que eu disse, mas é muito longe até Hornbæk. Estou tentando ajudar meu irmão a vir para a Dinamarca, e isso leva tempo demais, Carl. Peço desculpa. Prometo a partir de agora contar tudo a você.

Carl reclinou-se na cadeira. Quase sentia vontade de deixar que o chá exageradamente doce de Assad inundasse a sua mente cética.

— Eu não entendo como você adaptou-se tão rapidamente no trabalho da polícia, Assad. Claro que aprecio sua ajuda. Você é um sujeito assustador, mas tem habilidades. Como as adquiriu?

— Assustador? Tenho algo a ver com fantasmas ou coisas assim? — Lançou um olhar ingênuo a Carl. Sim, ele tinha qualidades. Talvez fosse um talento natural. Talvez tudo fosse verdade. Talvez fosse somente Carl que estivesse se transformando num sujeito resmungão e rabugento.

— Nos seus documentos não há muita coisa sobre sua formação, Assad. Que tipo de educação você teve?

Assad encolheu os ombros.

— Não foi nada de especial. O meu pai tinha uma pequena empresa dedicada ao comércio de conservas. Eu sei tudo sobre quanto tempo uma lata de tomates cozidos pode durar a uma temperatura de cinquenta graus.

Carl tentou sorrir.

— E então você não conseguiu ficar fora da política e terminou com o nome errado. Foi assim?

— Sim, algo parecido com isso.

— E você foi torturado?

— Sim. Carl, eu não quero falar sobre isso. Você ainda não viu como eu fico quando me sinto mal. Eu não posso falar sobre isso, OK?

— OK. — Carl balançou a cabeça. — E a partir de agora você vai me contar tudo o que fizer durante o horário de trabalho, compreendido?

Assad fez um sinal de positivo com o polegar.

A expressão nos olhos de Carl permitiu que seu assistente relaxasse. Ele ergueu a mão com os dedos esticados, e Assad bateu nela.

Era o suficiente.

— OK, Assad, vamos prosseguir. Há muito trabalho para fazer. Temos de encontrar esse Lars Henrik Jensen. Espero que não demore muito até conseguirmos entrar no site do Registro Civil, mas até lá, vamos tentar encontrar a mãe dele. O nome dela é Ulla Jensen. Um homem lá de Risø... — Carl percebeu que Assad queria perguntar o que era Risø, mas isso poderia esperar. — Um homem me informou que ela vive no sul de Copenhague.

— Ulla Jensen é um nome incomum?

Carl balançou a cabeça.

— Agora que sabemos o nome da empresa do pai dele, temos mais pontos para verificar. Para começar, vou telefonar para o Registro Comercial. Espero que eles não tenham tido problemas com o sistema também. Nesse meio-tempo, entre na internet e procure pelo nome Ulla Jensen. Tente Brøndbyerne e depois siga para o sul. Valensbæk, talvez

Glostrup, Tåstrup, Greve-Kildebrønde. Não precisa procurar em Køge, porque era onde a empresa estava localizada antes. Tente ao norte de lá.

Assad parecia aliviado. Ele estava prestes a sair pela porta, mas virou-se para dar um abraço em Carl. Sua barba espetava como agulhas e sua loção pós-barba era, sem dúvida, de uma marca barata, mas o sentimento era genuíno.

Carl sentou-se por um momento e relaxou, enquanto Assad valsava pelo corredor até sua sala. Era quase como ter a equipe de volta.

A resposta chegou das duas fontes ao mesmo tempo. O Registro Comercial havia funcionado sem qualquer interrupção durante a falha com os computadores, e levou apenas cinco segundos para a Indústria HJ ser identificada na base de dados. A empresa pertencia à Trabeka Holding, uma firma alemã, e eles poderiam solicitar mais informações caso Carl achasse necessário. A entrada do registro não revelava quem eram os proprietários da Trabeka, mas isso seria fácil de descobrir com a ajuda dos colegas alemães. Assim que conseguiu o endereço, Carl disse a Assad que podia parar com a busca, mas este gritou de volta, dizendo que também tinha encontrado dois possíveis endereços.

Compararam os resultados. Ulla Jensen morava em Strøhusvej, em Greve, no terreno da falida IHJ.

Carl procurou o endereço no mapa. Ficava a algumas centenas de metros do local do acidente onde Daniel Hale morreu carbonizado na estrada Kappelev. Ele se lembrava de ter estado lá. Era a estrada que ele vira logo abaixo, quando haviam examinado as redondezas. Ela conduzia ao moinho de vento.

Ele sentiu a adrenalina subir rapidamente. Agora tinham um endereço e em vinte minutos estariam no local.

— Carl, não devemos ligar primeiro? — Assad lhe estendeu o papel com o número de telefone.

Carl olhou para Assad com as sobrancelhas erguidas. Não era sempre que saíam pérolas de sabedoria da boca daquele homem.

— É uma grande ideia, Assad, se quisermos encontrar uma casa vazia.

Originalmente devia ter sido uma fazenda comum com uma casa, chiqueiro e estábulo dispostos em torno de um pátio calçado de paralelepípedos. A casa ficava tão perto da estrada que era possível olhar direto para os quartos. Por trás dos edifícios revestidos de cal havia ainda uma construção com 10 ou 12 metros de altura que aparentemente nunca fora utilizada. Nos lugares onde deveriam haver janelas, viam-se apenas grandes buracos. Era incompreensível que as autoridades pudessem ter autorizado a construção de um prédio como aquele, que arruinava completamente a paisagem sobre os campos, onde tapetes amarelos de colza se misturavam aos prados verdes de modo que a cor não poderia ser reproduzida em qualquer pintura.

Carl examinou as redondezas e não notou sinais de vida em lugar nenhum, nem sequer nas proximidades do edifício. O pátio parecia tão negligenciado quanto o restante da propriedade. O reboco da casa estava descascado. Perto da estrada, um pouco mais para leste, havia montes de detritos de lixo e entulhos de construção. Com exceção dos dentes-de-leão e das árvores frutíferas floridas que se erguiam sobre o telhado, todo o lugar parecia terrivelmente triste.

— Não há nenhum carro no pátio — observou Assad. — Provavelmente já não vive ninguém aqui há muito tempo.

Carl cerrou os dentes, tentando afastar seu desapontamento. Sua intuição dizia que Lars Henrik Jensen não estava ali. Maldição. Maldição dos infernos!

— Mesmo assim vamos até lá dar uma olhada ao redor, Assad — disse ele, enquanto estacionava o carro no acostamento da estrada.

Caminharam então em completo silêncio. Atravessaram a cerca que delimitava a propriedade e chegaram à parte de trás da casa, num jardim onde arbustos de bagas e sabugo lutavam por espaço. As janelas da casa estavam escurecidas pelo tempo e pela sujeira. Tudo parecia extinto e morto.

— Olhe para isso — disse Assad, pressionando o nariz contra uma vidraça.

Carl inclinou-se para olhar. O interior da casa parecia abandonado também. Tirando o fato de não haver uma torre nem uma sebe de rosas, o lugar quase parecia o palácio da Bela Adormecida. O pó cobria as mesas, os livros, os jornais e todo o tipo de papéis. Em um canto caixas de papelão estavam amontoadas sem nunca terem sido abertas, e ainda havia tapetes enrolados.

Ali havia uma família, cuja vida fora interrompida durante um momento feliz.

— Acho que eles estavam em pleno processo de mudança quando ocorreu o acidente, Assad. Foi o que o homem de Risø me disse.

— Sim, mas olhe ali atrás.

Assad apontou para uma porta do outro lado da parede onde a luz penetrava. Ali o chão estava polido e brilhante.

— Você tem razão — murmurou Carl. — Parece diferente.

Eles caminharam através de um jardim de ervas, onde as abelhas zumbiam em torno de cebolinhas em floração, e alcançaram o outro lado da casa, num dos cantos do pátio.

Carl aproximou-se das janelas que estavam bem fechadas. Através da primeira, ele foi capaz de vislumbrar um quarto com paredes vazias e um par de cadeiras. Pressionou a testa contra a vidraça e olhou para dentro do quarto. Não havia dúvidas de que estava sendo utilizado. Algumas camisas estavam no chão, a roupa de cama estava remexida sobre o colchão e por cima dela havia um pijama, um tipo que ele estava certo de ter visto em um catálogo de loja de departamento não muito tempo atrás.

Ele se concentrou em controlar a respiração e colocou instintivamente a mão no cinto, no qual havia carregado sua pistola durante anos. Agora já fazia quatro meses que não a trazia consigo.

— Alguém dormiu recentemente naquela cama — disse ele para Assad, que estava olhando na outra janela um pouco mais à frente.

— Alguém também esteve aqui — concluiu Assad. Carl se aproximou e espiou lá dentro. Assad estava certo. A cozinha estava completamente limpa e arrumada. Através de uma porta na parede em frente, eles podiam ver a sala empoeirada que já haviam observado do outro lado. Parecia um mausoléu. Um santuário, onde ninguém podia entrar.

Mas a cozinha definitivamente tinha sido usada recentemente.

— Uma geladeira, café em cima da mesa, uma chaleira. Também há algumas garrafas de Coca-Cola — observou Carl.

Ele virou-se na direção do chiqueiro e dos edifícios que ficavam atrás. Eles poderiam continuar e realizar uma busca sem aguardar por uma decisão judicial, mas teriam de ser capazes de suportar os aborrecimentos subsequentes se a ação se revelasse injustificada. Não era possível afirmar que a oportunidade seria perdida caso realizassem a busca na casa num outro momento. Na verdade, podiam muito bem realizá-la no dia seguinte, talvez até fosse melhor. Quem sabe então alguém estivesse em casa?

Carl balançou a cabeça. De fato era melhor esperar e seguir os procedimentos legais corretos. Ele respirou fundo. Não se sentia à vontade para fazer isso também.

Enquanto Carl ainda refletia sobre o assunto, Assad de repente saiu dali. Para um homem com um corpo tão compacto e pesado, ele era surpreendentemente ágil. Ele cruzou o pátio com passadas largas e foi em direção à estrada, onde abordou um agricultor que se aproximava no seu trator.

Carl juntou-se a eles.

— Sim. — Ele ouviu o agricultor dizer, enquanto se aproximava. O trator roncava em marcha lenta. — A mãe e o filho ainda vivem ali. É um pouco estranho, mas aparentemente ela fixou residência naquela casa lá. — Apontou para um edifício que estava um pouco além dali. — Acho que ela está em casa agora. Pelo menos, eu a vi esta manhã.

Carl mostrou-lhe seu distintivo, o que levou o agricultor a desligar o motor.

— O filho dela se chama Lars Henrik Jensen? — perguntou ele.

O agricultor fechou um olho, enquanto pensava.

— Não, não acho que seja seu nome. É um sujeito realmente muito estranho. Como é mesmo o nome dele?

— Não é Lars Henrik?

— Não, não.

Era como um balanço, um carrossel. Para cima e para baixo, para um lado e para o outro, para a frente e para trás. Não era a primeira vez que Carl passava por aquilo. E ele estava farto.

— Você disse que eles moram naquela casa lá atrás? — apontou para a construção.

O agricultor assentiu.

— Como eles ganham a vida? — perguntou Carl, gesticulando para o campo aberto.

— Não sei. Eu arrendei algumas terras deles. Kristoffersen, o outro vizinho, também. Eles ainda têm alguns terrenos abandonados pelos quais recebem subsídios. E ela deve ter uma pequena pensão. Algumas vezes por semana uma caminhonete vem não sei de onde, trazendo coisas de plástico para eles limparem, eu acho. Também trazem comida. Penso que ela e o filho administram alguma coisa. — O homem riu. — Esta é uma terra agrícola. Aqui geralmente temos o que precisamos.

— É uma caminhonete do município?

— Não, com certeza não. Deve ser de uma companhia de navegação, ou alguma coisa parecida. Tem um símbolo como aqueles que às vezes vemos nos navios que aparecem na televisão, mas não sei de onde vem. Oceanos e mares nunca me interessaram.

Quando o agricultor partiu com seu trator, aos solavancos, em direção ao moinho, Carl e Assad observaram as construções atrás do chiqueiro. Era estranho que não tivessem reparado nelas quando ainda estavam na estrada, pois eram bastante grandes. Provavelmente porque as sebes tinham sido plantadas muito juntas e já estavam brotando por causa do tempo quente.

Além dos três edifícios que cercavam o pátio e a estrutura inacabada, havia três outras construções baixas, localizadas perto de uma área nivelada e coberta de cascalho. Por certo, alguém planejara asfaltar aquele trecho. Por toda parte havia ervas daninhas e, excetuando o caminho que levava para as contruções, tudo ao redor tudo era verde.

Assad apontou para os rastros estreitos de pneus que se distinguiam no caminho. Carl também já os tinha visto. Tinham mais ou menos a mesma largura dos pneus de uma bicicleta e corriam paralelamente. Muito provável que fossem de uma cadeira de rodas.

O celular de Carl tocou, estridente, justamente quando eles estavam se aproximando da casa que o agricultor havia indicado. Ele reparou no olhar de Assad enquanto praguejava em voz baixa por não ter posto o celular no modo silencioso.

Era Vigga. Ninguém tinha a mesma habilidade de ligar para ele nos momentos mais inconvenientes. Certa vez, enquanto ele estava pisando no líquido de cadáveres em decomposição, ela havia ligado para lhe pedir que comprasse creme para o café. Outra vez telefonara quando o celular dele estava dentro do bolso de uma jaqueta, que por sua vez estava debaixo do banco do carro policial, enquanto ele e seus colegas perseguiam um suspeito em alta velocidade. Vigga era boa naquele tipo de coisa.

Ele colocou o toque no silencioso. E quando tornou a erguer a cabeça, viu-se frente a frente com um homem alto e magro de pouco mais de vinte anos. Ele tinha a cabeça estranhamente alongada, parecia quase deformada, e um lado inteiro de seu rosto era marcado por cicatrizes de queimaduras.

— Vocês não podem entrar aqui — disse ele, com uma voz que não parecia nem de adulto, nem de criança.

Carl mostrou seu distintivo, mas o rapaz não pareceu entender o que aquilo significava.

— Eu sou um agente da polícia — disse Carl, amigavelmente. — Gostaríamos de falar com a sua mãe. Sabemos que ela vive aqui. Eu apreciaria se você perguntasse a ela se podemos entrar por um momento.

O jovem rapaz não se deixou impressionar pelo distintivo ou pelos dois homens. Talvez ele não fosse tão simplório quanto a primeira impressão levava a crer.

— Quanto tempo ainda tenho de esperar? — indagou Carl, bruscamente. O rapaz pareceu despertar e desapareceu dentro da casa.

Alguns minutos se passaram enquanto Carl sentia a pressão no peito aumentar. Amaldiçoou o fato de não ter pegado sua arma no depósito da sede da polícia, depois que voltara de licença médica.

— Fique atrás de mim, Assad — ordenou. Já conseguia imaginar as manchetes dos jornais do dia seguinte: "Agente da polícia sacrifica assistente em tiroteio. Pela terceira vez em pouco tempo, o policial Carl Mørck, do Departamento Q da sede da polícia, se envolve em um escândalo."

Ele deu um empurrão em Assad para enfatizar a gravidade da situação e, em seguida, tomou posição perto da porta. Se eles saíssem carregando uma espingarda ou qualquer coisa assim, pelo menos a cabeça de seu assistente não seria a primeira coisa a estar na frente.

Foi então que o rapaz retornou e os convidou a entrar.

A mulher estava sentada numa cadeira de rodas, fumando um cigarro. Era difícil calcular a sua idade, uma vez que ela parecia tão enrugada e cansada, mas a julgar pela idade do filho, ela não podia ter mais do que

61 ou 62 anos. Ela estava curvada para a frente e suas pernas pareciam estranhamente desajeitadas, como ramos de uma árvore que tinham sido tirados pela metade e então encontrado algum jeito para voltar a crescer juntos. O acidente de carro realmente deixara profundas marcas nela.

Carl olhou em volta. Estavam num grande salão, com cerca de 250 metros quadrados. Apesar do pé-direito ser de cerca de 5 metros, o lugar cheirava a tabaco. Ele seguiu a fumaça espiralada do cigarro dela até o teto. Havia apenas algumas janelas ali, o que tornava o local bastante escuro.

Não havia paredes separando os ambientes. A cozinha ficava próxima à porta de entrada, ao lado, o banheiro. A sala de estar, equipada com móveis e tapetes baratos, estendia-se por quinze ou vinte metros e terminava num espaço onde presumivelmente a mulher dormia.

Com exceção do ar nauseabundo, tudo estava limpo e arrumado. Era ali que ela via televisão, lia suas revistas e com certeza passava a maior parte de sua vida. O seu marido havia morrido e agora ela tentava, tanto quanto fosse possível, viver bem os seus dias. Pelo menos ela tinha o filho para ajudá-la em muitas coisas.

Carl notou que o olhar de Assad vagava lentamente pelo ambiente. Havia algo de diabólico naqueles olhos, enquanto eles deslizavam sobre tudo, ocasionalmente parando para examinar algum detalhe. Ele estava concentrado, os braços pendendo ao lado do corpo e os pés plantados firmes no chão.

A mulher os recebeu de forma relativamente amigável, embora tivesse estendido a mão apenas para Carl. Ele se apresentou e disse a ela que não havia motivo para inquietação. Estavam procurando pelo filho mais velho dela, Lars Henrik. Queriam fazer algumas perguntas a ele. Nada de especial, apenas rotina. Ela podia dizer onde eles poderiam encontrá-lo?

Ela sorriu.

— Lasse é um marinheiro — disse ela. Então ela o chamava de Lasse. — Neste momento ele não está em casa, mas estará novamente em terra firme dentro de um mês. Eu lhe direi que o senhor esteve aqui. Tem um cartão de visita que eu possa lhe dar?

— Não, infelizmente não. — Carl tentou esboçar um sorriso amigável, mas a mulher não reagiu. — Enviarei o meu cartão assim que chegar ao escritório. — Tentou sorrir novamente. Era uma regra de ouro: primeiro dizer alguma coisa positiva e depois sorrir, assim pareceria sincero.

Fazer isso no sentindo inverso poderia significar qualquer coisa: flerte, adulação. Qualquer coisa que fosse uma vantagem. A mulher sabia muito sobre a vida, pelo menos.

Carl fez como se fosse sair e agarrou a manga de Assad.

— Muito bem, Sra. Jensen, temos um trato. A propósito, para que companhia de navegação o seu filho trabalha?

Ela reconheceu a tática da resposta seguida pelo sorriso.

— Oh, quem dera conseguir me lembrar. Ele trabalha em tantos navios diferentes. — Então ela sorriu. Carl já tinha visto dentes amarelos antes, mas nunca tão amarelos quantos os dela.

— Ele é contramestre, não é verdade?

— Não, ele é camareiro. Lasse é um bom cozinheiro, ele sempre foi bom com a comida.

Carl tentou imaginar o rapaz com os braços ao redor do ombro de Dennis Knudsen. O rapaz a quem chamavam Atomos porque o seu falecido pai produzia equipamento para centrais nucleares. Quando o filho havia adquirido conhecimentos sobre comida? Com a família adotiva que o maltratava? No orfanato de Godhavn? Quando ainda era um rapazinho na casa de sua mãe? Carl também tinha passado por muita coisa na vida, mas sequer sabia fritar um ovo. Se não fosse por Morten Holland, ele não sabia o que faria.

— É muito bom quando os nossos filhos estão bem. Está ansioso para ver o seu irmão novamente? — perguntou Carl ao outro filho da Sra. Jensen. O jovem de rosto desfigurado olhava para eles com desconfiança, como se estivessem ali para roubar alguma coisa.

O olhar do rapaz deslocou-se para a mãe, mas a expressão dela não se alterou. Aquilo significava que ele não diria uma palavra. Estava claro.

— Onde o navio de seu filho está neste momento?

Ela olhou para Carl, os dentes amarelados desaparecendo lentamente por trás dos lábios ressequidos.

— Lasse navega muito pelo mar Báltico, mas creio que neste momento ele esteja no mar do Norte. Muitas vezes ele parte num navio e volta em outro.

— Deve ser uma grande companhia de navegação. A senhora não se lembra qual é? Poderia descrever o logotipo da empresa?

— Não, infelizmente não. Não sou muito boa nessas coisas.

Mais uma vez Carl olhou para o jovem rapaz. Era óbvio que ele sabia sobre o que estavam falando. Se tivesse permissão da mãe, certamente ele conseguiria desenhar o maldito logotipo.

— Mas o logotipo está pintado na caminhonete que vem aqui algumas vezes por semana — disparou Assad. Aquele não era um bom momento. Os olhos do jovem se mostravam agora muito inquietos, e a mulher inalou profundamente a fumaça nos pulmões. Seu rosto ficou escondido por uma espessa nuvem quando ela soprou de novo.

— Bem, não é algo que tenhamos certeza — emendou Carl, rapidamente. — Um de seus vizinhos pensou tê-la visto. Mas ele pode ter se enganado. — Pegou Assad pelo braço. — Muito obrigado por seu tempo — continuou ele. — Diga a seu filho Lasse para me ligar quando ele voltar. Então poderemos cuidar dessas questões de uma vez por todas.

Eles se dirigiram para a porta, enquanto a mulher os seguia na cadeira de rodas.

— Leve-me lá para fora, Hans — disse ela. — Preciso tomar um pouco de ar fresco.

Carl sabia que ela queria vê-los saindo da propriedade e por isso nem tão cedo os deixaria fora da sua vista. Se houvesse algum carro no pátio ou ali atrás, ele pensaria que ela estava tentando esconder o fato de que Lars Henrik Jensen estava dentro de uma das construções. Mas sua intuição lhe dizia outra coisa. O filho mais velho da mulher não estava ali, ela queria simplesmente ver-se livre deles.

— A senhora tem um impressionante grupo de prédios aqui. Era uma fábrica?

A mulher estava logo atrás deles, fumando outro cigarro, conforme sua cadeira de rodas deslizava pesadamente ao longo do caminho. Seu filho a empurrava com as mãos firmes nas alças. Ele parecia muito agitado por trás de seu rosto desfigurado.

— O meu marido tinha uma empresa que fabricava revestimentos para reatores nucleares. Tínhamos acabado de nos mudar de Køge para cá quando ele morreu.

— Sim, eu me lembro de ter lido sobre isso. Lamento muito o que aconteceu. — Apontou para os outros dois edifícios baixos. — Era ali o setor de produção?

— Sim, ali devia ser feita a soldagem, e o grande salão estava previsto para a montagem final. Ali, onde eu moro, deveria funcionar o armazém dos contentores de segurança já finalizados.

— Por que a senhora não mora na casa? Parece ótima — disse Carl, enquanto notava uma fileira de baldes preto-acinzentados em frente a um dos prédios que não se encaixavam com o restante da paisagem. Talvez tivessem sido deixados ali pelo proprietário anterior. Em lugares como aquele, o tempo muitas vezes passava lentamente.

— Oh, eu não sei. Há muitas coisas dentro daquela casa que são de tempos passados. E depois há as soleiras das portas, que não me facilitam nada a vida. — Ela bateu no apoio de braço da cadeira de rodas.

Carl percebeu que Assad tentava puxá-lo um pouco para o lado.

— O nosso carro está ali em cima, Assad — disse ele, apontando a cabeça na direção oposta.

— Eu vou apenas passar pela sebe e subir até a estrada — murmurou Assad. Mas Carl percebeu que a atenção dele estava voltada para os montes de lixo que estavam empilhados em cima de uma fundação de concreto abandonado.

— Todo aquele lixo já estava aqui quando chegamos — adiantou a mulher, desculpando-se como se metade de um recipiente de sucata pudesse piorar a impressão geral daquela propriedade sombria.

Não era nada mais que lixo. Por cima da pilha havia mais dos baldes preto-acinzentados. Não tinha rótulos sobre eles, mas parecia que eles poderiam ter contido óleo ou algum tipo de alimento em grandes quantidades.

Carl teria parado Assad, se ele soubesse o que seu assistente tinha em mente. Mas, antes que ele pudesse reagir, Assad já tinha pulado algumas barras de metal, pilhas desordenadas de cordas e tubos de plástico.

— Peço desculpas, mas este meu colega é um colecionador incorrigível. O que procura aí, Assad? — gritou.

Assad, porém, não estava interessado em desempenhar seu papel naquele momento. Ele estava caçando algo. Chutou o lixo, revirou algumas peças até que finalmente pegou algo e, com algum esforço, tirou uma fina placa de metal, com cerca de cinquenta centímetros de altura e pelo menos quatro metros de comprimento. Ela a virou e nela estava escrito: *Interlab S/A*.

Assad olhou para Carl, que acenou em agradecimento. Era uma grande descoberta. Interlab S/A era o laboratório de Daniel Hale, que havia se mudado para Slangerup. Portanto havia uma ligação direta entre aquela família e Daniel Hale.

— A empresa de seu marido não se chamava Interlab, não é mesmo, Sra. Jensen? — perguntou Carl, sorrindo ao ver os lábios dela firmemente comprimidos.

— Não, essa empresa estava sediada aqui anteriormente, depois nos vendeu a propriedade e alguns dos edifícios.

— O meu irmão trabalha na Novo. Eu me lembro de ele mencionar essa empresa. — Silenciosamente, Carl enviou um pedido de desculpas ao irmão mais velho, que naquele momento devia estar alimentando doninhas em Frederikshavn. — Interlab. Eles não produziam enzimas, ou algo assim?

— Era um laboratório de testes.

— Hale, não era assim que ele se chamava? Daniel Hale?

— Sim, o homem que vendeu a propriedade ao meu marido se chamava Hale. Mas não Daniel Hale, que na época ainda era um rapaz. A família se mudou, juntamente com a Interlab, para o norte, e depois da morte do velho Hale a empresa tornou a se mudar. Mas foi aqui que eles começaram. — Ela fez um gesto na direção do monte de sucata. A Interlab tinha de fato crescido bastante, tendo em conta a forma como havia começado.

Carl estudou a mulher, enquanto esta falava. Ela parecia ser uma pessoa bastante fechada, mas naquele momento as palavras simplesmente fluíam de dentro dela. Ela não parecia agitada, pelo contrário, estava totalmente controlada, tentando demonstrar normalidade, e era isso que a fazia parecer tão anormal.

— Não foi ele o homem que morreu não muito longe daqui? — perguntou Assad, de repente.

Carl ficou com vontade de lhe dar um pontapé na canela. Quando voltassem ao escritório teriam de ter uma conversa séria sobre tagarelices indiscretas.

Virou-se a fim de olhar para os edifícios. Eles transmitiam mais do que apenas a história de uma família falida. Aquelas fachadas cinzentas também tinham outras nuances. Era como se os edifícios lhe contassem algo. Enquanto os observava, Carl sentia a azia crescer em seu estômago.

— Hale morreu? Não me lembro disso. — Lançou um olhar de advertência a Assad e tornou a se virar para a mulher. — Eu gostaria muito de ver o local onde a Interlab começou. Seria divertido poder contar isso ao meu irmão. Ele falou tantas vezes em começar o seu próprio negócio. Será que poderíamos visitar os demais edifícios? Não oficialmente, claro.

A mulher sorriu de modo muito amigável, o que significava que estava sentindo exatamente o oposto. Ela não queria ele ali por mais tempo. Ele deveria ir embora, e o mais depressa possível.

— Oh, eu ficaria feliz em mostrar ao senhor, mas meu filho trancou tudo, então eu não tenho como deixá-lo entrar. Mas, quando falar com ele, peça que mostre. E traga seu irmão também.

Assad não disse uma palavra enquanto eles passavam de carro em frente ao edifício com as marcas da colisão onde Daniel Hale havia perdido a vida.

— Há algo de muito estranho naquele lugar — disse Carl. — Temos de voltar lá com um mandado de busca.

Assad, no entanto, não estava ouvindo. Ele simplesmente sentou-se e ficou olhando para o nada, enquanto eles se aproximavam de Ishoj, com seus imponentes arranha-céus de concreto. Ele nem sequer reagiu quando o celular de Carl tocou e este começou a procurar pelo fone de ouvido.

— Sim? — disse Carl, esperando pelo ataque da língua afiada de Vigga. Ele sabia por que ela estava ligando. Alguma coisa havia dado errado de novo. A recepção fora adiada para hoje. Aquela maldita recepção. Ele poderia sobreviver sem um punhado de batatas fritas murchas e um copo de vinho barato de supermercado, sem mencionar aquela aberração com a qual ela unira forças.

— Sou eu — disse a voz do outro lado da linha. — Helle Andersen, de Stevns.

Carl mudou para uma marcha mais lenta e ficou com todos os sentidos bem alertas.

— Uffe está aqui. Eu estou na antiga casa de Merete, fazendo uma visita doméstica, e, alguns minutos atrás, um táxi o trouxe aqui de Klippinge. O motorista tinha transportado Merete e Uffe algumas vezes no passado, então ele reconheceu Uffe quando o viu andando no acostamento da autoestrada perto da saída para Lellinge. Uffe está completamente exausto. Ele está sentado aqui na cozinha, bebendo um copo de água atrás do outro. O que devo fazer?

Carl olhou para o semáforo. Começou se sentir invadido por uma inquietação. Sua vontade era dar meia-volta e pisar fundo no acelerador.

— Ele está bem?

Ela parecia um pouco preocupada, exibindo menos de sua costumeira alegria campestre.

— Eu realmente não sei. Ele está bem sujo, parecendo que andou se arrastando pela sarjeta. Não está parecendo ele mesmo.

— O que quer dizer com isso?

— Ele está sentado aqui, pensando. Ele olha em volta da cozinha como se não a reconhecesse.

— Isso não me surpreende. — Em sua mente, Carl imaginou as frigideiras de cobre dos antiquários que cobriam as paredes do chão até o teto, as fileiras muito arrumadas de taças de cristal, o papel de parede em tom pastel com frutas exóticas. Claro que ele não podia reconhecer aquele lugar.

— Não, não estou falando da decoração. Não consigo explicar. Ele parece ter medo de estar aqui dentro, mas não quer entrar no carro comigo.

— E para onde você planeja levá-lo?

— Para o posto da polícia. Eu não vou permitir que ele saia andando por aí novamente. O problema é que ele não quer vir comigo. Nem mesmo quando o antiquário lhe pediu muito educadamente.

— Ele disse algo? Qualquer coisa?

Carl podia vê-la balançar a cabeça do outro lado da linha.

— Não, nenhum som. Mas ele está tremendo tanto. O meu primeiro filho também ficava assim quando não lhe davam o que ele queria. Ainda me lembro, uma vez, no supermercado...

— Helle, você deve ligar para Egely. Uffe já está desaparecido há quatro dias, e eles precisam saber que ele está bem. — Carl lhe deu o número do telefone e terminou a conversa. Era a única coisa correta a fazer. Se ele se intrometesse, a coisa correria mal e os jornais esfregariam as mãos de contentamento.

Agora os velhos e pequenos edifícios começavam a aparecer ao longo da rodovia para Køge. Uma sorveteria dos velhos tempos. Uma antiga loja de eletrodomésticos que abrigava agora algumas moças de seios fartos, com as quais a polícia já tivera bastante problema.

Carl olhou para Assad e considerou assobiar bem alto, para confirmar se ainda havia vida dentro daquele ser. Ele já tinha ouvido falar de pessoas que morriam de olhos abertos no meio de uma frase.

— Alguém em casa, Assad? — perguntou ele, mas sem esperar uma resposta.

Inclinou-se na direção do porta-luvas, onde encontrou um maço meio cheio e amassado de Lucky Strike.

— Carl, você se importa de não fumar? Isso deixa o carro malcheiroso — disse Assad com uma rapidez assombrosa.

Se um pouco de fumaça o incomodava, ele que fosse a pé para casa.

— Pare aqui — prosseguiu Assad. Talvez ele tivesse tido a mesma ideia.

Carl fechou o porta-luvas e encontrou um lugar para estacionar perto de uma das estradas vicinais que levava até a praia.

— Está tudo errado, Carl. — Assad virou-se para fitá-lo. — Tenho pensado sobre o que vimos naquele lugar. E estava tudo errado em toda parte.

Carl concordou lentamente com a cabeça. Aquele homem não se deixava enganar.

— Havia quatro televisões no quarto da mulher.

— Sério? Eu só vi uma.

— Havia mais três, não muito grandes, próximas umas das outras nos pés da cama da mulher. Estavam cobertas, mas eu vi a luz das telas.

Ele deve ter os olhos de uma águia acasalada com uma coruja, pensou Carl.

— Três televisões ligadas debaixo de um cobertor? Conseguiu ver isso daquela distância, Assad? Estava escuro como breu lá dentro.

— Elas estavam lá, em frente à cama e encostadas à parede. Quase como uma espécie de... — Ficou à procura da palavra. — Uma espécie de...

— Monitor?

Assad assentiu com a cabeça.

336

— Eram três ou quatro telas. Dava para ver bem a luz esverdeada através do cobertor. Por que elas estavam ali? Por que estavam ligadas? E por que estavam cobertas, como se não devêssemos vê-las?

Carl olhou para a estrada, onde caminhões seguiam rumo à cidade. Aquela era uma boa pergunta.

— E mais uma coisa, Carl.

Agora era Carl que não estava mais prestando atenção. Ele tamborilava os dedos no volante. Se fossem até a sede da polícia e realizassem todos os procedimentos necessários para a obtenção do mandado de busca, demorariam pelo menos duas horas até poderem finalmente regressar à propriedade.

Então seu celular tocou mais uma vez. Se fosse Vigga, ele simplesmente desligaria. Por que ela pensava que ele estava a sua disposição dia e noite?

Mas era Lis.

— Marcus Jacobsen quer vê-lo em seu escritório, Carl. Onde você está?

— Ele terá de esperar, Lis. Estou a caminho de fazer uma busca. É para falar do artigo que saiu no jornal?

— Não sei exatamente, mas é bem possível. Você sabe como ele é. Ele fica muito calado sempre que alguém escreve alguma coisa ruim sobre nós.

— Então diga que Uffe Lynggaard foi encontrado, e ele está bem. E diga também que estamos trabalhando no caso.

— Que caso?

— O caso que vai fazer os malditos jornais escreverem alguma coisa positiva sobre mim e sobre o departamento, para variar.

Em seguida, ele deu meia-volta com o carro e colocou a sirene azul no teto.

— O que você estava prestes a me dizer antes, Assad?

— Sobre os cigarros.

— O que você quer dizer?

— Há quanto tempo fuma a mesma marca, Carl?

Ele franziu o cenho. Há quanto tempo existia a Lucky Strike?

— As pessoas não mudam de marca assim, sem mais nem menos, não é? E ela tinha dez maços vermelhos de Prince em cima da mesa,

Carl. Maços novos, ainda por abrir. Além disso, ela tinha os dedos completamente amarelos. Mas o filho dela não.

— Aonde quer chegar?

— Ela fuma Prince com filtro, e o filho dela não fuma. Tenho certeza disso.

— Sim, e...?

— Então por que havia guimbas sem filtro no cinzeiro?

Foi quando Carl ligou as luzes da sirene e pisou no acelerador.

37

No mesmo dia

O trabalho demorou bastante tempo, pois o chão estava liso e escorregadio. Além disso, Merete não queria que as pessoas do lado de fora, que com certeza estavam olhando pelas vidraças, percebessem a movimentação constante de seu corpo e achassem suspeito.

Ela ficara sentada no meio do quarto durante quase toda a noite, com as costas voltadas para as câmeras, afiando o comprido fio de náilon que, no dia anterior, havia dobrado e torcido repetidas vezes, até que este se partisse em dois. Era irônico que aqueles dois reforços de náilon retirados do capuz de seu casaco estivessem destinados a ser a sua porta de saída da vida terrena.

Ela colocou os dois fios no colo e alisou-os com os dedos. Um deles em breve teria uma ponta igual a de uma agulha, o outro fora afiado até ficar parecido com o gume de uma faca. Era esse que ela usaria quando chegasse a hora. Temia que os buracos que fizesse na artéria de seus pulsos com a ponta do fio não fossem suficientemente grandes. E caso ela não fosse rápida o bastante, o sangue no chão acabaria por denunciá-la. Nem por um momento Merete duvidava de que aquelas pessoas que estavam lá fora retirariam a pressão do quarto quando descobrissem o que ela estava fazendo. Isso queria dizer que o seu suicídio teria de ocorrer de forma rápida e eficaz.

Ela não queria morrer de outra maneira.

Quando ouviu vozes nos alto-falantes, vindas de algum lugar lá de fora, Merete colocou os fios de náilon dentro do bolso do casaco e inclinou o tronco ligeiramente para a frente. Toda vez que ela se sentava daquela maneira, ouvia incessantemente os gritos de Lasse, mas nunca reagia. Ou seja, não havia nada de incomum naquela situação.

Ela ficou sentada ali com as pernas cruzadas, olhando para a longa sombra de seu corpo projetada pelos holofotes. Lá em cima, na parede, estava o seu verdadeiro eu. Uma silhueta claramente delineada de um naufragado ser humano em plena decadência. Cabelos desgrenhados que caíam sobre os ombros e um velho casaco ao redor. Uma relíquia do passado que logo desapareceria quando a luz fosse apagada. Hoje era dia 4 de abril de 2007. Ela ainda tinha 41 dias para viver, mas pretendia se matar cinco dias antes, em 10 de maio. Nesse dia Uffe comemoraria 34 anos, e era nele que Merete queria pensar quando furasse suas artérias, enviando-lhe pensamentos cheios de amor e ternura sobre como a vida podia ser bela. O rosto brilhante do irmão deveria ser a última recordação da vida dela. A recordação do seu amado irmão Uffe.

— Temos que nos apressar! — Ela ouviu a mulher gritar do outro lado das vigias, através dos alto-falantes. — Lasse estará aqui dentro de dez minutos e precisamos estar com tudo pronto. Por isso controle-se, garoto! — Ela parecia desesperada.

Merete ouviu barulhos por trás dos vidros espelhados, e olhou para a portinhola. Mas não apareceu nenhum balde e seu relógio interno lhe dizia que era muito cedo.

— Mas precisamos de outra bateria de armazenamento aqui, mãe — gritou o homem magro de volta. — Não há carga suficiente nesta aqui. Se não a trocarmos, não conseguiremos provocar a explosão. Foi isso que Lasse me disse há alguns dias.

Explosão? Uma onda de calafrio percorreu o corpo de Merete. Estaria tudo prestes a acabar?

Ela se pôs de joelhos e tentou pensar em Uffe, ao mesmo tempo que esfregava com toda a força o fio de náilon contra o chão liso de concreto. Restavam-lhe apenas dez minutos. Se conseguisse cortar suficientemente fundo, talvez perdesse a consciência no espaço de cinco minutos. Era tudo o que importava agora.

Ela estava ofegante e choramingava, enquanto o fio de náilon lentamente mudava de forma. Aquilo era muito desgastante. Olhou para o alicate, mas as pontas deste estavam desgastadas depois de ela ter gravado sua mensagem no concreto.

— Ohhh — murmurou ela — Só mais um dia e eu estaria preparada. — Limpou o suor da testa e levou o pulso até os lábios. Talvez pudesse morder a artéria se o pressionasse bem. Mordiscou um pouco a pele, mas os dentes não conseguiam agarrá-la. Então virou o pulso para tentar alcançar a artéria com os dentes caninos, mas o braço estava muito magro e sem carne. O osso barrava o caminho e os dentes não estavam suficientemente afiados.

— O que ela está fazendo? — gritou a bruxa com voz estridente, pressionando o rosto contra o vidro. Seus olhos estavam arregalados, a única coisa visível, enquanto o restante dela estava na sombra, com os holofotes ofuscantes como pano de fundo.

— Abra a portinhola toda. Faça isso agora! — ordenou ela ao filho.

Merete olhou para a lanterna de bolso, que estava pronta para ser utilizada, junto ao buraco que ela havia escavado por baixo da porta da escotilha. Ela largou o fio de náilon e se arrastou na direção da portinhola, enquanto a mulher zombava dela. Tudo dentro de Merete suplicava pela vida.

Através do alto-falante, ela podia ouvir o homem sacudindo a trava da porta enquanto ela agarrava a lanterna e a empurrava para dentro do buraco no chão.

Houve um som de clique, e o mecanismo da maçaneta começou a se mover. Com o coração em descompasso, Merete cravou os olhos na porta da escotilha. Se a lanterna e a dobradiça não aguentassem, ela estaria perdida. Imaginou a pressão dentro do seu corpo explodindo como uma granada.

— Oh, meu Deus, não deixe que isso aconteça — soluçou, arrastando-se de volta para pegar o fio de náilon. Atrás dela a dobradiça começou a bater contra a lanterna. Ela se virou e viu como a lanterna vibrava ligeiramente. Depois ouviu um ruído que nunca escutara antes, como a lente de uma câmera sendo ativada, o zumbido de um mecanismo sendo desengatado, seguido por uma batida rápida contra a porta da escotilha. A escotilha exterior estava aberta, toda a pressão se concentrava agora na porta da escotilha interior. Nada mais do que uma lanterna de bolso a separava da morte mais horrível que conseguia imaginar. Mas a lanterna não estava se movimentando mais. Talvez a porta tivesse se movido um centésimo de milímetro, pois o ruído do ar forçando seu caminho para fora da câmara cresceu até se tornar um assobio estridente.

Poucos segundos depois ela já o sentia no seu corpo. De repente, começou a sentir a pulsação no ouvido e percebeu uma fraca pressão dentro do nariz, como se um resfriado tivesse se instalado nela.

— Ela bloqueou a porta, mãe! — gritou o homem.

— Então feche e volte a abri-la, seu idiota! — gritou a mulher em resposta.

Por um momento a intensidade do som uivante diminuiu. Em seguida, ela ouviu o mecanismo sendo novamente acionado e logo o som tornou-se mais alto.

Eles tentaram várias vezes abrir a escotilha interior, mas sempre em vão. Enquanto isso, Merete continuava a limar o seu fio de náilon.

— Temos de matá-la imediatamente e tirá-la daqui. Entendeu? — gritou a mulher demoníaca. — Corra e vá buscar o martelo, está na parte de trás da casa.

Merete olhou para os vidros espelhados. Nos últimos anos eles tinham servido como grades da sua prisão e uma proteção contra os monstros que ficavam do outro lado. Se eles partissem o vidro, ela morreria instantaneamente. A pressão seria equalizada num piscar de olhos. Talvez ela nem tivesse tempo de sentir antes de sua vida ser extinta.

Ela colocou as mãos no colo e levou a lâmina de náilon ao pulso esquerdo. Já tinha observado aquela artéria milhares de vezes. Era ali que precisava cortar. A veia era fina e escura por baixo da pele delicada e frágil.

Então, ela cerrou o punho e pressionou o fio fortemente, enquanto fechava os olhos. Quase não sentiu a pressão sobre a artéria. Doía, mas a pele se recusava a ceder. Ela olhou para o corte deixado pelo fio. Era largo, comprido e parecia fundo, mas não era. Nem sequer havia sangue. A lâmina de náilon simplesmente não estava afiada o suficiente.

Merete deixou-a de lado e pegou o fio de náilon com ponta semelhante a uma agulha, que estava no chão. Arregalou os olhos e estimou o local exato em que a pele ao redor da artéria parecia mais fina. Em seguida, pressionou-o contra o pulso. Não doeu tanto quanto ela esperava. O sangue coloriu imediatamente a ponta do fio de vermelho, dando-lhe uma calorosa e aconchegante sensação. E foi com essa sensação de paz em sua alma que ela viu o sangue escorrer.

— Você se cortou, sua vadia estúpida! — gritou a mulher, batendo o punho contra uma das vigias. As batidas de seu punho ecoavam na sala. Merete, porém, limitou-se a expulsá-la de sua consciência e não sentiu nada. Deitou-se silenciosamente no chão, tirou os longos cabelos do rosto e olhou para a última lâmpada fluorescente que ainda funcionava.

— Desculpe, Uffe — murmurou. — Mas eu não podia esperar. — Sorriu para a imagem de seu irmão que pairava sobre o quarto, e ele retribuiu o sorriso.

O baque do primeiro golpe do martelo pulverizou sua visão de sonho. Ela olhou para o vidro espelhado, que vibrava com cada golpe. De tantos golpes o vidro tornou-se opaco, porém não aconteceu mais do que isso. Cada batida que o homem dava no painel era seguido por um gemido exausto. Em seguida, ele tentou destruir o vidro da outra vigia, mas este também não quebrou. Ficou claro que os braços finos não estavam habituados a lidar com tanto peso. Os intervalos a cada golpe duravam mais e mais.

Merete sorriu e olhou para o seu corpo, que jazia no chão numa posição de total relaxamento. Era assim que Merete Lynggaard estaria no momento de sua morte. Não tardaria muito e o seu corpo seria servido como comida para animais. Mas esse pensamento não a incomodava. Até lá sua alma já estaria livre. Novos tempos estariam à sua espera. Ela tinha vivido o inferno na Terra, e passara a maior parte de sua vida de luto. Muitas pessoas haviam sofrido por sua causa. A próxima vida não poderia ser pior, caso existisse uma. E se não existisse, então o que ela teria a temer?

Merete olhou para o lado, junto ao seu corpo, e descobriu que a mancha no chão era preto-avermelhada, mas não muito maior que a palma de sua mão. Virou o pulso para olhar o ferimento. O sangramento praticamente havia parado. Algumas gotas ainda escorriam, fundindo-se umas nas outras e lentamente coagulando.

Entretanto, os golpes de martelo no vidro tinham cessado, e a única coisa que ela ouvia era o ar sibilando na fresta da porta da câmara e o ressoar do pulso em seus ouvidos. Este soava cada vez mais alto, e ela percebeu que estava ficando com dor de cabeça. Ao mesmo tempo, seu corpo começou a doer, como se ela estivesse prestes a ficar gripada.

Mais uma vez, pegou o fio de náilon e pressionou-o com força no ferimento que tinha acabado de se fechar. Sacudiu o fio flexível para a frente e para trás, para cima e para baixo, a fim de que o buraco se tornasse grande o bastante.

— Estou aqui agora, mãe! — gritou uma voz. Era Lasse.

A voz do irmão parecia assustada no alto-falante.

— Eu queria trocar a bateria, Lasse, mas a mamãe disse que antes eu devia ir buscar o martelo. Não consegui partir o vidro. Fiz tudo o que podia.

— Você não pode quebrá-lo dessa maneira — replicou Lasse. — É preciso mais do que um martelo. Mas você não danificou os detonadores, não é?

— Não, eu tive cuidado ao bater no vidro — respondeu o irmão mais novo. — Juro que tive.

Merete retirou o fio de náilon e olhou para os vidros que agora estavam opacos por causa das marteladas, irradiando rachaduras em todas as direções. O ferimento em seu pulso voltara a sangrar, mas não muito. Oh, Deus, por que não? Será que ela tinha atingido uma veia em vez de uma artéria?

Então ela golpeou o outro pulso. Dura e profundamente. Dessa vez, sangrou mais rápido. Graças a Deus!

— Não podemos impedir a polícia de vir até a propriedade — disse a bruxa, subitamente.

Merete prendeu a respiração. Ela percebeu que o sangue tinha encontrado o seu caminho e começara a jorrar mais rápido. A polícia? A polícia tinha estado ali?

Mordiscou o lábio e sentiu a dor de cabeça aumentar e o batimento cardíaco cair.

— Eles sabem que Hale foi o dono desta propriedade — prosseguiu a mulher. — Um deles disse que não sabia que o Daniel Hale tinha morrido aqui perto. Mas estava mentindo, Lasse. Percebi pela expressão dele.

Agora era a pressão nos ouvidos que estava aumentando, como num avião prestes a aterrissar, só que mas mais rápido e mais forte. Ela queria bocejar, mas não conseguia.

— O que eles querem comigo? Tem algo a ver com aquele sujeito sobre quem escreveram nos jornais? O policial do novo departamento da polícia? — perguntou Lasse.

Era como se Merete tivesse algodão nos ouvidos, as vozes soavam cada vez mais longe. Mas ela queria ouvir o que eles estavam dizendo. Queria ouvir tudo.

A mulher quase parecia estar chorando agora.

— Não sei, Lasse — repetiu mais de uma vez.

— Por que você acha que eles vão voltar? Você disse que eu estava no mar, não disse?

— Sim. Mas eles sabem para que companhia de navegação você trabalha. Eles já tinham ouvido falar da caminhonete que vem aqui. O policial dinamarquês ficou furioso com isso, você precisava ver. Eles provavelmente já sabem que você não embarca há meses. E que agora trabalha na divisão de hotelaria. Eles vão descobrir tudo, Lasse, eu sei que vão. Vão descobrir também que você envia para cá sobras de comida numa caminhonete da empresa. Eles só precisam fazer um telefonema e você não pode evitar isso. E depois voltarão aqui. Acho que eles só foram embora para conseguir um mandado de busca. Eles perguntaram se podiam dar uma olhada por aí.

Merete prendeu a respiração. A polícia estava voltando? Com um mandado de busca? Era isso que eles pensavam? Olhou para o pulso ensanguentado e pressionou firmemente o dedo contra a ferida. O sangue escorreu por baixo do polegar e se concentrou nas dobras do pulso, pingando lentamente no colo. Ela só se entregaria quando estivesse convencida de que a batalha estava perdida. Era bem provável que eles vencessem. Mas naquele momento estavam se sentindo acuados. Que sensação maravilhosa isso lhe provocava!

— Que motivo eles deram para dar uma olhada na propriedade? — perguntou Lasse.

A pressão nos ouvidos de Merete ficou mais forte. Já quase não conseguia ajustá-la. Tentou bocejar, enquanto se concentrava em ouvir o que eles estavam falando. Agora começava a sentir também uma pressão no interior do corpo, nos quadris e nos dentes.

— O policial dinamarquês disse que tinha um irmão que trabalhava na Novo. E por isso ele queria ver o local onde uma empresa tão grande como a Interlab tinha começado.

— Que mentira.

— Foi por isso que liguei para você.

— Quando exatamente eles estiveram aqui?

— Há menos de vinte minutos.

— Então temos menos de uma hora. Também precisamos remover o corpo e levá-lo embora daqui, mas não temos tempo suficiente. E temos de limpar e lavar tudo depois. Não, teremos de esperar até mais tarde. Agora o importante é ter certeza de que eles não encontrem nada e nos deixem em paz.

Merete esforçou-se para não se deixar perturbar pelas palavras "remover o corpo". Era dela que Lasse estava falando? Como era possível um ser humano ser tão repugnante e cínico?

— Espero que polícia venha aqui e os apanhe antes que possam fugir! — gritou. — Espero que apodreçam na prisão, como os bastardos que são! Eu odeio vocês. Estão me ouvindo? Odeio todos vocês!

Lentamente ela se levantou, enquanto as sombras mesclavam-se nos vidros destruídos.

A voz de Lasse era gelada.

— Então talvez agora você compreenda o que é o ódio! Finalmente compreende, não é, Merete? — gritou ele de volta.

— Lasse, você não acha que devemos mandar a casa pelos ares agora? — interrompeu a mulher.

Merete ouvia atentamente.

Houve uma pausa. Ele devia estar pensando. Era a vida dela que estava em jogo. Ele estava tentando descobrir a melhor maneira de sair ileso. Já não se tratava mais dela; ela estava perdida. Era somente a questão de salvar a pele daqueles três.

— Não, da maneira que as coisas estão, não podemos fazer isso. Temos de esperar. Eles não podem suspeitar que algo está errado. Se mandarmos tudo pelos ares agora, nosso plano estará arruinado. Não receberemos o dinheiro da seguradora. Seremos forçados a desaparecer. Para o nosso bem.

— Eu nunca vou conseguir isso, Lasse — disse a mulher.

Então morra comigo, sua bruxa, pensou Merete.

— Eu sei, mãe. Eu sei — respondeu ele.

Desde o dia em que ela olhara nos olhos de Lasse, quando haviam se encontrado no Café Bankeråt, ela não o ouvira falar tão suavemente. Ele quase pareceu humano por um momento, mas então veio a pergunta que levou Merete a pressionar com mais força a ferida em seu pulso.

— Você disse que ela bloqueou a porta?

— Sim. Não consegue ouvir? A equalização da pressão está acontecendo de forma extremamente lenta.

— Então vou ligar o temporizador.

— O temporizador? Mas leva vinte minutos antes de os bicos abrirem. Não há outra solução? Ela cortou os pulsos. Não podemos parar o sistema de ventilação?

O temporizador? Eles não tinham dito que poderiam liberar a pressão quando quisessem? Que ela não teria tempo de machucar a si mesma antes que eles a abrissem? Era tudo mentira?

Uma sensação de histeria começou a crescer dentro dela. Tenha cuidado, Merete, disse para si mesma. Reaja. Não se feche dentro de si mesma.

— Parar a ventilação, de que nos serviria isso? — Lasse estava claramente irritado. — O ar foi trocado ontem. É necessário pelo menos oito dias até o oxigênio se esgotar. Não, primeiro vou ligar o temporizador.

— Estão com problemas? — gritou Merete. — Será que a sua tecnologia de merda não funciona?

Lasse tentou fazer parecer que estava rindo dela, mas ela não se deixou enganar. Era óbvio que seu desprezo o deixara furioso.

— Não se preocupe — disse ele, procurando se controlar. — Meu pai construiu este sistema. Foi o teste de sistema de pressão mais sofisticado em todo o mundo. Este era o lugar onde havia os revestimentos de contenção mais bem-construídos e mais exaustivamente testados do planeta. A maior parte dos fabricantes bombeia água para dentro dos contentores e fazem o ensaio de pressão de dentro. Mas na empresa do meu pai a pressão também era aplicada a partir de fora. Tudo era realizado com o máximo de cuidado e atenção. O temporizador controlava a temperatura e a umidade do ar no quarto e definia todos os parâmetros para que a pressão não fosse alterada muito depressa. Caso contrário, surgiriam fissuras nos contentores durante o controle de qualidade. É por isso que leva tempo, Merete. É por isso!

Eles eram loucos. Todos eles.

— Vocês realmente têm problemas! — gritou ela. — São todos malucos! Estão tão perdidos quanto eu!

— Problemas? Vou mostrar a você os problemas! — gritou ele, nervoso.

Merete ouviu um ruído e passos rápidos lá fora. Em seguida, uma sombra apareceu na borda do vidro, e dois estrondos ensurdecedores ressoaram no sistema de alto-falante, antes que ela visse uma das vidraças mudar de cor novamente. Agora estava quase totalmente branca e opaca.

— É melhor você reduzir completamente este edifício a pó, Lasse, porque eu deixei tantas marcas aqui que você não será capaz de remover todas. Vocês não vão fugir. — Ela riu. — Não conseguirão escapar. Tornei isso impossível para todos vocês.

No minuto seguinte, ela ouviu seis outros estrondos. Provinham, evidentemente, de tiros disparados aos pares. Mas ambas as vidraças continuavam a resistir.

Pouco depois, Merete começou a sentir uma pressão no ombro. Não era muito forte, mas desconfortável. Ela também sentiu uma pressão na testa, nos seios da face e na mandíbula. Sentia a pele esticar. Se aquilo era o efeito da redução mínima da pressão, causada pela minúscula rachadura na porta, então o que a esperava quando eles tirassem toda a pressão seria absolutamente intolerável.

— A polícia está chegando! — gritou. — Posso sentir isso. — Baixou a cabeça e olhou para o braço que sangrava. A polícia não chegaria a tempo, isso ela sabia. Em breve seria forçada a tirar o dedo do ferimento. Dali a vinte minutos os bicos se abririam.

Ela sentiu algo quente escorrer pelo outro braço, e viu que a primeira ferida abrira ameaçadoramente. As profecias de Lasse estavam se concretizando. Quando a pressão dentro do seu corpo aumentasse, o sangue jorraria.

Torceu o corpo um pouco para que pudesse pressionar seu outro pulso contra o joelho. Por um segundo, ela riu. A situação a fazia lembrar um jogo infantil de um passado distante.

— Agora vou ativar o temporizador, Merete — disse ele lá de fora. — Dentro de vinte minutos os bicos se abrirão e a pressão do quarto irá diminuir. Depois levará cerca de meia hora antes que a pressão desça até um bar. É verdade que você terá tempo de acabar com a sua própria vida, não tenho dúvidas disso. Mas eu não poderei ver mais nada, Merete. Está me ouvindo? Não poderei ver, porque as vidraças estão completamente opacas. E se eu não posso ver, ninguém mais poderá também. Vamos selar a câmara de pressão. Temos muitas placas de gesso aqui. Por isso, de uma forma ou de outra você vai morrer.

Ela ouviu a mulher rir.

— Venha, maninho. Ajude-me com isso. — Ela ouviu Lasse dizer. Sua voz parecia diferente agora. Ele estava no controle.

Houve um som de raspagem, e lentamente a sala ficou mais escura. Um instante depois, eles desligaram as luzes e mais gesso foi empilhado contra as vigias até que finalmente tudo ficou escuro.

— Boa noite, Merete — disse ele em voz baixa e suave. — Que você arda no fogo do inferno durante toda a eternidade. — O alto-falante foi desligado, e tudo ficou no mais absoluto silêncio.

348

38

No mesmo dia

O engarrafamento na autoestrada era bem pior do que o habitual. Apesar de a sirene da polícia estar a ponto de levar Carl à loucura, as pessoas sentadas em seus carros não pareciam ouvir coisa alguma. Estavam todos imersos em pensamentos, com o rádio no volume máximo, desejando estar o mais longe possível dali.

Assad estava no banco do passageiro, tamborilando os dedos no painel, com impaciência. Eles tinham dirigido ao longo do acostamento pelos últimos quilômetros antes de chegar à saída, enquanto os veículos à frente deles foram forçados a se aproximar uns dos outros para deixá-los passar.

Quando finalmente pararam em frente à propriedade, Assad apontou para o outro lado da estrada.

— Aquele carro estava ali antes? — perguntou.

Carl soltou um suspiro só depois de analisar o cenário da estrada de cascalho naquela terra de ninguém. O veículo estava escondido atrás de alguns arbustos a cerca de 100 metros de distância. O que eles viram era presumivelmente o capô de uma caminhonete 4 x 4.

— Não tenho certeza — disse, tentando ignorar o toque de seu celular dentro do bolso. Ele pegou o telefone e olhou para o número no visor. A chamada era proveniente da sede da polícia.

— Sim, aqui fala Mørck — disse ele, enquanto olhava para as construções da propriedade. Tudo parecia o mesmo. Não havia quaisquer sinais de pânico ou de fuga.

Era Lis no outro lado da linha, e ela soava satisfeita.

— As coisas voltaram ao normal, Carl. As bases de dados estão funcionando outra vez. Foi a esposa do ministro do Interior. Ela finalmente revelou a solução para todos os problemas que causou. E a Sra. Sørensen introduziu no sistema todas as combinações possíveis de números de identificação pessoal para Lars Henrik Jensen, tal como Assad havia lhe pedido. Deu muito trabalho, por isso penso que vocês lhe devem um grande buquê de flores. Mas ela encontrou o homem. Dois dos números tinham sido realmente alterados, como Assad supunha. Ele está registrado na Strøhusvej, em Greve. — Ela lhe deu o número da casa.

Carl olhou para os algarismos de ferro fundido afixados em um dos edifícios. Sim, era o mesmo número.

— Obrigado, Lis — disse, esforçando-se para conferir entusiasmo à sua voz. — E agradeça à Sra. Sørensen por nós. Ela fez um bom trabalho.

— Espere, Carl, há mais.

Ele respirou fundo, enquanto via os olhos escuros de Assad estudando a propriedade diante deles. Carl também podia sentir. Havia algo muito estranho na maneira como aquelas pessoas haviam se instalado ali. Simplesmente não era normal.

— Lars Henrik Jensen não tem antecedentes criminais. Ele é camareiro por profissão. — Ele ouviu Lis continuar a dizer. — Trabalha para a companhia de navegação Merconi e navega pelo mar Báltico. Acabei de falar com o empregador dele, e Lars Henrik é responsável pelo serviço de bufê da maior parte dos navios. Dizem que ele é um homem muito competente. E, a propósito, todos o chamam de Lasse.

Carl desviou o olhar da propriedade.

— Você tem o número do celular dele, Lis?

— Apenas o número de um telefone fixo. — Ela o falou, mas Carl não anotou. Para quê? Para telefonar dizendo que chegaria dentro de dois minutos?

— Nenhum número de celular?

— Nesse endereço o único celular registrado é o de Hans Jensen.

OK. Então era esse o nome do jovem rapaz. Carl pediu o número e voltou a agradecer a Lis.

— O que ela disse? — perguntou Assad.

Carl deu de ombros e tirou os documentos do carro do porta-luvas.

— Nada que já não soubéssemos, Assad. Vamos entrar?

O rapaz jovem e magro abriu a porta assim que eles bateram. Ele não disse uma palavra, apenas deixou-os entrar, quase como se eles estivessem sendo esperados.

Aparentemente, ele e a mulher tinham feito uma refeição com paz e tranquilidade, sentados diante de uma mesa coberta com uma toalha florida de oleado. Tudo indicava que a refeição havia sido uma lata de ravióli. Mas Carl tinha certeza de que se tocasse nos pratos estes estariam gelados. Eles não o enganavam. Deveriam ter guardado a brincadeira para amadores.

— Trouxemos um mandado de busca — disse ele, tirando os documentos do bolso e segurando-os para que eles vissem. O rapaz estremeceu perante aquela visão. — Podemos dar uma olhada nas redondezas? — Com um gesto, ordenou que Assad fosse verificar os monitores.

— Suponho que seja uma pergunta retórica — disse a mulher. Ela segurava um copo de água e parecia cansada. A obstinação tinha desaparecido de seus olhos, mas não parecia nada temerosa, apenas resignada.

— Com que finalidade vocês usam aqueles monitores? — perguntou ele, depois de Assad ter examinado o banheiro. Em seguida apontou para a luz verde que brilhava por baixo do tecido.

— Oh, é uma coisa que o Hans montou — respondeu a mulher. — Nós vivemos muito isolados e ouvimos dizer tanta coisa. Por isso, resolvemos colocar câmeras para podermos vigiar as imediações da casa.

Ele viu Assad puxar o cobertor e balançar a cabeça.

— Nenhum dos três tem imagem, Carl — constatou.

— Posso perguntar, Hans, por que os monitores estão ligados se não se encontram conectados a lugar algum?

O jovem olhou para a mãe.

— Eles estão sempre ligados — respondeu ela, como se tivesse ficado espantada com a pergunta. — A energia vem de uma caixa de disjuntores.

— De uma caixa de disjuntores? E onde ela está?

— Não sei. Só o Lasse é que sabe. — Ela lançou um olhar triunfante para Carl. Ela o levara a um beco sem saída. Lá estava ele, olhando para uma parede intransponível. Pelo menos era o que ela pensava.

— A companhia de navegação nos informou que Lasse não está a bordo do navio neste momento. Onde ele está?

Ela sorriu ligeiramente.

— Quando Lasse não está no mar, ele fica na companhia de alguma mulher. Não é algo que ele diga à mãe. Nem deve.

O sorriso se tornou mais largo. Aqueles dentes amarelos pareciam querer agarrá-lo.

— Venha, Assad — disse Carl. — Não há mais nada que possamos fazer aqui dentro. Vamos dar uma olhada nos outros edifícios.

Ele olhou para a mulher pelo canto dos olhos, enquanto se dirigia à porta. Ela já estava pegando seu maço de cigarros sobre a mesa. O sorriso tinha desaparecido de seu rosto. Significava que eles estavam no caminho certo.

— Agora temos de observar com atenção o que acontece à nossa volta, Assad. Vamos começar por ali — disse Carl, apontando para o prédio mais alto de todos. — Fique aqui e avise-me se alguma coisa acontecer nos outros prédios. Entendido?

Assad anuiu.

Quando Carl se virou, ele ouviu um clique muito familiar atrás dele. Ele voltou-se para encontrar Assad com um canivete brilhante de quatro centímetros de comprimento em sua mão. Se usado corretamente, aquilo apresentava sérios problemas para o adversário; se usado de maneira errada, todo mundo estaria em apuros.

— Que diabos você está fazendo, Assad? Onde arranjou isso?

Assad deu de ombros.

— Mágica, Carl. Eu o farei desaparecer num passe de mágica, depois. Prometo.

— É bom que faça isso, droga.

Ter sua mente tomada por Assad estava se tornando uma condição permanente. A posse de uma arma ilegal? Como ele pensara em fazer algo tão estúpido?

— Estamos de serviço aqui, Assad. Você entende? Isto é tão errado quanto parece. Ande, me dê a faca.

A perícia que Assad demonstrou ao fechar instantaneamente o canivete era preocupante.

Carl pesou-o na mão antes de guardá-lo no bolso do casaco, diante do olhar reprovador do assistente. Até a sua grande e velha faca de escoteiro pesava menos do que aquele canivete.

O enorme pavilhão havia sido construído sobre uma base de concreto que agora se apresentava rachada devido à geada e à infiltração de água. Os batentes onde as janelas deveriam estar eram negros e apodrecidos ao redor das bordas, e as vigas de madeira no teto também haviam sofrido com o clima. Era um espaço gigantesco, e além de destroços e cerca de quinze ou vinte baldes como os que ele tinha visto espalhados sobre a fundação de concreto, o lugar estava completamente vazio.

Carl chutou um dos baldes, que se virou, exalando um cheiro pútrido. Quando este finalmente parou, tinha deixado para trás rastros circulares de lama. Carl inclinou-se para dar uma olhada. Eram restos de papel higiênico? Ele balançou a cabeça. Os baldes provavelmente tinham sido expostos a todo o tipo de intempérie e depois enchidos com água da chuva. Tudo federia como aquilo, se tivesse permanecido tempo suficiente naquelas condições.

Ele olhou para o fundo de um dos baldes e reconheceu o logotipo da companhia de navegação Merconi gravado no plástico. Os baldes certamente tinham sido usados para trazer para casa sobras de comida dos navios. Pegou uma barra de ferro sólido da pilha de lixo e foi buscar Assad. Juntos, eles caminharam até o mais distante dos três edifícios adjacentes.

— Fique aqui — disse Carl, examinando o cadeado do qual supostamente apenas Lasse tinha a chave. — Venha falar comigo se perceber alguma coisa estranha — acrescentou, enfiando a barra de ferro por baixo do cadeado. Em seu antigo carro de polícia, ele tinha uma caixa de ferramentas que lhe permitia abrir cadeados daquele tipo num piscar de olhos. Agora tinha de cerrar os dentes e usar a força bruta.

Ele tentou durante cerca de trinta segundos, antes de Assad se aproximar e calmamente levar a barra de ferro para longe dele.

OK, vamos ver do que você é capaz, pensou Carl.

Bastou apenas um segundo para que o cadeado arrombado caísse no chão aos pés de Assad.

Alguns momentos mais tarde, Carl entrou no prédio, sentindo-se derrotado e em estado de alerta.

O quarto era similar ao que a Sra. Jensen morava, mas em vez de mobiliário, uma fileira de cilindros de solda de várias cores ficava no meio do espaço, junto a, talvez, uma centena de metros de prateleiras de aço vazias. No canto, placas de aço inoxidável haviam sido empilhadas ao lado de uma porta. E isso era tudo. Carl estudou a porta mais atentamente. Era impossível que ela desse para a rua, caso contrário ele teria percebido isso.

Ele se aproximou e tentou abri-la. A maçaneta de bronze brilhava, e a porta estava trancada. A fechadura de segurança mostrava sinais de uso recente.

— Assad, venha até aqui — gritou. — E traga a barra de ferro!

— Eu pensei que você tivesse dito para eu esperar lá fora — disse Assad ao se juntar a ele.

Carl apontou para a barra que Assad estava segurando e depois para a porta.

— Mostre-me o que você pode fazer.

O quarto onde eles entraram estava impregnado de um forte perfume. Havia uma cama, mesa, computador, um espelho grande, um cobertor vermelho, um guarda-roupa aberto contendo ternos e dois ou três uniformes azuis, uma pia com uma prateleira de vidro e vários frascos de loção pós-barba. A cama estava feita, os papéis empilhados ordenadamente. Não havia nada que indicasse que a pessoa que vivia ali fosse desequilibrada.

— Por que você acha que ele trancou a porta, Carl? — perguntou Assad, enquanto levantava o protetor de mesa para olhar por baixo dele. Em seguida, ajoelhou-se e olhou debaixo da cama.

Carl inspecionou o restante do quarto. Assad estava certo. À primeira vista não se via nada que precisasse ser escondido. Então por que trancar a porta?

— Deve haver alguma coisa, Carl. Senão o quarto não estaria trancado.

Carl assentiu e começou a vasculhar o guarda-roupa. O cheiro de perfume era mais intenso ali. Parecia aderido às roupas. Ele bateu na parede traseira, mas nada indicava algo suspeito. Enquanto isso, Assad tinha olhado por baixo do tapete. Não havia nenhum alçapão escondido.

Eles examinaram o teto e as paredes e, em seguida, olharam para o espelho, pendurado ali tão só. Em torno dele não havia mais nada além da parede branca.

Carl bateu com os nós dos dedos na parede. Parecia ser bastante sólida.

Talvez consigamos tirar o espelho, pensou. Mas este estava bem preso. Assad pressionou o rosto contra a parede e espiou atrás do espelho.

— Eu acho que ele está pendurado numa dobradiça do outro lado. Posso ver algum tipo de trava aqui.

Ele enfiou o dedo por trás do espelho e com esforço soltou a trava. Em seguida, pegou a borda e puxou. Todo o quarto passou pelo espelho, enquanto este deslizou para o lado, revelando um buraco totalmente escuro na parede, da altura de um homem.

Na próxima vez que estivermos em campo, vou me preparar melhor, pensou Carl, visualizando mentalmente a lanterna de bolso do tamanho de um lápis que estava na gaveta de sua mesa. Enfiou a mão no buraco, tateou procurando um interruptor e pensou, saudoso, em sua pistola. No instante seguinte sentiu a pressão crescer em seu peito.

Respirou fundo e tentou ouvir. Não, ninguém podia estar ali dentro. Como podia alguém estar fechado ali dentro se o cadeado estava pendurado no lado de fora da porta? Ou seria concebível que o irmão ou a mãe de Lasse Jensen tivessem ordens para fechá-lo em seu esconderijo caso a polícia viesse e começasse a bisbilhotar?

Ele encontrou o interruptor e apertou-o, pronto para saltar para o lado caso houvesse alguém ali à sua espera. Demorou um segundo até as lâmpadas fluorescentes pararem de piscar e se acenderem. Depois disso o espaço ficou completamente iluminado diante deles.

Foi então que tudo se tornou claro.

Eles tinham encontrado a pessoa certa, disso não havia dúvida.

Carl notou como Assad deslizou silenciosamente para dentro do quarto atrás dele, enquanto ele se aproximava dos quadros de avisos e das mesas de aço ao longo da parede. Olhou para as fotos de Merete Lynggaard, tiradas em todo o tipo de situação. Da sua primeira aparição no Parlamento até a aconchegante casa com seu gramado coberto de folhas em Stevns. Momentos despreocupados, captados por alguém que lhe queria mal.

Carl olhou para baixo e observou as pilhas de papéis que estavam em cima de uma das mesas de aço. Compreendeu imediatamente a forma sistemática como aquele Lasse, cujo nome correto era Lars Henrik Jensen, tinha aberto caminho até chegar ao seu objetivo.

O primeiro monte continha todos os papéis de Godhavn. Ele levantou o canto de alguns documentos e viu os arquivos originais do caso de Lars Henrik Jensen, que tinham desaparecido anos atrás. Lasse havia usado desajeitadamente muitas das folhas para treinar a mudança do seu número de identificação pessoal. Com o passar do tempo foi ganhando habilidade e nas últimas folhas já tinha feito um bom trabalho. Sim, Lasse havia manipulado os documentos que permaneciam em Godhavn, e com isso ganhara tempo.

Assad apontou para a pilha seguinte. Ali estava a correspondência entre Lasse e Daniel Hale. Aparentemente, o restante do pagamento à Interlab pelos edifícios que o pai de Lasse havia adquirido muitos anos antes ainda não tinha sido efetuado. No início de 2002, Daniel Hale tinha enviado um fax no qual manifestava a intenção de apresentar queixa. A cobrança era da ordem de dois milhões de coroas. Dessa forma, Hale se colocara à beira do abismo, mas ele nunca poderia conhecer a determinação de seu adversário. Talvez tivesse sido aquela cobrança que dera início a uma reação em cadeia.

Carl pegou um papel no topo da pilha. Era a cópia de um fax que Lasse Jensen tinha enviado no dia em que Daniel Hale havia morrido. A mensagem estava acompanhada de um contrato não assinado.

Eu tenho o dinheiro. Podemos fechar o negócio e assinar o contrato na minha casa hoje. O meu advogado trará todos os papéis e documentos necessários. Em anexo envio o esboço do contrato. Insira os seus comentários e correções e traga os papéis com você.

Sim, tudo havia sido cuidadosamente planejado. Se os papéis não tivessem se queimado no carro, com certeza Lasse teria feito com que eles desaparecessem antes de a polícia e o serviço de emergência chegarem ao local do acidente. Carl anotou a data e a hora do encontro. Tudo se encaixava. Hale tinha sido atraído para um compromisso que culminaria com sua morte. Dennis Knudsen estava esperando por ele na estrada Kappelev com o pé no acelerador.

— Veja isto Carl — disse Assad, pegando o papel que estava no topo da outra pilha. Era um artigo do jornal *Frederiksborg Amts Avis*, que mencionava a morte de Dennis Knudsen na parte inferior da página. "Morte em virtude de abuso de drogas" era o título.

A categoria de causa de morte perfeita para ser arquivada.

Carl passou os olhos pelas páginas seguintes daquela pilha. Não havia dúvidas de que Lasse Jensen tinha oferecido muito dinheiro a Dennis Knudsen para provocar o acidente de carro. E também não havia nenhuma dúvida de que tinha sido o irmão de Lasse, Hans, quem saltara na frente do carro de Daniel Hale na pista, obrigando-o a desviar o carro para o meio da estrada. Tudo correra conforme planejado. Exceto o fato de Lasse nunca ter pagado a Dennis o que havia prometido. E isso enfurecera Dennis.

Numa carta surpreendentemente bem-redigida, Dennis Knudsen apresentara um ultimato a Lasse. Ou ele pagava as trezentas mil coroas ou Dennis trataria de apagá-lo, numa curva de estrada qualquer, quando ele menos esperasse.

Carl pensou na irmã de Dennis. Era um irmãozinho verdadeiramente adorável, aquele por quem ela chorava.

Ele olhou para os quadros de avisos e teve uma visão geral dos eventos devastadores que tinham marcado a vida de Lasse Jansen. O acidente de carro, a recusa da companhia de seguros, um pedido de financiamento da Fundação Lynggaard negado. Os motivos se acumulavam e se tornavam muito mais claros do que antes.

— Você acha que ele ficou louco por causa de tudo isso? — perguntou Assad, entregando um objeto a Carl.

Carl franziu o cenho.

— Nem me atrevo a pensar nisso, Assad.

Ele olhou com mais atenção para o objeto que Assad havia lhe dado. Era um pequeno e compacto celular Nokia. Vermelho, novo e brilhante. Na parte de trás, alguém tinha escrito em letras maiúsculas e curvadas: *Sanne Jønsson* sob um pequeno coração. Ele se perguntou o que a menina diria quando descobrisse que seu celular ainda existia.

— Temos tudo aqui. — Carl apontou com a cabeça para as fotos da mãe de Lasse, sentada na cama do hospital, chorando. Fotos dos edifícios de Godhavn e de um homem com as palavras "pai adotivo do demônio" escritas embaixo em letras grossas. Antigos recortes de jornais com artigos extremamente elogiosos sobre a IHJ e pelo trabalho extraordinário e pioneiro do pai de Lasse Jensen na indústria dinamarquesa. Havia pelo menos vinte fotografias com detalhes do navio *Schleswig-Holstein*. Ao lado estavam afixados os horários, bem como medições de distâncias e o número de escadas existentes até o convés de estacionamento dos automóveis. Havia até um plano com a cronologia, em duas colunas, uma para Lasse e uma para o irmão. O que significava que ambos estavam envolvidos.

— O que isso quer dizer? — perguntou Assad, apontando para os números.

Carl não tinha certeza.

— Poderia significar que eles a sequestraram e a mataram em algum lugar qualquer. Temo que essa possa ser a explicação.

— Então o que significa aquilo ali? — Assad apontou para a última mesa de aço, onde havia vários fichários e uma série de esboços de desenhos técnicos.

Carl pegou o primeiro fichário. Dentro havia separadores de seção, e no primeiro estava marcado "Manual de Mergulho — Academia de Armas da Marinha ago/1985". Ele folheou as páginas, enquanto lia os cabeçalhos: fisiologia do mergulho, manutenção da válvula, tabelas de descompressão à superfície, tabelas de manuseamento do oxigênio, lei de Boyle-Mariotte, lei de Dalton.

Aquilo era um monte de bobagem para Carl.

— Um oficial de navio precisa conhecer sobre mergulho? — perguntou Assad.

Carl balançou a cabeça.

— Talvez seja apenas um hobby para ele.

Ele continuou a folhear os papéis e encontrou o rascunho de um manual, meticulosamente escrito à mão.

— Instruções para os testes de pressão de contentores, por Henrik Jensen, Indústria HJ, 10/11/1986.

— Você consegue ler isso, Carl? — Assad franziu a testa. Era evidente que ele não conseguia.

Nas primeiras páginas havia diagramas e sumários sobre a instalação de tubos. Aparentemente se tratava de especificações para modificações em um equipamento existente, talvez o equipamento que a Indústria HJ tinha recebido da Interlab na época da aquisição dos edifícios.

Carl fez seu melhor para folhear as páginas manuscritas, parando nas palavras "câmara de pressão" e "área cercada".

Ele ergueu a cabeça e olhou para a foto de Merete Lynggaard que estava pendurada acima da pilha de papéis. As palavras "câmara de pressão" voltaram a trovejar em sua mente.

O pensamento provocou-lhe um arrepio. Poderia ser realmente verdade? Era um pensamento muito aterrorizante. Horrível o suficiente para que suor começasse a escorrer.

— O que está acontecendo, Carl?

— Vá lá para fora e fique de olho em tudo, Assad. Depressa!

Seu parceiro estava prestes a repetir a pergunta, quando Carl virou-se para olhar novamente a pilha de papéis.

— Vá, Assad. E tenha cuidado. Leve isso com você. — Entregou-lhe a barra de ferro que eles haviam usado para abrir o cadeado.

Ele folheou rapidamente os papéis. Havia muitos cálculos matemáticos, na maioria escritos por Henrik Jensen, mas também por outra pessoa. Mas não era aquilo que Carl procurava.

Mais uma vez, ele estudou a foto de Merete Lynggaard. Tinha sido tirada de muito perto, mas provavelmente sem que ela tivesse percebido, uma vez que sua atenção estava voltada para o lado. Havia uma expressão especial em seus olhos. Algo vital e alerta que não podia deixar de afetar o espectador. Carl tinha certeza de que não era por isso que Lasse tinha pendurado aquela foto ali. Pelo contrário. As margens da fotografia estavam cheias de buracos, o que levava a crer que ela teria sido removida e novamente pendurada inúmeras vezes.

Um por um, Carl puxou os quatro pinos que prendiam a imagem ao quadro. Em seguida, ele a pegou e virou-a ao contrário.

O que estava escrito na parte de trás era obra de um louco.

Carl leu repetidas vezes.

Os seus olhos repugnantes vão saltar da sua cabeça. O seu sorriso ridículo vai afogar em sangue. Os seus cabelos vão se decompor, e os seus pensamentos vão se transformar em pó. Os seus dentes vão apodrecer. Ninguém vai se lembrar de você por outra coisa se não por aquilo que você é: uma prostituta, uma cadela, um demônio, uma assassina. Morra dessa forma, Merete Lynggaard.

E abaixo tinha sido acrescentado:

06/07/2002: 2 bars
06/07/2003: 3 bars
06/07/2004: 4 bars
06/07/2005: 5 bars
06/07/2006: 6 bars
15/05/2007: 1 bar

Carl olhou por cima do ombro. Sentia-se como se as paredes se fechassem ao seu redor. Apoiou a cabeça nas mãos e refletiu. Eles estavam com ela ali, disso ele estava convencido. Merete estava em algum lugar perto dali. Estava escrito que eles a matariam dentro de cinco semanas, no dia 15 de maio, mas provavelmente já o haviam feito. Tinha o pressentimento de que ele e Assad podiam ter antecipado o fato, e que definitivamente acontecera em algum lugar por perto.

Merda, o que devo fazer? Quem poderia saber algo?, pensou, tentando puxar pela memória alguma informação útil.

Ele pegou o celular e digitou o número de Kurt Hansen, o antigo colega que tinha ido parar no Parlamento representando o Partido Conservador.

Andou rapidamente de um lado para o outro, enquanto escutava o toque de chamada.

Quando já estava prestes a desistir da ligação, Kurt Hansen atendeu, tossindo.

Carl disse para ele se manter em silêncio, apenas ouvir e pensar rapidamente. Nada de perguntas, apenas respostas.

— Você quer saber o que acontece se uma pessoa for exposta a uma pressão de até seis bars durante um período de tempo de cinco anos e depois, de repente, a pressão for diminuída? — repetiu Kurt. — Mas que pergunta estranha. Isso só pode ser uma situação hipotética, certo?

— Apenas me responda, Kurt. Não conheço mais ninguém, além de você, que saiba alguma coisa sobre este assunto. Você tem um diploma de mergulhador profissional. Por isso me diga o que aconteceria.

— Bem, a pessoa morreria, claro.

— Sim, mas com que rapidez?

— Não faço ideia, mas seria uma situação horrível.

— Em que sentido?

— Tudo explodiria por dentro. Os alvéolos pulmonares arrebentariam com os pulmões. O nitrogênio existente nos ossos romperia os tecidos, os órgãos, e tudo no corpo se expandiria, porque haveria oxigênio em todo lugar. Tromboses, hemorragia cerebral, incontáveis sangramentos, até mesmo...

Carl interrompeu-o.

— Quem poderia ajudar alguém nesta situação?

Kurt Hansen voltou a tossir levemente. Talvez ele não soubesse a resposta.

— Carl, estamos falando de uma situação real?

— Temo que sim.

— Então você tem de ligar para a estação naval de Holmen. Eles têm uma câmara de descompressão móvel. Uma Duocom da Dräger. — Deu o número de telefone a Carl, que agradeceu e desligou.

Pouco tempo depois, ele já tinha posto o pessoal da Marinha a par da situação.

— Apressem-se, é extremamente urgente — disse. — Os seus homens têm de trazer martelos pneumáticos e outros equipamentos. Não faço ideia de que tipo de obstáculos vocês encontrarão. E informem a sede da polícia. Eu preciso de reforços.

— Não se preocupe. Acho que compreendi a situação — disse a voz do outro lado da linha.

39

No mesmo dia

Eles se aproximaram do último edifício com extrema cautela. Estudaram o chão com cuidado para ver se alguma escavação tinha sido feita recentemente. Olharam para os escorregadios tambores de plástico, alinhados ao longo da parede, como se estes pudessem conter uma bomba.

A porta também estava trancada com um cadeado, e Assad arrombou-a com a barra de metal. Aquela era uma habilidade que logo teria que ser adicionada à sua descrição de trabalho.

Eles notaram um cheiro adocicado na entrada do prédio. Como se fosse uma mistura da colônia que havia no quarto de Lasse Jensen com o cheiro de alguma carne que tivesse sido deixada fora da geladeira por muito tempo. Ou talvez mais parecido com o cheiro das jaulas dos animais no zoológico em um florido e quente dia de primavera.

Caídos no chão, havia dezenas de recipientes feitos de aço inoxidável brilhante de diferentes tamanhos. A maioria ainda não tinha medidores afixados a eles, mas alguns já estavam prontos. Infinitas prateleiras ao longo de uma parede indicavam que a produção fora planejada em grande escala. Mas isso jamais chegara a acontecer.

Carl fez um gesto para Assad segui-lo até a porta seguinte, levando o dedo indicador aos lábios. Assad assentiu com a cabeça e segurou a barra de ferro com tanta força que os nós de seus dedos ficaram brancos. Ele agachou-se um pouco, como se quisesse se tornar um alvo menor. Parecia fazer isso por reflexo.

Carl abriu a porta.

Havia luz no quarto. Lâmpadas em luminárias de vidro reforçado iluminavam um corredor. Em um dos lados havia várias portas que davam para salas sem janelas. Do outro lado, uma porta levava a um novo corredor. Carl fez sinal para que Assad revistasse as salas, enquanto ele seguiria pelo corredor comprido e estreito.

Era um local extremamente sujo, como se algum tipo de excremento ou sujeira tivesse sido esfregado nas paredes e no chão. Um espírito completamente diferente daquele que o fundador da fábrica, Henrik Jensen, pretendera criar naquele ambiente. Carl tinha dificuldades para imaginar engenheiros de jaleco branco circulando ali.

No fim do corredor havia outra porta. Carl abriu-a cautelosamente, enquanto pegava o canivete no bolso do casaco.

Ele acendeu a luz e viu o que parecia ser uma sala de armazenamento, contendo duas mesas portáteis e pilhas de gesso, bem como numerosos cilindros de hidrogênio e oxigênio. Ele cheirou o ar. Cheirava a pólvora. Como se uma arma tivesse sido disparada ali pouco tempo antes.

— Não havia nada nos escritórios. — Ouviu Assad dizer atrás dele.

Carl acenou com a cabeça. Ali também parecia não haver nada. Exceto a mesma impressão de sujeira que ele tinha visto no corredor.

Assad entrou e olhou em volta.

— Ele não está aqui, Carl.

— Não é ele que estamos procurando agora.

Assad franziu o cenho.

— Então quem é?

— Shhh — murmurou Carl. — Está ouvindo isso?

— O quê?

— Ouça com atenção. Um assobio fraco.

— Um assobio?

Carl levantou a mão para fazer Assad se calar e então fechou os olhos. Aquilo podia ser um ventilador a distância. Podia ser água correndo pelas tubulações.

— O ar faz um barulho assim, Carl. Como um pneu furado.

— Sim, mas de onde vem? — Carl virou-se devagar. Era impossível localizar o ruído. O quarto tinha no máximo três metros e meio de largura e cinco a seis metros de comprimento, mas ainda assim o som parecia vir de todos os lugares e de nenhum lugar ao mesmo tempo.

Ele olhou ao redor do quarto. À esquerda viam-se quatro peças de gesso de pé, uma ao lado da outra, dispostas em camadas de talvez cinco placas cada uma. Na parede oposta havia um único pedaço de gesso, que estava inclinado. A parede à sua direita estava vazia.

Carl olhou para o teto e viu quatro painéis com furos minúsculos e, entre eles, feixes de fios e tubos de cobre que vinham do corredor e desapareciam por trás das pilhas de gesso.

Assad também os viu.

— Deve haver alguma coisa por tras daquelas placas.

Carl assentiu. Talvez uma parede exterior, ou outra coisa qualquer.

A cada placa que eles removiam e encostavam na parede oposta o som parecia se aproximar.

Finalmente, eles estavam diante de uma parede com uma grande caixa preta que ia até perto do teto, sobre o qual fora montada uma série de interruptores, instrumentos de medição e botões. Ao lado do painel de controle, uma porta arqueada tinha sido fixada na parede com duas seções e era revestida de placas de metal. Do outro lado, havia duas vigias com vidro blindado e leitoso. Alguns fios tinham sido colados no vidro, com fita adesiva larga, e Carl acreditava que eram detonadores. À frente de cada vigia, e em cima de um tripé, havia uma câmera de vigilância. Não era difícil imaginar para que seriam usadas e qual era o objetivo dos detonadores.

No chão, embaixo das câmeras, havia várias esferas pequenas e pretas. Carl pegou algumas e verificou que eram de chumbo. Tateou a estrutura das vidraças e deu um passo para trás. Não havia dúvidas de que tiros tinham sido disparados contra os vidros. Talvez algo estivesse acontecendo que os moradores da propriedade não fossem capazes de controlar.

Ele pressionou a orelha contra a parede. O assobio vinha de algum lugar lá de dentro. Tinha de ser extremamente ruidoso para conseguir atravessar aquela espessa estrutura.

— Carl, a pressão está quase cinco vezes o normal.

Carl olhou para o manômetro de pressão que Assad estava tocando. Ele tinha razão. Certamente, pouco tempo antes a pressão ainda estava em seis bars, de modo que a pressão no interior do quarto tinha baixado um bar.

— Assad, eu acho que Merete Lynggaard está aí dentro.

O seu parceiro se manteve em silêncio total, observando a porta metálica.

364

— Você acha?

Carl assentiu.

— A pressão está diminuindo, Carl.

Ele estava certo. O movimento da agulha era visível.

Carl olhou para a imensidão de cabos. Os arames finos que ligavam os detonadores se dirigiam para o chão com as pontas não isoladas. Eles deviam estar planejando ligá-los a uma bateria ou a qualquer tipo de dispositivo explosivo. Será que o objetivo deles era ativar aquele mecanismo no dia 15 de maio, quando a pressão tivesse caído para um bar, como estava anotado atrás da foto de Merete?

Ele olhou em volta, tentando construir mentalmente uma relação lógica entre tudo o que estava vendo. Os cabos de cobre conduziam ao quarto existente por trás da parede. No total talvez fossem uns dez. Como seria possível saber quais os que reduziam e quais os que aumentavam a pressão? Se eles cortassem um dos cabos corriam o risco de piorar consideravelmente as condições de sobrevivência da pessoa que estava dentro da câmara de pressão. O mesmo era válido caso fizessem alguma coisa aos fios elétricos.

Aproximou-se da porta da escotilha e examinou a caixa com o relé. Ali não havia dúvidas, estava tudo claro junto aos seis interruptores. Porta de cima aberta. Porta de cima fechada. Porta exterior da escotilha aberta. Porta exterior da escotilha fechada. Porta interior da escotilha aberta. Porta interior da escotilha fechada.

Ambas as portas da escotilha estavam na posição fechada. E era assim que deviam permanecer.

— Para que acha que serve? — perguntou Assad. Ele estava perigosamente prestes a rodar um pequeno potenciômetro de OFF para ON.

Carl desejou que Hardy estivesse ali para ver aquilo. Se havia alguma coisa que Hardy entendia mais que qualquer outra pessoa era aquele tipo de interruptor.

— Este interruptor foi colocado aqui depois de todos os outros — disse Assad. — Do contrário, por que os outros são feitos de material marrom? — Apontou para uma caixa retangular feita de baquelita. — E por que este é o único feito de plástico?

Era verdade. Aqueles dois tipos de interruptores haviam sido fabricados em diferentes épocas.

Assad balançou a cabeça.

— Eu acho que este interruptor rotativo talvez pare o processo, ou então não serve para nada. — Que forma maravilhosamente imprecisa de colocar a questão.

Carl respirou fundo. Fazia quase dez minutos que ele tinha falado com o pessoal em Holmen, e ainda demoraria algum tempo até eles chegarem. Se Merete Lynggaard estivesse ali dentro, eles se veriam obrigados a fazer algo drástico.

— Ligue isso — disse ele, com um mau pressentimento.

Assad obedeceu, logo depois o assobio começou a ressoar com uma intensidade penetrante. O coração de Carl disparou. Por um momento, ele estava convencido de que tinham aumentado a pressão.

Foi então que olhou para cima e identificou as quatro molduras no teto como sendo alto-falantes. Era dali que vinham os sons sibilantes.

— O que está acontecendo agora? — gritou Assad, tapando os ouvidos com as mãos. Assim ficava difícil para Carl responder a pergunta.

— Acho que você ligou um intercomunicador, Assad — gritou ele de volta, dirigindo novamente o olhar para as molduras no teto. — Merete, você está aí dentro? — gritou três ou quatro vezes, e ouvindo com atenção.

Agora ele podia ouvir que o som sibilante era provocado pelo ar forçando a passagem por um espaço apertado. Idêntico ao som que uma pessoa faz com os dentes antes de começar a assobiar. E o som era incessante.

Carl olhou, preocupado, para o aparelho medidor de pressão, que mostrava que esta havia caído para quatro bars e meio. Era um processo rápido.

Tornou a gritar a plenos pulmões. Assad tirou as mãos dos ouvidos e gritou também. O grito de ambos seria capaz de acordar um morto, pensou Carl, esperando que as coisas não tivessem chegado tão longe.

Então ele ouviu um ruído surdo vindo da caixa preta que estava junto ao teto, e por um momento tudo ficou completamente silencioso.

É aquela caixa que controla a equalização da pressão, pensou Carl, considerando se corria para a outra sala e pegava alguma coisa onde pudesse subir e alcançar a caixa para abri-la.

Foi naquele momento que eles ouviram gemidos vindo dos alto-falantes, como o som proferido por um animal encurralado ou um ser humano em crise profunda ou dor. Um lamento longo e monótono.

— Merete, você está aí? — gritou Carl.

Eles se calaram e esperaram. Um segundo depois, ouviram um som que interpretaram como um "sim".

Carl sentiu um aperto na garganta. Merete Lynggaard estava lá dentro. Aprisionada havia mais de cinco anos naquele lugar desolador e miserável. E agora era possível que morresse, e ele não tinha ideia do que fazer.

— O que podemos fazer, Merete? — gritou ele. Naquele mesmo instante, ele ouviu um estrondo violento vindo da placa de gesso que estava encostada à parede oposta. Ele sabia que alguém tinha disparado um tiro por trás do gesso, espalhando chumbo por todo o quarto. Sentiu um pulsar em vários lugares de seu corpo, e o sangue quente começou a escorrer. Ficou paralisado por um segundo, o que lhe pareceu uma eternidade. Então jogou-se para trás contra Assad, que estava com um sangramento no braço e uma expressão que combinava com a situação.

Tão logo eles se jogaram no chão, a placa de gesso caiu para a frente e desvendou o homem que havia disparado o tiro. Não foi difícil reconhecê-lo. Apesar das linhas em seu rosto, que a vida difícil e a alma atormentada haviam produzido ao longo dos anos, Lasse Jensen parecia exatamente como o menino nas fotos que eles tinham visto.

Ele saiu do esconderijo com a arma fumegante na mão. Olhou para os ferimentos provocados pelo seu tiro com uma indiferença gélida, como se estivesse inspecionando um porão inundado.

— Como vocês me encontraram? — perguntou, enquanto abria o tambor e colocava novos cartuchos. Aproximou-se deles. Não havia dúvida de que ele puxaria o gatilho, caso quisesse.

— Você pode parar com isso agora, Lasse — disse Carl, erguendo-se um pouco para libertar Assad do peso de seu corpo. — Se parar agora, poderá pegar apenas alguns anos de prisão. Caso contrário, será sentenciado à prisão perpétua por homicídio.

Lasse sorriu. Era fácil perceber por que as mulheres se sentiam atraídas por ele. Era um demônio disfarçado.

— Isso quer dizer que há muita coisa que vocês não sabem — disse ele, apontando o cano diretamente para a têmpora de Assad.

Sim, isso é o que você acha, pensou Carl, sentindo a mão de Assad deslizar para dentro do bolso do casaco.

— Já pedi reforços. Os meus colegas estarão aqui em breve. Me dê sua arma, Lasse, e tudo ficará bem.

Lasse balançou a cabeça. Ele não acreditava no que tinha ouvido.

— Matarei seu parceiro se não me responder. Como me encontraram?

Considerando a enorme pressão que devia estar sentindo, ele parecia muito controlado. Era óbvio que estava completamente louco.

— Com a ajuda de Uffe — respondeu Carl.

— Uffe? — A expressão do homem mudou. Aquela informação não cabia dentro do mundo que ele estava determinado a controlar. — Conversa! Uffe Lynggaard não sabe de nada, ele nem sequer fala. Eu li os jornais nos últimos dias. Ele não disse nada. Você está mentindo.

Carl percebeu que Assad já tinha pegado o canivete.

Que se danem com os regulamentos e as leis do uso de armas, pensou. Ele só esperava que Assad conseguisse usá-lo.

Um som veio dos alto-falantes acima deles, como se a mulher que estava presa no quarto quisesse dizer alguma coisa.

— Uffe reconheceu você numa fotografia — prosseguiu Carl. — Uma foto onde você aparece ao lado de Dennis Knudsen, quando vocês ainda eram rapazes. Lembra-se dessa foto, Atomos?

O nome atingiu-o como uma bofetada na face. Era óbvio que todos os anos de sofrimento agora surgiam em Lasse Jensen.

Ele riu e balançou a cabeça.

— Então vocês sabem sobre isso também! Pelo visto sabem tudo. Por isso, estou certo de que sabem que farão companhia a Merete.

— Você não terá tempo, Lasse. Os reforços já estão a caminho. — Carl inclinou-se ligeiramente para a frente, de forma que Assad conseguisse puxar a faca e ficasse preparado para golpear o homem. A questão era saber se o psicopata apertaria o gatilho antes disso. Se ele disparasse os dois canos ao mesmo tempo, e àquela distância, os dois estariam perdidos.

Lasse sorriu de novo. Ele já havia recuperado a compostura. A marca registrada de um psicopata: nada poderia atingi-lo.

368

— Ah, eu terei tempo. Pode apostar que sim.

A sacudidela no bolso do casaco de Carl e o subsequente clique do canivete coincidiram com o som da carne quando se enfia a faca nela. Tendões que são cortados, músculos que são rasgados. Carl viu o sangue na perna de Lasse e, ao mesmo tempo, Assad empurrando a coronha da arma de baixo para cima com o braço ensanguentado. Lasse havia disparado por reflexo, e o estrondo do tiro próximo aos ouvidos de Carl bloqueou todos os outros sons. Ele viu Lasse caindo de costas e Assad lançando-se sobre ele com o canivete erguido.

— Não! — gritou Carl, quase não conseguindo ouvir a própria voz. Ele tentou se levantar, mas agora sentia a extensão do tiro que o atingira. Olhou para baixo e viu o sangue derramando no chão. Pressionou o ferimento na coxa e se levantou.

Também sangrando, Assad sentou-se em cima do tórax de Lasse, com o canivete encostado no pescoço dele. Carl não conseguia ouvir, mas podia ver Assad gritando com o homem que estava por baixo dele, e viu Lasse cuspindo na cara de Assad a cada frase que ele dizia.

Lentamente, Carl recuperou a capacidade auditiva. O relé tinha começado a liberar ar da câmara de pressão novamente. Agora, o som sibilante parecia estar ainda mais alto. Ou será que sua audição estava lhe pregando uma peça?

— Como se para esta droga? Como desligamos os ventiladores? Fale! — gritou Assad pela enésima vez, levando outra cuspida no rosto. Só naquele momento Carl percebeu que a pressão do canivete sobre a garganta de Lasse aumentava a cada nova cuspidela.

— Já cortei a garganta de homens melhores que você! — gritou Assad, golpeando a pele de Lasse fundo o suficiente para que o sangue escorresse por seu pescoço.

— Mesmo que soubesse, eu não diria — rosnou Lasse debaixo de Assad. Carl olhou para a perna de Lasse, que Assad havia ferido com a faca. Aparentemente a hemorragia não era muito forte. Pelo menos a grande artéria da coxa não tinha sido cortada.

Ele olhou para o manômetro; a pressão diminuía de forma lenta, mas constante. Onde estavam os reforços? O pessoal em Holmen não tinha chamado seus colegas, como ele havia solicitado? Encostou-se à parede e tirou o celular do bolso do casaco. Em seguida, digitou o número do serviço de patrulhamento. Em poucos minutos estariam ali. Seus colegas e o serviço de emergência teriam muito trabalho a fazer naquele local.

Ele não sentiu o golpe contra o braço, percebeu apenas que o celular bateu com estrondo no chão e seu braço caiu para o lado. Voltou-se com um só movimento e viu a criatura magra de pé atrás dele, batendo a barra de ferro na testa de Assad. O seu assistente caiu para o lado sem dizer uma palavra.

Em seguida, o irmão de Lasse deu um passo para a frente e pisoteou o celular de Carl até o aparelho ficar em pedaços.

— Oh, Deus, é grave, meu filho? — A mulher veio na direção deles em sua cadeira de rodas, os problemas de toda a vida marcados em seu rosto. Ela não prestou atenção ao homem inconsciente que estava caído no chão. Viu apenas o sangue escorrendo da perna do filho.

Lasse levantou-se com esforço, olhando furiosamente para Carl.

— Não é nada, mãe — disse. Ele tirou um lenço do bolso, puxou o cinto do cós das calças e atou os dois firmemente em volta da coxa com a ajuda do irmão.

A mãe passou por entre os dois na cadeira de rodas e olhou fixamente para o manômetro.

— Como está indo, sua vadia miserável? — gritou ela na direção da vidraça.

Carl olhou para Assad, que respirava com dificuldade no chão. Ele ia sobreviver. Seu olhar percorreu o chão na esperança de localizar o canivete. Talvez estivesse debaixo de Assad, ou talvez o visse quando ele se movesse um pouco para o lado.

Hans pareceu ler sua mente. Ele virou na direção de Carl com uma expressão infantil no rosto, como se Carl fosse lhe roubar alguma coisa ou talvez bater nele. O olhar que ele lançou era o resultado de uma infância passada em solidão. Das provocações de outras crianças que não entendiam o quão vulnerável uma pessoa ingênua podia ser. Ele levantou a barra de ferro e apontou para o pescoço de Carl.

— Devo matá-lo, Lasse? Devo? Eu consigo fazer isso.

— Você não vai fazer nada — interrompeu a mulher, aproximando-se na cadeira de rodas.

— Sente-se, desgraçado — ordenou Lasse para Carl, endireitando-se até ficar totalmente de pé. — Vá buscar a bateria, Hans. Nós vamos mandar o edifício pelos ares. É a única coisa que podemos fazer agora. Vá rápido! Temos dez minutos para sair daqui.

Lasse recarregou a arma, mantendo os olhos fixos em Carl, que deslizou pela parede até se sentar com as costas contra a porta da câmara, em seguida arrancou a fita adesiva das vidraças e puxou as cargas explosivas. Com um movimento rápido de mão, enrolou aquela mistura mortal de fios e detonadores em volta do pescoço de Carl, como se fosse um cachecol.

— Não precisa ter medo, você não vai sentir nada. Mas para ela, lá dentro, as coisas serão bem diferentes. Tem que ser assim — disse Lasse, friamente, arrastando os cilindros de gás ao longo da parede da câmara de pressão, por trás de Carl.

Enquanto isso, seu irmão retornava com a bateria e uma bobina de cabos nas mãos.

— Não, vamos fazer isso de outra maneira, Hans. Vamos levar a bateria lá para fora conosco. Você só terá de ligá-la, assim. — Lasse mostrou como os explosivos que estavam em torno do pescoço de Carl deveriam ser conectados aos fios e na bateria. — Corte um longo pedaço de cabo. Precisa alcançar todo o caminho até o pátio. — Ele riu e olhou para Carl. — Conectaremos a corrente lá fora e, no momento que os cilindros de gás explodirem, a cabeça deste aí também irá pelos ares.

— Mas, e antes disso? O que vamos fazer com ele? — perguntou o irmão. — Ele pode arrancar os fios.

— Ele? — Lasse sorriu e afastou um pouco a bateria de Carl. — Tem razão. Daqui a pouco você vai poder bater nele até que fique inconsciente.

Virou-se para Carl com a voz completamente alterada.

— Como você me descobriu? Disse que foi por meio de Dennis Knudsen e Uffe. Mas não entendo. Como ligou eles a mim?

— Você cometeu um erro atrás do outro, seu idiota. Foi assim!

Lasse recuou um pouco, com o que poderia ser apenas interpretado como loucura, a julgar pelos olhos. Ele atiraria em Carl a qualquer momento. Apontaria com toda objetividade e puxaria o gatilho. Então, adeus, Carl. Não importava como, ele não deixaria que aquele policial o impedisse de explodir o lugar. Como se Carl não soubesse.

Carl olhou para Hans, que não estava se entendendo com os fios. Estes se emaranhavam sempre que ele desenrolava uma parte.

Naquele instante, Carl sentiu o braço ferido de Assad tremendo contra sua perna. Talvez ele não estivesse tão machucado assim. Um pequeno consolo diante da situação. Em breve ambos estariam mortos.

Carl fechou os olhos e tentou relembrar alguns momentos significativos de sua vida. Depois de alguns segundos sem pensar em nada, voltou a abri-los. Nem sequer desse conforto ele dispunha.

A sua vida tinha tão poucos momentos marcantes para oferecer?

— Você precisa sair daqui agora, mãe. — Ele ouviu Lasse dizer. — Vá para o pátio e fique bem longe das paredes. Vamos nos juntar a você em alguns minutos. Depois vamos todos desaparecer.

Ela anuiu, lançou um último olhar para a vigia e cuspiu no vidro.

Ao passar pelos filhos, ela olhou com desdém para Carl e o homem que jazia no chão ao lado dele. Ela os teria chutado se pudesse. Eles tinham roubado sua vida, assim como outros antes deles. A mulher vivia em um estado permanente de amargura e ódio. Nenhuma outra emoção poderia penetrar a redoma de vidro em que ela vivia.

Não há espaço suficiente para você passar, sua bruxa, pensou Carl, percebendo o quão desajeitadamente a perna de Assad estava esticada para o lado.

Quando a cadeira de rodas bateu na perna de Assad, ele soltou um rugido. Em um segundo, ele se pôs de pé e colocou-se entre a mulher e a porta. Os dois homens que estavam ao lado das vigias se viraram. Lasse levantou a arma quando Assad, com sangue escorrendo pela testa, agachou-se atrás da cadeira de rodas, agarrou os joelhos ossudos da mulher, e saiu na direção deles, usando a cadeira como escudo. A cacofonia de sons era infernal. Assad que rugia, a mulher que gritava, o assobio da câmara de pressão, os gritos de alarme dos dois irmãos e, por fim, o caos, quando a cadeira de rodas jogou os dois homens no chão.

A mulher estava deitada com as pernas para o ar quando Assad pulou por cima dela e se jogou sobre a arma que Lasse apontava para ele. Hans começou a se lamentar assim que Assad agarrou o cano com uma mão e começou a esmurrar a garganta de Lasse com a outra. Em poucos segundos tudo estava acabado.

Assad se afastou, segurando a arma. Ele empurrou a cadeira de rodas para o lado, obrigou Lasse, que tossia, a se levantar e ficou olhando-o, em silêncio.

— Diga como se para esta droga! — gritou.

Carl se levantou e viu o canivete perto da parede. Ele se desvencilhou dos fios e detonadores de seu pescoço e correu para pegá-lo, enquanto Hans tentava erguer a mãe.

— Sim, diga-nos, agora! — Carl encostou o canivete no rosto de Lasse.

Ambos viram os olhos de Lasse. O rapaz não acreditava neles. Em sua mente, apenas uma coisa era importante: Merete Lynggaard tinha de morrer dentro do quarto atrás deles. Sozinha, lenta e dolorosamente. Esse era o objetivo de Lasse. Depois disso, ele aceitaria qualquer tipo de punição. Nada mais tinha importância.

— Vamos mandá-lo pelos ares com família, Carl — disse Assad, com os olhos semicerrados. — Merete Lynggaard está condenada ali dentro, não podemos fazer mais nada por ela. — Ele apontou para o manômetro, que agora indicava bem menos de quatro bars de pressão. — Vamos fazer com eles exatamente o mesmo que queriam fazer conosco. E com isso faremos um favor à Merete.

Carl fitou o assistente. Dentro daqueles olhos castanhos ele viu um genuíno brilho de ódio.

— Não, Assad, não podemos fazer isso.

— Sim, Carl, podemos — respondeu Assad. Ele estendeu a mão e retirou os fios e detonadores da mão de Carl. Em seguida, envolveu-os ao redor do pescoço de Lasse.

Quando Lasse olhou para sua suplicante mãe e seu irmão, que tremia atrás da cadeira de rodas, Assad deu a Carl um olhar que era inconfundível. Eles tinham que pressionar Lasse até o ponto em que este começasse a levá-los a sério. Lasse podia não lutar para salvar sua própria pele, mas lutaria para salvar a mãe e o irmão. Assad tinha visto isso em seus olhos, e ele estava certo.

Então Carl levantou os braços de Lasse e ligou as pontas não isoladas dos arames aos fios dos detonadores, conforme ele havia dito.

— Sentem-se ali no canto — ordenou Carl à mulher e ao filho mais novo. — Hans, pegue sua mãe e sente-se ali, com ela no colo.

Ele olhou para Carl, assustado. Depois pegou a mãe em seus braços, como se ela fosse uma pena, e sentou-se no chão com as costas contra a parede.

— Vamos mandar os três pelos ares, junto a Merete, se não nos disser como se desliga esta máquina — ameaçou Carl, enquanto enrolava um dos fios dos detonadores em volta de um dos polos da bateria.

Lasse desviou o olhar da mãe e fitou Carl com os olhos cheios de ódio.

— Eu não sei como se desliga — disse, calmamente. — Posso descobrir, lendo o manual, mas não há tempo para isso.

— É mentira! Você está tentando ganhar tempo! — gritou Carl. Pelo canto do olho, ele percebeu que Assad estava prestes a bater em Lasse.

— Acredite no que quiser. — Sorridente, Lasse virou a cabeça na direção de Assad.

Carl meneou a cabeça. O homem não estava mentindo. Ele era frio, mas não estava mentindo. Anos de experiência lhe diziam isso. Lasse não sabia como desligar o sistema sem procurar no manual. Infelizmente era verdade.

Ele voltou-se para Assad.

— Você está bem? — perguntou, colocando a mão sobre o cano da arma apenas alguns segundos antes de Assad ter quebrado a coronha no rosto de Lasse.

Assad assentiu, nervosamente. A bala em seu braço não tinha feito nenhum dano significativo, nem a pancada na cabeça. Seu companheiro era forte.

Carl pegou a arma de suas mãos, com cuidado.

— Não posso ir tão longe. Eu fico com a arma, Assad, e quero que você vá buscar o manual. Você viu onde ele estava. O manual manuscrito que estava no quarto de Lasse. Ele está na última pilha de papéis. Bem em cima, eu acho. Vá buscá-lo. E depressa!

Lasse sorriu assim que Assad saiu, e Carl enfiou o cano da arma sob seu queixo. Como um gladiador, Lasse estava pesando os pontos fortes de seus adversários antes de escolher o que mais se comparava com ele. Estava claro que ele achava que Carl era uma escolha melhor do que Assad. E era igualmente claro para Carl que ele estava errado.

Lasse começou a recuar em direção à porta.

— Você não ousaria atirar em mim. O seu parceiro teria feito isso. Estou indo agora, e você não pode me impedir.

— Isso é o que você pensa! — Carl deu um passo para a frente e agarrou-o com força pelo pescoço. Da próxima vez que o homem fizesse um movimento, tomaria uma coronhada no rosto.

Foi então que ouviram as sirenes da polícia a distância.

— Corra! — gritou Hans, enquanto se levantava abruptamente, segurando a mãe, e chutava a cadeira de rodas em cima de Carl.

Lasse desapareceu em um segundo. Carl queria correr atrás dele, mas não pôde. Aparentemente, ele estava em pior forma do que Lasse. Sua perna ferida se recusava a obedecer.

Ele apontou a arma para a mulher e seu filho, assim que deixou a cadeira de rodas passar por ele e bater contra a parede.

— Veja! — gritou Hans, apontando para o longo fio que Lasse estava arrastando atrás de si.

Todos eles viram o fio deslizar pelo chão. Lasse estava tentando arrancar os explosivos de seu pescoço, enquanto corria pelo corredor. Quando ele saiu para fora do prédio, os fios se esticaram e a bateria tombou, sendo arrastada até o batente da porta. Ao se chocar contra a porta, o fio deslizou por baixo dela e tocou no outro terminal. Eles sentiram a explosão apenas como um leve tremor e um ruído surdo a distância.

Merete estava deitada de costas no escuro e ouviu o assobio, enquanto tentava manter os braços numa posição em que pudesse pressionar firmemente os dois pulsos ao mesmo tempo.

Não demorou muito para que sua pele começasse a coçar, mas nada mais aconteceu. Por um momento, ela sentiu como se um milagre estivesse prestes a acontecer, então gritou para os bocais no teto que eles que não conseguiriam atingi-la.

Quando a primeira obturação começou a soltar de seu dente, ela percebeu que nenhum milagre ia acontecer. Nos minutos seguintes, pensou em deixar de pressionar os pulsos, antes que as dores de cabeça e das articulações aumentassem e a pressão se manifestasse em todos os seus órgãos internos. Quando decidiu soltar os pulsos, sequer sentia as próprias mãos.

Tenho de me virar, pensou, ordenando ao corpo que se virasse para o lado, mas seus músculos já não tinham mais força. Percebeu tudo ficando vago. Uma forte sensação de náusea a fez vomitar, ameaçando sufocá-la.

Ela permaneceu deitada no chão, imóvel, e sentiu o aumento de convulsões. Primeiro em seus glúteos, depois no abdômen, e então em seu peito.

Está acontecendo muito devagar! gritou uma voz dentro dela, enquanto tentava novamente aliviar a pressão sobre as artérias dos seus pulsos.

Após alguns minutos, ela caiu em uma profunda letargia. Era impossível segurar os pensamentos em Uffe. Tudo o que via eram cores brilhando, raios de luz e formas giratórias.

Quando a primeira obturação caíra do dente, ela começou gemer. Toda a sua energia era consumida por esse som lamentoso. Porém, ela não conseguia ouvir a si mesma, pois o assobio que vinha dos bicos no teto eram muito altos.

De repente, a infiltração de ar parou e o ruído desapareceu. Por um momento, ela imaginou que poderia ser salva. Ouviu vozes lá fora. Estavam chamando por ela, e ela parou de gemer. Então uma voz perguntou se ela era Merete. Tudo dentro dela gritou:

— Sim, estou aqui. — Talvez tivesse dito as palavras em voz alta. Ouviu-os falando sobre Uffe, como se ele fosse um rapaz normal. Ela disse o nome dele, mas soou errado. Em seguida, ouviu um grande estrondo, e a voz de Lasse estava de volta, tirando toda a sua esperança. Respirou devagar, notando que a pressão de seus dedos nos pulsos ia se afrouxando. Não sabia se ainda estava sangrando. Não sentia nem dor, nem alívio. Naquele instante, o assobio no teto retornou.

Quando o chão tremeu por baixo dela, tudo se tornou quente e frio ao mesmo tempo. Ela pensou em Deus e murmurou o Seu nome em pensamento. Em seguida, sentiu um lampejo dentro de sua cabeça.

Um clarão de luz, seguido por um enorme rugido e mais luz fluindo. E então ela se deixou levar.

Epílogo

2007

A cobertura da mídia foi tremenda. Apesar do triste resultado, a investigação e solução do caso Lynggaard foi uma história de sucesso. Piv Vestergård, do Partido da Dinamarca, estava extremamente satisfeita e se deleitava com a fama de ter sido ela que havia exigido a criação do Departamento Q. Ao mesmo tempo, ela aproveitou a oportunidade para denegrir todos os que não partilhavam a sua visão da sociedade.

Essa era apenas uma das razões para o ligeiro esgotamento nervoso de Carl.

Três visitas ao hospital para tirar as balas da perna, uma consulta com Mona Ibsen que ele tinha cancelado. E isso foi tudo o que ele foi capaz de fazer.

Agora estavam de volta aos seus escritórios no porão. No quadro estavam pendurados dois pequenos sacos de plástico, ambos cheios de pedaços de chumbo. Vinte e cinco de Carl e doze de Assad. Na gaveta da mesa havia um canivete com uma lâmina de dez centímetros de comprimento. Era provável que tudo aquilo fosse jogado no lixo.

Tomaram conta um do outro, ele e Assad. Carl deixando Assad entrar e sair como e quando quisesse do escritório. Após três semanas de estagnação, com cigarros, café e a música de Assad, que mais parecia um gato miando, Carl finalmente pegou um dos processos que estava em cima da pilha no canto de sua mesa e começou a folheá-lo.

Havia mais do que o suficiente para mantê-los ocupados.

— Você vai ao Parque Fælled esta tarde, Carl? — perguntou-lhe Assad da porta.

Carl fitou-o com uma expressão apática.

— Você sabe, é 1º de Maio. Muitas pessoas nas ruas, bebendo e dançando. Não é assim que se diz?

Carl acenou com a cabeça.

— Talvez mais tarde, Assad. Mas você pode ir, se quiser. — Olhou para o relógio. Era meio-dia. Nos velhos tempos, ter metade do dia livre era um direito incontestável.

Mas Assad balançou a cabeça.

— Aquilo não é para mim, Carl. Há muitas pessoas lá que eu não quero encontrar.

Carl assentiu.

— Amanhã daremos uma olhada neste monte de processos — disse, batendo neles com a palma da mão. — Tudo bem por você?

Assad sorriu tão largamente, que o curativo em sua têmpora quase caiu.

— Boa ideia, Carl!

Nesse momento, o telefone tocou. Era Lis, com a mensagem habitual. O delegado queria vê-lo no escritório.

Carl abriu a última gaveta da mesa e tirou uma pasta de plástico. Tinha a sensação de que dessa vez ia precisar dela.

— Como estão as coisas, Carl? — Essa já era a terceira vez naquela semana que Marcus Jacobsen fazia a mesma pergunta.

Carl deu de ombros.

— Em que caso você está trabalhando agora?

Ele deu de ombros mais uma vez.

Jacobsen tirou os óculos de leitura e pousou-os em cima do monte de papéis que estava à sua frente.

— O procurador da República chegou hoje a um acordo com o advogado de Ulla Jensen e seu filho.

— É mesmo?

— Oito anos para a mãe e três para o filho.

Carl meneou a cabeça. Era apenas o esperado.

— Ulla Jensen provavelmente terminará numa instituição psiquiátrica.

Carl voltou a balançar a cabeça. Ele não tinha dúvidas de que o filho acabaria indo parar no mesmo local em breve. O pobre sujeito jamais sobreviveria a uma pena na prisão.

Jacobsen baixou o olhar.

— Há alguma novidade sobre Merete Lynggaard?

Carl balançou a cabeça.

— Eles ainda a estão mantendo em coma induzido, mas há poucas esperanças. Tudo indica que seu cérebro foi seriamente danificado devido ao grande número de coágulos.

Jacobsen comprimiu os lábios.

— Você e os especialistas em mergulho da Marinha fizeram tudo o que podiam, Carl.

Ele atirou o jornal na direção de Carl.

— É uma publicação norueguesa para mergulhadores. Abra na página quatro.

Carl abriu o jornal e ficou observando as fotografias durante alguns instantes. Uma antiga foto de Merete Lynggaard. Outra da câmara de pressão que os mergulhadores tinham conectado à portinhola, para que a equipe de salvamento pudesse transportar Merete de sua prisão para a câmara de pressão móvel. Logo abaixo havia um pequeno artigo sobre o papel da equipe de salvamento e as preparações que tinham sido feitas no interior do contentor móvel, sobre a conexão, sobre o sistema de câmara de pressão e de como inicialmente a pressão na câmara tivera de ser ligeiramente elevada, a fim de parar o sangramento dos pulsos de Merete. O artigo vinha ilustrado com uma planta do edifício e um corte transversal da câmara de descompressão, onde um funcionário da equipe de salvamento dava oxigênio e prestava os primeiros socorros a Merete. Depois ainda havia fotos dos médicos diante da imponente câmara de pressão do Hospital Nacional, bem como do sargento sênior Mikael Overgaard, que tinha cuidado da paciente, gravemente enferma, no interior da câmara. Finalmente, havia uma foto de Carl e Assad a caminho das ambulâncias.

Em letras maiúsculas estava escrito: "Colaboração excepcional entre mergulhadores da Marinha e um departamento da polícia recentemente instituído põe fim a um dos sequestros mais atrozes das últimas décadas."

— Bem — disse Jacobsen, pondo o seu sorriso mais encantador no rosto —, no mesmo contexto fomos contatados pela autoridade central de polícia de Oslo. Eles gostariam de saber mais sobre seu trabalho, Carl. No outono eles querem enviar uma delegação para a Dinamarca, e eu gostaria que você se encontrasse com eles.

Carl podia sentir os cantos da boca curvando para baixo.

— Eu não tenho tempo para isso — protestou. Não lhe agradava nada a ideia de ter um bando de noruegueses correndo de um lado para o outro nos corredores do porão. — Não se esqueça de que somos apenas dois naquele departamento. De quanto era mesmo o nosso orçamento, chefe?

Jacobsen fugiu magistralmente à questão.

— Agora que você recobrou sua saúde e voltou ao trabalho, é o momento ideal para assinar aqui, Carl. — Ele entregou a Carl o mesmo requerimento estúpido para os chamados "cursos de gestão".

Carl recusou.

— Eu não vou fazer, chefe.

— Mas você tem que fazer. Por que não quer?

Neste momento nós dois estamos pensando em fumar um cigarro, pensou Carl.

— Existem muitas razões — disse. — Basta pensar no aumento da idade para se aposentar. Não vai demorar muito até termos de trabalhar até os 70 anos, independentemente da posição hierárquica em que nos encontrarmos. E eu não tenho nenhum desejo de ser um velho policial, e não quero acabar atrás de uma mesa. Não quero comandar um grande número de colegas. Não quero levar trabalho para casa e não quero fazer exames. Sou muito velho para isso. Não quero ter novos cartões de visita nem ser promovido. É por isso, chefe.

Jacobsen parecia cansado.

— Muitas das coisas que você acabou de mencionar não vão acontecer. Não são mais do que suposições. Se você quer ser o chefe do Departamento Q, vai ter de participar do curso.

Carl balançou a cabeça.

— Não, Marcus. Não me peça para fazer mais cursos, não tenho vontade. Já me basta ter de ajudar o meu enteado com as lições de matemática. E mesmo assim ele vai ser reprovado. O Departamento Q continuará a ser dirigido por um detetive-superintendente. E sim, eu ainda estou usando o título antigo. Ponto final. — Carl levantou a mão e segurou a pasta de plástico no ar. — Está vendo isto, Marcus? — prosseguiu, tirando o papel de dentro da pasta. — É o orçamento para o Departamento Q, tal como foi aprovado pelo Parlamento.

Ele ouviu um profundo suspiro do outro lado da mesa.

Carl apontou para a última linha. Cinco milhões de coroas por ano, estava escrito lá.

— De acordo com meus cálculos, existe uma diferença de mais de quatro milhões entre este número e o que o meu departamento realmente custa. Você acha isso certo?

Jacobsen esfregou a testa.

— Aonde quer chegar, Carl? — perguntou, visivelmente irritado.

— Você quer que eu esqueça tudo o que está escrito aqui, e quero que você esqueça tudo sobre esse curso.

O rosto de Jacobsen mudou visivelmente de cor, porém ele manteve a voz controlada quando disse:

— Isso é chantagem, Carl. Nós aqui não usamos esse tipo de tática.

— Exatamente, chefe — respondeu Carl, tirando o isqueiro do bolso e queimando o papel em que o orçamento estava escrito. As chamas consumiram um número após o outro e Carl jogou as cinzas em cima de um folheto de propaganda de cadeiras de escritório. Por fim, ele deu o isqueiro para Marcus Jacobsen.

Quando Carl retornou ao porão, ele encontrou Assad ajoelhado no tapete, fazendo suas orações. Por isso, ele escreveu um bilhete e o deixou no chão em frente à porta de Assad. Nele dizia: "Até amanhã."

No caminho para Hornbæk, Carl meditou sobre o que diria a Hardy sobre o caso de Amager. A questão era se deveria mesmo dizer alguma coisa. Nas últimas semanas Hardy não tinha passado nada bem. A produção de saliva havia diminuído e ele sentia dificuldade em falar. Os médicos diziam que a situação não seria permanente, mas para quem se sentia cansado da vida, como Hardy, isso não constituía qualquer conforto.

Por essa razão, ele havia sido transferido para um quarto melhor. Agora estava deitado de lado, o que presumivelmente lhe permitia vislumbrar os comboios de navios que navegavam no Øresund.

Um ano antes, os dois tinham se sentado num restaurante no parque de diversões Dyrehavsbakken, comido costeletas com molho de salsa, e Carl havia se exaltado ao contar suas desventuras com Vigga. Agora ele estava sentado na beira da cama de Hardy e não podia se queixar de absolutamente nada.

— A polícia de Sorø teve que libertar o homem da camisa quadriculada, Hardy — disse sem rodeios.

— Quem? — perguntou Hardy com voz rouca, e sem mexer a cabeça um só milímetro.

— Ele tem um álibi. Mas todos estão convencidos de que é ele o homem certo. O homem que atirou em você, em mim, no Anker e que cometeu o crime em Sorø. E mesmo assim tiveram que deixá-lo ir. Lamento muito precisar contar a você, Hardy.

— Não dou a mínima para isso. — Hardy tossiu e depois pigarreou, enquanto Carl ia até o outro lado da cama umedecer um guardanapo de papel na pia. — O que eu ganho se o apanharem? — prosseguiu Hardy, com saliva escorrendo pelos cantos da boca.

— Vamos apanhar ele e os outros que fizeram isso, Hardy — disse Carl, limpando os lábios e o queixo do colega. — Sinto que em breve terei que me envolver no caso. Os desgraçados não podem sair impunes.

— Divirta-se — respondeu Hardy, engolindo em seguida, como se estivesse se preparando para dizer alguma coisa. — A viúva do Anker esteve aqui ontem — disse. — Não foi nada bom, Carl.

Carl se lembrava do rosto amargurado de Elisabeth Høyer. Nunca mais tinha falado com ela desde a morte de Anker. Nem no funeral ela lhe dirigira a palavra. A partir do momento que eles tinham lhe comunicado a morte de seu marido, ela concentrara todas as acusações em cima de Carl.

— Ela disse alguma coisa sobre mim?

Hardy não respondeu. Limitou-se a ficar em silêncio e a piscar os olhos muito lentamente. Como se os navios lá de fora o tivessem levado numa longa viagem.

— Você continua a não querer me ajudar a morrer, Carl? — perguntou, finalmente.

Carl passou a mão pela face dele.

— Se eu pudesse, Hardy. Mas não posso.

— Então precisa me ajudar a voltar para casa. Pode me prometer isso? Não quero continuar aqui.

— E o que diz a sua mulher, Hardy?

— Ela não sabe ainda. Acabei de tomar a decisão.

Carl visualizou mentalmente Minna Henningsen. Ela e Hardy tinham se conhecido quando eles eram muito jovens. Agora o filho deles tinha se mudado de casa, e ela ainda continuava jovem Naquele ponto de sua vida, ela certamente tinha decidido começar de novo.

— Vá conversar com ela hoje, Carl. Você estará me fazendo um grande favor.

Carl olhou para os navios.

Hardy ainda ia se arrepender daquele pedido, quando se visse confrontado com as realidades da vida.

Pouco depois, Carl pôde perceber que tinha razão.

Quando Minna Henningsen abriu a porta, ele ouviu as gargalhadas de um alegre grupo de mulheres. Era uma cena que não se encaixava com as esperanças de Hardy. Seis mulheres vestindo roupas coloridas e chapéus voluptuosos, fazendo planos para o resto do dia.

— Carl, hoje é 1º de Maio! Isso é o que nós, garotas do clube, fazemos neste dia. Você não se lembra? — Quando ela o levou para a cozinha, ele acenou com a cabeça para algumas das mulheres.

Carl não precisou de muito tempo para explicar a situação. Dez minutos mais tarde, ele estava na rua outra vez. Minna tinha pegado na sua mão e contado como as coisas eram difíceis para ela, como sentia falta da sua antiga vida. Depois encostara a cabeça no ombro dele e chorara um pouco. Ao mesmo tempo tentara explicar por que não se sentia com forças para cuidar de Hardy.

Após ter secado os olhos, ela tinha lhe perguntado, com um tímido sorriso, se ele não gostaria de passar lá uma noite e jantar com ela. Ela precisava falar com alguém, dissera ela, mas a intenção escondida por trás das palavras era tão óbvia e direta quanto podia ser.

De pé, no Strandboulevard, Carl se deparou com o barulho que vinha do Parque Fælled. As festividades estavam em pleno andamento.

Ele considerou ir até lá durante alguns minutos e tomar uma cerveja em nome dos velhos tempos. Mas mudou de ideia e acabou voltando para o carro.

Se eu não estivesse tão louco por Mona Ibsen, aquela psicóloga estúpida, e se Minna não fosse casada com meu amigo Hardy, era bem capaz de aceitar o convite dela, pensou. Foi então que o celular tocou.

Era Assad, e ele parecia excitado.

— Ei, ei, mais devagar, Assad. Você ainda está no escritório? Fale outra vez. O que está tentando me dizer?

— Ligaram há pouco do Hospital Nacional para falar com o delegado da Homicídios. E acabei de saber pela Lis. Merete Lynggaard acordou do coma.

O olhar de Carl se perdeu no horizonte.

— Quando isso aconteceu?

— Hoje de manhã. Pensei que você gostaria de saber.

Carl agradeceu, deu por terminado o telefonema e ficou olhando fixamente para as árvores, cujos ramos verde-claros se erguiam plenos de vivacidade primaveril. Na verdade, ele devia estar feliz, mas não estava. Talvez Merete passasse o resto da vida em estado vegetativo. Nada neste mundo era simples. Nem sequer a primavera durava muito tempo, e ter que viver isso todos os anos era uma das experiências mais dolorosas.

Logo vai voltar a escurecer mais cedo, pensou, odiando-se por sua visão pessimista.

Olhou novamente para o Parque Fælled e para o edifício feio e cinzento que se erguia bem alto por trás dele, o Hospital Nacional.

Então, pela segunda vez, ele colocou o cartão de estacionamento em cima do painel e, atravessando o parque, pôs-se a caminho do hospital. As pessoas estavam sentadas na grama com latas de cerveja, e uma tela gigante apresentava o discurso de despedida do político Jytte Andersen. "Um recomeço para a Dinamarca" era esse o slogan das celebrações do dia 1º de Maio.

Como se isso ajudasse.

Quando Carl e seus amigos eram jovens, eles tinham sentado ali com camisetas de manga curta, parecendo pernilongos de tão magros que eram. Hoje, a corpulência coletiva era vinte vezes maior. Agora era uma população excessivamente presunçosa que saía para protestar. O governo havia lhes dado seu ópio: cigarros baratos, bebidas baratas e todos os tipos de porcaria. Se aquelas pessoas sentadas na grama discordavam do governo, o problema era apenas temporário. A média de vida dessas pessoas estava diminuindo rapidamente, e logo não haveria ninguém para ficar chateado por ter de assistir proezas de pessoas saudáveis nos programas desportivos da TV dinamarquesa.

Sim, a situação estava sob controle.

Um grupo de jornalistas já estava esperando no corredor.

Quando viram Carl sair do elevador, todos eles viraram em sua direção. Cada um tinha a sua questão para colocar.

— Carl Mørck! — gritou um dos que estavam mais à frente. — Como os médicos avaliam os danos cerebrais de Merete Lynggaard? O senhor sabe alguma coisa sobre isso?

— O senhor já tinha visitado Merete Lynggaard antes? — perguntou outro.

— Ei, Mørck! Como avalia o trabalho que você fez? Está orgulhoso de si mesmo?

Carl se virou na direção da voz e olhou direto nos olhos avermelhados de Pelle Hyttested, enquanto os outros repórteres lançavam olhares hostis para o homem, como se ele fosse indigno de sua profissão.

E era.

Carl respondeu algumas das questões, mas quando a pressão no peito começou a aumentar, ele se voltou para dentro de si mesmo e continuou a andar. Ninguém tinha perguntado por que ele estava ali. Nem ele próprio sabia.

Ele esperava ver um grupo maior de visitantes na enfermaria, mas além da enfermeira de Egely, que estava sentada ao lado de Uffe, não havia nenhum rosto conhecido. Merete Lynggaard era um bom material para a imprensa. Mas, como pessoa, não era mais do que um paciente. Primeiro, duas semanas de terapia intensiva fornecida pelos médicos para descompressão na câmara de pressão, seguido por uma semana no centro de traumatologia. Então, cuidado intensivo na unidade de neurocirurgia, e agora ali, na enfermaria de neurologia.

Acordá-la do coma tinha sido um experimento, disse a enfermeira-chefe quando ele perguntou. Ela admitiu que sabia quem era Carl. Tinha sido ele que encontrara Merete Lynggaard. Se ele fosse outra pessoa qualquer, ela o colocaria na rua.

Carl aproximou-se das duas figuras que estavam ali, sentadas, bebendo água em copos de plástico. Uffe segurava o seu com as duas mãos.

Ele cumprimentou a enfermeira de Egely com um gesto de cabeça, sem esperar qualquer reação da parte dela. Mas ela se levantou e lhe estendeu a mão. Parecia comovida por vê-lo ali, mas não disse nada. Limitou-se a se sentar novamente e a olhar para a porta do quarto onde estava Merete. A sua mão estava pousada no antebraço de Uffe.

Obviamente, havia grande atividade naquela ala do hospital. Vários médicos os cumprimentavam com um gesto de cabeça, enquanto passavam de um lado a outro no corredor. Depois de uma hora de espera, uma enfermeira veio perguntar se eles gostariam de uma xícara de café.

Carl bebeu um gole e observou o perfil de Uffe, que estava sentado em completo silêncio, olhando para a porta. Ocasionalmente uma enfermeira passava por ali, bloqueando-lhe a visão, mas a cada vez Uffe voltava a fixar os seus olhos na porta. Nem por um momento ele a deixou fora de vista.

Quando os olhos de Carl encontraram os da enfermeira, ele apontou para Uffe e perguntou através de gestos como ele estava. Ela deu-lhe um sorriso de volta e balançou a cabeça ligeiramente, o que por certo significava que ele não estava nem mal, nem bem.

Demorou alguns minutos para o café fazer efeito, e quando Carl voltou do banheiro, as cadeiras no corredor estavam vazias.

Ele foi até a porta e abriu-a ligeiramente.

O quarto estava em completo silêncio. Uffe estava de pé na ponta da cama, enquanto a mão da enfermeira de Egely pousava em seu ombro. Outra enfermeira tomava nota de alguns números que ia lendo nos instrumentos de medição digitais.

Merete estava quase invisível com o lençol até o queixo e ataduras em volta da cabeça.

Ela parecia serena, com os lábios ligeiramente entreabertos e as pálpebras tremendo de forma quase imperceptível. Os hematomas no rosto começavam a desaparecer, mas a impressão geral ainda era preocupante. Para quem parecera tão vital e saudável no passado, ela agora estava muito frágil. Sua pele estava branca como a neve e fina como o papel e por baixo dos olhos haviam profundas olheiras.

— Podem se aproximar, sem problemas — disse a enfermeira, guardando a caneta no bolso. — Vou acordá-la agora, mas ela pode não reagir. Não é só por causa da lesão cerebral e pelo tempo que ela passou em coma. Há uma série de outros fatores. Sua visão é ainda muito ruim em ambos os olhos e os coágulos de sangue causaram alguma paralisia e, presumivelmente, lesões cerebrais importantes também. Mas a situação não é tão desesperadora como pode parecer no momento. Acreditamos que um dia ela vai recuperar a mobilidade. A grande questão é quão bem ela vai ser capaz de se comunicar. Os coágulos de sangue já se foram, mas ela ainda não disse nada. É muito provável que a perda da capacidade de compreensão tenha permanentemente roubado a capacidade de falar. Acho que é algo para o qual todos nós precisamos estar preparados. — Ela balançou a cabeça, como que para dar mais força às palavras. — Não sabemos o que ela está pensando, mas pode-se sempre ter esperança.

Ela se aproximou de Merete e colocou algo no medicamento intravenoso. Havia muitos pendurados por cima da cama.

— Bem, acho que ela acordará dentro de alguns instantes. Se algo acontecer, basta puxar a cordinha que virei correndo. — Em seguida deixou o quarto.

Os três ficaram em silêncio, olhando para Merete. O rosto de Uffe estava completamente inexpressivo. A enfermeira de Egely tinha um olhar triste. Talvez teria sido melhor para todos se Carl nunca tivesse se envolvido no caso.

Um minuto se passou e então Merete abriu os olhos. Ela estava claramente incomodada com a luz. O branco de seus olhos era de um castanho-avermelhado, cheio de veias. Mas, ainda assim, a visão de ela ter despertado foi o suficiente para Carl suspirar, aliviado. Ela piscou várias vezes, como se estivesse tentando se concentrar, mas sem sucesso. Em seguida, voltou a fechar os olhos.

— Venha, Uffe — disse a enfermeira de Egely. — Sente-se um pouco mais perto de sua irmã.

Ele pareceu entender, porque foi buscar uma cadeira e colocou-a ao lado da cama. Aproximou-se tanto de Merete que sua respiração causava vibração na franja loira.

Após ter ficado olhando para ela por um tempo, ele levantou um canto do lençol para que o braço da irmã ficasse visível. Pegou a mão dela e sentou-se ali, o olhar calmamente vagando pelo rosto de Merete.

Carl avançou alguns passos e se posicionou próximo à enfermeira aos pés da cama.

A visão do silencioso Uffe, segurando a mão da irmã, com o rosto encostado ao dela, era muito comovente. Naquele momento, ele parecia um cachorrinho perdido que depois de uma busca inquieta tinha finalmente reencontrado o calor e a segurança dos outros filhotes da ninhada.

De repente, Uffe moveu o rosto para trás, olhou para Merete, colocou seus lábios contra a face dela e beijou-a.

Carl viu o corpo de Merete tremer por baixo do lençol. Olhou para o aparelho de ECG e percebeu que o ritmo cardíaco dela tinha aumentado ligeiramente. Olhou para o próximo instrumento. Sim, a pulsação dela também aumentara um pouco. Então ela soltou um suspiro profundo e abriu os olhos. O rosto de Uffe protegeu-a da incidência da luz direta, e a primeira coisa que ela viu foi o irmão, que estava sentado ali, sorrindo para ela.

Carl podia sentir seus próprios olhos arregalados. Merete se tornava cada vez mais consciente. Seus lábios entreabriram e tremeram. Mas havia uma tensão entre os dois irmãos que os impedia de se comunicar. O rosto de Uffe ficou vermelho, como se ele estivesse segurando a respiração. Em seguida, ele começou a balançar para a frente e para trás, conforme gemidos se formavam em sua garganta. Ele abriu a boca, parecendo confuso. Fechou os olhos e soltou a mão da irmã, enquanto levava as mãos à garganta. As palavras não saíram, mas ficou claro que ele estava pensando nelas.

Ele expulsou todo o ar dos pulmões, e parecia prestes a cair para trás na cadeira depois de ter falhado no que queria fazer. Porém, os sons em sua garganta começaram de novo, e dessa vez eles não eram tão guturais.

— Mmmmmmm — articulou, ofegante com o esforço. — Mmmm-mee.

Merete agora olhava para o irmão. Não havia dúvida de que ela sabia quem estava sentado a sua frente. Lágrimas surgiram em seus olhos.

Carl arfou. A enfermeira ao lado dele levou a mão à boca.

— Mmmmmeerete... — Finalmente explodiu de Uffe após um enorme esforço.

O próprio Uffe mostrou-se chocado com a torrente de sons. Respirava com dificuldade, e por um momento ficou boquiaberto, bem como a mulher que estava ao lado de Carl, que começou a soluçar procurando com a mão o ombro dele.

Uffe novamente pegou a mão de Merete. Segurou-a com força e beijou-a. Todo o seu corpo tremia, como se alguém tivesse acabado de retirá-lo de um buraco no gelo.

De repente, Merete inclinou a cabeça para trás, os olhos arregalados e o corpo tenso. Os dedos livres curvaram-se como se ela estivesse com cãibra. Uffe reconheceu essa mudança como algo ameaçador, e a enfermeira imediatamente tocou a campainha para pedir ajuda.

Um profundo gemido escapou dos lábios de Merete, e a tensão desapareceu instantaneamente de seu corpo. Ela ainda tinha os olhos abertos e estava olhando para o irmão. Outro som abafado foi emitido. Agora, ela sorria. Parecia estar se divertindo com os sons que fazia.

Atrás deles, a porta se abriu e uma enfermeira entrou correndo, seguida por um jovem médico, que tinha uma expressão preocupada. Eles pararam em frente à cama para assistir Merete, que parecia relaxada ao segurar a mão do irmão.

O médico e a enfermeira verificaram todos os instrumentos, mas não encontraram nada alarmante. Voltaram-se para a enfermeira de Uffe. Estavam prestes a lhe fazer uma pergunta quando o som saiu da boca de Merete novamente.

Uffe colocou o ouvido perto dos lábios da irmã, mas todos na sala puderam ouvir o que ela disse.

— Obrigada, Uffe — balbuciou ela, baixinho, e olhou para Carl.

E Carl sentiu a pressão no peito diminuir gradualmente.

Agradecimentos

Um enorme obrigado a Hanne Adler-Olsen, a Henning Kure, a Elsebeth Wæhrens, a Søren Schou, a Freddy Milton, a Eddie Kiran, a Hanne Petersen, a Micha Schmalstieg e a Karsten D. D., por suas críticas esmeradas e imprescindíveis. Muito obrigado também a Gitte e a Peter Q. Rannes, do Danske Forfatterog Oversættercenter Hald, onde na fase decisiva encontrei a tranquilidade necessária para escrever este livro. A Peter H. Olesen e a Jørn Pedersen, agradeço pela inspiração. Muito obrigado a Jørgen N. Larsen, pela pesquisa, e a Michael Needergaard, pelo conhecimento especializado sobre o modo de funcionamento de câmaras de pressão, bem como a K. Olsen e ao comissário da polícia Leif Christensen, pelas correções acerca das matérias policiais. Finalmente, quero deixar um especial agradecimento à minha editora Anne Christine Andersen, pela excepcional colaboração.

Este livro foi composto na tipologia
Sabon Lt Std, em corpo 10,5/14,5, e impresso
em papel off-white no Sistema Cameron da
Divisão Gráfica da Distribuidora Record.